Alice Kellen

Nós dois na Lua

Uma noite em Paris.
Dois destinos que se entrelaçam.
Um amor para a vida inteira.

Tradução
Eliane Leal

essência

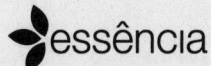

Copyright © Alice Kellen, 2020
Autora representada pela Editabundo Agencia Literaria, S. L.
© Editorial Planeta, S. A., 2020
Copyright © Editora Planeta do Brasil, 2022
Copyright da tradução © Eliane Leal
Todos os direitos reservados.
Título original: *Nosotros en la luna*
Citações de O *pequeno príncipe*, de Antoine de Saint-Exupéry – edição online disponível na Rede de Bibliotecas SESI-RS

Preparação: Mariana Muzzi
Revisão: Mariana Rimoli e Bárbara Parente
Projeto gráfico e diagramação: Márcia Matos
Ilustração de capa: Lookatcia
Adaptação de capa: Beatriz Borges

Dados Internacionais de Catalogação na Publicação (CIP)
Angélica Ilacqua CRB-8/7057

Kellen, Alice
  Nós dois na lua / Alice Kellen; tradução de Eliane Leal. - São Paulo: Planeta do Brasil, 2022.
  384 p.

ISBN 978-85-422-1939-5
Título original: Nosotros en la luna

1. Ficção espanhola I. Título II. Leal, Eliane

22-5136   CDD 860

Índice para catálogo sistemático:
1. Ficção espanhola

 Ao escolher este livro, você está apoiando o manejo responsável das florestas do mundo

2022
Todos os direitos desta edição reservados à
EDITORA PLANETA DO BRASIL LTDA.
Rua Bela Cintra, 986 – 4º andar
01415-002 – Consolação
São Paulo-SP
www.planetadelivros.com.br
faleconosco@editoraplaneta.com.br

Para Leo.
Que um dia você se pendure na lua,
de cabeça para baixo, com um
sorriso enorme, sem medo.

Como se fosse possível escolher no amor, como se amar não fosse um raio que te quebra os ossos e te deixa paralisado no meio do pátio.

Julio Cortázar, *O jogo da amarelinha*

Então me acorde quando tudo já tiver terminado.
Quando eu for mais sábio e mais velho.
Todo esse tempo eu estava me encontrando,
e não sabia que estava perdido.

Avicii, "Wake Me Up"

PRIMEIRA PARTE

ENCONTRO. AMIZADE. ACASO

*No começo, antes de crescer,
os baobás são pequenos.*

O Pequeno Príncipe

1. GINGER

É impossível saber quando você vai conhecer aquela pessoa que de repente vai virar seu mundo de cabeça para baixo. Simplesmente acontece. É um piscar de olhos. Uma bolha de sabão estourando. Um fósforo se acendendo. Ao longo de nossas vidas cruzamos com milhares de pessoas; no supermercado, no ônibus, em uma lanchonete ou no meio da rua. E talvez essa pessoa que está destinada a te sacudir pare ao seu lado em uma faixa de pedestres ou pegue a última caixa de cereais da prateleira de cima enquanto você está fazendo compras. Pode ser que você nem chegue a conhecê-la ou talvez nunca se falem. Ou talvez sim. Pode ser que vocês se olhem, se esbarrem, se conectem. É tão imprevisível; acho que aí está a magia. E, no meu caso, aconteceu em uma noite gelada de inverno, em Paris, quando eu estava tentando comprar um bilhete de metrô.

— Por que você não funciona? — resmunguei na frente da máquina. Apertei o botão com tanta força que machuquei o dedo. — Que porcaria inútil!

— Você está tentando assassinar a máquina?

Virei ao escutar uma voz que falava o meu idioma.

E então eu o vi. Não sei. Não sei o que senti naquele momento. Não lembro exatamente, mas memorizei três coisas: que a gola da jaqueta dele estava virada para cima, que ele tinha cheiro de chiclete de menta e que seus olhos eram cinza-azulados como o céu de Londres em um daqueles amanheceres nublados, quando o sol tenta aparecer sem muito sucesso.

E pronto. Isso foi tudo. Não precisou mais nada para eu sentir um frio na barriga.

— Quem me dera, mas por enquanto ela está ganhando. Não funciona.

— Antes você tem que selecionar o tipo de passagem.

— Onde... onde eu faço isso?

— Na tela inicial. Espera.

Ele se moveu e ficou ao meu lado. Apertou os botões para retornar ao menu principal e então me olhou. E foi intenso. Ou pelo menos eu senti que foi. Como quando alguém te deixa curioso sem que você saiba o porquê. Ou quando um calafrio inesperado te desperta.

— Aonde você quer ir? — perguntou.

— Hummm... bom, na verdade... — Nervosa, coloquei atrás da orelha uma mecha de cabelo que tinha escapado do rabo de cavalo. — Para o centro?

— Você está em dúvida?

— Sim! Não! Ou melhor, não tenho hospedagem esta noite e estava pensando, sei lá, em aproveitar para conhecer um pouco a cidade. Que região você me recomenda?

Ele apoiou um braço na máquina e ergueu as sobrancelhas.

— Você não tem hospedagem? — perguntou, interessado.

— Não. Peguei o primeiro voo que estava saindo.

— Assim na loucura?

— Sim, isso mesmo. É isso.

— E está viajando sozinha...

— Qual é o problema?

— Nenhum. Eu também faço isso.

— Ótimo, parabéns. E sobre o bilhete...

— Qual o seu nome? — perguntou.

— Ginger. E o seu?

— Rhys.

Ele tinha sotaque americano. E era tão alto que me fazia sentir pequena na frente dele. Mas ele tinha "algo". Aquele "algo" que às vezes não conseguimos explicar com palavras quando conhecemos alguém. Não era porque ele era bonito ou porque eu me sentia perdida naquela cidade à qual havia acabado de chegar. Era porque eu podia ler coisas nele. Ainda não tinha certeza se essas coisas eram boas ou ruins, mas, olhando para ele, a última palavra que me vinha à mente era "vazio", o que, ironia da vida, eu descobriria mais tarde que era uma das coisas que Rhys mais temia. Mas naquele instante eu ainda não sabia. Então continuávamos sendo dois estranhos olhando um para o outro na frente de uma máquina de bilhetes do metrô.

— Alguma sugestão? — insisti.

Notei que ele ficou em dúvida, mas não desviou o olhar.

— Uma. Eu poderia mostrar Paris para você.

— Certo, mas antes que isso vire uma situação contrangedora, tenho que te contar que acabei de terminar com meu namorado. E foi um relacionamento longo, por isso não estou interessada em conhecer ninguém, muito menos ter um desses casos de uma noite...

Quem me dera se alguém tivesse me dito o quão idiota eu estava sendo naquele momento.

— Te propus um *tour* pela cidade, não pela minha cama.

Ele cruzou os braços com um sorriso debochado. Corei como se tivesse quinze anos.

— Sim, claro, mas, se por acaso...

— Que cautelosa.

— Eu sou. Pelo menos tento ser. Bom, na verdade, neste momento não estou sendo nada cautelosa, mas estou me esforçando para organizar... organizar a minha vida.

Rhys não parecia assustado com a maluquice daquele momento. Esse deveria ter sido o primeiro sinal. Eu poderia ter percebido naquele minuto que ele era diferente. Aquele foi o momento decisivo, enquanto eu falava sem parar, que era algo que eu costumava fazer quando ficava nervosa, e ele apenas se limitava a ouvir, sorrir e concordar com a cabeça.

— Agora está tudo meio caótico, sabe? Esta situação. A minha vida. Pode ser que estar aqui, no meio de uma cidade desconhecida, seja quase um retrato de como eu estou me sentindo de verdade. Sinceramente, não sei por que você ainda não se mandou.

— Eu gosto de pessoas que falam muito.

— Para compensar o seu silêncio?

— Talvez. Não tinha pensado nisso.

Era mentira. Mais tarde eu descobriria que Rhys era bom de conversa, desses que sempre faziam perguntas que os outros nem cogitavam, desses que podiam passar noites em claro falando de qualquer bobagem sem nunca se entediar.

— A questão é que meu voo de volta sai pela manhã.

Ele me olhou com interesse por alguns segundos, um pouco tenso.

— Você quer esse passeio ou não, Ginger?

Lembro que naquele momento eu só conseguia pensar: *Por que ele fala o meu nome assim? Por que ele pronuncia como se já tivesse feito isso muitas vezes antes?* Fiquei igualmente assustada e satisfeita. Minto. O segundo ganhou. Porque ele falou quase com delicadeza e eu nunca tinha gostado do meu nome antes, porque se chamar "gengibre"[1] não é algo muito místico ou romântico, mas dito por Rhys soava diferente. Soava melhor.

— Você é um desconhecido — pontuei.

— Todos somos desconhecidos até nos conhecermos.

---

[1] *Ginger*: gengibre, em inglês. (N. T.)

— Sim, mas... — Lambi os lábios, nervosa.

— Tudo bem, como quiser. — Deu de ombros.

Depois me desejou boa viagem quase falando para dentro da gola de sua jaqueta, deu meia-volta e seguiu em direção ao túnel do metrô que dava para a saída.

Avaliei minha situação. Estava perdida em Paris porque tinha acabado de terminar com meu namorado, e parecia um ato muito rebelde e louco comprar as primeiras passagens que tinha encontrado, mesmo que fosse para uma viagem de ida e volta de apenas algumas horas, sem hospedagem e com apenas uma mochila nas costas com algumas calcinhas, algumas meias e umas bolachinhas salgadas (sério). Mas a verdade era que eu não sabia para onde ir. E que não podia ignorar o leve frio na barriga que tinha sentido ao ouvir a voz dele pela primeira vez.

E sei lá. Foi um impulso. Uma fisgada.

— Espera! — falei. Ele parou. — Para onde vamos?

— Vamos? — Virou para mim de novo.

— Já sei que há um minuto disse que não te conhecia, mas acho que se você for embora agora... eu irei atrás de você. — Rhys ergueu uma sobrancelha me olhando espantado. — Quer dizer, sim, é isso. Porque eu não sei onde estou e não tenho crédito no celular por causa daquela droga de plano que a operadora me vendeu, e... tenho a sensação de que, se eu ficar sozinha, vou acabar sendo comida por um urso ou o que quer que aconteça nas cidades e não na floresta quando a gente se perde. Você sabe o que eu quero dizer.

— Eu não sei do que você está falando. — Sorriu.

— Tá bom, então apenas... não me abandone.

— Tá bom, então apenas... deixe-se levar.

Concordei, decidida, enquanto ele ria. E fui atrás dele. Fui atrás dele sem pensar em mais nada depois de comprar os bilhetes, enquanto a gente se misturava entre as pessoas para entrar em algum vagão do primeiro metrô que passou.

Eu ainda não sabia que a minha vida ia mudar.

Que Rhys se tornaria um antes e um depois.

Que nossos caminhos se uniriam para sempre.

2. RHYS

O que eu estava fazendo? Eu não tinha a menor ideia.

Dez minutos antes eu havia saído do metrô pronto para ir para casa (se é que eu podia chamar algum lugar de "casa"), com a ideia de preparar um miojo e comer direto da panela enquanto via TV sem prestar atenção ou lia qualquer coisa com uma música de fundo.

Mas em vez disso eu estava lá, sentado em um vagão ao lado de uma garota que parecia mais perdida do que eu, algo difícil de imaginar, com nossas pernas se tocando, e ainda sem decidir em qual parada descer porque eu estava improvisando, como sempre.

— Eu fico nervosa por não saber aonde vamos.

— A gente desce daqui a duas paradas — decidi, sorrindo para ela.

Ela me deixava nervoso. De cima a baixo. Desde seus pés metidos naqueles All Star vermelhos até o cabelo castanho preso em um rabo de cavalo bagunçado. Talvez porque eu ainda não tivesse colocado nenhum rótulo nela. Ginger. Era assim que se chamava, repeti mentalmente. E era uma garota que estava totalmente em branco para mim. Acho que era porque ela parecia querer ter tudo sob controle, mas tinha entrado em um avião algumas horas antes sem pensar em nada. Qual era a lógica disso? Nenhuma. Muito menos o choque inesperado que senti quando a vi xingando na frente da máquina de bilhetes. Tão baixinha. Tão engraçadinha. Tão brava... Me lembrou um desses desenhos animados para crianças.

— De onde você é exatamente? — perguntei, porque era óbvio que ela era inglesa, mas pelo sotaque eu não sabia identificar de qual região. Ela tinha uma voz suave, quase sussurrante.

— De Londres. E você? Me deixa adivinhar.

— Tá bom... — Olhei para ela, zombando.

— Alabama? — Neguei. — Bem, você tem um sotaque do sul.

— Um pouco mais para cima.

— Tennessee.

— Isso. Daí mesmo.

— E o que você perdeu aqui em Paris?

— Eu não estou aqui indefinidamente.

— Como assim?

— Levanta, a gente vai descer aqui.

Levantei e ela me seguiu até a porta do metrô, que estava abrindo. Passamos pelas pessoas que iam e vinham de uma plataforma para a outra e saímos para a rua. Fazia um frio de rachar. Notei que Ginger abraçava a si mesma enquanto acelerávamos o passo com a esperança de entrar em algum lugar quente o quanto antes.

Ao longe se destacava a Torre Eiffel.

— Isso aí é o que eu estou achando que é?

Ela me olhou sorrindo. E, sei lá, era um sorriso tão lindo que dava vontade de emoldurar. Eu teria feito isso, se eu não odiasse fotografias. Mas Ginger era uma daquelas garotas que mereciam ser imortalizadas, e não porque ela fosse especialmente bonita ou marcante, mas pelo olhar, pela forma como ela curvava os lábios sem pensar, por causa daquela pequena contradição que se destacava dentro dela, embora eu ainda não a conhecesse.

— Sim. É um dos lugares mais típicos de Paris. Tá, eu sei, sou um fracasso como guia turístico, mas, em minha defesa, temos apenas algumas horas. E eu gostaria que você se lembrasse dessa imagem.

A imagem do rio Sena, à nossa esquerda, enquanto caminhávamos sob aquela noite sem estrelas e de lua cheia. Lembro que só pensava que já tinha valido a pena trocar o miojo apenas por aquele sorriso que ela tinha acabado de dar.

— É linda. Obrigada.

— Você jantou?

— Não. Acho que não como nada há uma eternidade. Esta manhã tomei um café, sim, mas depois aconteceu todo o drama ao meio-dia, e adeus à normalidade. Meu estômago travou. Estou fazendo aquela coisa de falar demais de novo, né?

— Sim, mas eu gosto.

Ela desviou o olhar por um segundo.

Estava com vergonha? Tímida? Não soube dizer.

— Então, vamos comer algo?

— Conheço um lugar aqui perto.

— Ótimo, porque estou morrendo de frio.

— Você deveria estar acostumada, sendo de Londres.

— Já ouviu falar de pessoas que nunca se acostumam com o frio? Pois bem, eu sou uma delas. Porque não importa o quanto eu me agasalhe, que use dois cachecóis e três pares de meias, eu continuo uma pedra de gelo. Quando a gente ia para a cama, Dean costumava...

Ficou calada de repente e sacudiu a cabeça.

— Dean é o cara com quem você acabou de terminar e você ia dizer que ele esquentava seus pés? — Não pude deixar de torcer o nariz. — Isso é nojento.

— O quê? Não! É super-romântico!

— Eu tenho nojo de pés. Não consigo tocar nem mesmo nos meus. E você tem um conceito um pouco estranho do que é super-romântico.

— Tudo bem, sabe de uma coisa? Eu não te conheço mesmo. — Começou a rir. Adorei a risada dela, tão doce, tão suave. — Então não vou levar muito em conta a sua opinião sobre o que é romântico e o que não é, sem falar que você parece o típico cara que... bem...

Parei de repente, embora já estivéssemos bem na frente do lugar que eu ia levá-la para jantar. Fiquei na frente dela, olhando para ela bem sério. Eu era quase duas cabeças mais alto que ela, então ela ergueu o queixo com orgulho. Gostei disso.

— Não vai terminar a frase?

— Talvez eu tenha me precipitado — hesitou.

— Sem dúvida. Faz quinze minutos desde que você me viu pela primeira vez, mas não importa, quero saber que impressão eu causei em você. Simples curiosidade. Não vou te censurar, prometo.

— Você parece ser daqueles que não dão a mínima para o que é romântico ou não. Daqueles que só têm casos de uma noite. Daqueles alérgicos a compromisso.

— Você está sendo redundante.

— Desculpa. Estava tentando ser sincera.

— Estou vendo.

Retomei o passo e atravessamos a rua. Assim que entramos no lugar, senti o cheiro de crepe que tinha acabado de sair. Soltei um francês mal falado para pedir dois crepes de queijo, atum e *champignon*. De relance, vi que ela tirava a mochila das costas e se sentava em uma mesa no canto, perto da janela.

— Ei, cerveja ou Coca-Cola? — perguntei.

— Não tem água?

— Sim. Água, então?

— Hummm, bem, melhor cerveja.

Balancei a cabeça quando percebi que aquela menina era um ponto de interrogação ambulante até para as coisas mais simples. Virei para o funcionário, que parecia não querer esperar mais. Depois peguei a bandeja que ele deixou no balcão com as bebidas e os crepes e levei tudo para a mesa.

— Eu comeria um boi agora mesmo — ela disse, devorando com os olhos o jantar, ainda fumegante. E então ela me olhou. — De verdade, obrigada. Acho que ainda não te agradeci, né? Porque, sinceramente, achei que seria uma boa ideia fazer uma loucura pelo menos uma vez na vida, pegar um avião sem pensar, sabe, esse tipo de coisa. Mas quando cheguei... fiquei apavorada. E eu teria passado a noite na estação de metrô com algum mendigo simpático que tivesse me dado um espaço, esperando até o dia amanhecer para pegar o voo para Londres e, caramba, eu não paro de falar. Diz alguma coisa.

— Cuidado, o crepe está pelando.

— Não. Eu quis dizer alguma coisa sobre você. Você já sabe muito sobre mim. Que terminei com meu namorado, que estou louca e que não sei comprar um bilhete de metrô.

— Certo, o que você quer saber? — Mordi meu crepe.

— Por exemplo, você não me respondeu o que falei antes.

— Não entendi.

— Entendeu sim. Você está mentindo. E mente mal. Ou melhor, você é daqueles que desvia o olhar quando mente. Eu curto isso. Pode ser útil. Vamos ver, você é um *stalker* ou um *serial killer* que fica procurando garotas em estações de metrô?

— Não. — Disfarcei um sorriso.

— Muito bem! Viu só? Você sustentou o olhar.

— Um grande alívio para você, imagino.

— E como! Tá bom, agora a outra coisa. Sobre você ser desses caras que só têm casos de uma noite e não fazer coisas super-românticas.

Olhei para ela sorrindo. Cacete! Na verdade, fazia tempo que eu não me divertia tanto. Quando tinha sido a última vez que cruzei com alguém que me fizesse perder a cabeça assim e me chamasse tanto a atenção? Principalmente considerando que ela não estava fazendo nada para conseguir isso, estava apenas sendo ela mesma e falando sem parar como uma maritaca com uma dose de cafeína.

— Coisas super-românticas como esfregação de pés?

— Eca! Esfregação de pés soa nojento!

Ela começou a rir de repente, tampando a boca com a mão.

— Pode ser que "esquentar os pés" soe melhor, mas é a mesma coisa, Ginger.

— Saiba que você está estragando uma das poucas lembranças boas que eu ainda tenho de Dean — disse, antes de dar uma mordida e mastigar pensativa. Engoliu e arregalou os olhos quando olhou para mim. — Meu Deus! Isso está delicioso! O queijo derretido é... Hummm...

Saboreando a comida, ela lambeu os lábios devagar, sem pensar, sem querer.

— Me fale sobre o Dean — pedi, forçando-me a tirar os olhos de sua boca.

3. GINGER

Dean, Dean, Dean.

Por onde começar? O que dizer?

Rhys esperava impacientemente enquanto eu tentava decidir se realmente valia a pena falar com um estranho sobre meu ex-namorado. Uma pessoa que não se parecia em nada com ele, que tinha o cabelo loiro-escuro desgrenhado e despenteado, e que tinha um olhar intenso, que atravessava a pele e não ficava só na superfície. E, sei lá, eu tinha a sensação de que alguém como Rhys não entenderia a minha história, mas mesmo assim eu quis contá-la, despejar tudo que eu estava sentindo, na esperança de que o nó que bloqueava minha garganta há várias horas desaparecesse.

— É uma longa história.

— Bem, seu avião só vai sair amanhã de manhã, não é?

— Engraçadinho.

Rhys parecia estar consciente da minha dificuldade em falar de qualquer coisa que tivesse a ver com Dean, então apoiou os braços na mesa e se inclinou para a frente, criando um clima mais íntimo, mais próximo. Olhei para as sardas quase imperceptíveis que ele tinha ao redor do nariz. E para seus cílios. E para as pequenas imperfeições que ele tinha na pele, que, de certa forma, também eram bonitas.

— Posso te contar um segredo? Eu estudei psicologia.

— Fala sério! Não acredito — soltei sem pensar.

— Por que não?

— Ah, é que você não parece um psicólogo, mas sim um guitarrista de uma banda de rock. Ou um astro de cinema que não gosta da fama. Ou um escritor melancólico em busca de inspiração em Paris.

— Tá bem, confesso que abandonei o curso antes de começar o segundo ano, mas sou um bom ouvinte. — Deu um sorriso de menino bonzinho e paciente, que me fez rir.

— Você é muito imprevisível, ninguém nunca te falou isso?

— Muitas vezes, mas não num sentido positivo.

— Para mim me parece uma coisa boa.

— Acho que você é a primeira.

— Tá bom. Bem, vamos chamar isso de "o caso Dean", pode ser? Hummm, por onde eu começo? A gente se conhece desde sempre, desde que éramos crianças.

— Interessante. — Deu um gole da garrafa de cerveja.

— Estudamos em uma escola particular no centro e meus pais são muito amigos dos pais dele, por isso a gente também se encontrava bastante em outras ocasiões. A questão é que, quando crescemos, acabamos indo para o mesmo colégio também no ensino médio, onde começamos a namorar, o que acho que explica por que escolhemos ir juntos para a faculdade e...

— Olha só, são quase gêmeos siameses.

— O quê? Não, claro que não!

— Posso te perguntar uma coisa?

— Pode. Manda.

Ele me encarou e pude ver umas pintinhas azuis entre o cinza de seus olhos, como pinceladas de luz em um céu nublado antes de uma tempestade.

— Essa viagem... toda essa loucura de pegar um avião sem pensar... é a primeira vez que você faz algo assim totalmente sozinha? Sem o Dean, quero dizer.

— Eu... bem... faço muitas coisas sozinha. Eu pinto as unhas, sei lá, eu visito livrarias, sim, eu gosto de fazer isso... — Terminei suspirando abatida. — É sim, é a primeira vez que faço algo sem ele. E acho que é por isso que eu estava com tanto medo e me sentia tão perdida, mas, ao mesmo tempo, eu precisava fazer isso. Apesar de não fazer sentido algum.

— Faz sim.

A voz dele saiu meio rouca. E sincera também. Olhei para ele com gratidão antes de dar outra mordida no crepe e saborear o queijo derretido e o *champignon* gratinado. Ele também estava mastigando distraído e o seu joelho tocava no meu de vez em quando, porque eu estava mexendo a perna no ritmo da música que tocava no rádio do balcão. Era francesa. Lenta, bonita, suave.

— Onde você aprendeu a falar francês? — perguntei.

— Eu não falo, só me viro um pouco. A mesma coisa com o alemão ou o espanhol. Nada como morar um tempo em cada lugar para aprender na marra. Mas não mude de assunto. Estávamos no "caso Dean" e você parou de falar. Por que vocês terminaram?

Me mexi na cadeira, um pouco incomodada.

— Bem, digamos que, depois de cinco anos de namoro, parece que agora ele quer dar um tempo, sabe, para viver novas experiências nesse ano e meio que ainda nos resta de faculdade antes de sossegar de vez ou sei lá o quê. De verdade, me sinto enganada.

— Enganada?

— Claro. Olha só; é como comprar um suéter verde-garrafa maravilhoso ou aquele em tom de mostarda escuro que está tão na moda...

— Aonde você pretende chegar? — Levantou uma sobrancelha.

— Vamos supor que a vendedora te diga que ele é perfeito para você e aí você economiza durante meses para comprá-lo. Você o usa pela primeira vez e, oh, ele é incrível! Mas, surpresa! Quando você o coloca na máquina de lavar e depois o tira, ele está cheio de horrorosas e indesejáveis bolinhas.

— Você tem uma mente brilhante, Ginger.

— Eu desperdicei todos esses anos.

— Eu não acredito nessa história de "tempo perdido".

Respirei fundo e ele quebrou o silêncio ao se levantar. Dei a última mordida enquanto eu o observava pagar a conta no balcão e pedir mais duas cervejas. Nem me dei o trabalho de lhe oferecer algum dinheiro. Fiquei pensando no maldito suéter cheio de bolinhas. Quando Rhys acenou para que saíssemos de lá, fui atrás dele. Fui atrás dele como se fosse a coisa mais natural do mundo; aceitei a garrafa que ele me ofereceu e começamos a caminhar ao longo do rio Sena em direção às luzes da Torre Eiffel. Éramos dois estranhos no meio da cidade, sob o céu escuro de inverno, andando sem pressa, como se tivéssemos todo o tempo do mundo pela frente. E eu gostei. Me senti bem.

— E por acaso você não fica tentada a fazer o mesmo? — Retomou a conversa. — Você nunca quis viver experiências novas? Ou seja, sua ideia era terminar a faculdade, casar com o Dean, ter filhos e essas coisas? Não estou te julgando. É só curiosidade mesmo.

— Falando assim parece chato.

— São palavras suas, não minhas.

— Sei lá. Acho que sim. Sou uma pessoa simples.

— Você não me parece nada simples.

Ele virou e caminhou de costas, olhando para mim. Achei engraçado e ri. Dei um gole.

— E como você acha que eu sou, Rhys?

Ele ficou pensando. Eu notei. E senti.

— Contraditória. Doce. Esperta.

— Mais alguma coisa? — Continuei sorrindo.

— Sim. Enrolada.

— Enrolada...

Eu quase saboreei aquela palavra. Ninguém nunca tinha me visto assim. Provavelmente seria o último adjetivo que meus amigos ou minha família usariam para me descrever e, por incrível que pareça, eu adorei. Senti que meus olhos estavam ficando úmidos e coçavam.

— Obrigada, Rhys — sussurrei baixinho.

— Ei, o que foi? Você está chorando? Cacete.

Ele colocou as cervejas no chão na minha frente e me segurou pelos ombros. Acho que foi a primeira vez que ele me tocou, e fez isso com firmeza; apoiou suas mãos sobre a minha jaqueta verde-militar e seus dedos me pressionaram suavemente, ao mesmo tempo em que abaixava a cabeça para ficar à altura dos meus olhos e me impedir de me afastar dele.

— Desculpe. Você deve estar achando que sou louca.

— Não. — Deslizou o polegar pela minha bochecha direita e secou as lágrimas. — Quer saber o que eu penso de você, de verdade? — Estávamos muito próximos e a sua outra mão ainda estava no meu ombro, enquanto nossa respiração virava vapor por causa do frio e se misturava na escuridão. — Acho que você quer muito mais do que imagina. Acho que é o tipo de pessoa que diz que se contenta só com uma balinha, mas na realidade sonha em se trancar em uma doceria, encher os bolsos de doces e fazer uma festa lá dentro.

Comecei a rir entre lágrimas. Parecia boba, quase infantil, mas quanta verdade estava escondida em suas palavras. Nos olhamos em silêncio. E foi íntimo. Foi intenso. Funguei pelo nariz, provavelmente o gesto menos atraente do mundo, mas Rhys não se abalou.

— E você é dos que se contentam só com um balinha?

— Não. — Sorriu. Um daqueles sorrisos perigosos, meio de lado, que estão destinados a ficar gravados na memória para sempre. — Já faz tempo que eu assaltei a loja e levei tudo que tinha dentro.

— Eu gosto disso. Que você não me conheça.

— Sei. — Respirou fundo, tão perto...

Depois desviou o olhar, me ajudou a tirar a mochila das costas sem dizer nada e colocou-a no ombro, antes de pegar as cervejas do chão e me entregar a minha. Retomou o passo e eu fui atrás, perguntando-me quanto tempo tinha passado desde que os nossos caminhos tinham se cruzado pela primeira vez. Quase duas horas? Talvez. Mais ou menos. E, no entanto, pensei naquela expressão que já tinha ouvido algumas vezes e nunca pensei que aconteceria comigo. Isso de "conhecer alguém" sem saber nada mesmo sobre essa pessoa. Como explicar algo tão abstrato, mágico e inesperado? Enquanto caminhava atrás dele, tentei guardar alguns detalhes: como o seu cabelo despenteado em todas as direções por causa do vento úmido da noite, ou o seu perfil de traços masculinos e bem marcados, ou a forma como seu jeans desbotado caía pelo quadril, ou que ele dava uns passos tão largos que era difícil acompanhá-lo, embora parecesse que ele andava quase com preguiça.

Ele virou e me pegou olhando para ele. Fiquei vermelha.

— Que horas sai o seu avião de volta?

— Às onze e meia da manhã.

Ele não falou nada durante uns dez minutos, até que paramos bem em frente à Torre Eiffel, separados dela pelo rio que atravessava a cidade. Apoiei os cotovelos no muro e suspirei contente. Eu estava ali, em Paris. Algumas horas antes eu estava chorando, com a cara enfiada no travesseiro, lamentando, e agora estava contemplando em silêncio um dos monumentos mais famosos do mundo, ao lado de um garoto de olhos cinzentos e sorriso misterioso que tinha conseguido, sem esforço, que eu parasse de pensar no Dean. Ou, melhor ainda, que eu pensasse nele sem me sentir triste.

Era a loucura mais bonita que eu já tinha feito em toda a minha vida.

— Sabia que os nazistas quase a destruíram?

— Já tinha ouvido falar disso — eu disse, sem tirar os olhos da Torre Eiffel.

— Em agosto de 1944, as tropas aliadas estavam se aproximando e Hitler sabia que ia perder a cidade. Então, ele ordenou que ela fosse destruída. A explicação que deu ao general Von Choltitz foi: "Se Berlim não puder ser a capital cultural do mundo e for reduzida a cinzas, Paris também será". Então eles arquitetaram um plano de demolição cheio de detalhes, mas felizmente o embaixador sueco conseguiu convencer o general a não obedecer à ordem de Hitler. Já pensou? E agora aqui estamos nós.

Olhando um para o outro, sorrimos.

4. RHYS

O problema era que eu não conseguia parar de olhar para ela.

Não conseguia e sabia que logo teria que parar. E acho que, por mais estranho que fosse, isso foi o que eu mais gostei. A efemeridade daquele momento. Ginger e eu sob a lua refletida no brilho das águas e no clarão das luzes da cidade. Apenas conversando. Nos conhecendo. Nos observando. Nos tocando, sem nos tocar.

Eu nunca tinha cruzado com alguém que transmitisse tanto e fosse tão transparente, tão disposta a se abrir sem pedir nada em troca. E isso me fez querer lhe dar mais. Olhei para ela de relance, enquanto ela dava o último gole de cerveja. O vento bagunçava os fios que tinham se soltado de seu rabo de cavalo, e os olhos dela ainda estavam um pouco inchados, provavelmente porque ela teria passado todo o voo chorando. Eu me perguntava o que seria dela dali a alguns dias. O que seria de mim. De nós.

— Este é o seu lugar preferido de Paris?

— Não. É Montmartre. Mas eu queria que você ficasse com essa imagem, não sei por quê. Uma lembrança simples. Mas não dá para pedir muito, já que você vai passar menos de vinte e quatro horas na cidade. Na verdade, espera. Estou pensando em como melhorar isso...

— Duvido que seja possível.

— Você vai ver.

Terminei a cerveja e coloquei a garrafa ao lado da dela antes de procurar uma música no celular e aumentar o volume. Coloquei o aparelho no muro quando começaram a tocar os primeiros acordes de "Je t'aime... moi non plus".²

Estendi a mão na direção dela.

— Vem, dança comigo.

— Você está doido? — Ela olhou ao seu redor. Não sei se ficou com as bochechas vermelhas por causa do vento ou porque tinha ficado com vergonha, mas parecia inquieta. Um casal passou por nós, além de uns turistas que mal nos olharam.

— Se alguém nos vir pagando esse mico, vai se esquecer da gente em cinco minutos, mas você, por outro lado, ficará com essa lembrança para o resto da sua vida. E pense que você nunca mais vai me ver de novo.

Ela ainda estava desconfiada quando deu um passo à frente e pegou a minha mão. Tinha os dedos suaves e frios. Apertei-os entre os meus e puxei-a para mais perto de mim enquanto deslizava minha mão para a cintura dela. Ela me olhou e riu, meio constrangida, enquanto começamos a nos movimentar e as vozes de Serge Gainsbourg e Jane Birkin nos envolviam.

— Por que você escolheu essa música?

— Não posso contar. Você se afastaria.

— Rhys... — Gostei de como ela disse meu nome, de como o último "s" deslizou entre seus lábios, que, de repente, se contraíram ao ouvir alguns gemidos na melodia.

— Porque essa música é como fazer amor.

Então eu vi que ela ficou vermelha de verdade, mas não desviou o olhar. Ela tinha os cílios longos, escuros, e seus olhos estavam grudados nos meus. Arrebatadores. Puxei-a para mais perto do meu corpo. Eu não tinha ideia do que estava fazendo. Sei lá. Assim que decidi colocar aquela música me desconectei. Só sabia que queria que a memória daquelas notas pertencessem àquela desconhecida, a Ginger, e que talvez dali a uns dez ou quinze anos eu olhasse para trás e lembrasse com carinho daquele momento. Talvez eu até contasse para alguém: "Uma vez conheci uma garota perdida com quem compartilhei uma dança improvisada em Paris". Como uma das tantas histórias que colecionamos durante a vida.

Só que não seria assim. Mas eu ainda não sabia disso.

Ginger não seria apenas mais uma história.

---

² Essa música foi composta no final da década de 1970 pelo compositor francês Serge Gainsbourg para Brigitte Bardot, por quem estaria perdidamente apaixonado. Para muitos, essa música é considerada a mais bela canção de amor do mundo há muitos anos. (N. T.)

— Je vais, je vais et je viens entre tes reins...
— Não entendo nada. O que significa?
— Eu vou, vou e volto entre seus quadris... — Ela me olhava. — *Je t'aime, je t'aime. Tu es la vague, moi l'île nue. Tu vas, tu vas et tu viens.* — Me inclinei mais até tocar a orelha dela com os meus lábios. Ginger estremeceu. — Te amo, te amo. Você é a onda, eu sou a ilha despida. Você vai, você vai e vem...

Eu continuava sussurrando baixinho a canção. Talvez fosse porque era considerada uma das músicas mais sensuais de todos os tempos. Ou porque era romântica. Especial. Ou por causa dela, da garota. Diferente. Única. Acho que foi por tudo isso que tive a sensação de que aquele momento era mais íntimo do que muitas das noites que passei na minha cama, acariciando outro corpo, outra pele. Não precisei tocar a pele de Ginger para senti-la na ponta dos dedos, transpassando a roupa, transpassando a mim mesmo. Fazendo daquilo algo inesquecível.

Quando a música terminou, nos separamos bem devagar e Ginger me olhou no fundo dos olhos. Suas mãos ainda estavam no meu pescoço e sua boca a apenas alguns centímetros da minha.

— Com quantas garotas você já fez isso?
— Você quer que eu te diga que você é a única?
— Quero.
— Só com você.
Ela passou a língua pelos lábios.
— Não. Prefiro que diga a verdade.
— Só com você — repeti.
— Eu não te conheço.
— Ginger, Ginger...

Eu ri e peguei as mãos dela para soltá-las do meu pescoço, mas continuei segurando-as enquanto permanecíamos nos olhando em silêncio. Virei a cabeça de lado.

— Acho que sei qual é o seu problema. Você pensa demais. Você pensa o tempo todo. Você está pensando agora, não está? Dá para ver a fumacinha saindo da sua cabeça.
— É inevitável.
— Espera. Vamos fazer um exercício.

Antes que ela colocasse obstáculos, pedi que ela se virasse para a Torre Eiffel e olhasse para ela sem pensar em nada. Então fiquei atrás dela. Abracei seu corpo e coloquei as mãos ao lado das dela no muro.

— Apenas olhe para ela. Está olhando? Está vendo as luzes, como a lua reflete sobre a água como se fosse um espelho? Está sentindo o frio tão forte que quase congela? Está sentindo o ar na sua pele? Está me sentindo? Agora se coloque neste cenário. No barulho do vento. No meu peito em suas costas. Na névoa que escapa dos seus lábios. Você poderia tocar nela, se quisesse. — Ela começou a rir e estendeu uma mão em direção ao nada. Depois se virou.

E aí sim, ficamos muito juntos, um de frente para o outro. Acho que foi a primeira vez que eu quis beijar Ginger. Olhei para seus lábios avermelhados pelo frio.

— Eu tinha razão. Você não respondeu antes, mas eu estava certa, você é desses que só têm casos de uma noite. Confessa. Você é muito bom nisso.

— Culpado!

— Eu... é que...

— Não vai acontecer nada.

Eu falei sério. Não ia acontecer nada.

— Tá bom.

— Tá bom.

Nos olhamos.

— Quer dar uma volta?

Fiz que sim com a cabeça, sorri e me afastei dela para pegar a rua na direção contrária. E depois simplesmente caminhamos. E conversamos. E continuamos caminhando. E conversamos ainda mais. Sem rumo. Sem nenhum destino em mente, embora a gente tenha atravessado várias pontes onde Ginger parou por alguns instantes, pensativa. Ela continuava olhando tudo ao redor enquanto falava sem parar, contando mais sobre seu relacionamento com Dean, os anos que tinham passado juntos e os planos que já não existiam mais.

— Do que você acha que vai sentir mais saudade?

— Hummm... da rotina? — Mordeu o lábio inferior, em dúvida, e eu fiquei uns segundos em silêncio observando o gesto. — Sim, acho que é isso. O dia a dia. A presença constante dele a cada passo, desde a manhã até o anoitecer.

Não sei quanto tempo fiquei olhando para ela, sorrindo um sorriso lento.

— E como ele não vai sentir falta de te escutar?

— Tá me zoando?

Franziu a testa. Brava. Desconfiada.

— Não. Estou falando sério mesmo.

— Você não está sendo nada engraçado, Rhys.

— Ótimo, porque eu não estava tentando ser.

Ginger suspirou, confusa, como se realmente não acreditasse que eu estava falando sério. Mas eu estava. A primeira coisa que eu pensei foi: *Se eu tivesse passado cinco anos namorando essa garota que estava na minha frente, essa que me fazia sorrir cada vez que falava, eu sentiria falta de ouvir a voz dela, esse som constante por toda parte, suave, mas firme.* Eu nunca tinha conhecido alguém que tivesse tanto a dizer e a quem eu quisesse tanto escutar.

— Onde a gente está? Estamos longe.

Neguei com a cabeça e olhei para cima.

— Eu moro ali. Naquele prédio cinza. O da esquina.

5. GINGER

— Quer subir? E antes que você se antecipe ou dê qualquer desculpa, eu não estou propondo que a gente passe o resto da noite na minha cama.

Por mais estranho que pareça, senti justamente o contrário. Achei excitante. Enquanto Rhys esperava uma resposta, voltei a olhar o antigo prédio, delineado pela luz de um poste de rua.

— Hummm, na verdade... já faz um tempão que estou quase fazendo xixi nas calças, mas não queria quebrar a magia do momento. Você sabe, né, um passeio noturno por Paris...

Ele deu uma gargalhada, balançando a cabeça.

— Vamos. Vai te fazer bem descansar.

Ele abriu a porta de entrada e subimos os degraus estreitos até o último andar. Colocou a chave na fechadura e me convidou a entrar, pedindo desculpas pela bagunça e pelo tamanho do lugar. Dei uma olhada rápida. Era um sótão minúsculo com uma cama, que na verdade era um colchão no chão, e a cozinha do outro lado, onde havia apenas um fogareiro e um balcão de madeira que alguém tentara lixar e envernizar sem muito sucesso. Não tinha nada nas paredes, só umas manchas de umidade, e umas vigas atravessavam o teto. Rhys me mostrou a porta do banheiro, depois de deixar minha mochila em cima de uma poltrona com o estofado desgastado.

— A descarga não está funcionando direito — me avisou.

— Beleza. — Entrei.

Antes de sair, lavei o rosto e as mãos. Quando abri a porta, Rhys estava na cozinha e tinha colocado uma panela com água no fogo. Me olhou de relance e abriu um dos armários, que rangeu.

— Quer um miojo? Fiquei com fome.

— Quero sim. Sem nada muito picante.

— Tá bom, nada picante.

Me aproximei e fiquei do lado dele, ombro a ombro, vendo o macarrão amolecer dentro da panela enquanto ele mexia.

— Vai, fala o que você está pensando.

— Como tudo isso é estranho — admiti. — Não é estranho para você? Há algumas horas eu estava em Londres, no meu quarto. E agora estou no quarto de um cara que acabei de conhecer em Paris. Mas o mais estranho é que...

Mordi o lábio, indecisa.

Ele virou o rosto para olhar para mim.

Naquela luz, vi que ele tinha os olhos mais claros do que eu tinha pensado no começo. Eram da cor das estalactites de gelo e me faziam lembrar o inverno.

— Fala! O que é o mais estranho?

— Que eu não me sinto desconfortável.

— Sinta-se em casa.

— Sério, Rhys, sinto que te conheço há muito tempo, quando na verdade não sei nada sobre você. Acabei de perceber que ainda nem conversamos sobre o mais básico, sabe, tipo as coisas que a gente coloca nas primeiras informações quando abre uma conta em uma dessas redes sociais para paquerar. E não, não me olhe assim. — Dei um tapa no ombro dele quando vi seu sorriso malicioso. — Não quis dizer isso, mas é engraçado que estamos papeando há horas e nenhum dos dois comentou detalhes como a idade ou o que faz da vida. Você trabalha? Estuda? Por que está em Paris?

Esticou os braços para pegar os pratos da prateleira do alto, e a camiseta branca que estava por baixo da jaqueta que ele tinha tirado subiu alguns centímetros. Desviei o olhar na mesma hora.

— Isso é o que eu mais gostei.

— O quê? Não saber essas coisas?

— Sim, que isso não tenha sido a primeira coisa que você me perguntou. Sei lá. É assim tão importante para todo mundo? Acho que se as duas primeiras coisas que você quisesse saber de mim fossem o meu trabalho e a minha idade, talvez não estivéssemos aqui agora.

— Não, claro que não. Foi melhor eu ter perguntado se você é do tipo que só tem casos de uma noite. Que mágico! — Demos risada, mas aí lembrei de algo. — Você leu O *Pequeno Príncipe*?

— Não, por quê?

— Sempre foi meu livro preferido; desde criança, mesmo quando eu ainda não o entendia. Tenho uma cópia toda marcada e cheia de anotações nas margens. Releio com frequência. Um dos meus trechos favoritos é: "As pessoas grandes adoram os números. Quando alguém lhes fala de um novo amigo, elas jamais se informam do essencial. Não perguntam nunca: qual é o som da sua voz? Que brinquedos prefere? Será que ele coleciona borboletas? Mas em vez disso perguntam: qual é a sua idade? Quantos irmãos tem? Quanto pesa? Quanto ganha seu pai? Somente então é que elas julgam conhecê-lo".

— Interessante — sussurrou, depois serviu o miojo em silêncio e tirou duas cervejas da geladeira. Afastou-se dando alguns passos e sentou-se no colchão que estava no chão, com o prato no colo. Bebeu do gargalo.

— Você janta na cama?

— Sim, onde mais?

Me acomodei na frente dele.

— Pode tirar os tênis.

Tirei, porque meus pés estavam doendo depois de tantas horas caminhando. Sentei com perna de índio e peguei meu prato. Enrolei o macarrão com os pauzinhos que ele me deu e comemos em silêncio, olhando um para o outro de vez em quando e rindo sem nenhuma razão. Sei lá. Tudo isso fazia tão pouco sentido e, ao mesmo tempo, tinha tanto significado... Ainda tinha cerveja quando terminei de comer. Dei uns goles pequenos enquanto olhava ao meu redor, pensativa, memorizando cada detalhe. Os livros empilhados. Os discos de vinil em cima de uma mesa cheia de fios e coisas eletrônicas. A planta prestes a morrer na prateleira da cozinha.

— Sabe do que eu mais gostei nesta noite?

— Você vai partir meu coração se não me mencionar — brincou.

— Você está no pacote, sim. — Mordi o lábio inferior. — Você já teve a sensação de que todas as pessoas que te conhecem pensam em você de uma forma que não é real? Ou melhor, talvez a culpa seja minha. Às vezes, é como se o passar do tempo estabelecesse normas e coisas que você não pode mais mudar. Por exemplo, todo mundo acha que eu sou compreensiva. "Oh, fala isso para a Ginger, ela certamente vai entender." "Duvido que a Ginger fique brava." E sabe de uma coisa? Eu não entendo. Eu fico brava sim. Mas faz tanto tempo que eu finjo ser essa pessoa, a garota paciente que nunca perde o controle e nem pensa antes em si mesma... faz tanto tempo que eu faço isso, que nem sei mais onde está a verdadeira Ginger, se eu mesma acabei com ela. Será que eu a matei e a enterrei? Você acha que é isso, Rhys? Porque me assusta pensar isso.

Rhys me encarou, em silêncio.

Não sei de onde tinha saído tudo aquilo, assim de uma vez só. Só sei que pensei que como Rhys não me conhecia, com ele eu poderia ser eu mesma, como já não me permitia com aqueles que tinham se acostumado com a "Ginger de mentira", a que nunca falava o que pensava, a que colocava os outros em primeiro lugar, a boazinha, a que não tinha pensamentos egoístas.

— Essa Ginger não está morta. Ela está aqui comigo.

— Acho que vou chorar de novo, Rhys.

— Não, por favor. Que merda, não chora.

— É que... como é possível que eu fale sobre isso com você e não com a minha irmã ou as minhas amigas? Deveria ser o contrário. Deveria ser mais difícil com um estranho. Você não me falou quase nada sobre você, e eu estou aqui a noite inteira falando sem parar...

— Se isso te preocupa, vou te contar algo sobre mim.

— Algo que você não pode dizer a mais ninguém?

— Tá bom. — Vi seu semblante mudar e ele parecia nervoso. — Meu pai. Não falo com ele há mais de um ano. Isso muita gente sabe, quase todos os mais próximos. Mas eles acham que eu o odeio. Que brigamos por uma bobeira. E não é verdade. Ele sempre foi a pessoa que eu mais amei, só que aconteceu uma coisa... e nós discutimos... e dissemos coisas um para o outro que eu não consigo esquecer. Não nos vemos desde o Natal passado.

Olhei para ele. Estava com os olhos brilhando. E, sei lá, eu nem pensei, foi um impulso. Me inclinei e o abracei com tanta força que quase me joguei em cima dele. Rhys me acolheu em seus braços. Eu me enganei quando o conheci: não era o chiclete que ele estava mascando que tinha cheiro de menta. Era o seu cabelo. O xampu. O aroma me envolveu quando afundei o nariz no cabelo dele.

Nos separamos devagar, mas não totalmente. Minha mão continuou entre as dele, nossos joelhos se tocando. Os dois deixando as horas passarem naquele lugar.

— Tá bom, vamos parar de falar de coisas tristes. O que você faz?

Rhys sorriu e seu olhar foi meigo, doce. Quase uma carícia.

— Sou DJ e compositor de música eletrônica.

— Tá me zoando.

— Por quê?

— Não sei, eu não esperava isso. Fiquei tão supresa quanto se você tivesse falado que era apicultor ou algo assim. Não te imaginava escutando... esse tipo de música...

— Eu gosto de todo tipo de música.

E então ele levantou e ligou o aparelho de som. Começou a tocar uma música cantada por uma dessas vozes femininas que parecem te abraçar, suave e baixa. Rhys voltou para a cama fazendo uma dancinha meio boba enquanto andava. Dei risada.

— E você vive disso? Quantos anos você tem?

— Agora sim, isso está começando a parecer um encontro.

— Para de brincar. Quero saber mesmo.

— Mais do que viver, eu sobrevivo. Na verdade, eu viajo e fico um tempo em cada cidade quando surge uma oportunidade. Agora eu tenho um trabalho aqui em uma boate em Belleville até daqui a dois meses; depois disso, vou ver o que faço. — Encolheu os ombros. — Ah, e eu tenho vinte e seis anos, espero que isso mate a sua curiosidade, bolacha Ginger.[3]

— Droga, não! Nem pense em fazer essa piada...

— Bolacha de gengibre? Eu adoro. Sério, são as minhas preferidas. Você é, literalmente, um dos meus prazeres secretos — confessou, sussurrando.

— Estou te odiando nesse momento.

— Para mim, você continua igualmente apetitosa.

— Você não leva nada a sério mesmo.

— Talvez, você vai ter que descobrir. — Bufei, vendo que ele estava me provocando. — Mas beleza, agora você. Já que a conversa ficou séria, qual é o seu sonho?

— Meu sonho?

---

[3] Referência às bolachas de gengibre, muito comuns em alguns países na época do Natal. (N. T.)

— O que você faz?

— Então você é um desses idealistas que pensam que a gente tem que se dedicar aos sonhos. Acho que vou te decepcionar. Eu não tenho nenhuma louca aspiração pela qual valha a pena lutar. Estudo Marketing e Administração de Empresas, assim como Dean.

— Vocês foram separados no nascimento com uma cirurgia?

— Não comece com isso. É mais simples. Meu pai é dono de uma das empresas de armários mais famosas da cidade. Todo tipo de material, de design...

— Você está tentando me vender um?

Dei risada e tomei um gole de cerveja.

— Estou tentando te explicar porque estudo isso. E, além do mais, eu gosto. A ideia de dirigir um negócio, sei lá, sempre me atraiu.

— E Dean?

— Bem, já te falei que nossos pais são amigos. Era óbvio que ele começaria a trabalhar na empresa da família assim que terminasse a faculdade.

Ele franziu um pouco a testa. Foi apenas um segundo, mas ali estava; aquela ruga, aquela dúvida, aquele incômodo. Então voltou com seu sorriso habitual, aquele que me fazia prender a respiração se eu olhasse para ele por muito tempo e não desviasse o olhar para tomar um ar. Ele bebeu de uma só vez o que restava antes de colocar a garrafa no chão ao lado dos pratos. Depois deitou na cama, despreocupado, dobrou o braço sob a nuca e olhou para mim.

— Qual a sua idade, Ginger?

— Vinte e um. Fiz aniversário mês passado.

De repente ele ficou sério, e a próxima coisa que notei foram seus dedos pegando meu pulso e puxando-o com delicadeza em direção a ele. Me deixei levar. Terminei ao lado dele, com a cabeça apoiada no travesseiro. E então eu vi o que ele queria me mostrar. No alto da parede inclinada do sótão tinha uma janela circular de madeira, como as dos barcos ou dos contos de fadas. Estava bem acima de nós, e a lua nos olhava através do vidro. Senti um arrepio, porque sabia que aquele era um momento importante, mesmo que ainda não entendesse o porquê. Respirei fundo. Uma, duas, três vezes. A música ainda tocava ao fundo. E sua mão ainda estava sobre a minha, embora ele tivesse soltado meu pulso e agora seu polegar estava desenhando círculos na minha pele e passando por cima da linha das minhas veias, como se ele gostasse de fazer isso.

Rhys apagou a luz.

Senti que me afundava naquela cama.

Senti que tudo, todo o resto, o mundo exterior, deixou de ser importante. Porque ali estava ele. Eu. Nós. Uma canção em francês que eu não entendia. Uma janela para o céu. A sensação de me sentir bem, de ter os pulmões cheios de ar. Essa emoção.

Fechei os olhos e me concentrei na ponta dos dedos dele tocando a minha pele.

— Rhys — sussurrei em meio à escuridão.

— Diga. — Escutei-o respirando fundo.

— O que eu vou dizer vai parecer loucura, e eu sei que a gente se conhece só há algumas horas e não faz muito sentido, mas juro que eu vou me lembrar de você. Que daqui a muitos anos ainda vou lembrar de você e dessa noite improvisada.

Eu não o vi, mas senti que ele sorria ao meu lado.

— Tá bom. E espero que, a essa altura, quando você lembrar desse momento, você tenha realizado todos os seus sonhos. — Tampei a boca com uma mão. — Não dá risada, droga. Vamos, Ginger, eu estava falando sério, profundo, como um pseudointelectual que fala bobagens, mas que parece relevante pela maneira como fala.

— Desculpa. Você tem razão...

— É claro que tenho. Vai chegar o dia em que você não vai sentir que precisa se esconder na frente de outros, sabe? O dia em que você poderá simplesmente ser você, o que parece fácil, mas é quase uma utopia. E eu sei que as pessoas ao seu redor se impõem, mas pensa nelas como apenas um número a mais, e que elas estão aqui, na Terra, diferente de nós — brincou.

— E nós estamos onde?

Ficou em silêncio, olhando pela janela.

— Nós dois... na lua.

— Eu gosto como isso soa.

— Mas é isso mesmo. Você não se sente assim agora?

— Sim — admiti baixinho. — Me sinto na lua...

— Dorme, bolacha Ginger.

— Te odeio, Rhys.

— Boa noite.

— Boa noite.

6. RHYS

Amanhecia. Olhei para ela e vi seu rosto iluminado pelo sol que entrava pela janela do telhado. Isso era o que eu mais gostava naquele apartamento que eu chamava de casa havia dois meses, isso até eu fazer as malas de novo, porque me aterrorizava a ideia de ficar parado, estático, enquanto o mundo girava.

Mas naquele momento, não.

Naquele momento, eu pensava que queria ficar muito mais tempo ao lado do corpo quente de Ginger, que estava toda aconchegada junto a mim, com as mãos agarrando minha camiseta como se pensasse que eu fosse fugir no meio da noite. Engoli em seco, nervoso, porque estava sentindo... coisas desde que tinha topado com ela em frente à máquina de bilhetes do metrô. Coisas boas. Como ternura. Curiosidade. Ou desejo.

Ela tinha o nariz arredondado e um pouco largo, estava com a boca entreaberta, a respiração lenta, mas sonora, e seu rabo de cavalo não era mais um rabo de cavalo, porque o elástico tinha caído e agora seu cabelo castanho estava todo enrolado. Assim como ela. "Enrolada." Ela chorou quando eu disse isso, e não foi de tristeza. E acho que estava começando a entender o porquê. Talvez eu tenha sido a primeira pessoa a pensar que Ginger não era tão simples quanto ela parecia ser à primeira vista. Que ela não era a garota do sorriso eterno e a que sempre se esforçava para agradar os outros. Era o contrário. Era a que engolia os medos. A que acumulava desejos. A que tinha que se esforçar para encontrar a si mesma quando se olhava no espelho.

E eu estava adorando Ginger. Com toda a sua enrolação.

Mas ela tinha que seguir o caminho dela e eu o meu.

Me mexi devagar, tentando não a acordar, embora tenha sido em vão; mal me afastei alguns centímetros, ela piscou e abriu os olhos meio atordoada.

— Que horas são? — Parecia uma gatinha.

— Oito. Fica um pouquinho mais.

Levantei e sorri quando vi que ela se embolava de novo. Liguei a cafeteira e fui para o banheiro para tomar uma ducha. Quando saí com a toalha enrolada na cintura, porque tinha esquecido de pegar antes uma roupa limpa, ela já estava sentada na cama, despenteada e espiando meu corpo nu. E caralho. Caralho! Que vontade! Que vontade! Respirei fundo. Quem dera que ela não tivesse acabado de terminar com aquele idiota, quem dera que não estivesse prestes a entrar num avião para outro país, e quem dera tê-la conhecido em outro momento, em outro lugar, em outra situação...

— O café tá quase pronto. Quer tomar um banho?
— Dá tempo? — Fiz que sim. — Tá bom, então.
— Tem roupa nessa mochila?
— Só roupa íntima. E biscoitinhos salgados.
— Que garota mais precavida.

Abri o armário minúsculo onde guardava toda a minha roupa, peguei o menor moletom que eu tinha e joguei para ela. Ela olhou meio em dúvida.

— Mas eu não vou ter como te devolver.
— Já contava com isso.
— Tá bem. Obrigada, Rhys.

Ela entrou no banheiro e eu me vesti, escutando o barulho do encanamento quando ela ligou a água quente. Queria estar naquele chuveiro. Queria... sei lá, lamber a pele dela. Beijá-la. Descobrir o gosto dela. Balancei a cabeça. Estava pensando bobagens.

Abotoei o jeans e caminhei descalço até a cozinha. Preparei duas xícaras de café com leite e peguei uma *napolitana*[4] de chocolate do dia anterior, caso ela quisesse comer algo antes da viagem. Ela saiu do chuveiro logo depois, vestida com o mesmo jeans e o meu moletom.

— Acho que não te agradeci por tudo...
— Agradeceu sim — eu a interrompi. — Café?

Ela me olhou satisfeita e fez que sim com a cabeça. Ficamos num silêncio confortável enquanto tomávamos café juntos, um silêncio que continuou quando entramos no ônibus, porque decidi acompanhá-la até o aeroporto. Chegando lá, cercados por gente que ia e voltava, pela voz que soava do alto-falante e pelo primeiro controle de segurança pelo qual ela tinha que passar, comecei a perceber que tudo aquilo era real. Eu estava lá, me despedindo de uma garota a quem tinha acabado de conhecer... e estava com um maldito nó na garganta. E não queria pensar nisso.

Entreguei a mochila para Ginger, que a colocou no ombro.

---

[4] Espécie de pão doce feito com massa folhada geralmente recheado com chocolate. (N. T.)

Ela teve dificuldade em tirar os olhos do chão e olhar para mim.

— Acho que isso é um adeus.

— Sim. — Mas, porra, eu não queria.

Nossos olhares ficaram entrelaçados durante tanto tempo, que tudo ao nosso redor parecia ter ficado embaçado. Olhei para ela. Ela era uma garota normal. Tentei me convencer disso pensando que ela não era a garota mais bonita que já tinha conhecido nem a mais divertida nem a mais louca nem a mais... sei lá, nem a mais qualquer coisa. Também não tínhamos vivido nada de transcendental. Eu não tinha tido com ela a melhor trepada da vida e nem tínhamos descoberto para qual droga de religião rezar para alcançar a paz espiritual. Mas nada disso importava. Porque para mim foi "diferente" desde o primeiro instante em que eu a vi, e isso foi tudo. Não dava para ignorar que meu coração batia acelerado, com ritmo, como uma canção que implorava para ser escrita.

E cacete. Que se dane tudo.

Eu queria beijá-la. Eu ia beijá-la.

— Rhys... — foi quase um sussurro.

— Diga. — Engoli em seco.

— Obrigada por esta noite.

— Para de repetir isso.

— Eu me sinto assim.

— Que merda, Ginger.

— Tenho que ir.

— Queria que não fosse assim.

— Pois é — hesitou. — Foi divertido.

— Divertido... — repeti, incomodado.

Divertido o cacete! Tinha sido real, autêntico.

Olhei para ela tenso, sem saber o que dizer.

Até que simplesmente as palavras desapareceram, porque ela ficou na ponta dos pés, me abraçou como se fôssemos dois velhos amigos se despedindo e depois me deu um beijo suave na bochecha antes de se afastar de forma brusca, como um puxão leve.

— Adeus, Rhys.

— Vai com cuidado.

Acenou com a cabeça, virou e seguiu em direção ao controle de segurança. Acho que nesse momento eu deveria ter dado meia-volta e começado a caminhar até me perder na multidão. Mas não foi o que eu fiz. Fiquei ali, com as mãos nos bolsos, olhando seu cabelo emaranhado, porque essa manhã eu não tinha oferecido a ela uma escova decente para ela se pentear, e nas rugas que o meu moletom, bem maior do que ela, fazia em suas costas.

Ginger já estava colocando a mochila na bandeja que teria que passar pela esteira quando olhou para trás e pareceu surpresa ao me ver ainda lá. E então eu soube. Soube que ela ia fazer alguma besteira. Quase sorri antes que ela começasse a perguntar alto para os outros passageiros se alguém tinha uma caneta.

Apertei os lábios para segurar uma gargalhada.

Ficaram olhando para ela quando ela saiu de lá desviando dos que estavam na fila, e voltou correndo na minha direção com uma caneta na mão. Estava tão nervosa... Tão linda...

— Eu sei que você vai achar que eu sou louca, mas, sei lá, hummm... assim, Rhys, se você... se algum dia você estiver entediado ou estiver olhando para o céu por aquela sua janela e não souber o que fazer, escreve para mim.

E enquanto ela atropelava todas aquelas palavras, pegou minha mão e começou a riscar na minha pele as letras do que, depois eu vi, era o e-mail dela. De novo fiquei com vontade de beijá-la, mas apenas olhei para ela. Então se afastou de novo, e eu a perdi de vista quando ela atravessou o controle de segurança.

Não sei quantas vezes me perguntei ao longo da vida: O *que teria acontecido se eu tivesse me atrevido a beijá-la naquele dia no aeroporto. Como teriam sido nossas vidas? Teria mudado alguma coisa?* Era um "e se" cheio de incógnitas que sempre me acompanharia. E a ela. O choque de dois caminhos, o dela e o meu, que aparentemente não estavam destinados a compartilhar esse trecho de Paris em que nos encontramos, mas que, mesmo assim, foi o começo de outro trajeto um pouco mais longo: um desvio para a lua.

7. GINGER

Enquanto eu me sentava e olhava os aviões que já estavam alinhados na pista do aeroporto, pensei que deveria estar triste. Deveria estar sentindo falta de Dean, me perguntando por que ele tinha me deixado e como seria a minha vida a partir de então. Mas não foi assim. Porque eu só conseguia me concentrar em memorizar todos os detalhes que tinha conhecido de Rhys em apenas algumas horas. Lembrei de cada toque. O tom rouco da voz dele. Como ele me olhava. E como ele ficava com o cantinho dos olhos enrugado quando ria. A fisgada que senti no estômago quando o polegar dele seguiu a linha das minhas veias, como se ele estivesse escutando meu pulso com a própria pele. E a lua que se via da janela dele. Nós dois na lua.

É possível se apaixonar por alguém em poucas horas?

É possível esquecer esse alguém depois de algumas mais?

8.

De: Rhys Baker
Para: Ginger Davies
Assunto: Sem assunto
Não sei muito bem como começar, só queria saber como estão as coisas por aí e dizer que a tinta daquela caneta era inapagável. Demorou dias para sair. Sério, voltei com cuidado no ônibus para evitar um borrão ou algo assim, mas nada. Acho que era "permanente" mesmo. Aparentemente, nem toda propaganda é enganosa.

Enfim... Espero que você esteja bem, bolacha Ginger.

De: Ginger Davies
Para: Rhys Baker
Assunto: Não estou louca
Bem, como já se passaram quatro dias desde que voltei, admito que pensei que você não me escreveria. Na verdade eu até entenderia, porque quando eu corri até você te apontando uma caneta como se fosse uma faca, acho que deve ter pensado que eu era a típica doida de aeroporto que tinha surtado depois de ver tantos filmes. Mas é que... sei lá, de repente percebi que fazia muito tempo que eu não conhecia

alguém com quem me sentisse tão bem e que era triste pensar que a gente não teria mais contato. E pensei nas coisas que não tive tempo de te perguntar ou em tudo que não falamos e, bem, o resto é história. Você acha que estou delirando?

    P.S.: Vou ignorar a parte do "bolacha Ginger".

De: Rhys Baker
Para: Ginger Davies
Assunto: Você não está louca
Não, você não está delirando. Podemos conversar por aqui de vez em quando. Ser amigos. Não me deixe curioso, quais são as perguntas que você não chegou a fazer para mim?

    A propósito, você já viu Dean de novo? Como vão as coisas?

De: Ginger Davies
Para: Rhys Baker
Assunto: RE: Você não está louca
Já encontrei com ele, sim. Não te falei? É que somos colegas de classe em quase todas as disciplinas, exceto duas optativas e, além disso, estamos fazendo juntos um trabalho de uma das matérias. Legal, né? Vai ser um inferno. Pelo menos já estou no dormitório da faculdade, sã e salva no meu quarto e longe dos meus pais. Você deve imaginar como eles receberam a notícia da separação. No começo, mal. Depois, para minha surpresa, meu pai disse que "a maioria dos homens quer se divertir um pouco antes de sossegar". Olha, Rhys, acho que você ficaria orgulhoso de mim, porque em qualquer outro momento eu teria calado a boca e engolido a raiva e pronto, mas dessa vez não foi assim. Lembrei do que falamos sobre como é difícil sermos nós mesmos e, sério, você não imagina a cara do meu pai enlouquecendo enquanto eu dizia, aos gritos, que o que ele tinha acabado de dizer era machista e estúpido.

    Eu sei que falo e escrevo demais.

    E quanto às perguntas... não sei, tudo. Faltou saber tudo sobre você, Rhys.

De: Rhys Baker
Para: Ginger Davies

Assunto: RE: RE: Você não está louca
Muito bem, estou orgulhoso de você, sim. E você tem razão, isso é uma idiotice. Sabe o que eu acho? Eu acho que você também deveria se divertir e experimentar e viver mil aventuras, Ginger. Você nunca pensou nisso? Olha, vou te fazer uma pergunta. Lá vai (quase posso ver você ficando vermelha): com quantos garotos você já dormiu? Ou garotas.

De: Ginger Davies
Para: Rhys Baker
Assunto: Você é um idiota
Eu não fiquei vermelha e você é um idiota, que fique bem claro. Esclarecidos esses pontos importantes, te digo que sim, é exatamente como você está pensando, eu só estive com Dean. Mas você esperava o quê? Comecei a namorar ele quando eu tinha dezesseis anos. Eu ainda nem... bem, eu nunca nem beijei outro cara. É isso. Pronto, falei. E o pior é que nem sei se vou conseguir fazer isso. Quero dizer, eu vou. Mas não. Você me entende?

De: Rhys Baker
Para: Ginger Davies
Assunto: RE: Você é um idiota
Aceito que sou um idiota. Mas não, eu não conseguiria te entender, a não ser que alguém tivesse inventado uma máquina para "traduzir sentimentos sem sentido". O que significa "sim, mas não"? Porque para mim isso é bem confuso. Agora você está muito na Terra.

De: Ginger Davies
Para: Rhys Baker
Assunto: RE: RE: Você é um idiota
Não entendi o que você quis dizer com "agora estou muito na Terra".
 Quanto à outra coisa, não sei, Rhys. Eu quero, entende? Quero sentir essa liberdade, essa sensação... Você nunca quis ser alguém que não poderia ser? Eu já. Eu gostaria, por exemplo, de não ter vergonha do meu corpo. Bem, não é que eu tenha vergonha, mas acho que tenho muito pudor. Não ria. Eu sei que você está rindo. Estou falando de garotas que andam sem sutiã e não se importam, das que fazem topless sem se preocupar, das que vestem uma peça de roupa que adoram mesmo

sabendo que não é a que mais favorece seu tipo físico. Não é incrível? Fazer o que te dá na telha sem pensar demais? Deve ser libertador.

E quanto a me relacionar com outras pessoas, não sei...

Você faz isso? Eu não te perguntei.

Tem alguém especial na sua vida?

De: Rhys Baker
Para: Ginger Davies
Assunto: RE: RE: RE: Você é um idiota

Não, não tem ninguém especial. Mas eu faço, sim. Conheço garotas e nos divertimos juntos. O que tem de errado nisso? Você deveria tentar, Ginger. Você não tem que ficar a vida toda esperando que o Dean termine de se divertir e volte para te buscar.

E por que você não seria esse tipo de garota?

Sou muito a favor de não usar sutiã.

E mais ainda do topless. Pode ter certeza.

De: Ginger Davies
Para: Rhys Baker
Assunto: Vamos mudar de assunto

Olha, talvez seja melhor deixar de lado, por enquanto, a liberação dos meus peitos e a minha vida sexual inexistente. Além disso, parece que a sua é muito mais interessante. Enfim... Neste momento, eu deveria estar estudando para a prova que tenho esta semana, mas pensei que seria melhor escrever para você. E vou te confessar uma coisa: pesquisei no Google "DJ e compositor de música eletrônica", e agora entendo o que era aquilo tudo que estava na mesa da sua casa. Como você acabou metido nisso?

De: Rhys Baker
Para: Ginger Davies
Assunto: RE: Vamos mudar de assunto

Sério que você não quer continuar falando sobre a liberação dos seus peitos e da sua vida sexual? Não sei o que tem de errado ou desconfortável nisso. Quer dizer, peitos são peitos. E sexo é sexo. As escolas deveriam nos educar de forma diferente, nos ensinar que é algo normal. Talvez assim garotas como você não ficariam vermelhas ao dizer a palavra "foda" e, antes que você fique brava, não, eu não estou te zoando, Ginger. É só uma observação. Gosto da ideia de imaginar uma realidade paralela em que você adora cada parte do seu corpo e tem prazer com ele.

Me diz que pelo menos você se masturba.

Não se permitir isso seria um castigo.

A esta altura, você deve estar socando a tela do computador, então vou responder a sua pergunta: me meti no mundo da música eletrônica por acaso. Foi numa época em que eu estava meio perdido e não sabia o que fazer da vida, há alguns anos. Conheci um amigo de um amigo que trabalhava com isso e ele me deixou experimentar. E curti demais desde o começo. Sei lá, você se desconecta de tudo e fica focado só na música, parece que não tem mais nada. Vou te contar um segredo: não é o meu gênero favorito, mas é o único que eu sei criar. A questão é que, quando você faz isso, você desenvolve tudo. Da composição à mixagem e à gravação. Eu curto. Não sei explicar por quê.

De que tipo de música você gosta?

De: Ginger Davies
Para: Rhys Baker
Assunto: RE: RE: Vamos mudar de assunto

Vamos por partes. Eu me masturbo, sim, Rhys. Só não acredito que você tenha me perguntado isso. Fique tranquilo, eu sei me virar e estou muito satisfeita. Espero que, enquanto estiver lendo isso, você não esteja rindo feito um idiota. Mas não era isso que eu queria falar. Bem, sim, mas não. Desculpa, você vai ter que se acostumar com os meus "sim, mas não", porque de certa forma eles fazem todo o sentido do mundo. O que eu estava tentando explicar outro dia era que seria estranho para mim dormir com um cara que não fosse Dean, porque, para começar, é algo que eu ainda não fiz e seria como romper com tudo que eu conheço. Mas, por outro lado, eu gostaria de saber como é estar com outra pessoa.

Você e minha irmã se dariam bem, sabia? Vocês pensam mais ou menos do mesmo jeito. Aliás, ela se chama Dona e é três anos mais velha que eu. Ela terminou a faculdade no ano passado, então parece que agora está acontecendo tudo ao mesmo tempo para mim: ela não está mais no dormitório da faculdade, Dean está seguindo o caminho dele e eu não sei se realmente me dou bem com as garotas da sala.

Elas me olham estranho quando eu falo demais. E eu as entendo, claro. Apesar de que uma delas é gente boa, ela se chama Kate e eu sento do lado dela na aula de Estatística. Enfim, nem sei por que estou te contando tudo isso.

Quanto ao seu trabalho... gostei do que você disse.

Na verdade, eu não sou uma pessoa muito musical. Não me odeie. Quer dizer, eu conheço as bandas básicas e não sei o que faz com que uma música seja incrível ou terrível. Ligo o rádio só de vez em quando. Por que você não me manda alguma música sua? Aí sim, com certeza eu vou gostar.

De: Rhys Baker
Para: Ginger Davies
Assunto: Ouça a sua irmã

Agora sério, acho que entendo o que você quer dizer com o fato de ser difícil para você se imaginar indo para a cama com outra pessoa depois de tantos anos com ele. Não posso saber como você se sente, Ginger. Eu tento te animar, mas nunca estive em um relacionamento de cinco anos e sei que não dá para apagá-los de uma vez só.

Não me faça ser mais profundo.

E ouça a sua irmã, claro. Ela deve ser uma garota bem esperta e que sempre tem razão. Mas, sem brincadeira, ainda bem que não falta muito para o fim do ano. E você deveria sair e conhecer novas amigas, como essa Kate.

Você não tinha amigos antes de terminar com Dean?

E ele nem tenta manter contato com você?

Não acredito na sua relação inexistente com a música. Engraçado, eu achava que você era dessas garotas que costumava ir com o fone de ouvido para todos os lados, não sei por quê, mas eu te imaginava exatamente assim. Terei que te mostrar o mais básico qualquer dia. Mas quanto à minha música, desculpa, ainda não estou pronto para te mandar uma. Não fique brava. Sei lá, talvez mais para a frente, pode ser? Prometo. Quando eu achar alguma de que você possa gostar...

De: Ginger Davies
Para: Rhys Baker
Assunto: Isso é injusto

Como assim "talvez mais para a frente"? Isso é injusto. Eu sei que a gente mal se conhece, e agora que já passou mais de um mês, quando eu lembro daquela noite em Paris, parece quase irreal. Mas mesmo assim, não vou te julgar. Nós somos como amigos, não somos? Ou uma "tentativa de amigos", se você preferir. Eu sei que vou gostar de qualquer coisa que você fizer.

Me manda uma música, vai, por favor, por favor, por favorzinho.

De: Rhys Baker
Para: Ginger Davies
Assunto: RE: Isso é injusto
Você não respondeu o que eu perguntei sobre Dean...

De: Ginger Davies
Para: Rhys Baker
Assunto: RE: RE: Isso é injusto
E você não me mandou nenhuma música...

De: Rhys Baker
Para: Ginger Davies
Assunto: RE: RE: RE: Isso é injusto
É sério que a gente vai se estressar por isso? Porque admito, por mais insano que pareça, tem sido estranho não ter notícias suas nesses últimos quatro dias. Ginger, bolachinha Ginger, estou trabalhando em algo que talvez te mostre em breve, está bem assim?

Diz que sim. Sinto saudades das suas mensagens.

Você já recebeu as notas da prova?

De: Ginger Davies
Para: Rhys Baker
Assunto: RE: RE: RE: RE: Isso é injusto
Você já viu algum episódio dessas séries policiais que têm um sequestro e eles chamam alguém especializado em diálogo com reféns para convencer o sequestrador a não matar toda aquela gente com quem ele se trancou no supermercado? Então, você é um desses, um trapaceiro. E não é que eu esteja do lado do assassino, é que é injusto eu te contar tantas coisas e você só ficar escutando como se isso fosse um confessionário.

Somos amigos ou não? A amizade é uma coisa recíproca.

De: Rhys Baker
Para: Ginger Davies
Assunto: Amigos 4ever

Sem dúvida, Ginger, somos amigos.

    E você tem razão, é difícil para mim falar de mim mesmo e eu gosto demais de saber sobre você. Não vou discutir isso. Mas prometo que vou me esforçar. Vamos ver, o que posso te contar? Nesse momento estou no aeroporto e meu avião sai daqui a três horas. Vou para Nova York por um mês. E sei lá, estou nervoso. Talvez eu encontre com a minha mãe. Talvez. Estou indo porque um colega me conseguiu um trabalho como substituto.

    Sabe... eu me senti estranho indo embora de Paris, e é a primeira vez que me acontece isso.

    Espero que você esteja bem. E olhe pelo lado positivo, imagine se um dia estamos fazendo compras e, de repente, acontece um sequestro. Você sobreviveria se eu estivesse por perto.

De: Ginger Davies
Para: Rhys Baker
Assunto: RE: Amigos 4ever

Curti tanto o assunto da mensagem de agora que eu não quero mudar nunca, nunca, nunca mais. E sim, somos amigos. Confesso que para mim também foi esquisito passar tantos dias sem ter notícias suas. É estranho, né? Isso de se acostumar tão rápido a checar o e-mail na cama pouco antes de ir dormir todos os dias e encontrar uma mensagem sua.

    É difícil pensar em você em Nova York, porque sempre te imagino caminhando por aquelas ruas de Paris em que passeamos juntos, mas estou feliz porque você vai ter a chance de ver a sua mãe. Quando foi a última vez? Você está um pouco triste ou é impressão minha? Esquece. Você sabe que às vezes eu viajo.

    Ah, e sim, eu tirei um "satisfatório" na última prova. Fiquei bem contente. E sobre o Dean e nossos amigos, daria para escrever um livro inteiro. E eu não quero te entediar.

De: Ginger Davies
Para: Rhys Baker

Assunto: RE: Amigos 4ever
Estava esquecendo: por que você se sentiu estranho por ir embora de Paris?

De: Rhys Baker
Para: Ginger Davies
Assunto: RE: RE: Amigos 4ever
Eu também me acostumei muito rápido com seus e-mails...

E sim, você tinha razão. Estou um pouco triste. Não sei se dá para transmitir isso por escrito ou se você me conhece melhor do que eu acho que seja possível, mas viajar para os Estados Unidos me deixa meio nostálgico. Talvez seja pela sensação de poder alugar uma moto a qualquer momento, pegar a estrada e ir para casa. Para a minha casa de verdade. E quando estou longe, na Europa, não penso tanto na minha família, é como se, de alguma forma, esse oceano que nos separa me fizesse sentir mais seguro. Será que isso faz sentido? Te conheço, tenho certeza de que você vai dizer que faz. Não se aprofunde muito, bolachinha.

Me conta sobre o Dean e seus amigos, por favor. Eu gosto de ler suas mensagens. E mais ainda em momentos como estes, quando me sinto assim. Estou te escrevendo agora em um quarto de dois metros quadrados. Estou morando neste apartamento em Nova York com outras cinco pessoas, mas não sei se vou aguentar muito mais. Eu gosto de conhecer pessoas. Gosto de viajar pelo mundo e dormir em qualquer lugar, mas depois de alguns dias acabo sempre precisando do meu espaço, de um pouco de solidão, ou sinto que vou sufocar se estiver rodeado de muita gente. Tenho certeza de que isso também faz sentido para você.

E quanto a Paris... não sei...

Mas, quando fui embora, tive a sensação de estar deixando algo lá.

E não, para isso não tente encontrar nenhum sentido, Ginger.

De: Ginger Davies
Para: Rhys Baker
Assunto: RE: RE: RE: Amigos 4ever
Ai, Rhys, é muito ruim pensar em você triste. E tão longe. Se você estivesse aqui, combinaríamos de tomar um café e eu te animaria dizendo alguma bobagem dessas que só você não fica com vergonha. Mas eu acho que entendo o que você explicou. Essa sensação de que, estando aí, você

está perto de casa. Imagino que isso fique na sua cabeça o tempo todo. Não sei o que dizer para você se sentir melhor, mas vou atender o seu pedido e vou te contar sobre o Dean.

Eu tinha amigos, sim, mas a gente saía sempre no mesmo grupo. E não é que ele quisesse parar de se relacionar comigo, em parte fui eu mesma, porque não é legal sair com a sua turma uma noite para tomar uma e ver seu ex dando em cima da garçonete e terminar conseguindo o telefone dela, né? Pois bem, foi o que aconteceu na primeira vez que me animei a dar uma volta. Ah, sei lá, não sou dessas garotas fortes e supervalentes que terminam um namoro de cinco anos e, duas semanas depois, é como se nada tivesse acontecido. Só agora estou começando a me sentir melhor, estou começando a me encontrar. Não dá risada, mas você tinha razão. Éramos como siameses, fazíamos tudo juntos mesmo. Talvez por isso esteja demorando tanto para eu me acostumar. Sabe, acordar todas as manhãs e lembrar que não preciso ligar para acordá-lo (porque ele sempre desligava o alarme) ou marcar na porta da casa dele para ir caminhando até a faculdade e pegar um café na cafeteria da esquina, antes de chegar, naquela em que fazem o melhor cappuccino do mundo (você não imagina como ele é delicioso). Ou assistir juntos a quase todas as aulas. E depois, também, nossa vida social. Foi como cortar o cordão umbilical. Ou algo assim. Mas agora estou melhor. Na verdade, sabe... a Kate me convidou para uma festa na semana que vem e acho que eu vou. Vai me fazer bem.

Me conta como estão as coisas aí em Nova York.

De: Rhys Baker
Para: Ginger Davies
Assunto: RE: RE: RE: RE: Amigos 4ever

Dean é um babaca. Não precisa ser muito esperto para ter o mínimo de tato. Sei lá, sinceramente, ainda não sei o que você viu nele durante tantos anos...

Fico feliz em saber dessa festa. Divirta-se, Ginger. Fique louca. Vista alguma roupa com a qual você se sinta incrivelmente *sexy*, não pense em nada, dance, fale com algum desconhecido que aparecer (embora a gente saiba que nenhum será tão incrível como eu, claro). Seja a garota que você sempre quis ser. Aventure-se.

Eu estou melhor. Daqui uns dias vou para Los Angeles. Tenho amigos lá. Na verdade, quando você viaja tanto, acaba tendo amigos no mundo todo. Mas não desses de conversar todos os dias, é claro. É um tipo de amizade diferente, eu acho. Vou ficar um tempo por lá e ver se rola algum trabalho ou qualquer outra coisa. Improvisar não é tão ruim assim.

Antes de ir, vou encontrar com a minha mãe. Ela vem a Nova York semana que vem. E eu não te respondi antes, mas já faz mais de um ano que eu não a vejo, desde aquele Natal em que discuti com o meu pai. Me dá arrepio só de pensar. Mas eu também não sei como voltar atrás. Sinto que me meti em algo de que não sei como sair.

Vai me contando sobre seus avanços, Ginger. Divirta-se.

9. GINGER

Todas as minhas roupas estavam, literalmente, em cima da cama. Dezenas de roupas que eu tinha experimentado e deixado de lado, porque eu não tinha ficado bem em nenhuma delas. Pelo menos não como Rhys tinha descrito: "incrivelmente *sexy*". E por uma vez na vida eu queria pensar isso ao me olhar no espelho; não para impressionar alguém, mas eu só queria me ver assim.

Fiz uma careta para os vestidos e abri de novo o guarda-roupa. Vesti uma calça preta *skinny* com dois zíperes laterais e uma camiseta transparente que deixava à mostra o sutiã preto de renda que eu tinha comprado na semana anterior, pois fiquei empolgada quando passei em frente a uma loja de lingerie. Era bom pensar que eu nunca tinha me dado um presente desse tipo quando estava com Dean, mas senti vontade de fazer isso para mim mesma. Por fim, calcei um par de botas e respirei fundo.

Não parecia meiga, mas sim "incrivelmente *sexy*".

Sorri e fiquei em dúvida entre prender o cabelo ou deixá-lo solto, mas decidi pela segunda opção quando Kate bateu na porta. Peguei a bolsa e abri.

Ela me olhou de cima a baixo com um sorriso.

— Uau, você está incrível. Que gata!

— Obrigada. Você também. Vamos?

— Sim, estacionei bem aqui na porta.

Fui atrás dela enquanto ela me colocava a par de quem estaria na festa. Era longe do centro, em uma casa com jardim de um ex-aluno da faculdade. Kate estava de olho na estrada e já tinha escurecido havia algumas horas.

— Como vão as coisas com aquele seu amigo?

Ultimamente sentávamos juntas em quase todas as aulas, por isso ela sabia dos e-mails que eu estava trocando com Rhys. Era uma garota simpática, dessas que sempre enxergam o copo meio cheio e, além disso, não tinha deduzido como eu era pelo que ouvira a meu respeito, então fizemos o esforço de começar do zero, como se a gente não tivesse se cruzado pelos corredores da faculdade dezenas de vezes até aquele momento.

— Rhys? Tudo bem. Ele está em Nova York.

— Não foi isso que eu quis dizer, Ginger. Você nem pensa em contar que sente algo por ele? Vocês se falam quase todo dia, isso vai terminar mal.

— Não, é que não é bem assim.

— E como é, então? — perguntou.

— Bem, é verdade, eu sinto algo por ele, mas de uma forma diferente que não sei explicar. Nosso relacionamento é perfeito assim, platônico, com nossos e-mails e cada um de um lado do mundo. Sei lá. É bonito. É uma das coisas mais bonitas que tenho na vida e não pretendo estragar isso, porque, além de tudo, não ia mudar nada.

— Vai saber... Talvez ele esteja disposto a parar de rodar por aí e queira ficar em Londres. Em algum momento ele vai ter que sossegar, né? Puxar o freio.

— Você não conhece o Rhys. — Sorri e suspirei.

Eu estava começando a conhecê-lo, e-mail após e-mail. E ainda tinha a sensação de que, depois de quase três meses conversando todos os dias, eu só tinha visto a ponta desse iceberg chamado Rhys. Mas não importava. Porque eu gostava dele, em todos os sentidos, com e sem problemas, com armadura e sem ela. Eu não conseguia explicar a ninguém o que existia entre nós, a vontade de nos encontrarmos pela tela quando anoitecia, a cumplicidade, como era fácil falar de tudo, coisas importantes ou bobagens; também outras mais íntimas que eu não costumava compartilhar com ninguém. E isso significava que não só a Kate, mas também a minha irmã, pensavam que eu estava apaixonada por ele. Mas elas estavam erradas.

Eu estava apaixonada apenas pelo cara que tinha conhecido em Paris. Por uma lembrança fugaz. Porque aquele cara não existia. Era apenas um pequeno pedaço do Rhys. Eu repetia isso para mim mesma todos os dias quando entrava debaixo dos cobertores e lembrava dos dedos dele percorrendo meu braço, minha pele, procurando meu pulso, me acariciando. Aquelas horas que passamos juntos haviam sido especiais, e eu tinha a sensação de que não se repetiriam. E que eu deveria deixá-las bem guardadas na minha memória. Por isso, eu apreciava aqueles momentos, deixava as lembranças virem e saboreava cada uma delas. E ficava me perguntando se ele faria isso também de vez em quando.

— É aquela casa ali, com luzes no jardim.

— Meu Deus, é enorme! Quantas pessoas tem aí?

— Mais do que eu imaginava. Acho que ele convidou metade da faculdade. Quase não tem lugar na rua para estacionar. — Kate riu baixinho.

Não me lembrava da última vez que tinha saído e senti um frio na barriga quando passamos pela porta de entrada e cumprimentamos alguns colegas que já conhecíamos. Estava tocando bem alto uma música do The Killers e tinha gente por todos os lados; dançando, rindo, bebendo, zoando. E, sem pensar, sorri animada.

— Aí, sim! — Kate me abraçou e me olhou satisfeita. — Já é hora de retomar sua vida, né, Ginger?

— Acho que sim. — Suspirei.

Fazia três meses que eu vinha me escondendo nos estudos, nos e-mails do Rhys e na biblioteca da faculdade, onde ia em busca de livros como se fossem drogas, porque qualquer tipo de entretenimento era bem-vindo. E, enquanto isso, Dean estava saindo, se divertindo e aproveitando a vida. Não era isso que me incomodava, mas a sensação de que eu tinha ficado para trás. Quando estávamos juntos eu foquei só nele, fiz dele o centro do meu mundo e, quando terminamos, senti que perdi o chão por onde estava acostumada a caminhar. Mas talvez isto tenha sido o mais difícil: saber que era quase mais doloroso perder tudo que Dean representava do que perder a ele mesmo. E agora eu estava começando a me encontrar...

— Vamos pegar uma bebida — propus.

— Boa, olha, aquele cara ali tem um barril de cerveja. — Nos aproximamos do grupo que estava com ele. — Oi, tem dois copos sobrando?

O cara levantou a sobrancelha e os amigos deram risada.

— Tem sim, em troca dos nomes de vocês. E de uma piada.

— Uma piada? — Kate fez uma careta.

— Qual das duas se anima? — insistiu.

Minha voz quase sumiu enquanto todos aqueles desconhecidos me olhavam, até que desencanei e parei de ficar pensando se eu estava pagando mico ou se aquilo era alguma brincadeira que tinha virado moda na faculdade nos últimos meses.

— Tinha dois grãos de areia caminhando pelo deserto. Aí um virou para o outro e disse: "Ei, sabe de uma coisa, acho que estamos sendo seguidos...".

Fez-se um silêncio ensurdecedor. E então o cara da cerveja caiu na gargalhada, com a mão na barriga e fechando os olhos. Isso me lembrou o Rhys. O gesto. As ruguinhas ao redor dos olhos. Para dizer a verdade, o cara se parecia um pouco com ele. Também era loiro e alto, mas tinha o corpo musculoso, com as costas quase tão largas quanto a cintura.

— Caraca, essa foi horrível! Qual o seu nome?

— Ginger. E meu copo de cerveja?

Ele sorriu para mim de novo e começou a servir dois copos, enquanto um de seus amigos engatava uma conversa com Kate, perguntando em que ano a gente estava. Peguei o copo de plástico quando ele me entregou e me afastei um pouco para dar uma olhada geral. Todo mundo parecia estar se divertindo e eu gostei de fazer parte daquilo, daquele momento. Respirei fundo. Dei uns pequenos goles enquanto observava um grupo de garotas dançando no meio da sala, zoando, com movimentos engraçados. Elas não pareciam estar preocupadas com o que os outros estavam pensando delas. Senti inveja. E vontade. E...

— Vamos dançar? Vem, vem! — Kate me puxou.

Não sei como, mas terminamos no meio daquelas garotas, que nos aceitaram entre elas sem nem saber nossos nomes. Dei risada com as caras que a Kate fazia. E simplesmente me deixei levar; dancei, cantei alto e gritei de emoção com um bando de estranhos quando começou a tocar a música de *Dirty Dancing*.

— Tira uma foto nossa? — pediu Kate a um casal que passava por ali. Entregou o celular para eles e posamos juntas e sorridentes no meio da festa. — Obrigada.

— Uau, ficou ótima — exclamei, quando ela me mostrou a foto.

— Ficou mesmo! Por que não manda para o Rhys?

Fiquei em dúvida. Durante aqueles meses não tínhamos trocado nenhuma foto. Nem sequer nossos números de telefone. Acho que tínhamos nos acostumado com nosso próprio método, nossa rotina, e nenhum de nós queria quebrá-la.

Mas naquela noite eu me sentia feliz. Me sentia eu mesma.

— Por que não? — Dei de ombros.

Quando Kate me mandou a foto, dei uma última olhada antes de abrir um novo e-mail e anexá-la. Não coloquei nada no assunto. Não coloquei texto. Apenas a imagem.

Alguém bateu no meu ombro e quase deixei cair o celular no chão. Ele levantou as mãos pedindo desculpas, mas quando me viu, sorriu de repente.

— Ei, Ginger, a menina das piadas ruins...

— O cara da cerveja. — Guardei o celular no bolso de trás da calça preta. — Eu ainda não sei o seu nome. Você está na vantagem.

— Verdade. — Me estendeu a mão. — James Brooks.

— O anfitrião da festa?

— O próprio. — Sorriu.

10. RHYS

Em poucas horas eu veria minha mãe, depois de mais de um ano de ausência. E também pegaria um avião para Los Angeles. Outra vez deixaria uma cidade para trás, com seu povo, suas ruas, seu clima. Mas, ao contrário daquela sensação estranha que me veio quando saí de Paris no mês anterior, a ideia de partir naquele momento me deixava calmo. Significava que tudo estava seguindo seu curso; que o mundo se movia e eu também, com ele, girando...

Embora naquela noite eu não quisesse pensar naquilo.

Naquela noite, eu estava muito nervoso e precisava esvaziar a cabeça, deixar os pensamentos quietos. Por isso, estava naquela balada onde tinha trabalhado até então. Dei risada quando as pessoas da mesa também riram, apesar de eu não ter ouvido a piada e de não estar interessado nela.

Respirei fundo. Tomei um gole de cerveja. Escutei a música que tocava, uma mixagem eletrônica de ritmo acelerado. Senti uns dedos macios acariciando e se afundando no meu cabelo. E a respiração quente de Sarah perto da minha boca.

— Hoje você está com a cabeça em outro lugar — sussurrou ela.

Concordei. Não contei para ela que ia ver minha mãe na manhã seguinte. Nem que estava me sentindo estranho naquela noite. Também não contei que eu já estava no quarto copo e que estava pensando em ir para o quinto em breve, na esperança de esvaziar ainda mais as ideias, mesmo que eu acordasse de ressaca e que minha mãe percebesse imediatamente, porque ela me conhecia bem.

— O que está acontecendo, Rhys? — Sarah insistiu.

— Nada. Está tudo bem. — Sorri.

Eu gostava da Sarah. Gostei dela desde a primeira vez, dois anos antes, quando acabamos na cama dela, passando a madrugada juntos e nos divertindo. Mas naquela noite eu me sentia distante dela e também do resto do grupo de amigos que eu tinha naquela cidade. Eu queria fugir de Nova York. Fugir de mim mesmo.

Apesar de naquela época eu já saber que não se pode fugir da própria pele.

Fechei os olhos quando senti de novo os dedos dela acariciando minha nuca, deslizando suavemente e me fazendo cócegas. Eu ri quando vi que ela se aproximava.

— A gente deveria se despedir essa noite.

— Amanhã eu tenho que madrugar — disse eu.

Não me afastei quando os lábios dela tocaram os meus. Foi um gesto carinhoso, natural. Respirei fundo quando me deparei com seus olhos verdes.

— O que rolou na outra noite foi pouco para mim.

— Para mim também. — Tinha sido uma transa rápida, brusca, e depois pegamos no sono em seguida, quase sem conversar. — Mas com certeza a gente se vê em Los Angeles. Você não tem que gravar alguma coisa por lá em breve?

— Sim, no mês que vem.

Sarah era atriz e fazia comerciais de televisão para todo tipo de produto: pasta de dente, comida pré-cozida, pneus ou creme hidratante. Noventa por cento das filmagens dela eram em Los Angeles ou em Nova York, então ela estava sempre em uma cidade ou na outra.

— Você vai me ligar, né? — Esbocei um sorriso.

— Vou pensar, Rhys — respondeu, maliciosa.

Foi quando senti uma vibração no bolso da calça e toda a minha atenção se concentrou ali. "Ginger." Seis letras que tinham se tornado parte da minha vida da maneira mais imprevisível. Coloquei o copo na mesa para pegar o celular. Sorri feito besta quando vi que era ela. A mensagem não tinha assunto. Prendi a respiração quando abri e vi uma foto.

Era Ginger. Estava ao lado de outra garota, com um copo na mão e os olhos brilhando olhando para a câmera. A imagem era ruim, mas notei cada detalhe; a camiseta preta e transparente que mostrava a sombra do sutiã, o cabelo bagunçado, o fato de ela parecer feliz e contente e, caralho, sim, "incrivelmente *sexy*".

— Quem é? — Sarah se inclinou para ver a tela do celular.

— Uma grande amiga. — Levantei, terminei o copo em um gole e olhei para o pessoal que estava na mesa. — Galera, eu vou nessa.

— Qual é, Rhys, fica para mais uma rodada — pediu Mason.

— Da próxima vez. Eu ligo para vocês. — Fiz o gesto com a mão antes de me inclinar para me despedir de Sarah e dar um beijo na bochecha dela. E saí da balada.

As noites de primavera em Nova York eram frias. O vento soprava forte quando comecei a descer a rua com as mãos nos bolsos da jaqueta. Apalpei o celular. E suspirei ao pensar nela de novo. Acabei sentando em um banco de um pequeno parque, quase na periferia de Hell's Kitchen. Levantei a cabeça para a lua e fiquei ali um tempo, contemplando e pensando, curtindo a solidão, a sensação de que no dia seguinte eu estaria em outra cidade, uma muito mais quente do que aquela, e que eu ainda tinha o controle da minha vida. Porque, naquela época, eu ainda não sabia que era exatamente o contrário; que a vida me puxava e eu ia atrás dela aos tropeços, correndo sem rumo.

Não sei quanto tempo fiquei ali, até que peguei o celular e olhei novamente a foto que Ginger tinha mandado. Desliquei os dedos pela tela. Cacete! Ela sempre me fazia sorrir. Mesmo se eu tivesse tido um dia de merda; era só ligar o computador ou ver o e-mail no celular para ficar de bom humor. Sempre.

Comecei a digitar...

Escolhi as palavras...

Senti Ginger perto de mim.

11. GINGER

Me larguei em um sofá suspenso florido que ficava na varanda da casa, sem conseguir parar de rir por algo que James tinha falado. Não lembro o que era. Depois de algumas bebidas, qualquer bobagem fica engraçada. Ele se sentou ao meu lado e eu dei um grito, porque o sofá balançou, e me agarrei a um dos ferros que rangiam. Ao longe, dava para ouvir o barulho da música e das pessoas na festa.

— Esse copo é o meu? — Apontei para a mão dele.

— Não, a não ser que você conte outra piada.

— Eu não sou palhaça de circo — reclamei.

— Mas é a garota mais divertida que conheci hoje. — Tínhamos ficado conversando e dançando um pouco lá dentro antes de sair para tomar um ar.

— Tá bom. Vamos lá. — Respirei fundo, como se estivesse me preparando para uma grande atuação, e virei o corpo um pouco na direção dele, que estava me observando. O sofá voltou a balançar. Nossos joelhos se tocaram. — O que a banana disse para a gelatina? "Você ainda nem me viu pelada e já está tremendo."

— Cacete, Ginger! — Ele começou a rir.

Nesse momento, chegou uma notificação no celular.

Abri a mensagem distraída, ainda meio alterada pela situação. Mas tudo sumiu quando vi o nome dele. E li com um sorriso no rosto: "Nunca na minha vida eu vi uma bolachinha tão incrivelmente *sexy*. Divirta-se. E lembre-se: nós dois na lua...

— É curioso a gente nunca ter se cruzado antes.

Voltei a prestar atenção em James, que continuava me observando.

— Acho que não. Eu nunca ia a festas assim. Eu...

— Tinha namorado? — adivinhou. — E agora não tem mais?

Notei que ele deu uma espiada rápida no meu telefone, então me apressei em negar com a cabeça e voltei a guardá-lo no bolso da calça.

— Não, não tem ninguém.

— Legal. Bom saber.

— Por que você precisa...?

— É que eu não quero me meter em problemas.

E um segundo depois, a boca dele encontrou a minha e eu fiquei paralisada. Foi um beijo lento, suave, quase delicado. Quando consegui reagir, passei as mãos pelo pescoço dele e ri quando notei que o sofá estava balançando de novo. Ele também riu. Daí o beijei de volta, indo mais fundo, aproveitando a sensação inebriante e querendo que aquilo durasse o máximo de tempo possível, porque naquela noite eu estava me sentindo tranquila e feliz depois de dançar sem pensar em nada.

Estava simplesmente sendo Ginger Davies.

Uma bolacha incrivelmente *sexy*.

12. RHYS

Eu me levantei assim que vi minha mãe chegar, de longe. Meu coração batia rápido e forte. De repente, minha cabeça ficou tão confusa que eu não conseguia pensar em nada. Ela estava com a mesma aparência de sempre; vestia um terninho claro e elegante, com o cabelo preso em um coque que dava um ar severo ao seu rosto doce, e aqueles óculos de sol enormes que eu sempre dizia, brincando, que com eles ela parecia uma atriz de Hollywood.

Dei um passo em sua direção e, um segundo depois, estava com ela em meus braços, abraçando-a e sem saber se seria capaz de soltá-la. Ela ainda usava o mesmo perfume, um perfume bem doce. Afastou-se um pouco para me olhar e me analisou de cima a baixo, com o lábio inferior tremendo porque estava prestes a começar a chorar. E eu rezando para que ela não o fizesse.

— Você está... está com uma cara boa... — conseguiu dizer.

— Você também. — Sorri de volta, quase num reflexo.

— E você continua sendo bajulador. Anda, vamos sentar.

Nós nos sentamos do mesmo lado da mesa, em vez de um de frente para o outro. Minha mãe segurou minha mão entre as dela e eu sabia que ela só soltaria quando trouxessem a comida. Estávamos na varanda de um restaurante no SoHo, com uma vista privilegiada do céu azul daquela manhã, quebrada apenas pelo rastro dos aviões que sobrevoavam a cidade. Um garçom veio anotar o nosso pedido e, quando ele saiu, respirei fundo, um pouco mais calmo após o primeiro momento do encontro.

— Você deveria cortar o cabelo, Rhys...

— Mas eu cortei tem poucos dias — protestei enquanto ela mexia nele, como se estivesse tentando avaliar o comprimento de cada mecha. — Não seja chata com isso.

Ela sorriu e negou antes de desistir.

Serviram a comida logo depois. Dois pratos de espaguete à carbonara e água, na esperança de diluir, ou pelo menos tentar, tudo que eu tinha bebido na noite anterior, porque minha cabeça ainda estava latejando.

— Caralho. Acho que sou viciado em massa.

— Olha essa boca, Rhys. E, sim, você sempre teve uma preferência por talharim, espaguete ou qualquer macarrão longo. Eu não vejo muita graça neles, se é que você ainda quer saber minha opinião. — Franziu a testa enquanto mastigava.

— Eu me lembro de uma receita sua com molho de camarão.

— Você não deixava nada no prato.

Sorri. Ela também. E, de repente, isso bastou. Enquanto a gente comia e colocava o assunto em dia, ficou para trás o ano e pouco de ausência e de ligações esporádicas. Voltamos a ser mãe e filho, conversando sobre qualquer coisa, sem tensões. Antes daquele fatídico Natal, tínhamos uma relação bem próxima, e eu gostava de estar com ela; de sair para comer, de ir ao supermercado ou ao cinema. Lembro de achar estranho a pouca intimidade que meus colegas tinham com os pais, como se fossem todos estranhos morando numa mesma casa. Nós conversávamos com intimidade. Até que tudo mudou e os segredos e as palavras dolorosas levaram para longe as boas lembranças.

— E para onde você vai agora? — perguntou.

— Para Los Angeles. Eu acho. É, eu vou para lá.

— Como é que você pode não saber?

Dei de ombros, olhando para ela.

— Eu sei mais ou menos.

Não falei de novo para ela do que se tratava, porque ela já sabia. Muitos anos. Muitas conversas. Muita repreensão. E eu não conseguia explicar nem para mim mesmo por que sentia aquela estranha satisfação toda vez que chegava a um aeroporto só com o essencial na bagagem e sem passagem de volta. A excitação de não saber qual voo eu pegaria. As intermináveis horas de espera entre cafés, livros, música e ver as pessoas indo e vindo em um desfile contínuo e viciante.

Terminamos a sobremesa que dividimos.

— Na próxima, eu é que vou até você.
— Isso significa que você vai voltar para casa?
— Perto. Para casa não. — Suspirei fundo.
— Rhys, querido... se você me contasse o que aconteceu...
— Você já sabe, mãe. Ele não entendia. Queria que eu seguisse os passos dele, que cuidasse dos investimentos da família e essa merda toda — menti.

Ela hesitou por um segundo, mas acabou concordando.
— E precisava terminar assim?
— A discussão saiu do controle.
— Vocês só precisam sentar e conversar.
— Não consigo. As coisas mudaram.

Dei de ombros. Fingi não me importar. Fingi não sentir nada. Tive vontade de me levantar e sair dali, mas me contive, me segurei, e dei à minha mãe um sorriso que eu não sentia, apenas para tentar fazê-la feliz. Queria perguntar a ela sobre o meu pai e saber se ele estava bem, mas, como sempre, não perguntei. Passamos mais algumas horas juntos passeando por algumas lojas e tomando um café, até que entardeceu e eu a acompanhei até o terminal de ônibus.

Esperamos juntos até que chegou o dela.
— Ele vai te buscar? — perguntei.
— Sim, não se preocupe.
— Tá bem — concordei. — Eu... mãe...
— A gente se vê em breve, Rhys.
— Sim, era o que eu ia dizer.
— Tá bom. Vem, me dá um beijo. — Deixei ela me abraçar com força. — Lembre-se de não fazer nada de que você possa se arrepender depois. E cuide-se. E, por favor, Rhys, se você precisar de dinheiro... você tem uma conta-corrente em seu nome...
— Eu vou ficar bem, mãe — afirmei.

Ela concordou e me olhou triste antes de subir no ônibus.

Fiquei uns minutos ali, esperando, até o motor arrancar e o ônibus se distanciar rua abaixo. Joguei a mochila no ombro, peguei a bolsa de mão maior que também carregava e, uma hora depois, estava no aeroporto. Senti um calor por dentro por me encontrar de novo com o barulho, com o movimento constante de gente, com as vozes do alto-falante, com as lojas e os cafés. Segui o fluxo de gente até chegar a uma daquelas telas enormes que mostram todos os próximos voos programados.

Havia vários para Los Angeles. Um às sete. Outro à meia-noite. Um de madrugada. Dei uma olhada nas letras luminosas. E então vi. "Londres." O voo sairia em cinco horas. Pensei se existia alguma probabilidade de ainda ter passagem. Sei lá. Estava ficando doido. Só podia ser isso. Mas a verdade é que eu também não tinha um destino fixo, não tinha ninguém me esperando no desembarque, nenhum compromisso.

Voltei a olhar todos os voos, todas as opções. Em um instante de loucura, imaginei como seria divertido aparecer em Londres no dia seguinte e chegar na casa de Ginger de surpresa. Com certeza ela gritaria feito doida quando me visse. Fiquei tentando me convencer de que não seria tão estranho; afinal, a gente conversava todos os dias, eu vivia rodando o mundo e, naquele momento, estava no meio do nada.

E então decidi. Que se dane. Eu improvisaria.

Entrei na fila de um dos balcões.

Meu celular tocou. Tirei ele do bolso. Era uma mensagem. Acho que meu coração nunca tinha batido tão rápido ao ler um e-mail. E eu também nunca tinha sentido tantas coisas. Alegria e tristeza ao mesmo tempo. Orgulho e frustração, tudo misturado. Respirei fundo. Merda.

— Posso ajudá-lo em alguma coisa? — me perguntou a moça.

— Sim, desculpe. Quero uma passagem para o próximo voo para Los Angeles.

— Só temos lugar no voo de amanhã às nove da manhã.

— Tudo bem. Pode ser esse mesmo.

13.

De: Ginger Davies
Para: Rhys Baker
Assunto: Você tinha razão...

Você não vai acreditar! Deixa eu ver, por onde eu começo? Acabei de acordar e, imagina, ontem voltamos lá pelas tantas. Bom, e vomitei quase até de manhã, e por isso preciso lembrar a partir de agora de

NÃO BEBER. E olha, Rhys, você tinha razão em tudo. Eu precisava sair da minha zona de conforto, conhecer pessoas novas...

... beijar um cara.

Porque sim, rolou. Não foi nada planejado. Nem me passava pela cabeça quando aceitei o convite da Kate para ir àquela festa, mas simplesmente aconteceu. Com o cara da cerveja. Fiquei a noite inteira contando piada para ele e não fui nada certinha (dancei pagando mico, porque não tenho ritmo nenhum, e acho que falei sem filtro por causa da bebida). E aí, saímos um pouco para respirar ar fresco e nos sentamos em um daqueles sofás suspensos que na verdade não são nada relaxantes e fazem muito barulho.

E ele se inclinou e me beijou.

Eu sei que neste momento você deve estar pensando que estou me comportando (e escrevendo) como uma pirralha de quinze anos, e sabe de uma coisa? Você tem razão. Porque estou me sentindo exatamente assim. Mas não me culpe. É o segundo beijo de toda a minha vida. Isso me fez perceber duas coisas: que eu estava supervalorizando o Dean e que eu tinha razão sobre o fato de tanta saliva não ser normal. Não faz essa cara de nojo, é que eu não tinha com o que comparar. James beija muito melhor, sim.

Não sei o que mais te contar. Neste momento minha cabeça está prestes a explodir e acho que ainda estou enjoada, mas estou feliz e queria que você fosse o primeiro a saber dos meus avanços. Eu sei que você está louco para ver minha vida sexual decolar e tal.

Mas vamos falar de você...

Encontrou a sua mãe? Espero que sim.

Onde você está? Continua em Nova York?

De: Rhys Baker
Para: Ginger Davies
Assunto: RE: Você tinha razão...

Gostei do assunto do seu e-mail, embora fosse uma questão de tempo e algo que tanto você quanto eu já sabíamos: eu sempre tenho razão. Também sobre sua vida amorosa-sexual. (você quer chamá-la assim de agora em diante? Parece bom para mim). Estou feliz por você ter se divertido e por ter dado o "segundo beijo" que merecia. Também estou feliz em ver que você está começando a perceber que existe um mundo inteiro aí fora além de Dean e de sua saliva excessiva (sério, não consigo tirar isso da cabeça agora, por que você me contou isso?). A propósito, me conta mais sobre esse tal James.

Acabei de chegar a Los Angeles faz algumas horas. Estou em um hotel, mas depois de amanhã vou para a casa de um grande amigo meu, o Logan, que já vai estar com o quarto de hóspedes livre. Na verdade eu desconfio que este carpete tem vida própria, porque tem umas manchas que devem estar ali desde 1920, pelo menos. Alguns arqueólogos poderiam vir aqui estudá-lo nos tempos livres. Enfim, tirando o fato de que tem um cheiro esquisito, não é tão ruim assim.

E, sim, encontrei minha mãe...

Não foi tão incômodo quanto eu achei que seria. Sabe quando você cria tanto uma situação na cabeça e depois se surpreende quando o momento chega, porque é muito menos do que você tinha imaginado? Pois é, foi mais ou menos assim. Ela chegou, eu a abracei, almoçamos juntos, fomos passear e depois a acompanhei até a estação rodoviária. Mal falamos do meu pai. Foi tudo bem, muito bem...

Espero que seu estômago esteja melhor.

Boa sorte com isso (sim, estou dando risada).

De: Ginger Davies
Para: Rhys Baker
Assunto: RE: RE: Você tinha razão...

Você acha engraçado que meu estômago seja agora uma espécie de máquina de lavar que não para de girar? Sério, já se passaram mais de vinte e quatro horas e ainda está ruim.

Mas vamos ao que interessa. Sua mãe.

Você não sabe o quanto fico feliz, Rhys. Estou feliz por você. E espero que não demore muito para vocês se encontrarem de novo. Quanto ao seu pai... você nunca me contou por que vocês brigaram. O que aconteceu? Não gosto de perguntar as coisas assim diretamente, mas acho que vou ficar velha se tiver que esperar você me contar. Vou te chamar de Rhys, o cara caracol. Mas você não bota a sua cabeça para fora nem quando aparece o sol. (Isso foi uma tentativa de brincadeira.)

E, neste momento, estou com muita inveja de você. Estou imaginando você caminhando por uma dessas praias de Los Angeles cheias de gente e de surfistas, com óculos de sol e camiseta de manga curta, comendo um burrito de uma barraca ou algo assim. Caso você queira saber, aqui continua frio e, como sempre, o céu está cinza. Estou usando uma malha de manga comprida e dois pares de meias (não me zoe, mas sim, ainda acho que seria super-romântico ter alguém para esquentar meus pés). De qualquer forma, não importa, porque na próxima semana eu tenho as provas finais, ou seja, eu não teria como botar nem a cara na rua.

De: Rhys Baker
Para: Ginger Davies
Assunto: Los Angeles
Você descreveu certinho o que eu pretendo fazer hoje.

Admito que "cara caracol" faz sentido. Sei lá, Ginger, na verdade, às vezes é difícil eu falar até comigo mesmo, imagina então falar com as pessoas em geral. E olha que agora você é a pessoa que mais sabe do meu dia a dia, mas... é complicado. Ou melhor, talvez não seja tanto o problema em si, mas sim eu mesmo. Acho que quando eu tinha dezesseis anos comecei a perceber que havia algo estranho comigo, que eu gostava de estar com as pessoas e ao mesmo tempo me sentia agoniado e precisava de solidão, que me abrir era como me esvaziar, e o vazio me dá um medo do caralho.

Boa sorte nas suas provas, Ginger.

De: Rhys Baker
Para: Ginger Davies
Assunto: Sem Assunto
Sei que não tenho o direito de pedir que você me entenda, por isso não vou pedir. Acho que, para mim, basta que você continue aí do outro lado da tela, mesmo que você goste um pouco menos de mim.

De: Ginger Davies
Para: Rhys Baker
Assunto: Desculpa
Merda. Desculpe, Rhys. Não respondi ontem à noite porque cheguei tarde da biblioteca e estava tão cansada que caí na cama e apaguei. Espero que você não tenha pensado que estava brava por você não me contar sobre o seu pai. E não, não vou gostar menos de você, eu gosto de

você do jeito que você é, sendo caracol e tudo mais. São uns animais fascinantes; olha só, eles até carregam a casa sempre nas costas, como você, hahahaha (já sei, piada ruim, ignora; memorizei tantas coisas para a prova de amanhã que minha cabeça não está boa). Sei lá, Rhys, eu te entendo mesmo sem te entender. Você sabe o que eu quero dizer? Espero que sim, porque é isso. Foi isso que senti na noite que passamos juntos em Paris, que você me entendia mesmo sem me entender e, para mim, bastava você me escutar.

    Acho que se alguém lesse nossos e-mails, pensaria que estamos loucos. Seja como for, nós dois na lua, não é mesmo, Rhys? Por isso, não se sinta pressionado a me contar nada. Prefiro saber só o que você quiser me contar, mesmo que eu continue fazendo perguntas o tempo todo, porque eu sou assim mesmo. E desculpa se eu ficar um pouco ausente esses dias, mas estou meio que morando na biblioteca (me alimentando de bolachinhas salgadas e sanduíches que compro na máquina). Minha vida está meio triste agora, então, por esses dias, cabe a você me contar coisas legais. Como vai tudo por aí em Los Angeles? Continua fazendo um sol maravilhoso? (Tenho certeza de que sim, não me faça tanta inveja, seja bonzinho.) Já conseguiu trabalho? Já está na casa do seu amigo Logan?

De: Rhys Baker
Para: Ginger Davies
Assunto: RE: Desculpa

Também tive essa sensação estranha quando nos conhecemos em Paris. Parece mentira que já se passaram quase cinco meses desde então. Eu lembro como se fosse ontem e como fosse há anos ao mesmo tempo. Acho que não faz muito sentido... mas acho que você vai entender.

    Gosto de pensar que a gente compartilha essa loucura, Ginger.

    E não se preocupe, foque nos seus estudos. Mas não se alimente só de bolachas e sanduíches, se possível. Enfim, pense que logo você vai estar livre. Tem planos para estas férias de verão? Acho que vou ficar por aqui até setembro ou outubro, ainda não decidi. Já estou na casa do Logan, sim. Hoje cedo passamos um tempo pegando onda (acho que estou pegando o jeito de novo, fazia anos que não surfava) e tenho uma entrevista de trabalho daqui a três dias, em um clube em plena praia; com um salário decente e bebidas grátis no meu tempo livre, então me deseje sorte.

De: Ginger Davies
Para: Rhys Baker
Assunto: Boa sorteeeee!
Saiba que amanhã vou passar o dia todo enviando toneladas de energia positiva para o outro lado do mundo e cruzando os dedos quando pensar em você.

    Meu laptop está quase sem bateria, então vou enviar isso antes que ele morra de vez. Desculpe por continuar tão ausente. A tortura (as provas) está quase acabando. Acho que vou me jogar na cama de roupa e tudo e desmaiar de tão cansada que estou. Me conte coisas divertidas, Rhys.

De: Rhys Baker
Para: Ginger Davies
Assunto: RE: Boa sorteeeee!
Bem, a energia deve ter chegado, porque consegui o trabalho. Estou muito feliz. É um lugar incrível! A mesa de mixagem fica em uma plataforma de madeira bem na areia da praia e posso ficar lá tocando descalço, vendo as pessoas se divertirem, e depois me juntar à festa. Gosto da ideia de trabalhar de frente para o mar.

    Coisas divertidas, coisas divertidas...?

    Hummm... Tá bom. Vamos lá, tenho um vício estranho em massa, especialmente em qualquer coisa do tipo espaguete, talharim, miojo... Quando eu era criança, eu achava engraçada a forma deles, sei lá por quê. E eu tinha medo de ir na roda-gigante. Na verdade, ainda tenho um medo da porra da roda-gigante. Se você estiver rindo, pode parar. Também tenho medo de gafanhotos grandes, eles são feios demais.

    Espero que essas confissões deixem sua noite mais alegre. Também espero que você não esteja muito cansada.

    E que você tenha ido bem nas provas...

    Descanse, Ginger.

De: Ginger Davies
Para: Rhys Baker
Assunto: TERMINEI
Terminei! Não tô acreditando, sério. Não sei como fui nas últimas provas (acho que bem), mas neste momento só consigo pensar que não vou

passar nem perto de nenhum desses livros didáticos chatos até o início do próximo semestre; acho que vou passar as férias de verão inteiras lendo romances e desperdiçando o tempo com coisas inúteis.

Acho que devo te avisar que essa mensagem vai ser interminável porque tenho um monte de coisas para te contar depois de tantos dias, por isso se acomode e pegue uma pipoquinha ou algo do gênero.

Em primeiro lugar, não consigo tirar da cabeça que você tem um vício em determinado tipo de massa. Sei que é bobagem, mas me faz pensar: *Oh, que fofo!*, e ainda por cima não combina nada com você. Você não parece o tipo de cara que teria uma mania assim. Lembrei da noite que passamos em Paris, quando ficamos naquele sótão (às vezes ainda penso naquele lugar como "sua casa") e comemos aquele miojo sentados na cama enquanto conversávamos sem parar. Mas, quanto ao tempo, você tem razão, para mim também é assim; às vezes parece que foi há anos, outras vezes, que foi apenas na semana passada. E, às vezes, atenção para o meu grau de loucura, parece que nunca aconteceu. Pois é, assim mesmo.

Estou totalmente de acordo sobre os gafanhotos...

Agora, roda-gigante... é sério? Inacreditável! Não é uma coisa assustadora nem nada disso. Eu delirei, como sempre, e imaginei que se um dia você vier a Londres, eu vou te levar na London Eye. Tem cento e trinta e cinco metros de altura e, até 2016, era a maior roda-gigante do mundo. Nós vamos juntos. E tenho certeza de que eu vou pensar em alguma coisa para você não ficar com medo e curtir a vista.

Às vezes, eu fico pensando se a gente nunca mais vai se ver de novo. Ah, deixa pra lá, são perguntas bobas que me faço de vez em quando; acho que estudar demais me deixou meio atrapalhada, e neste momento estou falando o que me dá na telha e não tem ninguém para tirar o computador da minha frente e jogá-lo pela janela antes de eu continuar escrevendo o e-mail mais longo do mundo.

Mas vamos falar de coisas que façam sentido: você conseguiu o trabalho! Parabéns! Incrível o que você me contou! Imagino você com um *mojito* na mão enquanto enche o lugar com a sua música. Aliás, ainda estou esperando você me mandar uma das suas músicas, sem pressa, mas fico por aqui.

O que mais...? Ah, o verão... Na verdade não tenho nada muito especial planejado. Vou para casa e vou ficar por lá alguns dias com a minha família antes de viajarmos para Glastonbury, que é uma cidade pequena no condado de Somerset, bem conhecida por quem curte esoterismo e misticismo. Dizem que esconde milhares de mitos e lendas. Caso você esteja se perguntando, não, felizmente minha família não acredita nisso, algo que me alivia muito, mas acho que vou escrever para você a cada dez minutos assim que eu estiver perto deles, porque confesso que nesses anos de faculdade eu me acostumei demais a ficar sozinha e a fazer as coisas no meu ritmo, sabe? Com certeza você sabe como é isso.

Espero que depois deste e-mail gigante você me escreva um com pelo menos a metade do tamanho. Acho que mereço. Me conte como vão as coisas, Rhys. E curta o sol por mim.

De: Rhys Baker
Para: Ginger Davies
Assunto: Parabéns, bolachinha
Fico feliz em saber que o seu sequestro na biblioteca chegou ao fim. Estou me acostumando com a rotina no trabalho; os colegas e o chefe são ótimos. Na verdade, todo o ambiente é incrível. Tenho turnos à tarde e à noite, mas prefiro o primeiro. Ver o pôr do sol enquanto a música envolve tudo... e depois passar a noite me divertindo com a galera, acordando na praia de madrugada e escutando o mar...

E quanto à gente se ver novamente...

Às vezes também penso nisso. Sei lá.

Talvez a gente continue trocando e-mails pelo resto da vida, sem que os nossos caminhos se cruzem de novo. Ou talvez a gente se encontre novamente em algum canto do mundo. Esse seu plano de subir na roda-gigante não vai dar certo... acho que teria um ataque de pânico lá em cima e perderia todo o meu charme. Não posso correr esse risco, Ginger.

Entendo o que você quer dizer com ter a sensação de que Paris nunca aconteceu. Mas aconteceu. Tive muita sorte naquele dia. A propósito, você já aprendeu a comprar bilhetes de metrô? Faz meses que estou para te perguntar isso.

Você não soube mais nada do Dean?

E o que aconteceu com o cara do segundo beijo?

Aproveite as férias de verão. Estava pensando no que você contou e acho que tem lá o seu encanto continuar viajando em família, sabe?

Como naqueles filmes em que sempre acontece um monte de coisas engraçadas e meio bizarras. Divirta-se. E escreva o quanto quiser. Não me canso de te ler, Ginger.

De: Ginger Davies
Para: Rhys Baker
Assunto: EU SEI COMPRAR BILHETE DE METRÔ
Você deve se achar muito engraçadinho...

 É claro que eu sei comprar bilhetes de metrô! É que estava tudo em francês e eu não conseguia achar o botão para selecionar o idioma. Nem sei por que me preocupo em te explicar isso, tenho certeza de que agora você está morrendo de rir. E se um dia eu te convencer a vir para Londres e andar na roda-gigante comigo, saiba que eu vou me vingar só para te ver gritando que nem um covarde e perder todo o seu charme.

 Que legal que você está gostando do trabalho. Mas isso de dormir na praia... você sabe que o mundo é um lugar perigoso, né? Pois é. Tenha cuidado. Não beba muito. Não quero virar tipo "a sua mãe", principalmente considerando que quase morri de vomitar umas semanas atrás, mas... me preocupo com você.

 Sim, eu tive que fazer um trabalho de uma matéria com Dean, não te contei? Foi um pouco estranho no começo, mas acho que no fim não foi tão terrível assim. Fiquei com a sensação de que ele se esforçou mais porque se sentia culpado, o que eu acho ótimo, porque preciso aumentar a minha nota da prova. Não falamos de nada pessoal, mas acho que nas férias vou continuar encontrando com ele. Tenho certeza de que ele e os pais vão jantar lá em casa algum dia e, além disso, a gente mora muito perto um do outro, uns dez minutos a pé.

 Quanto ao James... vou encontrá-lo hoje à tarde. A gente não se viu de novo desde aquela festa porque, você já sabe, eu estava quase morando na biblioteca, e não sei bem o que vai acontecer agora, levando em conta que vou embora na semana que vem. Vai ser péssimo o que eu vou dizer, mas nem lembro direito da cara dele. Quer dizer, ele beijava bem, era bonitinho, e eu achei ele parecido com outro cara que eu conheço, mas não me lembro de muito mais. É como se eu tivesse colocado as lembranças daquela noite em um liquidificador.

 Kate ainda dá risada quando falamos disso.

De: Ginger Davies
Para: Rhys Baker
Assunto: Meu encontro

Acho que você deve estar trabalhando, então vai me ler mais tarde ou amanhã. Só queria te contar que voltei do meu "encontro"; vou chamar assim porque acho simpático.

    Passamos a tarde em um café bem conhecido daqui, em que fazem os melhores chocolates do mundo (de todos os sabores, todos os tamanhos, com todos os complementos imagináveis; é o paraíso na Terra). E na verdade não fizemos nada de mais, mas foi legal. Colocamos o papo em dia... Agora, pensando aqui, acho que para você teria sido a conversa mais chata do mundo, porque foi a típica que você me disse em Paris que odiava: "O que você estuda? Quantos anos você tem? Você tem irmãos? Como você se vê daqui a dez anos?". Mas acho que é o normal em noventa e quatro por cento dos casos quando duas pessoas se conhecem (eu inventei a porcentagem, caso você esteja procurando no Google ou algo assim) e que a filosofia de O Pequeno Príncipe é uma utopia quando se trata da vida real. Bem, pelo menos serviu para saber várias coisas sobre ele: ele mora na casa onde foi a festa, que é dos pais dele, que agora moram em outra propriedade que eles têm na Escócia (eles se mudaram para lá depois de se aposentarem). Trabalha em um escritório de advocacia e tem a mesma idade que você, vinte e seis anos. Gosta de misturar chocolate com framboesa. Se quer saber a minha opinião, acho isso TERRÍVEL, com todas as letras. Acho que o Sr. Chocolate é um ser solitário que não está nada interessado em ter uma aventura com a Srta. Framboesa; no máximo, ele teria um caso com a Srta. Menta, mas algo breve. Uma trepada rápida. (Não, não estou ficando vermelha por escrever "trepada", Rhys.)

    Depois ele me acompanhou até o dormitório e, sim, me beijou de novo quando chegamos. Mas dessa vez minha cabeça não estava girando e nem a dele, então foi bom. Mais do que bom. A gente combinou de se falar no começo do próximo semestre, mas você sabe como são essas coisas, duvido que aconteça. Mesmo assim, gostei de ficar com ele e de sentir essas borboletas no estômago quando nos despedimos.

De: Rhys Baker
Para: Ginger Davies
Assunto: Borboletas

Borboletas? Sério? Hahahaha... Vou ignorar essa parte. Mas quero comentar sim a outra coisa que você falou, para você pensar antes de fazer alguma bobagem caso ele te ligue daqui a alguns meses: você realmente sairia com alguém que está disposto a deixar o Sr. Chocolate dormir com a Srta. Framboesa? Olha, existem defeitos e defeitos, e esse me parece grave, daqueles que, tendo em vista um futuro, faz com que uma relação não dê certo.

Também não gostei dessa história de que a filosofia de *O Pequeno Príncipe* é utópica no mundo real. Primeiro, porque nós dois vivemos na lua e lá tudo pode acontecer, certo? Apesar de que, para falar a verdade, ainda não li o livro, então não tenho ideia do que estou falando. Eu simplesmente gosto de acreditar em coisas impossíveis.

Fico feliz que Dean tenha se esforçado no trabalho.

E não se preocupe comigo. Estou sempre bem.

De: Ginger Davies
Para: Rhys Baker
Assunto: RE: Borboletas

Bem, vou seguir o seu conselho. Vou levar em consideração os "gostos chocolateiros" de alguém antes de me comprometer, para não acabar me divorciando e alegando alguma bobagem do tipo "diferenças irreconciliáveis relacionadas a framboesas", como fazem os famosos.

Você deveria ler o livro. Qualquer dia te falo dele.

De: Ginger Davies
Para: Rhys Baker
Assunto: SIIIIIIMMMMMMM

Passei em todas! Acho que nunca fiquei tão feliz.

Sério, acho que nessas férias vou esquecer tudo que aprendi.

Hoje à noite vou jantar com Kate para a gente se despedir, porque ela vai embora uns dias antes de mim. Já comecei a fazer as malas. Se por esses dias eu ficar um pouco ausente, é por isso.

Cuide-se. E não me importa o que você diz. Eu me preocupo com você.

De: Rhys Baker
Para: Ginger Davies
Assunto: RE: SIIIIIIMMMMMMM
Parabéns, bolachinha. Você merece.
Me avisa quando você estiver em casa.

14. GINGER

Vi minha irmã, Dona, na área de desembarque da estação de trem e corri na direção dela arrastando as malas como uma louca. Nós nos abraçamos com força. A sensação era de que a gente não se via fazia uma eternidade, quando na verdade tinham sido apenas alguns meses e conversávamos pelo telefone vários dias por semana.

— Você cortou o cabelo! — gritei.

— Gostou? — Separou uma mecha.

— Adorei! Mas você não tinha me contado!

— Ginger, não posso te manter a par de tudo. Tenho certeza de que você quer saber até quantos xixis eu faço por dia — disse ela, enquanto pegava uma das malas.

— Claro que eu quero saber. Você é minha irmã.

— Ou a gente sai agora ou a gente vai se atrasar. Papai reservou uma mesa naquele restaurante que você tanto gosta, aquele de Notting Hill. Deixa eu ver, olha para mim. Certo, sem piercings ou tatuagens à vista.

— Por que você está falando isso? — Fui atrás dela.

— Só te resta um ano de faculdade e eu queria ter certeza de que você não entrou nessa fase de "fazer loucuras", que na minha opinião não tem nada de errado, mas era para me preparar para o drama que nossos pais armariam se você aparecesse com o nariz furado.

Toquei meu nariz como que por reflexo e suspirei ao perceber o que Dona estava dizendo e o quanto eu estava longe de sentir essa vontade de querer novas experiências, seja fazendo uma tatuagem ou cortando o cabelo e tingindo-o de rosa, por exemplo. Existia algo em mim que me fazia querer ficar bem quietinha no meu canto, na segurança de tudo que eu já conhecia.

— Não, eu nem pensei nisso...

Dona tinha vindo de táxi me buscar, então o motorista nos ajudou a colocar a bagagem no porta-malas e seguimos para o restaurante; meus pais iriam direto para lá. Era um lugar pequeno, em Queensway, onde faziam o melhor hambúrguer com pimentões que eu já tinha provado em toda a minha vida. O lugar era um boliche, e o prato não era algo muito sofisticado, mas era delicioso. Pensei em Rhys e seus espaguetes, e sorri antes de mudar a estação de rádio.

Meus pais já estavam lá quando chegamos.

Mamãe me beijou, me abraçou e me deixou com vergonha na frente de um jovem garçom que olhava para a gente com os lábios apertados, como se estivesse segurando uma gargalhada. Meu pai apoiou uma mão no meu ombro e disse que estava "orgulhoso de mim" por ter conseguido notas tão boas e por não ter deixado o que aconteceu com Dean me afetar.

Nós nos sentamos à mesa, que tinha uma toalha preta meio bizarra com desenhos de garfos e colheres sorridentes, e pedimos a comida sem precisar olhar o cardápio.

— Que dia vamos para Glastonbury? — perguntei.

— Quinta-feira da semana que vem. E, a propósito, seu pai e eu queríamos comentar uma ideia que tivemos — começou a dizer mamãe.

— É incrível. — Meu pai sorriu.

— O que você acha de passar uns dias no escritório quando a gente voltar? Pensamos que, já que no ano que vem você começa a trabalhar na empresa, seria bom se já fosse se familiarizando com tudo. E assim você vai ganhando experiência. Estamos muito satisfeitos com o programa da faculdade, mas eles deveriam acrescentar mais estágios.

— Hummm, ééé... bem...

Franzi a testa e olhei para Dona, que estava olhando para o prato dela como se quisesse evitar de propósito fazer parte daquela conversa. Eu queria dizer que não. Mais que isso, eu queria gritar que não, em alto e bom som. NÃO, NÃO, NÃO. Mas essa palavra tão simples que só tem três letras ficou entalada na minha garganta enquanto meus pais me olhavam animados.

— Acho que pode ser, sim...

— Que alegria, Ginger! — Mamãe aplaudiu, literalmente. — Você vai ver como seu pai vai ficar orgulhoso de ir todos os dias para a empresa com a sua filhinha.

— Me passa o molho? — interrompeu Dona.

— Claro, querida. E você, Ginger, me conta como estão as coisas ultimamente. Tem falado com Dean? Quando te ligo, à noite, você sempre parece distraída e querendo desligar. Quer outra batata?

— Quero, obrigada. — Peguei do prato dela.

— É porque à noite ela está ocupada escrevendo. — Dona me olhou com um sorriso bobo e o garfo na mão. — Não acredito que não sabem de nada. — Balançou a cabeça antes de seguir comendo.

Notei que fui ficando vermelha.

— Que história é essa de que você está escrevendo?

— Um romance? — perguntou papai.

— Não. Só... é só algo como um diário.

— Que ela envia para outra pessoa.

Dei um beliscão na perna dela por debaixo da mesa. Ela resmungou antes de começar a rir. Depois, passou o braço por meus ombros e suspirou.

— Vamos, Ginger, é algo importante para você. Eu não estava te zoando. Só estranhei você não ter contado para eles. — Olhou para eles. — Ela tem um amigo por correspondência. Não através de cartas como vocês faziam antigamente, manuscritas e com selos, mas por e-mail. É demais!

— Por que você não tinha contado nada para a gente?

— Como é o nome dele? — perguntou papai.

— Rhys. Ele é norte-americano. — Engoli em seco. — E eu não disse nada porque não é nada importante, ele é só um amigo. A gente conversa e conta coisas um para o outro, é só isso.

Obviamente meus pais nem imaginavam que no dia em que terminei com Dean decidi pegar um avião para qualquer lugar e acabei em Paris com uma mochila com algumas calcinhas, algumas meias e biscoitinhos salgados. Da minha família, só Dona sabia. E fiquei surpresa que ela tivesse guardado aquele segredo, embora, é claro, ela não tivesse ficado de boca fechada sobre Rhys. Não sei por que nunca comentei com a minha mãe quando ela me ligava à noite e eu respondia monossilábica, porque queria desligar logo o telefone e ligar o computador. Acho que a relação com Rhys era tão especial que eu queria guardá-la só para mim, como aquelas coisas que, às vezes, a gente gosta tanto e acaba não usando para não correr o risco de perder ou estragar. Eu queria conservar o Rhys. E, de certa forma, eu gostava da ideia de que aquilo era "só nosso". Eu ficava me perguntando se ele tinha falado de mim para alguém. Conhecendo ele, eu apostaria qualquer coisa que não.

— O que ele faz? — meu pai perguntou.

Balancei a cabeça antes de suspirar fundo.

— É DJ. Compõe músicas também.

Embora ele ainda não me tivesse deixado ouvir nenhuma, mas eu não lhe disse isso. Vi meu pai franzindo um pouco a testa antes de olhar para o prato. Dona sorriu para mim.

— Ele parece ser fascinante. Ele todo.

— Ele todo? — perguntou minha mãe.

— Tudo que ela me contou — explicou minha irmã.

— E o que tem de tão fascinante? — Papai olhou para ela.

— Bom, ele viaja pelo mundo inteiro né, Ginger? E faz isso sozinho. Acho que deve ser um bom exercício para conhecer a si mesmo. — Dona lia uns mil livros de autoajuda por ano e, embora tenha estudado Belas-Artes, para decepção do meu pai, ela tinha alma de psicóloga ou algo assim. — E ele escreve sem erros de ortografia. Isso com certeza é um *plus*.

— Imagino que sim — concordou mamãe.

Falar do Rhys com minha família era provavelmente a última coisa no mundo que eu queria fazer. Além de ter que passar metade das férias de verão indo para o escritório trabalhar com meu pai, claro. E, infelizmente, a conversa girou em torno desses dois assuntos durante todo o almoço. Por isso, quando chegamos em casa, que ficava em um bairro residencial na região leste de Londres, quase comemorei por ficar sozinha e poder desfazer as malas.

Meu antigo quarto estava exatamente como eu tinha deixado quando fui para a faculdade. Era tão tradicional que podia ser usado como cenário para qualquer filminho água com açúcar que tivesse como protagonista uma adolescente. O quadro de cortiça cheio de fotos com as amigas do colégio, aquelas com quem eu falava cada vez menos porque cada uma seguiu um rumo diferente, minhas com o Dean posando como um casalzinho apaixonado, e muitas outras com a minha irmã fazendo palhaçada quando éramos menores. Também tinha uma escrivaninha junto a uma parede com um papel de parede bonito e florido, cheia de canetas, cadernetas e velas perfumadas, bem ao lado da estante e do armário.

Minha ideia era procurar um quarto para alugar no ano seguinte quando eu terminasse o curso. Já começaria direto a trabalhar na empresa da família e me tornaria independente. A maioria das pessoas que eu conhecia fazia isso quando completava 18 anos, mas no meu caso eu tive a sorte de conseguir uma bolsa de estudos que incluía o dormitório da faculdade. Sem falar que morar em Londres era tipo uma missão impossível por causa dos preços exorbitantes.

Dona entrou no quarto sem bater.

— Irmãzinha, mamãe está perguntando se você quer torta de espinafre com queijo para o jantar. Você sabe como ela é, acabamos de almoçar e ela já está pensando no que vai acontecer daqui a algumas horas.

— Ah, sim, vou adorar — suspirei.

Ela se sentou na cama, ao meu lado.

— Está brava comigo?

— Não, por quê?

— Você sabe. Por eu ter falado do Rhys.

— Não estou brava — respondi.

— Ginger... tudo bem se estiver. — Ela me olhou. — Pode gritar comigo se quiser. Está no seu direito. Para dizer a verdade, achei estranho você não ter contado sobre ele para a mamãe, pensei que ela soubesse e, sei lá... achei engraçado. Mas depois fiquei pensando que talvez você quisesse guardar essa história só para você, é isso?

Concordei com a cabeça, mas não gritei com ela. Eu não conseguia fazer isso. Pior: eu não "sabia" fazer isso. E como pode uma pessoa não ser capaz de expressar irritação ou braveza ou raiva...? Talvez eu tivesse medo de que as pessoas deixassem de gostar de mim se eu fizesse isso. Talvez eu achasse que era melhor assim, ser sempre "a doce e compreensiva Ginger". Eu tinha medo de desapontar as pessoas que me rodeavam. Tinha medo de ficar sozinha. Tinha medo de não dar o meu melhor.

Acho que por isso concordei em trabalhar durante o verão.

E por isso ainda não tinha falado com o Dean...

E por isso não conseguia gritar com a Dona...

E por isso... e por isso... eu tinha um nó na garganta na maior parte do tempo, como se tudo que eu não conseguia expressar ficasse ali, dentro de mim, escondido em algum canto. Mas eu deixava sair uma pequena parte. Com Rhys. Com ele, eu era eu mesma.

— Mas tanto faz, você tem razão, isso não tem importância...

— Tem sim — insistiu Dona. Às vezes, eu tinha a impressão de que minha irmã estava de propósito tentando tensionar a corda que nos unia, como se estivesse me testando.

— Não tem, é uma bobagem. Eu preciso desfazer as malas.

— Ginger, olha para mim. Rhys não é uma bobagem para você. Eu sei, eu te conheço. Ele é especial, não é? Confirma se eu estiver certa. — Muito a contragosto, enquanto minha irmã segurava minha cabeça pelas bochechas, terminei fazendo que sim. — Certo. Agora vamos ao que interessa, quando você pretende me mostrar uma foto dele?

Dei risada e levantei. Coloquei uma das malas na cama.

— Não tenho fotos, já te disse. E não estava mentindo pra você.

— Ele deve ter alguma rede social onde posta alguma coisa.

— Não tem. Já procurei. Mas ele é... lindíssimo!

— "Lindíssimo." — Minha irmã soltou uma gargalhada.

— É sério! Não zoa! — Demos risada. — A primeira vez que o vi, bem, a primeira e a última, para ser exata, pensei que ele era tipo esses cantores de rock que parecem estar cansados da vida, mas ao mesmo tempo estão cheios de vontade de tudo, de fazer coisas, de viajar, de fazer loucuras, entende?

— Não tão bem quanto você, claro.

Minha irmã ficou um pouco mais, contando como estavam as coisas no trabalho e me ajudando a pendurar no armário as roupas que amassavam mais rápido. Dona tinha conseguido um trabalho como garçonete em um *pub* na Carnaby Street, no centro do Soho. Ela tinha aceitado porque, depois de comentar com a chefe que era artista e que estava tentando um espaço nessa área, ela lhe deu a oportunidade de expor alguns de seus trabalhos nas paredes do bar, quem sabe assim alguém poderia se interessar pelas suas obras.

Até o momento, não tinha tido sorte. E, como já era de esperar, meus pais estavam decepcionados com a situação, especialmente porque Dona estava morando em um apartamento com outras seis pessoas. Minha mãe tinha tentado convencê-la a aceitar o cargo de recepcionista na empresa da família ou algo assim, mas Dona se recusou. Eu admirava isso nela. Ela não se importava se não agradava a todos. Sempre fazia o que queria. Dei um abraço nela antes de ela sair e me deixar sozinha.

— Você vai dormir aqui hoje? — perguntei.

— Não, vou embora depois do jantar. — Sorriu.

Depois, eu me sentei na cama e liguei o laptop.

Não tinha nenhuma mensagem de Rhys.

Suspirei, estendi a mão e peguei o moletom dele, que eu tinha separado quando desfiz a mala. Era cinza, com os punhos e o capuz vermelhos. Eu só usei ele naquele dia no aeroporto. E, claro, não o tinha lavado. Não tinha nenhum rastro de Rhys quando o cheirei (sim, eu fazia isso, especialmente nas primeiras semanas), mas eu gostava da ideia de ter algo dele comigo, como se isso me fizesse lembrar que ele era real, mesmo que estivesse a milhares e milhares de quilômetros, do outro lado do mundo.

15. RHYS

O vento que soprava era fresco e as ondas chegavam suavemente à beira-mar. Respirei fundo. Senti como meus pulmões se enchiam de ar, como tudo dava mais e mais voltas. Estava deitado na areia, de sunga, lá pelas tantas da madrugada. A água fria tocava meus pés de vez em quando. Me concentrei apenas nisso. Em respirar. Em respirar. Em respirar. Não sei quanto eu tinha bebido, só sei que tinha me afastado da festa, da multidão e daquela garota linda com quem eu não estava a fim de falar. E agora eu estava lá, olhando para o céu escuro cheio de estrelas que pareciam tremer no alto do firmamento.

E a lua brilhando nas sombras, redonda.

A lua que sempre me fazia lembrar dela.

16.

De: Ginger Davies
Para: Rhys Baker
Assunto: Não vou sobreviver!

Estou em casa há dois dias e já estou pensando em suicídio. Sério, Rhys, é horrível, horrível, horrível. E isso porque eu amo meus pais. Mas eles são... sufocantes. Eles são ridiculamente perfeitos, então eu tenho que ser ridiculamente perfeita também, especialmente depois que Dona deixou de ser. Parece que todas as esperanças da família estão agora em cima de mim, e, sinceramente, não acho isso justo. Vou respirar fundo.

De: Ginger Davies
Para: Rhys Baker
Assunto: Não vou sobreviver! (Segunda parte)
Putz, minha mãe entrou no meu quarto enquanto eu escrevia e fiquei tão nervosa que cliquei em enviar. Agora ela já saiu. Eu acho... Ela entra aqui de cinco a dez vezes por hora. Às vezes ela só bate na porta, abre e fala: "Nada, só queria ver se está tudo bem". Eu olho para ela como: *Você está louca?* Eu sei, sou uma filha má e você é um anjo que veio do céu por estar disposto a me ouvir. Obrigada, Rhys, obrigada.

    O problema é que nessas férias, quando a gente voltar de viagem, vou ter que ir trabalhar com meu pai todos os dias (além disso, Dona só vai ficar com a gente por três dias, porque não conseguiu mais folgas no trabalho, e depois ela volta de trem). Conclusão: adeus à ideia de não fazer nada e ficar lendo largada em qualquer lugar. Agora eu imagino você na praia e fico morrendo de inveja. Tenho certeza de que você está bronzeado. Eu sei que você trabalha, mas não sei por que tenho sempre a impressão de que você curte umas "férias eternas".

    Espero que tenha wi-fi em Glastonbury.

De: Rhys Baker
Para: Ginger Davies
Assunto: Seja uma bolacha forte
Talvez seja porque eu tenha bebido um pouco, mas vou te dizer o que eu acho que você deveria fazer agora mesmo. Abre seu armário, coloca na mala um monte de roupas de verão, vai para o aeroporto e pega um avião para Los Angeles.

    Vem passar as férias comigo, Ginger. Vai ser divertido. Podemos tomar um porre juntos e eu te ensino a surfar e nadamos à noite na praia. Pelados, se você quiser. Aposto que você nunca fez uma loucura dessas, não é? Deixar o biquíni na beira da praia e correr para a água. Vou ser seu cúmplice. Pensa nisso.

    Que se foda essa coisa do trabalho. Parece muito chato.

De: Ginger Davies
Para: Rhys Baker
Assunto: RE: Seja uma bolacha forte
Meu Deus, Rhys, você não pode me falar algo assim.

NÃO PODE, combinado? Porque agora não consigo parar de pensar como seria incrível, mas é impossível. Não me escreva de novo quando estiver bêbado, porque você tem ideias muito tentadoras que eu não posso nem mesmo fantasiar.

De: Ginger Davies
Para: Rhys Baker
Assunto: Sem assunto
Você está bravo comigo? Não espero que você entenda isso, mas é que no meu mundo existem obrigações, horários, prazos a cumprir, essas coisas...

De: Ginger Davies
Para: Rhys Baker
Assunto: ...
Bem, já chegamos ao hotel e aqui tem wi-fi, mas parece que você não, porque continua sem me responder. Agora sério, você vai ficar bravo comigo para sempre? Eu não fiz nada. Eu também gostaria de estar aí, mas não posso...

De: Rhys Baker
Para: Ginger Davies
Assunto: Me desculpe
Desculpe! Claro que não estou bravo, Ginger. Como eu ficaria bravo por algo assim? Eu te entendo. Foi só uma loucura que me passou pela cabeça, mas vou tentar não te escrever de novo quando chegar bêbado de madrugada. Mal parei nesses últimos dias. A Sarah veio e eu me mudei nessas últimas semanas para um apartamento com ela, até ela ir embora.

Aproveite a viagem. Me conta como está tudo por aí.

De: Ginger Davies
Para: Rhys Baker

Assunto: Intrigada
Quem é Sarah? Acho que você nunca me falou dela.

De: Rhys Baker
Para: Ginger Davies
Assunto: RE: Intrigada
É uma amiga. Ou algo assim. Você sabe.

De: Ginger Davies
Para: Rhys Baker
Assunto: RE: RE: Intrigada
Não sei se me ofendo pela rapidez com que você encontrou uma substituta para passar uns dias com você em Los Angeles ou pelo fato de você não ter me contado até agora que tinha uma "amiga especial". Estou brincando, mas seria legal se de vez em quando você me contasse alguma coisa.

Por aqui está tudo bem. O lugar é muito bonito, uma dessas cidadezinhas bem charmosas. Minha mãe tirou tantas fotos que tivemos que comprar outro cartão de memória para a câmera, e meu pai passa o dia animado, fazendo planos para o que vamos fazer todos os dias no escritório quando voltarmos para Londres. Aproveite tudo por aí, Rhys.

De: Rhys Baker
Para: Ginger Davies
Assunto: RE: RE: RE: Intrigada
Você tem razão, Ginger. Fiquei o dia inteiro pensando na sua mensagem, mas só deu para responder agora, que a Sarah pegou no sono, e é verdade: você me dá muito mais do que eu te dou, e não é justo. Eu... eu estou tentando. Quero que você saiba que, apesar de tudo, neste momento você é a pessoa que mais me conhece. Na verdade, quando eu penso no meu dia a dia, acho que você é minha melhor amiga. E isso porque faz só... Quanto? Seis meses desde que a gente se conheceu? Quase sete? Desde o final de janeiro, sim, mas apesar disso eu tenho a sensação de que converso com você há anos. E nem sei por quê. Acho que são coisas que acontecem, às vezes você conhece alguém e deixa essa pessoa entrar na sua vida sem razão.

Sim, a Sarah é uma "amiga especial". A gente se encontra às vezes em Nova York ou em Los Angeles e, você sabe, a gente se diverte juntos.

Ela é atriz, trabalha fazendo comerciais. E é simpática, acho que você ia gostar dela. Faz alguns anos que a gente se conheceu por aí uma noite.

Não sei mais o que te contar...

Espero que você esteja bem.

De: Ginger Davies
Para: Rhys Baker
Assunto: Isso foi bonito

Bem, isso de que sou sua melhor amiga foi bonitinho. Não sei como você consegue me fazer passar do "quero te esganar" ao "quero te abraçar" tão rápido, Rhys. Na verdade, acho que agora você também é o meu melhor amigo. Ou pelo menos é quem mais sabe de mim. Às vezes sinto que te conto absolutamente tudo, e isso é meio assustador.

Estou feliz por você estar se divertindo com a Sarah.

Vocês se conheceram uma noite do mesmo jeito que a gente se conheceu? Me conte detalhes.

Ah, sim, e eu começo a trabalhar amanhã.

Depois te conto. Beijos. (Por que a gente nunca se despede assim, com "beijos", ou "abraços", ou "cuide-se"? Talvez porque a gente troque tantas mensagens que ficaria meio forçado, né? Tipo quando você dá um beijo para cumprimentar alguém, mas nem sente o beijo, sei lá.)

De: Rhys Baker
Para: Ginger Davies
Assunto: RE: Isso foi bonito

Eu consigo isso porque sou um cara encantador, é claro.

E não, eu não conheci a Sarah em uma noite como conheci você, Ginger. Eu a conheci... Não sei, foi diferente. Foi em um *pub*, a gente bebeu e terminou no hotel dela. Foi isso que eu quis dizer. Foi outra coisa.

Me conte sobre seu primeiro dia de trabalho.

Beijos, beijos, beijos (todos eles sentidos).

De: Ginger Davies
Para: Rhys Baker
Assunto: Tomara que me sequestrem

Meu primeiro dia pode ser resumido lendo o assunto desta mensagem. Na verdade, me sinto um pouco culpada, porque meu pai estava tão animado e orgulhoso... Ele sempre fica corado em momentos assim, e quando me apresentou para toda a equipe, parecia que estava com insolação de tão vermelho... mas era só emoção mesmo.

E eu me senti bem e mal ao mesmo tempo.

Bem por vê-lo feliz. Mal porque não queria estar lá.

Olha, eu entendo o que você quer dizer sobre ter sido uma noite diferente... mas isso me faz pensar em algo. Eu vou simplesmente mandar uma pergunta e clicar em "enviar" sem reler, beleza? Porque senão vou me arrepender antes de fazer. Você acha que em outras circunstâncias poderia ter acontecido algo assim entre nós? Não quero te pressionar, pode ser sincero. Eu também tenho minhas próprias ideias sobre isso. Só quero saber se você teria me notado se tivesse me conhecido em um *pub*.

Vou enviar sem pensar.

Não me leve a mal.

De: Rhys Baker
Para: Ginger Davies
Assunto: Sem assunto
Ginger, Ginger, Ginger...

De: Ginger Davies
Para: Rhys Baker
Assunto: RE: Sem assunto
Que diabos significa isso?

De: Rhys Baker
Para: Ginger Davies
Assunto: O que significa
Significa que é melhor não saber algumas respostas. Mas se você não aguenta a curiosidade, eu te digo que sim. Se eu tivesse te conhecido em um *pub* e em outras circunstâncias, provavelmente teria me aproximado de você, teríamos tomado um drinque e conversado um pouco. E então, sei lá, eu teria me inclinado e sussurrado alguma coisa no seu ouvido. E teria tocado seu joelho por debaixo da mesa. Teríamos acabado naquele sótão, mas em vez de comer miojo largados na cama, eu teria te beijado inteira até você gemer o meu nome. E depois eu passaria o tempo decorando

cada centímetro da sua pele nua. Cada sarda. Cada pinta. Cada cicatriz. Cada curva.

Mas sabe de uma coisa? Fico feliz por isso nunca ter acontecido. Porque o que a gente tem é mil vezes melhor e é algo que eu não tenho com mais ninguém. É uma coisa especial, essa nossa amizade. Agora é melhor fingir que a gente nunca falou sobre essa realidade paralela.

De: Rhys Baker
Para: Ginger Davies
Assunto: Você está bem?
Você morreu de enfarte, bolachinha?

De: Ginger Davies
Para: Rhys Baker
Assunto: Estou bem
Como você é idiota! E sim, estou bem. Você realmente acha que eu sou tão impressionável assim? Haha! Você teria que fazer muito mais para conseguir isso. Mas você está certo, é melhor deixar pra lá, porque não é o caso agora. Só fiquei curiosa...

O trabalho está sendo um saco. Meu pai continua feliz. Hoje eu estava prestes a tentar me enforcar com o cabo da impressora, mas depois lembrei que só faltam algumas semanas e depois vou estar livre de novo. Ou, em outras palavras, eu voltarei para o dormitório. Agora que estou prestes a começar o último ano da faculdade, fico me perguntando se depois eu vou conseguir trabalhar aqui todos os dias. Para ser honesta, não quero nem pensar nisso.

E você, o que vai fazer? A Sarah ainda está aí com você?

De: Rhys Baker
Para: Ginger Davies
Assunto: RE: Estou bem
Ginger, eu acho que você é ainda mais impressionável. Mas eu falei para esquecer essa história e vou tentar não falar mais nada sobre isso.

Alguma vez você já se perguntou se gosta do que está fazendo? Vou te contar uma coisa que acho que ainda não te contei: não fiz apenas o primeiro ano de Psicologia. Também comecei o primeiro ano de Direito. E de Ciências Políticas. Sim, o filho perfeito, como você pode ver.

Não, é sério, eu queria mesmo gostar de alguma daquelas coisas, mas nada daquilo me completava. As horas em sala eram intermináveis e eu acabava faltando na metade delas. A única coisa boa que eu via na faculdade eram as festas que a gente dava na fraternidade (sim, juro, meu pai fez parte dela e antes disso meu avô, e sei lá o quê, a questão é que o legado terminou por aqui).

A propósito, foi lá que conheci o Logan, o amigo com quem estava morando aqui em Los Angeles até a chegada da Sarah. Ela vai embora depois de amanhã, então acho que vou voltar para a casa dele. Ele terminou a faculdade de Direito e tem um escritório pequeno na cidade, quase na periferia, nada muito pretensioso. Às vezes eu olho para ele e penso que essa poderia ser a minha vida agora. Mas, sei lá, alguma coisa não encaixa. Até hoje eu não sei o que é. Acho que ainda falta muito para eu conseguir me entender. Espero que, como sempre, você saiba dar sentido a isso tudo e veja o lado lógico.

O que eu estou tentando dizer, Ginger, é que você não precisa fazer nada que te deixe infeliz. Eu sei que isso parece uma dessas frases motivacionais que aparecem estampadas em camisetas de lojas de departamento ou em canecas de café da manhã, mas a vida é muito curta para não aproveitá-la ao máximo.

Por enquanto não tenho certeza do que vou fazer. Acho que fico aqui mais alguns meses e depois talvez suba até São Francisco e não vá para muito longe.

17. RHYS

Fechei o laptop e fiquei uns segundos olhando pela janela. Fazia calor e tinha acabado de amanhecer. Pensei na minha vida ali em Los Angeles até que notei o corpo de Sarah se mexendo atrás de mim. Ainda estava deitada na cama, nua, com os lençóis brancos amontoados ao lado.

Sorri e me aproximei. Estava meio acordada, meio dormindo.

— O que está fazendo acordado a essa hora?

— Vim responder um e-mail. Quem vai para o banho primeiro?

— Você — disse ela rápido e fechando os olhos.

Procurei uma roupa limpa para vestir e fui para o banheiro. Não liguei a água quente. Tremi com o choque do primeiro jato frio, mas fiquei imóvel até me acostumar, e a sensação começou a ficar agradável. Uma vez ouvi dizer que uma dor, um banho gelado ou uma vertigem fazem a gente acordar de repente, fazem a gente tomar consciência da nossa própria pele, daquela sensação de estar vivo. Algo físico, direto. Algo que nos tira do conforto que procuramos instintivamente.

Quando saí, senti o cheiro de café fresco e vi Sarah falando ao telefone. Olhei a luz que entrava pela janela, o efeito que ela criava, como se curvava levemente e simulava um pequeno arco-íris que se refletia na mesa branca da cozinha.

— O que você está olhando? — Sarah me abraçou por trás quando desligou.

— Nada. Te falaram se vai ter filmagem hoje? — perguntei.

Fez que sim com a cabeça e me deu um beijo leve nos lábios antes de se afastar para pegar uma xícara de café. Esperei ela terminar, me servi, e tomamos nosso café em silêncio, enquanto se passavam os minutos no relógio pendurado no alto da parede.

Dizem que é nos silêncios que você percebe se tem a pessoa certa na sua frente. Eu acho que isso é besteira. Ou então que falta algo a essa afirmação. Um silêncio pode ser confortável, mas vazio. E outros silêncios podem ser tensos, eletrizantes, mas cheios de significado. Como aquele que compartilhei com Ginger há mais de meio ano naquele sótão, quando senti o pulso dela batendo em meus dedos enquanto olhávamos para a lua cheia e brilhante. Acho que cada momento é único. Que nada é igual.

— Não quero ir embora — disse ela.

— Já comprou as passagens?

— Sim, ontem à noite. Peguei seu computador.

Sarah desviou o olhar de repente, incomodada.

— E...? — Levantei as sobrancelhas.

Deixou o café na mesa e suspirou fundo, como se precisasse de alguns segundos para organizar o que queria dizer. Percebi que fiquei tenso. Não porque ela talvez tivesse visto as mensagens, mas pelo tanto que eu ficava puto quando alguém tomava a liberdade de entrar sem antes se preocupar em bater na porta da minha vida. Isso eu só permitia a Ginger.

Ela eu deixava entrar pelas janelas abertas, pelas frestas escondidas, pelo buraco da chaminé...

— Desculpe, juro que só li os últimos e-mails... É que meu laptop não tinha bateria e as mensagens estavam lá quando a tela ligou, e eu... sei lá, Rhys, tenho a sensação de que a gente se conhece há dois anos e, mesmo assim, acho que não sei nada de você.

— Sarah...

— E isso, isso de que com ela era diferente... — Ela se levantou, caminhou e fechou a janela. O raio de luz diminuiu até quase desaparecer. Fiquei olhando para ele. — Eu não ia falar nada. Quando acordei hoje de manhã, já tinha decidido que ia fingir que estava tudo bem e que eu já teria esquecido isso quando nos encontrássemos de novo em Nova York daqui a algum tempo. Mas quando te perguntei em que você estava pensando e você me disse "em nada", eu sabia que estava mentindo.

— Aonde você quer chegar?

— Nisso que você falou para ela. Essa frase.

— Qual? — Eu me levantei também.

— "Que às vezes você conhece uma pessoa e deixa ela entrar em sua vida sem nenhuma razão." Não acho que seja assim, tem que ter alguma explicação. Me diz o que é.

Senti um nó na garganta ao vê-la assim, com os olhos úmidos, os lábios tremendo e o olhar fixo em mim, na esperança de que eu pudesse dar a ela algo que na verdade eu não tinha. Talvez eu tenha sido egoísta com ela. Talvez eu não tenha prestado muita atenção aos sinais.

Respirei fundo; pensativo, inquieto.

— A frase era verdadeira... Não tem uma razão. Não sei por que eu consigo me abrir com ela e por que não consigo fazer isso com você. Sinto muito, Sarah.

Ela ficou calada e eu dei um passo à frente para abraçá-la. Ela não se afastou. Fechei os olhos quando senti os lábios dela perto do meu queixo, as mãos levantando minha camiseta, a pele dela contra a minha quando acabei sentado na cadeira da cozinha com ela em cima de mim. Fiquei em dúvida. Não por mim, mas por ela. Porque eu não tinha certeza se naquele momento ela não estaria se machucando ainda mais. Mas deixei ela seguir. Deixei o corpo dela se movimentar sobre o meu, os dedos se entrelaçarem no meu cabelo, deixei ela me beijar com força, usando os dentes, me solicitando.

Depois, apenas gemidos. Ela terminou. Terminamos.

Ela se afastou e ficou de pé. Ainda estava com a camiseta que não tinha tirado, e me olhou com uma mistura de raiva e carinho e confusão. Peguei na mão dela e puxei-a de volta para o meu colo. Dei um beijo em sua testa.

— O que você está fazendo, Sarah?

— Não sei — sussurrou.

— Isso nunca foi um problema entre nós.

— Pois é. — Ela me olhou, sentida. — Mas isso era porque eu pensava que você era assim, Rhys, é como eu te vi ao longo desses anos. Achava que você não gostava de falar de você mesmo, que era incapaz de ficar à vontade com alguém compartilhando histórias da sua infância ou falando das suas preocupações. E de repente deparo com isso. Com outra pessoa. Uma pessoa de quem eu nunca nem tinha ouvido falar. Eu já tinha aceitado que não poderia mudar você, mas isso... isso... estraga tudo. — Balançou a cabeça e se afastou de mim.

— Você está pensando demais...

— Vou dormir em um hotel hoje à noite.

— Não estou entendendo. A gente tem um relacionamento aberto e ela é uma amiga. Você está se comportando como se a gente namorasse há anos e eu tivesse acabado de te trair...

— Não é isso. É que agora eu abri meus olhos.

— Tá bom. — Abotoei a calça jeans, suspirando.

— Está vendo? É disso que eu estou falando. Você reagiria do mesmo jeito se fosse ela que estivesse prestes a ir dormir em um hotel? Não. E nós duas somos suas amigas. Pior do que isso. Com uma você trepou e com a outra não. Mas deixa para lá, você não vai entender agora. Não quero ficar mal com você.

Respirei fundo; um pouco nervoso, um pouco frustrado, um pouco de tudo. Porque, no fundo, eu não queria ficar pensando naquilo. Sarah tomou um banho rápido, saiu já vestida, pegou a bolsa e foi embora. Pensei que voltaria à tarde para pegar as coisas dela depois da filmagem. Fiquei na cozinha por um tempo mais, seguindo o feixe de luz com os dedos, pensativo.

Não sei quanto tempo se passou até eu me aproximar do sintetizador.

E aí perdi a noção de tudo. Era somente aquele som, o som do baixo, a base, retumbando na minha cabeça, tocando sem parar até que encontrei o ritmo que estava procurando, o único que eu queria. Bum, bum, bum. Fechei os olhos, avaliando o que viria a seguir, lembrando de sensações.

Bum, bum, bum. Era quase meio-dia quando vi meu celular vibrando em cima da mesa e então tirei os fones de ouvido.

Era Logan. Fazia vinte minutos que estava na porta.

Abri a porta e, quando ele me viu, balançou a cabeça e suspirou. Levantou uma sacola de uma hamburgueria próxima e foi para a sala de jantar. Começou a tirar tudo lá de dentro.

— Imaginei que você não tivesse comido nada. — Ele me olhou de relance antes de continuar. — Sarah me ligou para perguntar se poderia ficar na minha casa hoje à noite, então... achei que algo estava errado, sabe como é.

— Ela me disse que ia dormir em um hotel.

— Pois é. O que aconteceu exatamente?

— Nada. Não sei. — Peguei um hambúrguer, tirei o papel e me joguei no sofá antes de dar uma mordida e mastigar, pensativo. — Ou melhor, ontem estava tudo bem e hoje de repente ela começou a se comportar como se tivéssemos algo sério.

— E vocês têm? — perguntou Logan.

— Claro que não. Por que essa pergunta?

— Só pensei que, bem, vocês se veem com frequência, não? E estão assim há anos. Então não seria muito estranho se fosse "sério".

Franzi a testa, sentido. Logan permaneceu indiferente enquanto devorava seu hambúrguer, como se não tivesse dito algo que ele sabia que era quase ridículo. Porque poucas pessoas me conheciam como ele, mesmo que ele não soubesse tudo sobre mim ou que às vezes eu não contasse a ele algumas coisas, como a existência de Ginger. Ou o que aconteceu com meu pai. Ou como era difícil para mim falar com minha mãe toda semana...

Para dizer a verdade, olhando para ele naquele momento, percebi que um dos meus melhores amigos, que eu tinha conhecido havia sete anos na faculdade, não sabia quase nada de mim. Só o que eu deixava ele ver, as pequenas migalhas de pão que eu jogava pelo caminho.

— É impossível eu ter uma relação com alguém.

— Por quê? A Sarah é maravilhosa — respondeu.

— É mesmo. Mas eu viajo com frequência, lembra? Eu não me vejo morando dois ou três anos no mesmo lugar. Ou mais. Uma vida inteira. Não me vejo entrando em uma hipoteca nem tendo filhos nem fazendo qualquer uma dessas coisas estáveis.

Logan me analisou alguns segundos em silêncio.

— O que você espera encontrar, Rhys?

— Encontrar? Nada. Por quê?

Balançou a cabeça e deu de ombros.

— Porque às vezes tenho essa sensação, de que você está procurando alguma coisa. Esquece. Cacete, eu só me casaria com um desses hambúrgueres. E o trairia com o queijo.

Tentei sorrir, mas não consegui.

Também não consegui ignorar essa frase.

"A sensação de estar procurando alguma coisa."

18. GINGER

A semana tinha sido interminável. Os dias no trabalho com meu pai eram emocionalmente desgastantes, em especial porque eu tinha que fingir o tempo todo que estar lá era a coisa que eu mais gostava no mundo e, lá no fundo, toda vez que eu ficava sozinha no escritório, eu sobrevivia imaginando que estava em uma praia, deitada na areia, sem fazer ou pensar em nada, apenas sentindo o sol quente na minha pele e o vento salgado.

E com Rhys. Ele aparecia ao meu lado.

Tentei me esconder nessa ilusão enquanto o tique-taque do relógio avançava lentamente. Percorri com os olhos o escritório do meu pai; os papéis empilhados, a impressora soltando as últimas notas fiscais que ele tinha me pedido para fazer, os desenhos de alguns armários para a próxima temporada pendurados em um gigantesco quadro de cortiça em frente à mesa, as paredes lisas e entediantes que tinham me acompanhado durante aquelas semanas de férias...

Aquele era, finalmente, o meu último dia.

Na manhã seguinte, eu pegaria um trem de volta para o dormitório universitário. Notei uma sensação de alívio. E sorri ao lembrar que tinham me permitido mudar para um quarto maior que eu dividiria com a Kate. Estava querendo muito curtir aquele último ano e, por um segundo, dentro daquele escritório, desejei que o último ano durasse para sempre. Não queria encarar a "vida adulta" nem trabalhar ali nem ter mais responsabilidades.

— Você já terminou as notas fiscais?

— Sim. — Eu me le levantei quando meu pai entrou. Fui até a impressora e desliguei-a antes de pegar os papéis e apontar para a mesa. — Deixo aqui?

— Sim, amanhã dou uma olhada nelas.

— Tá bom. — Dei a volta na mesa.

Meu pai passou o braço por meus ombros e me puxou para perto dele. Senti o cheiro de uma mistura de tabaco de enrolar (ele tinha tentado parar de fumar várias vezes, sem sucesso) e do amaciante que mamãe usava para lavar a roupa desde que eu era pequena. Respirei fundo e me senti acolhida pela familiaridade que me envolvia. Eu não sabia bem o que estávamos fazendo ali até que ele olhou em volta e soltou um suspiro de satisfação.

— Algum dia, minha pequena Ginger, tudo isso será seu.

Senti um nó na garganta e engoli em seco. Depois, papai apagou as luzes e saímos do seu escritório. Fiquei quieta enquanto voltávamos para casa.

— Está tudo bem, Ginger? Você disse que não se importava...

Demorei alguns segundos para perceber que ele estava preocupado com o almoço daquele dia. Como despedida, antes de voltarmos para a faculdade, íamos encontrar Dean e os pais dele, como nos velhos tempos. Balancei a cabeça.

— Não me importo mesmo — assegurei. — De verdade.

— Tudo bem. Mas se a qualquer momento você mudar de ideia, pode dizer que não está bem e ir para o seu quarto. Olha, Ginger, sei que talvez eu não tenha tido muito tato quando Dean terminou com você. Estive pensando muito sobre isso ultimamente...

— Pai, esquece isso, sério. Está tudo bem.

— É que eu achava que ele era um cara legal...

— E ele é. Mas não para mim. Você não precisa odiá-lo.

— Tudo bem. — Respirou fundo, um pouco mais calmo.

Agradeci o gesto, mas não queria que meu pai se forçasse a mudar com Dean. Afinal, ele sempre o tratou como o filho que nunca teve, tanto que esperava que ele também ocupasse um alto cargo na empresa da família. Eu não tinha a intenção de romper a relação que eles haviam construído durante tantos anos só porque nossas vidas tinham tomado rumos diferentes. Estava tudo bem. Mais do que bem.

Não me importava não ter recebido nenhuma explicação...

Nem que nunca tivéssemos falado sobre isso...

Repeti para mim mesma, tentando me convencer. Quando entramos em casa, senti no ar o cheiro da torta de carne. E toda a família Stewart já estava na sala. Os pais do Dean me abraçaram com tanta força que fiquei com medo de que me quebrassem uma costela. A gente não tinha se visto durante todo o verão, o que era no mínimo estranho; claro que talvez eles não soubessem que eu estava evitando encontrá-los, porque as semanas já tinham sido suficientemente deprimentes e eu não precisava acrescentar à minha vida uma daquelas conversas constrangedoras que eu não estava com a menor vontade de ter.

Dean ficou me olhando com as mãos nos bolsos. Parecia nervoso. Cumprimentei-o com a cabeça antes de entrar na cozinha com a desculpa de ajudar minha mãe a tirar a torta do forno e servir os pratos.

Dona chegou por último, quando já estávamos sentados à mesa. Pegou um pedaço generoso de torta e abriu espaço para ficar ao meu lado, e me senti grata por isso. Eu me concentrei no meu prato enquanto escutava, mastigava e colocava toda a minha atenção na cristaleira à minha frente, cheia de bugigangas antigas que minha mãe não jogava fora nunca, como presentes de batismo ou enfeites de família fora de moda. Depois de algumas mordidas, percebi que a comida começava a ficar entalada na minha garganta. Bebi água, tentando entender porque tinha ficado tão angustiada de repente. Finalmente criei coragem de olhar para Dean e... não senti nada. Não senti nada de saudade quando olhei para o seu cabelo castanho e encaracolado, para o movimento de sua garganta ou para os seus olhos escuros.

Nos últimos meses estive perto dele nas aulas e tínhamos feito um trabalho juntos, mas, curiosamente, foi naquele lugar, na minha casa, que, de repente, senti por ele algo diferente. Acho que foi porque eu não tinha percebido, até então, que Dean tinha sido uma constante na minha vida praticamente desde que eu tinha saído das fraldas. Eu tinha feito aquela cicatriz horrível no joelho correndo atrás dele na rua atrás da minha casa, quando tropecei e caí aos sete anos de idade. Ele era o único cara com quem eu já tinha feito amor. O primeiro em tudo. Foi quem me acompanhou no baile do colégio quando nos formamos. E com quem fiz a inscrição para a faculdade. Tantos momentos, tantas lembranças...

E agora ele estava na minha frente, como um estranho.

Meu estômago embrulhou e eu me levantei, me limpando com o guardanapo. Todos pararam de falar e me olharam hesitantes.

— Não estou me sentindo muito bem. Me desculpem...

Eu me afastei e fui para o andar de cima, dando um tropeção na escada acarpetada. No banheiro, lavei o rosto com água fria e tentei me acalmar. Não sabia por que estava daquele jeito, quando tudo já quase nem fazia mais sentido. Ou talvez fizesse. Talvez, de repente, fizesse todo o sentido do mundo.

Escutei umas batidas na porta.

— Ginger... pode abrir?

Era o Dean. Respirei fundo antes de destrancar a porta e deixá-lo entrar. Nos olhamos pelo espelho, sem falar nada.

— Acho... acho que deveríamos conversar.

— Já era hora — resmunguei baixinho.

— Como?

— Nada.

Ele me seguiu quando fui para o meu quarto. Quando entrou, ficou um tempo olhando para o quadro de cortiça que ainda estava cheio de fotos dele. O silêncio era constrangedor. De repente, Dean me pareceu muito grande e estranho naquele espaço, como se ele não coubesse ali, mesmo que isso não fizesse sentido. Nos olhamos.

— Não sei como começar...

— Nem eu — admiti.

— Acho que já deveríamos ter tido esta conversa meses atrás. Tenho pensado nisso desde então... — Ele se aproximou e senti o colchão afundar quando ele se sentou perto de mim, ainda nervoso. — Acho que o que eu te falei naquele dia não foi suficiente. Não sei, Ginger, você sempre esteve na minha vida e eu... acho que tive uma crise geral e não parei para pensar em como você se sentiria. Me desculpe.

Tomei fôlego, surpresa. Principalmente porque eu conhecia bem o garoto na minha frente, e sabia que ele não era do tipo que pedia desculpas facilmente. Nós nos olhamos. Ele esperava uma resposta. E eu estava tentando analisar se deveria sentir raiva, se aquilo era justo, se fazia sentido eu "entender tudo" e assumir que estava sendo, naquele momento, a Ginger que eu não gostava de ser. Balancei a cabeça.

— Eu deveria gritar com você. Deveria...

— Você não faz essas coisas.

— É. Mas queria fazer.

— Eu gostaria que a gente pudesse ser amigos. Não estou pedindo para te ver sempre nem nada disso, mas, sei lá, poderíamos nos encontrar alguma tarde e tomar um café.

Tinha algo me incomodando. Tinha algo me incomodando e não era por Dean, era por mim. Acho que o menos importante ali naquele momento era ele. Fiquei olhando para a colcha, para um fiozinho roxo solto que parecia ter ficado ali, sozinho, sem alinhavar. Que vida desperdiçada, pensei. Viver amarrado a um ponto, mas incapaz de fazer parte do próximo, preso no meio do nada. Como eu estava me sentindo naquele momento. Duas partes de mim se enfrentando. Uma queria perdoar Dean, tentar ser amiga dele, recuperar resquícios daquela relação que nos uniu por tantos anos. A outra queria se levantar, recuperar o fôlego e começar a gritar com ele. Mas eu nem sabia o que gritar, porque eu não o odiava. A maneira como ele tinha feito as coisas me machucava, mas, mais do que isso, me machucava a maneira como eu havia reagido na época, porque eu deveria ter reagido naquele momento. E não por ele, mas por mim. Agora eu sentia que aquele trem já tinha passado e não fazia mais sentido eu me esforçar para subir nele. Porque a Ginger de agora, no fundo, não queria nem viajar de trem.

E então lembrei que, de alguma forma, engolir aquela dor tinha me levado até Rhys. Que ironia. Acho que cada ato, cada detalhe, cada decisão nos leva a um destino diferente, um destino que, às vezes, pode mudar tudo quando a gente menos espera.

— Se você quiser ficar sozinha...

Neguei com a cabeça e olhei para ele.

— Eu te perdoo.

Dean sorriu e respirou fundo. E antes que eu pudesse me preparar para o que ele ia fazer, ele se inclinou e me abraçou. Não consegui abraçá-lo de volta, mas também não me afastei. Fiquei quieta, um pouco incomodada, até que ele me soltou.

— Sabe... Eu estava com saudade.

Não consegui dizer que eu também estava porque, na verdade, aqueles meses longe dele me ajudaram a me conhecer um pouco melhor, mesmo que ainda continuasse perdida. E eu tinha feito uma nova amiga, tinha beijado outro cara, tinha tido um encontro...

— Vou precisar de um pouco de tempo até que as coisas fiquem menos incômodas. Não estou dizendo não a esse futuro café, mas talvez mais para a frente. E eu acho... acho que mereço pelo menos uma explicação do que aconteceu. Você sabe o que quero dizer, esse desejo repentino de querer experimentar e viver coisas novas, tudo isso.

A princípio, ele teve dificuldade. Abriu e fechou a boca várias vezes, ficou olhando para as mãos, deixando passar os segundos. Mas em algum momento a armadura caiu e ele começou a me explicar como estava se sentindo, aquela sensação de monotonia se arrastando todos os dias e de que estava "perdendo algo", mesmo que ele nem soubesse o que era. Foi doloroso ouvir isso, porque eu fazia parte daquela rotina que não era mais suficiente para ele, mas ao mesmo tempo consegui entender.

— E agora você está melhor? — perguntei.

— Sim, acho que sim. Um dia de cada vez. — Levantou a cabeça e me olhou com curiosidade. — E com você, como vão as coisas? Você está diferente, Ginger.

— Vou tomar isso como um elogio.

Sorri. E ele sorriu também.

19.

De: Ginger Davies
Para: Rhys Baker
Assunto: Lar, doce lar

Já estou de volta ao dormitório da faculdade. Não é estranho que, em partes, eu sinta esse lugar como meu lar? Acho que foi uma coisa tão progressiva que mal notei, e então um dia acordei e em vez de me referir à casa da cidade como a "minha casa", comecei a chamá-la de "a casa dos meus pais", e, assim, sem mais nem menos, deixou um pouco de ser minha, apesar de que eu ainda tenha lá um quarto com todas as minhas coisas, quase como se fosse um museu.

Você ainda tem um quarto assim, Rhys?

Não sei por que, mas é difícil imaginar.

Você não tem dado muitas notícias ultimamente. Está tudo bem? Espero que sim. Eu não tenho muito o que contar. Estou animada e aterrorizada com o início deste novo ano; por um lado, é muito legal dividir o quarto com a Kate e saber que antes das próximas férias de verão vou terminar uma etapa importante da minha vida, mas também estou com medo do que virá depois. Acho que vou me sentir como uma bola de tênis que alguém acerta forte e acaba perdida, pulando para lá e para cá. E vou ter que assumir coisas nas quais agora nem penso, mas, enfim, também estou ansiosa para começar a "minha vida adulta" (tenho certeza de que você odeia essa expressão).

    Ah, esqueci de contar, falei com Dean. Ele foi almoçar com os pais dele lá em casa e eu achava que isso não me afetaria, porque, bem, a gente se via na faculdade, mas acho que encontrar com ele naquele ambiente foi diferente, porque não dava para não me lembrar de tudo que tínhamos vivido juntos. Estranho, né? Como as emoções são complexas. Tive a sensação de que estava segurando as minhas por muito tempo e, quando deixei que elas saíssem, já estavam meio... desgastadas, tinham perdido a intensidade. Não tinham mais brilho.

    Agora tenho que ir. Vou dar uma volta com a Kate.

    Beijos. Manda um sinal de vida.

De: Rhys Baker
Para: Ginger Davies
Assunto: Sinal de vida

Desculpe por ter estado um pouco ausente, foram dias meio complicados. E, sim, é claro que odeio a expressão "minha vida adulta". Deveria ser apenas "vida", sempre, sem acréscimos. Mas a minha história favorita quando criança era *Peter Pan*, então não leve isso em consideração.

    Já faz tempo que não vou para casa, você sabe, mas da última vez que estive lá, ainda tinha um quarto típico de adolescente. Com menos pôsteres e menos tralha, apesar de que as maquetes que eu construía com meu pai ainda estavam intactas na estante, e a bola de beisebol autografada por um dos meus jogadores preferidos continuava na mesa de cabeceira e... sei lá, agora não lembro de mais nada. Livros, algumas fotos, bugigangas, essas coisas.

    Na verdade eu tenho pensado na história do Dean... Mas acho que entendo o que você falou. Sobre como você se sentiu diferente por causa do lugar onde estavam. O que ele te falou?

De: Ginger Davies
Para: Rhys Baker

Assunto: RE: Sinal de vida
Não vou te contar sobre a conversa com Dean até que você me conte o que está acontecendo com você. Você parece... mais melancólico do que de costume? Se é que isso é possível. Vai, Rhys, pode contar comigo. Sou uma boa ouvinte (leitora).
    Beijos (dos de verdade).

De: Rhys Baker
Para: Ginger Davies
Assunto: RE: RE: Sinal de vida
Esse é o problema, eu não sei o que há de errado comigo. Foi um verão estranho. Me diverti, transei, ri, passei os dias na praia, escrevi músicas, fiquei com meus amigos... mas ao mesmo tempo, caralho, sei lá, continuo com a sensação de que estou procurando alguma coisa que não vem. E talvez... talvez seja porque não existe nada para vir.
    Eu gosto dos seus beijos de verdade.

De: Ginger Davies
Para: Rhys Baker
Assunto: RE: RE: RE: Sinal de vida
Faz sentido, Rhys. Acho que todo mundo se sente assim às vezes, mesmo que talvez no dia a dia as pessoas não busquem isso com a mesma intensidade que você. Mas, sim, acho que sempre desejamos esse "mais", né? Você já parou para pensar que talvez você esteja se referindo ao que as pessoas chamam de "felicidade"? Mas também temos que considerar que algumas pessoas são mais conformistas do que as outras. Sei lá. Talvez isso seja triste, mas é assim que as coisas são...

De: Rhys Baker
Para: Ginger Davies
Assunto: Vida
Eu não gosto de pensar em você se conformando, Ginger.
    Principalmente se você considera isso triste, caramba.
    Eu sei que você acha que sim, mas você não precisa se agarrar a um emprego que não gosta das oito às seis nem comprar um carro aos vinte e cinco nem se enfiar em uma hipoteca antes dos trinta, logo depois do seu casamento e da sua lua de mel em algum lugar do Caribe. Não me

entenda mal. Tudo isso é perfeito se for o que você realmente quer, mas não tem sentido se você encarar como uma obrigação ou algo que "está escrito".

Você pode ser o que quiser, Ginger.

De: Ginger Davies
Para: Rhys Baker
Assunto: RE: Vida
Tudo isso é maravilhoso na teoria, mas é difícil colocar em prática. E não importa, não quero falar disso. Além do mais, o que mudaria? Você não seguiu esse esquema e ainda não encontrou essa "alguma coisa" que está procurando. Não foi por isso que toda essa conversa começou?

De: Ginger Davies
Para: Rhys Baker
Assunto: RE: Vida
Rhys, você ficou bravo?

De: Ginger Davies
Para: Rhys Baker
Assunto: RE: Vida
Se você ficou bravo, saiba que isso me parece um comportamento típico de uma criança de cinco anos. De seis, talvez, com sorte. Se for um dos bobos da sala.

De: Rhys Baker
Para: Ginger Davies
Assunto: RE: RE: Vida
Tá bom. Então minha idade mental é de seis anos.
 (Que é melhor do que ter oitenta e dois.)

De: Ginger Davies
Para: Rhys Baker
Assunto: RE: RE: RE: Vida
Hahahaha. Não estou acreditando.

Olha, você pode até andar por aí com esse seu ar independente, melancólico e despreocupado, mas, às vezes, você me lembra o típico menino mimado que foi a estrela do futebol americano no colégio e que foi eleito rei do baile. Admita, e eu estarei disposta a assinar uma trégua.

De: Rhys Baker
Para: Ginger Davies
Assunto: RE: RE: RE: RE: Vida
Talvez você tenha acertado em cheio, bolachinha Ginger.
    Só por isso, aceito a trégua.

De: Ginger Davies
Para: Rhys Baker
Assunto: ACERTEI EM CHEIO?
Como assim? Rhys, Rhys, RHYS.
    Responde. Sério. Não me mate de curiosidade.

De: Rhys Baker
Para: Ginger Davies
Assunto: Vamos negociar
Você primeiro. Você ainda não me contou a conversa tão interessante e emotiva que teve com o Dean antes de voltar para o dormitório da faculdade. Não me faça implorar.

De: Ginger Davies
Para: Rhys Baker
Assunto: RE: Vamos negociar
Se eu te contar, você me explica isso de "acertar em cheio" e me faz um belo resumo de como era a sua vida antiga? Odeio quando a gente se dispersa em outros assuntos.

De: Rhys Baker
Para: Ginger Davies
Assunto: RE: RE: Vamos negociar
Feito. Você me conta sobre o Dean.
    Eu te conto sobre mim.

20.

De: Ginger Davies
Para: Rhys Baker
Assunto: Minha parte do trato

Bem, vamos lá, era uma manhã cinzenta, como sempre, e eu tinha ido para o escritório com o meu pai (estou tentando narrar a cena como em um romance para dar mais intensidade); na verdade eu me senti um pouco estranha naquele lugar, pensando que no ano seguinte eu estaria lá, vendo o movimento dos ponteiros daquele relógio pendurado na parede. E sei lá. Talvez tudo isso tenha me afetado, pensando bem. Ah, e também tinha acabado de ficar menstruada. Não sei se te interessa, mas vou incluir esse detalhe porque acho que justifica o fato de eu estar especialmente sensível naquele dia. Sensibilidade que aumentou quando cheguei em casa e vi que os pais de Dean já estavam lá. Acho que nunca te disse, mas eles são maravilhosos. Nos abraçamos, blá-blá-blá... e terminamos à mesa, comendo todos juntos. Minha irmã chegou um pouco depois. De repente, eu olhei para ele e senti... coisas. Como tristeza. Lembrei de tudo que tínhamos vivido juntos; tantas tardes brincando, tantos momentos enquanto a gente crescia...

Você não acha triste que às vezes a gente perca o contato com pessoas que um dia significaram tudo para a gente? É estranho. Eu sei que "a vida dá muitas voltas" e que "as pessoas vêm e vão", mas talvez a gente não devesse levar isso com tanta naturalidade. Me assusta ver que o ser humano esquece tudo tão rápido.

O problema é que meus olhos começaram a coçar (eu não costumo chorar tudo de uma vez só, é uma coisa gradual, como se eu tentasse evitar no começo, mas no final não conseguisse mais segurar), levantei da mesa e fui para o banheiro. Ele veio atrás logo depois e me perguntou se podíamos conversar, então acabamos no meu quarto, sentados na cama. Sabe, é estranho pensar, às vezes, como as coisas mudam. Naquele mesmo lugar ele me beijou cinco anos atrás, numa tarde, enquanto fazíamos um trabalho de ciências. Mas agora estávamos lá, falando sobre o fim do nosso namoro. Que curioso. Como as coisas são irônicas e imprevisíveis.

Acho que entendi o que ele disse. E o perdoei. Principalmente porque percebi que não me machucou tanto tê-lo perdido como namorado, mas sim o fato de ele ter jogado fora tantos anos de amizade, aquela relação de confiança que tínhamos. Foi o que senti quando o vi naquele lugar, em casa, porque me fez lembrar das coisas importantes em que ele tinha pisado quando não me deu ao menos as explicações que eu merecia, você não acha?

Depois foi estranho... Não fiquei triste...

E pensei que, se não tivesse acontecido exatamente daquele jeito, milímetro por milímetro, você e eu nunca teríamos nos conhecido, Rhys. O destino tem seus caprichos. Ou seja, imagina se Dean tivesse querido falar comigo e tivéssemos tido uma longa conversa de duas ou três horas. Eu nunca teria entrado naquele avião. Eu nunca teria me sentido tão perdida, porque pelo menos eu teria tido as respostas que ele não me deu na época. Você não teria me visto brigando com a máquina de bilhetes do metrô. Ou, simplesmente, se um semáforo tivesse ficado vermelho e eu tivesse descido um minuto depois na estação, nós não teríamos nos encontrado. Percebe como tudo isso é delicado? Um fio tão fino que chega a dar medo tocá-lo.

Enfim, resumindo: foi melhor do que eu esperava. Eu desabafei, ele se explicou, eu entendi, depois ele me disse que eu estava diferente (essa parte eu gostei), eu entendi que coisas ruins às vezes trazem coisas boas e, antes de ir embora, quando terminei de fazer as malas, eu tirei a maioria das fotos com Dean que ainda estavam no quadro de cortiça no meu quarto. Não me pergunte por que eu tinha deixado elas lá durante todo o verão. Acho que só depois que fechei um pouco aquele ciclo é que me senti preparada para guardá-las numa gaveta. E deixei uma, a do dia em que nos formamos no colégio, porque pensei que no fim das contas eu ainda tinha uma boa lembrança daquele momento e ele fazia parte daquilo.

Combinamos de, talvez um dia, tomar um café juntos. Quem sabe? No momento, não é um dos meus próximos planos, mas quem sabe eu me anime mais para a frente.

Talvez você esteja arrependido de querer saber tudo com detalhes. Mas agora é tarde, Rhys. E você me deve um e-mail gigante, contando seus segredos mais sombrios. Não seja mesquinho com a informação.

De: Rhys Baker
Para: Ginger Davies
Assunto: RE: Minha parte do trato

Bem, acho que entendi o que você disse sobre Dean. E, para ser honesto, eu tinha me limitado a pensar nele como um idiota que não te merecia, mas não tinha levado tudo isso em consideração. Que ele era seu amigo. Tudo que você viveu com ele. Sei o que você quer dizer com isso de que as pessoas às vezes esquecem muito rápido, mas você nunca pensou que talvez seja um método de sobrevivência?

Porque algumas coisas... doem demais.

P.S.: Não precisa surtar. Já te mando outro e-mail, cumprindo a minha parte do trato. E prometo que vou tentar me estender bastante, dentro das minhas possibilidades e da dificuldade que eu tenho em fazer isso. Por sorte, essa noite não estou conseguindo dormir.

De: Rhys Baker
Para: Ginger Davies
Assunto: Segunda tentativa

Na verdade, não sei nem por onde começar, Ginger. Faz meia hora que estou olhando para a tela em branco do computador e já comecei o e-mail mil vezes, mas acabo apagando o que escrevo. Acho que por isso enviei o outro primeiro, porque não tinha certeza de quanto tempo levaria para escrever este. Aqui é de madrugada, então imagino que você deva estar na faculdade agora. Ginger, Ginger, sabe o que eu mais gosto em você? Que você se mostrou para mim desde o início, sem pedir nada em troca, sem se esconder. Você me fez ficar com vontade de te imitar, de te dar... coisas. Não sei por que é tão difícil para mim falar de mim mesmo. Não sou ninguém especial. Não tive uma vida traumática. Não tem nada que me diferencie de você, e mesmo assim, olhe para nós. Eu, há horas escrevendo, apagando e escrevendo de novo... Você, com certeza, afundando os dedos no teclado sempre sem pensar.

De: Rhys Baker
Para: Ginger Davies
Assunto: Uma parte de mim

Certo, tudo se resume ao que você disse quando comentei que você tinha "acertado em cheio". É isso; eu cresci em uma casa grande, em um dos melhores condomínios do Tennessee. Tínhamos uma empregada e um jardineiro. Minha infância foi feliz. Eu adorava o meu pai. Adorava a minha mãe. Parecíamos a família perfeita.

E, sim, Ginger, eu era a merda do capitão do time de futebol americano, o que sempre era convidado para todas as festas e que namorava a menina mais bonita do meu ano. Você também não errou sobre a outra coisa: eu fui o rei do baile por três anos seguidos. E aí? Impressionante, né? Na verdade eu nunca planejei nada disso, as coisas simplesmente aconteceram assim, sem eu fazer nada, sem nenhum esforço. Eu tinha nas mãos tudo que alguém podia querer. Foi assim por muito tempo. Uma vida de sonhos.

De: Ginger Davies
Para: Rhys Baker
Assunto: RE: Uma parte de mim
Rhys, não sei o que dizer. Eu não imaginava... Na verdade só falei aquilo de brincadeira, nunca pensei que alguém como você... como a pessoa que conheci... Não tem nada a ver com você. Não consigo nem te imaginar assim quando você era mais jovem. Esquece. Não precisa me contar nada que você não queira que eu saiba, "cara caracol". Vou continuar sendo sua amiga do mesmo jeito.

De: Rhys Baker
Para: Ginger Davies
Assunto: A outra parte de mim
O outro lado da moeda é que eu nunca na vida me senti tão vazio como naquela época. Nem mais sozinho. Será que existe algum tipo de solidão mais triste que essa, Ginger? A solidão de estar rodeado de gente, mas mesmo assim se sentir só.

Lembra do que você falou naquela noite em Paris sobre ter medo de ter matado e enterrado a verdadeira Ginger? Na verdade, não é preciso acabar com tudo literalmente, basta colocar uma mordaça e ignorar sua existência dia após dia. Acho que é isso que as pessoas fazem às vezes. A gente se convence de que quer ser de um jeito que, no fundo, não deseja, de um jeito que não nos completa, que não nos motiva, que não vem de dentro. Mas não importa. Estamos determinados a fazer isso. E nos obrigamos. E vamos aguentando. E os anos vão passando. E você começa uma e outra faculdade. E você se convence de que pode ser feliz, já que todos os outros também são (ou fingem ser). Mas sabe de uma coisa? Não é assim. Um dia eu entendi.

Entendi que eu só tinha uma vida e que não queria jogá-la no lixo.

Entendi que havia chegado o momento de mudar as coisas.

E aqui estamos, Ginger, divagando sobre a vida...

De: Ginger Davies
Para: Rhys Baker
Assunto: RE: A outra parte de mim
Por ser a primeira vez que você se esforça em se abrir de verdade, acho que você mandou muito bem. Sério mesmo. E viu só? Não aconteceu nada, o mundo continua girando. Fico orgulhosa de poder te inspirar a se abrir e se expressar mais. Admito que não esperava esta parte do seu passado e fiquei bem surpresa, mas... gostei, Rhys. Acho que você é a pessoa mais contraditória, inesperada e imprevisível que eu conheço. E não sei se eu deveria ficar com medo.

De: Rhys Baker
Para: Ginger Davies
Assunto: RE: RE: A outra parte de mim
Por que você ficaria com medo, Ginger?

De: Ginger Davies
Para: Rhys Baker
Assunto: Razões
Minha irmã diz que você é interessante. E não só isso, que você é "viciante". Como uma dessas séries em que os roteiristas sabem como fazer para que o espectador sempre queira assistir a mais um episódio. Por quê? Porque coisas imprevisíveis acontecem. Surpresas. E então você quer saber mais. Ninguém fica viciado em algo que já sabe como vai terminar. Pelo menos não com a mesma intensidade.

De: Rhys Baker
Para: Ginger Davies
Assunto: RE: Razões
Já me perdi, bolachinha.

Mas gostei disso de ser viciante.

De: Ginger Davies
Para: Rhys Baker
Assunto: Relaxa

Não fique se achando. O que quero dizer é: como vai ser se você de repente se cansar de mim e parar de me escrever? Seria como ficar sem saber o final.

De: Rhys Baker
Para: Ginger Davies
Assunto: RE: Relaxa

Eu nunca vou me cansar de você.

De: Ginger Davies
Para: Rhys Baker
Assunto: RE: RE: Relaxa

Parece que você usou todo o seu estoque de palavras para falar do seu passado. Descansa. Você deve estar com os dedinhos em carne viva (estou sendo irônica, caso haja dúvidas).
   P.S.: Eu também não vou me cansar de você.

21. RHYS

Quando eu era pequeno achava que os domingos eram o melhor dia da semana. Quase consigo sentir ainda essa felicidade ao acordar: eu abria os olhos, sabia que não tinha escola e que meu pai estaria em casa o dia inteiro. Lembro da luz que entrava pela janela da cozinha na primavera, do som dos galhos se movendo no jardim, dos pássaros cantando e de como eu ficava feliz enquanto comia meu cereal e meu pai lia o jornal na minha frente, tomando seu café. Às vezes ele franzia a testa, desanimado. Ou ria. Em algumas ocasiões, ele compartilhava comigo algumas notícias, principalmente conforme eu fui crescendo. Eu me esforçava para dar uma boa resposta. Minha mãe dava um sorrisinho do outro lado da mesa quando, anos depois, isso levava a um longo debate no qual ela quase sempre nos deixava sozinhos, provavelmente porque ela ficava entediada escutando.

Mas não era só aquela imagem familiar que fazia com que os domingos fossem especiais. Era mais... uma sensação. Afetuosa, agradável, preguiçosa, no bom sentido. Uma sensação que eu nunca mais voltei a sentir igual e que foi desaparecendo com o passar dos anos.

22.

De: Rhys Baker
Para: Ginger Davies
Assunto: Los Angeles
Decidi ficar mais tempo em Los Angeles. Me ofereceram a possibilidade de prorrogar meu contrato por mais dois meses, até dezembro, e eu aceitei. Não estava a fim de ir para São Francisco. Acho que ter o Logan aqui é um *plus*. Não te falei muito dele, mas conhecê-lo desde a época da faculdade me faz sentir um pouco em casa. É estranho explicar, porque na verdade não temos muito em comum, mas às vezes acho que isso é o de menos.

Quais são seus planos para esta semana? Muita coisa para estudar?

De: Ginger Davies
Para: Rhys Baker
Assunto: RE: Los Angeles
Bem, eu gosto da ideia de você ficar em algum lugar por mais tempo. Não sei como você não enlouquece indo de um lado para o outro o tempo todo. Há quanto tempo a gente se conhece? Oito meses? E você já morou em três cidades. Eu não conseguiria. Eu sentiria falta, sei lá, de abrir a minha gaveta de meias, por exemplo, e vê-las todas ali, alegremente, cada uma com seu par.

Sim, tenho muitos trabalhos para fazer. Acho que é o esperado para o último ano de faculdade. Já estou pensando no projeto final, mas ainda não tenho nada muito claro...

De: Rhys Baker
Para: Ginger Davies
Assunto: É sério?

É isso mesmo que você pensa? Ginger, eu tenho uma gaveta de meias. Posso não ter trinta pares, mas tenho sete ou oito. Não preciso de mais do que isso, eu sei colocar as roupas na máquina de lavar.

Tenho certeza de que logo mais você vai pensar em algo para esse projeto.

De: Ginger Davies
Para: Rhys Baker
Assunto: RE: É sério?

Tá bom, a história das meias foi um exemplo bobo, mas achei que você entenderia a ideia geral. Como a rotina. A estabilidade. Existem outros mil fatores que podemos considerar. E viajando de uma cidade para outra não dá para ter um relacionamento normal e mais íntimo.

De: Rhys Baker
Para: Ginger Davies
Assunto: Não é verdade

Eu tenho uma gaveta de meias.

E eu tenho um relacionamento com você.

Encontre alguma outra desculpa.

De: Ginger Davies
Para: Rhys Baker
Assunto: Paciência

Como você é besta, Rhys.

Estava falando de um relacionamento romântico.

De: Rhys Baker
Para: Ginger Davies
Assunto: RE: Paciência

Eu não sou bom em relacionamentos desse tipo, então talvez a minha situação atual seja algo positivo. Eu correria o risco de estragar tudo com alguém com quem me importasse.

De: Ginger Davies
Para: Rhys Baker
Assunto: Curiosidade
Por que você não é bom em relacionamentos assim? Então eu estava certa desde o início. Você é daqueles que transa uma noite só e tchau. Que previsível, Rhys. Nisso você me decepcionou.

De: Rhys Baker
Para: Ginger Davies
Assunto: Expectativas
O que você esperava, Ginger?

De: Ginger Davies
Para: Rhys Baker
Assunto: RE: Expectativas
Nada em particular e tudo no geral. Esperava que você não fosse o típico alérgico a compromisso, mas que, na verdade, se escondesse atrás disso para se divertir e passar uma noite com cada garota. E não tem nada de errado com isso, não me interprete mal. Também não estou procurando nada sério agora, mas não "para sempre" ou "como regra", mas apenas nesse momento.
    O que eu sei é que um relacionamento de verdade requer esforço e sacrifício. E numa transa esporádica, é só não pensar em nada e deixar rolar. Não dá para comparar.

De: Rhys Baker
Para: Ginger Davies
Assunto: ...
Você nunca parou para pensar que algo que requer "esforço e sacrifício" já é um problema? Não entendo por que a gente tem que se impor coisas que não nos fazem felizes. A vida seria muito mais simples se a gente se limitasse a viver sem amarras, um dia após o outro, sem pressão, sem caminhos estabelecidos para seguir como um rebanho.

De: Ginger Davies
Para: Rhys Baker
Assunto: RE: ...
Você está me chamando de "ovelha"?

De: Rhys Baker
Para: Ginger Davies
Assunto: RE: RE: ...
Me meti num beco sem saída, né? Não importa o que eu disser, você vai ficar brava. Então vou arriscar assim mesmo. Sim, talvez eu seja um pouco "caracol" às vezes, mas você também peca por ser sempre uma "ovelha".

De: Rhys Baker
Para: Ginger Davies
Assunto: Confirmação
Acho que é oficial: você ficou brava.

De: Rhys Baker
Para: Ginger Davies
Assunto: Esclarecimento
Eu não disse isso como um insulto. Eu só quis dizer que você segue um pouco o "roteiro típico" de vida, o que não é ruim, se isso for o que você quer fazer. Mas seria legal se você respeitasse o contrário também. Eu não procuro esse tipo de relação. Mas quem sabe? Talvez aos quarenta anos a gente ainda esteja conversando e eu esteja morando em um rancho no interior com vinte filhos e minha segunda esposa, e você vai rir de mim lembrando disso. Mas agora... nesse momento... é impensável. Não está nos meus planos.
    Qual é, Ginger? Estou com saudades.
    Novembro está chegando e isso me deixa contente.

De: Ginger Davies
Para: Rhys Baker
Assunto: Observação
Queria fazer uma observação. Em primeiro lugar, seria impossível você ter vinte filhos aos quarenta anos. Faltam só catorze anos para isso. Portanto, seria impossível concebê-los.

De: Rhys Baker
Para: Ginger Davies
Assunto: Bolachinha espertinha
Eu disse que estaria morando com a minha segunda esposa. Quem te

disse que durante anos eu não fui tendo filhos com a primeira esposa e com a atual, que, na época, era minha amante? Faz as contas. Dez crianças em catorze anos é viável.

De: Ginger Davies
Para: Rhys Baker
Assunto: Estou entediada
Estou revirando os olhos neste momento, mas você não pode me ver. Também estou comendo um donut de chocolate e escrevendo com uma mão só e pensando que às vezes você me irrita tanto que, se você estivesse aqui, eu não te daria nem um pedaço. Está ouvindo? Nada. Nem uma mordidinha. Nem uma lambida, Rhys.

De: Rhys Baker
Para: Ginger Davies
Assunto: Hummm
Porra, Ginger, você tem algum fetiche sexual com donuts? Fica tranquila, acho que eu sobrevivo sem lamber o seu doce. A não ser que você esteja falando de outra coisa.

De: Ginger Davies
Para: Rhys Baker
Assunto: RE: Hummm
Que porco!

De: Rhys Baker
Para: Ginger Davies
Assunto: RE: RE: Hummm
Porca é você, que come com uma mão, na cama e na frente do laptop. Aposto que você lambe os dedos antes de continuar teclando. Ginger, Ginger...

De: Ginger Davies
Para: Rhys Baker
Assunto: RE: RE: RE: Hummm
SAUIHFSAF QWAUFHB QWJFBSC

De: Rhys Baker
Para: Ginger Davies
Assunto: RE: RE: RE: RE: Hummm
Isso significa que você está socando o computador?

De: Ginger Davies
Para: Rhys Baker
Assunto: RE: RE: RE: RE: RE: Hummm
Enquanto penso em você, sim.
    Boa noite, Rhys.

De: Rhys Baker
Para: Ginger Davies
Assunto: RE: RE: RE: RE: RE: RE: Hummm
Hahahahahahahahahahahahahahaha!
    Boa noite, bolachinha. Descanse.

23.

De: Rhys Baker
Para: Ginger Davies
Assunto: O Pequeno Príncipe
Estou sem sono. Estou há uma hora relendo nossos e-mails e percebi que você nunca chegou a falar sobre esse livro que você gosta tanto. Este seria um bom momento para isso. Assim, amanhã à noite, vou ter alguma coisa para fazer, além de ficar olhando para o teto até o dia amanhecer.

De: Ginger Davies
Para: Rhys Baker
Assunto: RE: O Pequeno Príncipe
Sabe o que te ajudaria a dormir? Ler o livro você mesmo. Com certeza aí por perto tem uma livraria ou uma biblioteca onde você poderia encontrá-lo.

De: Rhys Baker
Para: Ginger Davies
Assunto: RE: RE: O Pequeno Príncipe
Neste momento eu prefiro ouvir de você. As coisas sempre são melhores do seu ponto de vista, nunca te disse isso, Ginger? Pois são.

De: Ginger Davies
Para: Rhys Baker
Assunto: RE: RE: RE: O Pequeno Príncipe
Tudo bem, mas em troca, quero que você me prometa que um dia vai lê-lo. É uma bela parábola sobre a amizade e o sentido da vida, como esses contos de fada para crianças, só que nesse caso é para adultos. Na verdade, a primeira vez que eu o li, eu era pequena e não entendi nada. Encontrei o livro na Skoob Books, uma livraria de segunda mão em Bloomsbury; era um exemplar muito antigo que, é claro, guardo como um tesouro, eu insisti em comprá-lo, apesar dos protestos de minha mãe, porque tinha muitos desenhos. Certamente, fiquei desapontada quando comecei a lê-lo e vi que era uma história "para adultos". Mas, felizmente, anos mais tarde, em uma tarde em que eu não tinha nada para fazer, aconteceu de eu pegá-lo na prateleira e dar uma olhada. Eu tinha uns catorze anos. E fiquei fascinada, isso porque eu ainda não sabia que, ao relê-lo, ele continuaria me surpreendendo, porque esse é um dos segredos de *O Pequeno Príncipe*, você pode lê-lo uma dúzia de vezes e em cada uma delas você vai aprender algo novo.

    Se você ainda estiver lendo esta mensagem e se eu não te matei de tédio, te digo que a história é sobre um homem que acaba no deserto do Saara quando seu avião sofre uma pane. Lá, ele conhece o Pequeno Príncipe, que abandonou o asteroide B612 em busca de respostas e de um amigo. Quando eles se encontram, a primeira coisa que o Pequeno Príncipe lhe pede é que o homem desenhe um carneiro dentro de uma caixa. Para o protagonista, que já tinha se resignado e abandonado a sua criança interior, o menino simboliza a pureza e a inocência, um retorno à sua própria essência.

De: Rhys Baker
Para: Ginger Davies

Assunto: RE: RE: RE: RE: O Pequeno Príncipe
Admito que é fofo. E depois, o que acontece?

De: Ginger Davies
Para: Rhys Baker
Assunto: RE: RE: RE: RE: RE: O Pequeno Príncipe
Se você ler o livro vai descobrir. Tem muitos outros personagens que simbolizam estereótipos diferentes, como a raposa que o Pequeno Príncipe consegue domesticar e com quem ele faz amizade, e a rosa. Ah, a rosa merece um capítulo à parte, mas, só para você entender, ela vive no asteroide B612, então o Pequeno Príncipe a viu crescer, cuidou dela, a regou e atendeu a todas as suas exigências, porque ela é uma flor muito mimada. Mas, para ele, ela é única no mundo. Só que quando ele chega à Terra, e descobre um enorme roseiral cheio delas...

De: Rhys Baker
Para: Ginger Davies
Assunto: RE: RE: RE: RE: RE: RE: O Pequeno Príncipe
Não vai continuar? Vai, Ginger, me dá tudo mastigado...

De: Ginger Davies
Para: Rhys Baker
Assunto: RE: RE: RE: RE: RE: RE: RE: O Pequeno Príncipe
Sinto muito, mas não. Boa noite, Rhys.

24.

De: Rhys Baker
Para: Ginger Davies
Assunto: Nota mental
Me proíba de sair de novo com o Logan. Sério, se algum dia, daqui a alguns anos, eu te disser: "Ei, vou dar uma volta com ele", me lembre

daquele 14 de novembro, quando acabamos chapados e presos em uma delegacia de polícia.

    Estou com dor de cabeça. Acho que preciso dormir.

De: Ginger Davies
Para: Rhys Baker
Assunto: RE: Nota mental
RHYS, VOCÊ FOI PRESO?

De: Rhys Baker
Para: Ginger Davies
Assunto: Bom dia
Não sei quantas horas dormi. E sim, nós fomos presos. Ontem o encarregado do meu chefe me disse que se eu estivesse a fim de ser transferido, ele poderia me dar trabalho no próximo ano em outra balada que ele tem. Então a gente saiu para comemorar, mas ia ser algo *relax*, a ideia era tomar só uma cervejinha. Só que lá no bar conhecemos umas garotas que estavam aqui de férias. E elas tinham maconha. E terminamos na praia com elas de madrugada. O resto você já pode imaginar...

    Não lembro de metade da noite. Só lembro que em algum momento indefinido acabei dentro do mar, que um policial nos parou no calçadão da praia e que Logan vomitou no carro que nos levava para a delegacia.

    E você, o que fez no fim de semana?

    Minha cabeça continua doendo.

De: Ginger Davies
Para: Rhys Baker
Assunto: Dias ruins
Obrigada por ter ido dormir ontem sem me responder, eu fiquei preocupada. Só ficava pensando no que você poderia ter feito, e estava prestes a pesquisar se os presos podem ter computadores na cadeia ou se a partir de agora a gente passaria a se comunicar por carta.

    Aliás, isso me faz lembrar que nós nunca trocamos telefones. Eu não estou pedindo, mas não é estranho? Você é meu melhor amigo e não posso te ligar se algum dia tiver vontade de falar com você ou se acontecer alguma coisa comigo. Esquece.

Meu fim de semana foi muito mais normal do que o seu, é claro. Saí com a Kate e com umas garotas que conhecemos na faculdade e que são muito legais. Tomei uma cerveja, joguei bilhar e consegui voltar para o dormitório sem ter sido algemada. Me dê os parabéns.

Tenho algumas provas esta semana.

Às vezes tenho tanta inveja de você, Rhys...

De: Rhys Baker
Para: Ginger Davies
Assunto: Sem assunto
Meu telefone? Quais são suas verdadeiras intenções, Ginger? Brincadeira. Eu te dou, se você me der o seu endereço. Você faz aniversário no mês que vem, né? Quero te mandar um presente.

De: Ginger Davies
Para: Rhys Baker
Assunto: Sem assunto
Acho que vai ser um "pacote-bomba".

De: Rhys Baker
Para: Ginger Davies
Assunto: Sem assunto
HAHAHA. Você está completamente doida, Ginger.

De: Ginger Davies
Para: Rhys Baker
Assunto: Que nervoso!
Estava brincando! Desculpa por não ter respondido ontem. Você já sabe, voltei a meio que morar na biblioteca. Beleza, vou colocar meu endereço aqui no e-mail. Mas saiba que... estou muito nervosa. Nunca te contei isso? Ganhar presentes me deixa histérica. MUITO HISTÉRICA. É como: "Ai, eu quero saber qual objeto te faz lembrar de mim ou o que combina comigo", e eu tenho medo de que você tanto acerte em cheio como que erre absurdamente. Mas não quero te pressionar. Quando eu era pequena, sempre fazia uma busca por toda a minha casa procurando os presentes de Natal. Às vezes eu obrigava a Dona e o Dean a me ajudarem a encontrá-los. E sim, meus pais acabaram

escondendo os pacotes na empresa por medo de que eu abrisse todos antes da hora (eu descobri muito cedo que o Papai Noel não existia, porque, como o Natal está só a três dias de diferença do meu aniversário, eu não ganhava dois presentes. Eu sei, um drama terrível que nenhuma criança merece).

Mas voltemos ao que é importante.

Seu trabalho. Para onde você vai agora, Rhys? Se for para a Europa, talvez a gente possa se encontrar em algum lugar. Os voos estão cada vez mais baratos. Não quero parecer uma assediadora. Que fique claro que, embora eu tenha seu telefone, não penso em te ligar, só gosto da ideia de saber que, se algum dia eu precisar de você, você estará aí.

De: Rhys Baker
Para: Ginger Davies
Assunto: RE: Que nervoso!
Beleza, mando também o meu número. E você pode me ligar, mas eu gosto disso que a gente tem, os e-mails. É a melhor coisa que me espera quando chego em casa, sabia? Como estou fazendo agora. Pego uma cerveja na geladeira, me jogo na poltrona perto da janela e ligo o computador para te ler e te escrever. Gosto de compartilhar isso só com você.

Ah, e eu vou acertar com o seu presente. Você não sabe, mas te conheço mais do que você pensa. Mas, sim, isso de procurar os presentes pela casa como uma louca é a sua cara mesmo, hahahahaha.

E aí, você vai passar seu aniversário no dormitório ou em casa?

E não, desta vez não vou para a Europa. Talvez no verão. Vou para o outro lado do mundo, Ginger. Austrália. Já estava mesmo querendo uma mudança...

De: Ginger Davies
Para: Rhys Baker
Assunto: O fim do mundo
AUSTRÁLIA? Isso é no fim do mundo. Espero que tenha wi-fi por lá. E que você me mande fotos de coalas, eu amo esses bichinhos, não sei o que eles têm, mas acho fascinante existir um ser especializado em abraçar e que, além disso, é todo peludinho.

Que sorte, Rhys. Me leva com você. Me coloca na mala.

Eu tenho um plano: você me sequestra, curtimos juntos um mês de férias em uma praia paradisíaca de areia branquinha. Aí você pede um resgate. Meus pais me amam, tenho noventa e nove por cento de certeza de que eles concordariam em dar uma boa quantia em dinheiro por mim (lembre-se de que sou eu que vou dirigir a empresa da família). Com esse dinheiro, a gente grava um disco que vai te deixar famoso. Eu suborno os professores da faculdade para me deixarem fazer as provas que eu não fiz e vou passar em tudo com louvor. Vou ser a melhor da minha turma. E além disso, vou aparecer nos jornais por conta do sequestro. O que você acha? Está tudo amarrado, sem pontas soltas.

Ai, não quero fazer mais provas. Não quero passar o inverno em Londres. Sinto frio o tempo todo. Não importa a quantidade de roupa que eu vista, eu sou um iceberg. E o céu está sempre cinza. E você não para de viajar para lugares quentes, divertidos e tudo mais. Eu te odeio um pouco por isso.

E não pense que você me conhece tão bem assim. Sou uma garota misteriosa e reservada, hahahahaha. Ah, e o dia do meu aniversário vai ser meio a meio. Vou passar a manhã aqui fazendo as malas e depois pego o trem para almoçar em casa e passar o Natal lá.

De: Rhys Baker
Para: Ginger Davies
Assunto: Quando você quiser
Vem comigo. O que te impede?

De: Ginger Davies
Para: Rhys Baker
Assunto: RE: Quando você quiser
Que engraçadinho, Rhys. Sei lá, talvez eu tenha uma faculdade para terminar? Por exemplo. Nada de mais. Só um mero detalhe. Ah, e depois vou começar a trabalhar. Bobagens.

De: Rhys Baker
Para: Ginger Davies
Assunto: A vida é muito longa

É verdade, você tem que terminar os estudos. Mas, quando terminar, vai ter muitos verões pela frente. Quem sabe você pega um avião para a Austrália ou para qualquer outro lugar do mundo. Você já fez isso uma vez, lembra?

De: Ginger Davies
Para: Rhys Baker
Assunto: RE: A vida é muito longa
Sim, eu lembro de estar perdida até que um cara com aparência de "a vida é um saco" me resgatou. Rhys, encaremos os fatos, não sou dessas garotas aventureiras que nasceram para devorar o mundo. É mais provável que o mundo me devore por aí. Mas não faz mal, eu tenho outras virtudes. Nem todos temos que ser corajosos e independentes e tal. É que, sei lá, olho para você e acho que eu não seria capaz de fazer isso; pegar uma mochila e sair sozinha por aí. Provavelmente acabaria desorientada, chorando e procurando a embaixada.

De: Ginger Davies
Para: Rhys Baker
Assunto: Rotina
Me sinto estranha quando a gente fica mais de um dia sem se falar. Ligar o computador e não encontrar nenhum e-mail seu me faz dormir mal, fique sabendo.
 Já te falei. Estou viciada em seus e-mails.

25. GINGER

Estava nervosa, porque sempre ficava assim no dia do meu aniversário e porque estava esperando o presente do Rhys. Acordei às seis da manhã e não consegui mais dormir, de tanto me revirar na cama. No fim, levantei, tentando não fazer muito barulho para não incomodar a Kate e, com uma sensação estranha no peito, reli os últimos e-mails que tínhamos trocado.

Sentia que alguma coisa não estava encaixando.

Que eu tinha andado para trás novamente.

Naquele primeiro trimestre, eu tinha ficado tão ocupada pensando no projeto final, nas aulas e nos planos futuros, que acabei não dedicando muito tempo a mim mesma. Parece que eu me acomodava toda vez que encontrava um ninho quente e confortável, e aquele que eu tinha construído, graveto por graveto, com Kate nos últimos meses era exatamente assim: seguro e estável. Então lá estava eu novamente, me fechando no meu mundinho.

E lá estava ele outra vez, me lembrando de que existiam muito mais árvores ao meu redor. Pior ainda. Florestas inteiras. Hectares. Um mundo inteiro.

Em parte me incomodava que ele fizesse isso.

Em parte eu gostava que ele me sacudisse.

Kate acordou depois das nove e se jogou em cima de mim, na cama, cantando "Parabéns para você" enquanto dávamos risada. Depois ela foi para o chuveiro e eu comi uma barrinha de cereal enquanto olhava pela janela o céu cinzento. Parecia que ia nevar. Por um momento, imaginei como teria sido divertido comemorar o meu vigésimo segundo aniversário em algum lugar quente, distante, onde não existisse rotina.

— Você vem tomar café? — perguntou Kate ao sair.

— Não, já comi uma dessas barrinhas.

— Sério que você vai ficar esperando o presente?

— Não me olhe assim, Kate. Se eu sair, e o entregador vier e eu não estiver, só vou receber o presente depois do Natal. Não consigo esperar tanto tempo assim.

— Tá bom. Me avise se mudar de ideia. Vou tomar um café com as meninas e depois vamos até aquele *pub* que fomos no outro dia, porque a Claire esqueceu as chaves lá.

Quando fiquei sozinha, peguei os livros que ainda não tinha colocado na mala, aproveitei para revisar algumas anotações e fazer algo útil. De vez em quando me distraía olhando de novo pela janela, observando um grupo de estudantes que riam na lateral do dormitório enquanto fumavam um cigarro. Pareciam ser do primeiro ou do segundo ano. Às vezes ainda tinha que me lembrar de que aquele era o meu último ano, porque ainda parecia irreal. E o pior é que eu não estava muito contente por isso.

Tocaram a campainha.

Levantei tão rápido que bati o joelho no canto da mesa de cabeceira e xinguei baixinho. Respirei fundo e caminhei descalça, pensando que não me importava muito se o entregador me visse com uma meia de cada cor e um pijama de renas.

Só que, quando abri, tinha outra pessoa na porta.

Um cara loiro de cabelo despenteado e sorriso preguiçoso estava apoiado no batente da porta, como se passasse todos os dias por ali e já tivesse percorrido um monte de vezes aquele corredor do dormitório estudantil. Senti um frio na barriga. Ele me olhou. Eu olhei para ele.

— Feliz aniversário, bolachinha Ginger.

— Rhys... — Minha voz quase não saiu.

— Um pouco mais de entusiasmo.

— Não, caramba... é que... eu não estava esperando por isso, Rhys! Você está aqui! — Estendi as mãos e toquei nele, assim sem pensar. Apoiei as palmas no peito dele, ele começou a rir daquela forma que eu ainda lembrava tão bem, enrugando o cantinho dos olhos. — Rhys!

Abracei-o tão forte que quase me pendurei no pescoço dele.

E ficamos ali. Respirando. Calados. Unidos.

Ele continuava cheirando a menta. E a algo particular, só dele.

— Essa reação está bem melhor — sussurrou no meu ouvido, se afastando um pouco antes de entrar sem cerimônia no meu quarto e fechar a porta. De repente eu o senti ali, em cada cantinho, entre aquelas paredes em que jamais imaginei que ele poderia estar.

— Você me pegou de surpresa. Quer dizer, estava esperando que hoje chegasse o seu presente e, quando tocou a campainha, pensei que era o entregador. Se soubesse que era você, teria me penteado e tudo mais. Meu Deus, é o nosso segundo encontro e eu estou de pijama. De rena. Foi um presente que a Dona me deu no Natal retrasado e... ai, voltei a falar demais. Por favor, Rhys, faz alguma coisa para eu ficar quieta. Estou uma pilha de nervos.

Ele apenas sorriu, parado no meio do meu quarto, esfregando o queixo com a mão enquanto me olhava com os olhos brilhantes, intensos e calorosos.

— Não vou te parar. Estava com saudades de te ouvir falar.

— Você é... é... — Respirei fundo, ainda confusa.

— O melhor amigo do mundo, eu sei.

Não pediu licença antes de passar pela cama da Kate e ir para o outro lado do quarto. Nem sequer perguntou se aquele era o meu lado. Ele já sabia só de olhar. Meu coração batia acelerado enquanto ele se inclinava sobre a escrivaninha e observava tudo de forma curiosa, com calma. Aproveitei aquele momento de silêncio para olhar para ele. O cabelo loiro estava um pouco mais comprido, algumas mechas encostavam nas orelhas. A pele estava dourada pelo sol, e o cinza dos olhos se destacava mais em seu rosto, como se fosse mais profundo, mais escuro. Usava um jeans claro e um suéter preto debaixo da jaqueta de couro. E duas pulseirinhas trançadas no pulso direito.

— Me avisa quando você parar de me olhar — disse ele.

Depois ele deitou na minha cama. Na-minha-cama. Se jogou sobre a montanha de cobertores, porque eu ainda não tinha arrumado nada, e dobrou um braço sobre a cabeça. O suéter subiu um pouco, mostrando alguns centímetros da pele bronzeada, e ele levantou uma sobrancelha sem tirar os olhos de mim.

— Lembrava de você menos idiota — retruquei.

— E eu lembrava de você bonita assim mesmo. Gostei do pijama.

Sentei na cama, observando-o. De repente ele parou de sorrir. Acho que foi porque ele me viu ficar séria depois daqueles minutos de confusão iniciais. Eu o tinha visto somente uma vez em toda a minha vida. Só uma. Menos de vinte e quatro horas. E, no entanto, ele me conhecia melhor do que qualquer outra pessoa naquela época. Sabia tudo sobre meu dia a dia, meus medos, minhas preocupações, meus pensamentos mais estranhos. Era uma loucura. Engoli em seco e estendi uma mão na direção dele.

Rhys me olhou fixamente.

Toquei na bochecha dele.

— Não consigo acreditar que você está aqui.

26. RHYS

Para mim também era difícil de acreditar que eu estava lá. Que eu tinha decidido fazer um desvio da minha rota inicial e fazer uma parada em Londres antes de ir para a Austrália. Mas eu tinha feito. Um dia antes estava em frente ao mar, me despedindo da cidade que me acolhera durante meses, e agora eu estava lá, no quarto dela, na frente daquela garota que tinha entrado na minha vida sem razão. Por acaso. Por uma bobagem.

Respirei fundo quando senti as pontas dos dedos dela tocando minha bochecha. Foi leve. Quase como se ela tivesse medo de ousar me tocar. Queria que ela continuasse. Queria sugurá-la pelo pulso e puxá-la para mim. Queria beijá-la. Com força. Com tanta vontade...

— No que você está pensando? — me perguntou Ginger.

— Em nada. E em tudo. Nesse momento.

Começou a rir e afastou a mão. A cama tinha o cheiro dela. O lugar todo tinha o cheiro dela. Eu precisei de um segundo para deduzir qual era o lado dela no quarto. Ela levantou e franziu a testa enquanto se olhava em um espelho comprido ao lado do armário.

— Acho que eu preciso me arrumar um pouco...

— Para mim você está bem.

— Rhys.

— Quando você tem que estar em casa?

— Eu avisei que chegaria para o almoço...

— E depois você tem compromisso?

— Eu... não consigo olhar para você sem rir...

— Ginger. — Segurei um sorriso.

Ela andou de um lado para o outro do quarto.

— É que estou nervosa. E eu fico rindo feito boba quando estou nervosa. Como é que você chega assim sem me avisar? Tudo bem, sim, porque era uma surpresa de aniversário, mas ainda assim... E eu quero te abraçar, mas ao mesmo tempo é esquisitíssimo você estar aqui.

Tentei disfarçar como tudo aquilo me parecia divertido. Como ela sempre me parecia divertida, na verdade. Levantei, me aproximei e apoiei as mãos nos ombros dela. Inclinei a cabeça para poder olhá-la diretamente nos olhos.

— Calma. Olha, meu voo sai amanhã às nove. Ou seja, mais uma vez, temos menos de vinte e quatro horas pela frente. Agora você vai tomar um banho, depois vai pegar a mala e vamos para a estação de trem. Você vai almoçar com seus pais e depois passaremos a tarde inteira juntos pela cidade. E hoje a guia é você, acho justo.

— Rhys... estou tão feliz!

— Que bom! — Eu me afastei.

— E onde você vai dormir?

— Reservei um quarto em um hotel. Eu não sou tão louco quanto uma certa pessoa que conheço. — Desviei do grampo de cabelo que ela me atirou. — Essa pessoa é tão ruim de pontaria quanto em comprar bilhetes de metrô.

Dei risada enquanto ela resmungava baixinho antes de pegar uma roupa limpa e entrar no banheiro. Suspirei. Por mais que eu tentasse disfaçar, estava inquieto. Alerta. Me incomodava o fato de sentir quase um choque ou de ter que prender a respiração quando me aproximava demais dela. E também era incômodo encontrar tanta lógica em tudo que eu estava vendo naquele momento; a escrivaninha organizada, embora cheia de coisas e bugigangas coloridas (canetas, cadernos, velas, doces), porque isso a definia muito bem. Eu não parava de imaginar ela ali, na cama, sentada em frente ao computador enquanto comia um donut com uma mão e escrevia para mim.

Eu não conseguia parar de imaginar muitas coisas...

Olhei para o céu pela janela quando parei de ouvir o barulho da água caindo do chuveiro. Memorizei a cor daquela cúpula que nos envolvia, aquele tom cinza do qual ela sempre reclamava nos e-mails que me mandava.

Ginger não demorou para sair. Sorri quando a vi.

Estava usando jeans e um moletom. O cabelo estava preso em um coque informal.

— Já estou pronta. Não faço milagres — replicou.

— Você não precisa deles. Cadê a sua mala?

Um minuto depois saímos dali direto para a estação de trem, enquanto ela ligava para Kate para avisá-la que estava indo embora mais cedo. E eu tentava memorizar aquele corredor, aquelas paredes, aquela pequena porção do mundo diário dela que eu estava vendo.

27. GINGER

— Está começando a me incomodar você me olhando tanto.

— Não consigo parar. É como se eu precisasse fazer isso para me convencer de que você está aqui mesmo. E além disso, eu gosto de te olhar, Rhys. Tá, esquece essa parte. Eu só... não era nada específico. Para de rir.

Ele balançou a cabeça, ainda sorrindo, enquanto ficavam para trás os quilômetros percorridos pelo trem. Estávamos sentados um em frente ao outro. A ponta do tênis dele tocava a ponta do meu. O braço bronzeado apoiado na janela por onde ele olhava o tempo todo, como se gostasse de testemunhar o movimento constante conforme avançávamos.

— Me fala de novo por que você decidiu vir.

— Já te falei antes, na estação.

— Fala de novo. Por favor. Por favor.

— Eu queria te ver. Ginger...

— É bonitinho — interrompi.

Ele revirou os olhos. Eu sorri lentamente.

— Então você era o capitão do time de futebol.

— Isso é importante agora porque...

— Porque é difícil acreditar nisso depois de te observar tanto. Sei lá. Pela maneira como você se movimenta. Pelo seu modo de ser no geral. Essa atitude meio fanfarrona.

— Já te falei que foi uma época da minha vida.

— Me parece ainda muito relevante.

— Você vai me torturar para sempre, né?

— Esse é o plano, sim — admiti, rindo. — A propósito, você nunca me contou o que aconteceu com a garota que você namorava quando foi o rei do baile.

— Terminamos — respondeu, olhando para o lado.

— Isso era óbvio. Eu queria saber o porquê...

Parei de falar quando Rhys prendeu minha perna na mão dele enquanto o trem balançava e sorriu olhando para o meu tênis, que tinha uma estampa de miniabacaxis.

— Muito veranil para usar em Londres.

— Eu gosto dos contrastes — disse.

— Dos contrastes controlados...

— Como assim?

— A gente não tem que descer aqui?

— Merda, sim! — Levantei num pulo e Rhys tirou minha mala do compartimento superior antes de sair correndo para as portas, que estavam quase fechando. Nos olhamos ao sair, segurando um sorriso enquanto o trem se afastava.

— Sua casa fica perto daqui? — perguntou.

— Mais ou menos. A gente vai caminhar um pouco.

Saímos da estação Victoria e fomos recebidos pelo frio da cidade. Rhys olhou ao redor algumas vezes, ainda carregando minha mala na mão.

— Eu posso te esperar em qualquer cafeteria por aqui.

— Me esperar? — Franzi a testa.

— Esperar você almoçar com a sua família.

— Como? — Sacudi a cabeça. — Não, claro que não. Você vem comigo. Você almoça com a gente. Minha mãe vai ficar feliz em te conhecer e servir um prato a mais.

Rhys ficou parado no meio da calçada enquanto as pessoas seguiam em frente e nos deixavam para trás. Notei a tensão nos ombros dele, a dúvida em seus olhos.

— Sua mãe sabe que eu existo?

— Sim. Na verdade, minha irmã falou de você para ela.

— Você falou de mim para toda sua família?

— Hum, sim. O assunto surgiu. O que foi, Rhys? — Comecei a rir. — Não é um segredo inconfessável ou algo assim. Vamos! É meu aniversário, não me faça implorar!

Peguei na manga da jaqueta dele e puxei antes de retomar o passo. Atravessamos o St. James's Park e depois Rhys ficou calado, mas atento, enquanto percorríamos as ruas e eu compartilhava com ele pequenas histórias da minha vida, da minha infância. "Naquela esquina eu caí." "Naquele café eu me encontrava com as minhas amigas do colégio, essas com quem hoje eu quase não falo mais." "Aquele é o restaurante favorito de Dona, embora eles não façam nada de especial."

Vi que ele respirava fundo quando paramos em frente a uma casa de dois andares encaixada entre outras iguais. Toquei a campainha.

— Ginger! — Minha mãe limpava as mãos no avental quando desviou o olhar para Rhys. Ele parecia inquieto. E, ao mesmo tempo, curioso. — Ah, olá.

— Podemos fazer as apresentações aí dentro? — perguntei, apontando para a mala pesada. Minha mãe se afastou rapidamente e nos deixou entrar. O calor do aquecimento nos envolveu, e eu tirava as luvas e o cachecol enquanto explicava meio atrapalhada quem ele era, e ele a cumprimentava timidamente. — Ah, ele fica para o almoço, claro. E depois vou mostrar a cidade para ele.

— A cidade? Quantos dias você fica, Rhys?

— Vou embora amanhã — respondeu.

— Ah, Londres é um lugar para se viver por mais tempo, nada disso de "alguns dias". Você gosta de torta de batata? Espero que sim. Ginger não me avisou que você viria, mas com certeza consigo preparar outra coisa com o que tenho na geladeira, se você preferir. Você é mais de carne ou de peixe?

— Pode ser a torta mesmo. — Sorriu, um pouco tenso.

— Certo. Fiquem à vontade na sala de jantar. Seu pai vai chegar daqui a pouco. E Dona vem mais tarde, a tempo para o bolo. A propósito, Ginger, eu tinha convidado os Wilson, mas se for um problema, posso pedir para eles virem amanhã tomar um chá...

— Não, está tudo bem. Deixamos assim mesmo.

Subimos até o meu quarto pelas escadas acarpetadas. Rhys colocou a mochila no chão e depois deu uma olhada ao redor. Foi a segunda vez em apenas algumas horas que eu sentia como se ele estivesse me cavando por dentro, procurando "alguma coisa", caçando detalhes...

— Quem são os Wilson? — perguntou.

— Os pais do Dean. Ele é esse aqui.

Mostrei a foto que tinha colocado no quadro nas últimas férias antes de voltar para o dormitório da faculdade, aquela em que estávamos juntos no dia da formatura. Rhys ficou olhando por uns instantes e eu fiquei me perguntando o que ele estaria pensando.

— Por que você está tão nervoso? — perguntei.

— Eu? — Ele me olhou divertido. — Eu não estou.

— Está parecendo um leão prestes a atacar. Tenso. Fora do seu hábitat natural, como se tivesse acabado de ser solto em um território hostil, desconhecido.

— Talvez porque faça tempo que eu não entro em uma casa de verdade.

Fiquei surpresa pela sinceridade dele, assim, sem pensar, de forma tão visceral, porque ele normalmente evitava perguntas incômodas ou então desviava a conversa. Nos encaramos em silêncio alguns instantes, antes de ele continuar olhando para o resto das fotos. Notei ele prendendo a respiração. Ainda era difícil de assimilar que ele estava ali, a apenas alguns centímetros de distância. Eu podia sentir o cheiro dele. Podia tocá-lo apenas estendendo um pouco a mão...

Escutamos a voz do meu pai lá embaixo. Ele tinha chegado com os Wilson, e não era difícil adivinhar que Rhys estava desconfortável por fazer parte daquilo e que estava se esforçando. Por isso, tentei deixá-lo o mais confortável possível. Fiz as apresentações rapidamente antes de levá-lo para a mesa e me sentar do lado dele, ignorando o olhar curioso que Dean nos deu quando se sentou em frente.

Foi quase uma sorte que a conversa tenha se voltado para os novos armários da próxima temporada, que meu pai disse que iriam arrasar no mercado. Ele tinha assinado um contrato com uma loja de departamentos que começaria a distribuir dois modelos.

Antes da sobremesa, minha irmã chegou e cumprimentou Rhys com familiaridade, como se não fosse a primeira vez que eles se encontravam. Ela se jogou na cadeira suspirando alto e sorriu para mim quando mamãe apareceu pela porta segurando um cheesecake com bolachas e velinhas acesas.

— *Happy birthday to you, happy birthday to you...*

Fiquei nervosa. Aos vinte e dois anos, como se fosse uma menina no seu primeiro aniversário. Enquanto as vozes me envolviam no ritmo da música, minha mãe colocou o bolo no meio da mesa. Virei para Rhys por um segundo. Só um. Os olhos dele encontraram os meus e ele me sorriu com o olhar.

Depois fiz um pedido.

E assoprei as velas.

— Ginger nos contou que você viaja com frequência — comentou meu pai enquanto se servia da maior fatia de bolo e se preparava para atacá-la com o garfo.

— Sim, agora vou passar um tempo na Austrália.

— Por que você faz isso? — perguntou Dean.

Acho que foram as primeiras palavras que Dean dirigiu a ele. Rhys mastigou o pedaço de bolo que tinha acabado de colocar na boca e olhou para ele pensativo, como se estivesse realmente procurando uma resposta.

— Não sei. Às vezes, por trabalho.

— E se você tivesse que escolher um lugar entre todos os que já visitou? — Dona esperou com interesse enquanto ele ficava em silêncio novamente. Notei o movimento da perna dele. Um toque sutil contra a minha quando se inclinou um pouco para a frente.

— Acho que Paris tem algo especial.

— Claro. Você pensa o mesmo, Ginger?

Fuzilei minha irmã com os olhos.

— Não sei. Vou descobrir quando eu for lá.

— Posso te fazer uma visita guiada — acrescentou Rhys.

Fiquei com vontade de matá-lo. E à minha irmã também. Os dois se olharam cúmplices enquanto terminávamos a sobremesa. Então, depois de deixar para outra hora o chá com os Wilson, ajudamos a tirar os pratos e me despedi da minha família o mais rápido que pude.

Era meu aniversário e eu adorava estar com eles, mas só tinha algumas horas livres com Rhys e não sabia quando nos veríamos de novo. Talvez dentro de alguns meses. Ou anos. Ou nunca.

28. RHYS

O frio nos pegou de novo na rua. A cor do céu não anunciava nada de bom, mas, na verdade, bastava eu olhar para ela para me esquentar por dentro e lembrar que já tinha valido a pena aquela loucura de última hora. Ginger estava feliz. Estava com um sorriso de orelha a orelha enquanto caminhávamos para o ponto de ônibus, porque ela tinha insistido que a gente tinha que andar em um daqueles ônibus de dois andares vermelhos de Londres. Subimos até o segundo andar e nos sentamos na primeira fileira para admirar a vista da cidade.

— Você levou a sério isso da visita turística.

— Muito a sério. Você já esteve aqui antes?

— Uma vez, mas foi há muito tempo, não me lembro de quase nada — respondi, tentando recordar alguns detalhes e momentos. — Eu tinha uns sete ou oito anos e vim com os meus pais. Só lembro que o hotel em que a gente ficou tinha um monte de quadros antigos e móveis velhos que davam medo. Acho que não dormi bem nenhuma noite.

— Ah, pobre pequeno Rhys — brincou, me olhando.

Eu me perdi por alguns segundos nos olhos dela, grandes e transparentes; e na expressão do seu rosto, aquele biquinho divertido e brincalhão que me fez sorrir.

— Onde você está me levando? — perguntei, curioso.

— Vamos para Camden. Acho que é um pouco a sua cara. Sei lá, o bairro, o ambiente. Conheço um lugar que faz as melhores arepas[5] do mundo. Podemos dar uma volta por lá e depois voltar de metrô e...

Mordendo o lábio inferior, ela me olhou.

Baixei o olhar para sua boca e respirei fundo.

— E... — deixei ela terminar a frase.

— Subir na roda-gigante. Na London Eye.

— Nem ferrando! — rosnei.

— Vai, Rhys! Vai ser legal!

— Não, nada de rodas-gigantes.

— Você tem tanto medo assim?

— Ginger...

— Tá bom, eu entendo.

— Não é medo. É vertigem.

— É a mesma coisa.

— Claro que não.

— A vertigem te dá medo.

— Eu eliminaria a palavra "medo" e fim de papo.

— Depois a gente continua a discussão. Vamos descer aqui.

Fui atrás dela pelas escadas estreitas até o primeiro andar e descemos na Camden Road. Demos de cara com uma enxurrada de cores e fachadas extravagantes com imagens de todo tipo. O ambiente alternativo vibrava por todos os lados, entre os cafés, nas lojas e nos estúdios de tatuagem que enchiam as ruas. Fiquei uns segundos olhando uma vitrine, parado entre as pessoas que iam e vinham, até que senti os dedos dela roçando os meus antes de ela pegar na minha mão de forma decidida. Olhei para ela.

— Você pretende se perder? — Ginger me puxou.

Prendi a respiração enquanto cruzávamos a ponte sobre o canal e entrávamos em umas ruas mais estreitas cheias de barraquinhas de comida. Seus dedos ainda estavam entrelaçados com os meus. Ela tinha o passo decidido, tranquilo, como se andar por ali comigo fosse algo que fizéssemos todas as tardes. Olhando nossas mãos juntas, pensei nisso. Em como seria nosso dia a dia se vivêssemos naquela cidade, em uma realidade paralela. Se compartilhássemos uma rotina, uma vida...

---

[5] Empadas feitas de farinha de milho e carne de porco. (N. T.)

29. GINGER

Eu sabia que deveria soltá-lo, mas não queria fazer isso. Fazia um frio intenso e congelante, mas a mão dele estava quente e sua pele era macia. E era grande. E se encaixa perfeitamente na minha. Nunca imaginei que um ato tão simples pudesse ser tão reconfortante. Fez meu estômago revirar, mas ao mesmo tempo era uma sensação familiar, de aconchego.

Um contraste. Mais um, tratando-se dele.

Passeamos por Camden quase sem conversar, apenas curtindo o lugar, aproveitando o fato de estarmos juntos, aquele momento era só nosso. Rhys ficou um tempo dando uma olhada em uns discos em uma loja enorme de vinis e cassetes antigos. Eu parei em frente a uma vitrine de um estúdio de tatuagem enquanto saboreava uma das arepas que tínhamos comprado.

— Você gosta de alguma? — Parou do meu lado.

Olhei os desenhos, suspirei e neguei com a cabeça.

— Não. — Olhei para ele. — O que significam as suas?

— Como você sabe que eu tenho tatuagens?

— Eu te vi. Sem camiseta. Em Paris.

Rhys sorriu. Um sorriso lento.

— E prestou bastante atenção... — brincou.

— Besta. Claro, não sou cega.

Retomamos o passo. Ignorei a vontade de pegar na mão dele de novo e escondi as minhas nos bolsos do casaco cor de chocolate que eu estava usando.

— Sobre qual você quer saber?

— Acho... acho que eu vi uma abelha pequenininha...

Ele voltou a sorrir, parou no meio da rua e levantou um pouco o suéter, deixando à mostra uma minúscula abelha bem na altura do quadril.

— Por quê? — insisti, levantando o olhar.

— Essa foi a primeira que eu fiz. Eu era bem mais novo, mas achava que era uma bela homenagem "à vida". Tem a ver com aquela frase do Einstein: "Se as abelhas desaparecessem, o mundo duraria quatro anos". Se não há polinização não há sementes, se não há sementes não há plantas, e sem plantas não há vida. Além disso, eu gosto delas.

— Você nunca para de me surpreender...

— Vou considerar como algo positivo.

— E então... você não vai passar o Natal com a sua família?

Rhys franziu a testa um segundo, apenas um. Suspirou.

— Não. Eu não fui lá de novo. E você, o que vai fazer?

— Ah, você já sabe, o mesmo de todos os anos. Comer juntos, trocar presentes e cartões, participar de todas as tradições e superstições natalinas, ver meu pai se divertindo enquanto faz as mesmas brincadeiras de sempre...

— Eles parecem legais — comentou distraído.

— Eles são, com seus defeitos e suas qualidades. Não posso me queixar. Você não sente falta dos seus pais, Rhys? Será que a sua vida seria a mesma se você não tivesse discutido, se não... você sabe...?

— Não sei. Eu sempre gostei de viajar.

— Antes você era assim também?

— Não. Eu ficava mais tempo em casa.

Olhei para a calçada enquanto caminhávamos em direção à entrada do metrô. O caminho me lembrou o primeiro que fizemos juntos quase um ano antes. Sentados juntos. Nossas pernas se tocando cada vez que vinha uma curva mais fechada. Ele, pensativo. Eu, nervosa.

Já tinha começado a escurecer quando chegamos e deixamos para trás várias ruas antes de ver o Big Ben iluminado. Rhys ficou uns segundos contemplando a paisagem, inclinado em frente ao muro da ponte que cruzava o rio Tâmisa.

Ele me olhou meio de lado. O vento balançava o cabelo dele.

— Você não me perguntou pelo seu presente...

— Ué, eu pensei que fosse isso — respondi.

Rhys virou e encostou no muro.

— Isso? — Levantou a sobrancelha, confuso.

— Você. Você aqui comigo.

Segurou um sorriso, sem tirar os olhos de mim.

— Eu sei que eu sou muito, muito desejável, mas...

— Você está me deixando tão nervosa que eu vou gritar.

— Tá bom. Não vou fazer você esperar mais. — Tirou do bolso da jaqueta o celular e os fones de ouvido. Desembaraçou os fios com a testa um pouco franzida. Estava inquieto. Eu sabia que aquele momento era importante para ele também. Levantou os olhos. — É uma música.

— Sério? — Eu me aproximei, emocionada.

— Sim. Se chama *Ginger*.

— Você compôs uma música para mim?

Rhys fez que sim com a cabeça e me deu os fones. Separou meu cabelo e colocou um dos fones na minha orelha direita, enquanto eu colocava o outro.

Meu olhar se perdeu no dele quando escutei as primeiras notas. Era um baixo. Só isso. Um *bum bum bum* rítmico, constante e limpo, ao qual se juntaram depois outros sons, mais matizes. E não sei. Parecia uma música triste e feliz ao mesmo tempo. Como uma trepadeira que se enrosca em algum lugar solitário e esquecido, e vai crescendo cheia de flores, mas também cheia de espinhos.

Eu nunca tinha ganhado nada tão bonito assim.

Quando terminou, recuperei o fôlego e olhei para ele.

— Coloca de novo — pedi baixinho.

Começou a rir e me tirou os fones.

— É sua para sempre.

— Como assim?

— Quiseram comprar essa música em Los Angeles, mas eu não vou vendê-la. Você pode ouvi-la até se cansar. Eu te envio depois, prometo.

— Você recusou uma oferta assim?

Ele deu de ombros e respirou fundo.

— Alguns DJs famosos compram composições prontas. Eles têm a fama. Outros têm bom material. Quem sabe? Quem sabe um dia eu consiga lançá-la por minha conta.

— Por que essa? — perguntei.

— A base é o seu coração. Seu pulso.

Engoli em seco quando entendi, quando lembrei dos dedos dele no meu pulso naquela noite distante; procurando a pulsação, memorizando-a no escuro.

Nos olhamos intensamente no silêncio da noite.

Ele estava tão perto... E tão inatingível ao mesmo tempo...

A névoa que escapava dos lábios dele se misturava com a minha. Rhys se moveu quando dei um passo em sua direção e me estendeu a mão. Aceitei, um pouco desajeitada. Então começou a caminhar, cruzamos a ponte e seguimos em direção à roda-gigante, que estava um pouco mais longe. Memorizei os passos longos que ele dava, a forma oval de suas unhas que eu tocava com a ponta dos dedos, como ele parecia alto ao meu lado, com os ombros tão retos...

Fiquei surpresa quando percebi o caminho.

— Estamos indo aonde eu acho que estamos indo?

— Você não quer subir nessa maldita roda-gigante?

— E você não disse que tem vertigem?

— Sim, mas ninguém me chama de covarde.

Antes de continuar o caminho, ele me deu uma olhada divertida que me fez rir. As árvores em volta estavam decoradas com luzes de Natal azuis e brancas. Rhys parecia nervoso enquanto esperávamos na fila. Fazia muito frio naquela noite, então não tinha tanta gente como de costume. Olhei para o céu quando vi que começavam a cair os primeiros flocos de neve, pequenos e efêmeros, porque se desfaziam ao tocar no chão.

Ele não me largou quando entramos em um dos vagões, junto com dois casais de turistas. Ficamos em uma ponta, e não demorou muito para começar a se movimentar. Rhys manteve uma mão na grade e os olhos fixos na parede de vidro; pelo menos até a hora em que chegamos lá no alto, porque nesse momento ele fechou os olhos e apertou os dentes.

— Você está perdendo tudo! Vai, Rhys!

— Hum... Eu odeio altura — resmungou.

— Vai. Faz isso por mim. Só um pouquinho.

Rhys respirou fundo e pestanejou. Seu olhar se fixou por um momento no rio que brilhava abaixo de nós, nas luzes cintilantes e no céu sem estrelas.

— Merda. — Baixou a vista para o chão.

— Por que você cismou de subir?

— Sério, Ginger? — Ele me fuzilou com o olhar e eu desatei a rir, o que não ajudou a melhorar a situação. Por sorte, os turistas que tinham entrado no vagão estavam do outro lado. — Esta merda não para de girar. Me distrai. Me conta alguma coisa.

Ele se virou para mim. A mão ainda apoiada na grade. O peito subindo e descendo no ritmo de sua respiração. Os olhos cravados nos meus e evitando olhar em volta.

— Quando eu era pequena... eu tinha uns bichos-da-seda...

— Não está funcionando. Preciso descer.

— Rhys, calma. — Peguei a mão dele.

— Cacete. Você não sente vertigem?

— Sinto — sussurrei, nervosa.

— Sente? — Respirou fundo.

— Sim, mas existem muitos tipos de vertigem.

Com isso eu consegui captar a atenção dele.

— E de qual estamos falando?

— Da que te faz tremer antes de você fazer uma loucura.

— Ginger... — Mas eu não deixei ele falar mais nada.

Fiquei na ponta dos pés. E então eu o beijei.

Senti seus lábios quentes contra os meus.

Suas mãos descendo pela minha cintura.

Sua respiração acelerada... Seu gosto...
Senti Rhys por completo naquele instante.

30. RHYS

Deslizei a língua pelo seu lábio inferior antes de mergulhá-la em sua boca e procurar por mais, um pouco mais. Enquanto a beijava, esqueci que estava a mais de cem metros do chão, esqueci que tinha medo de altura e esqueci que supostamente aquilo não deveria acontecer. Porque eu só conseguia pensar nela, no cheiro bom que ela tinha, no gosto bom que ela tinha, no corpo dela colado ao meu, pensava que eu precisava de muito mais e que eu não queria soltá-la nunca mais. Pensava em impossíveis.

Gemi contra os lábios dela. Fechei os olhos.

Ginger me procurou de novo. Lento. Suave.

E eu me deixei encontrar, beijando-a com força. "Vertigem" era aquele beijo, não o que eu tinha sentido antes. "Vertigem" era ela. Olhar para ela e saber que não existia um "nós".

Não sei por quanto tempo ficamos lá,

... tão perdidos naquele momento,

... tão perto da lua.

31. GINGER

Eu nem sequer sabia no que estava pensando quando decidi que ia beijá-lo. Mas foi uma das primeiras vezes em que me havia deixado levar por um impulso, por um rompante, por aquilo que eu queria de verdade. E eu sabia que, se voltasse atrás, faria tudo de novo. Apesar de tudo que desencadeou aquele beijo na roda-gigante, no meio da noite. Apesar do que mudou. Do que quebrou. Do que nasceu naquele instante. Porque às vezes pequenos atos acabam marcando uma vida inteira ou levam a um desvio no caminho que não estava lá alguns segundos atrás. Acontece, mesmo que a gente não tenha consciência desses momentos.

Eu soube disso naquele instante. Como também soube que seria doloroso assim que saímos do vagão e vi o semblante dele, a tensão na sua mandíbula e nos seus ombros. Como soube que, apesar de tudo, tinha valido a pena conquistar essa lembrança. Porque algumas certezas são assim, penetrantes.

Caminhamos em silêncio, atravessando um parque próximo. A neve caía mais forte e estava começando a endurecer no chão, cobrindo-o com uma fina camada branca que brilhava sob o tom alaranjado dos postes de luz. Escutei Rhys suspirar enquanto o seguia.

— Você pode... você pode parar de correr? — pedi.

Porque era isso que ele estava fazendo. Seus passos eram longos, rápidos, e eu não estava conseguindo acompanhá-lo. Ele virou. Observei seu rosto entre as sombras.

— Isso não tinha que ter acontecido, Ginger. Sinto muito.

— Por que não? — Me aproximei mais. — Rhys...

— Porque isso quebra tudo.

— Não é verdade, não quebra.

— Eu não tenho nada para te oferecer.

Cruzei os braços. Olhei para ele magoada, brava.

— E você não parou para pensar que talvez eu não espere nada de você? Eu sei como são as coisas, Rhys. Eu sei que provavelmente a gente não vai se ver de novo durante anos. Ou talvez nunca mais. Mas eu queria isso. Eu queria te beijar essa noite...

— Ginger, cacete...

— E você também queria.

— Você vai complicar tudo.

— A gente só tem algumas horas.

— Merda — resmungou entre dentes.

Passou a mão pelo cabelo e me olhou.

Era impossível deduzir só pela sua expressão o que ele estava pensando. Só sei que balançou a cabeça uma última vez, quase para ele mesmo, depois deu um passo à frente e senti o corpo dele ao lado do meu, uma de suas mãos deslizando pela minha nuca para levantar meu rosto e cobrir com os seus lábios os meus em um longo e profundo beijo, tão diferente dos outros, que não parecia justo chamá-los todos da mesma forma. "Beijos." Existiam muitos tipos de beijos. Os do Rhys eram intensos e quentes, carregados de tudo aquilo que nós dois decidimos calar naquele momento. Porque eu não me atrevia a admitir que talvez já precisasse dele. Que estava viciada nele, em tudo que ele tinha me deixado conhecer através das palavras que trocávamos todos os dias; eu queria saber mais sobre o Rhys de uns anos atrás que tinha fugido em busca de alguma coisa que ainda não tinha encontrado, e sobre o Rhys daquela noite, que tinha feito daquele aniversário o mais especial que eu poderia lembrar.

Não sei quanto durou o caminho até o hotel.

Só sei que não conseguia parar de sorrir quando olhava para ele.

Que parávamos a cada minuto para nos beijar.

— Caralho, Ginger... — Ele me segurou pelo queixo.

— Acho que é a próxima rua — eu disse.

Rhys me olhou sério. Firme. Decidido. Não hesitou.

— Se você subir... não vai acontecer nada, entende?

— Por que não? — Soltei as mãos do pescoço dele.

— Porque eu preciso que seja assim, Ginger. Eu... não sei o que estou fazendo esta noite, mas não quero me arrepender amanhã. Não quero perder isso que a gente tem.

— Você não vai me perder — sussurrei.

Ele me observou por alguns segundos, ainda em dúvida, ainda rígido. Estava com o cabelo e a jaqueta escura cheios de neve, e vapor escapava por seus lábios semiabertos, avermelhados pelo frio e por meus beijos. Levantei a mão e o acariciei lentamente. Rhys pegou meu pulso e engoliu em seco, com seu olhar intenso cravado em mim e com a respiração agitada.

Entrelaçou os dedos nos meus antes de retomar o passo e continuar pela rua que nos separava do hotel. Não falou nada enquanto pegava o cartão e o colocava na abertura da porta de trás do estabelecimento. Entramos. O calor nos envolveu. O chão de carpete abafou nossos passos enquanto subíamos a estreita escada até o terceiro andar, onde ficava o quarto dele. Tremi quando chegamos. Era tão pequeno que mal tinha espaço para uma cama, duas mesinhas e a porta que dava para o banheiro.

Tinha uma janela do outro lado com um parapeito baixo onde dava para se sentar. Abri as cortinas e sentei ali enquanto Rhys tirava o casaco e se aproximava. Senti seu corpo nas minhas costas e me apoiei em seu peito.

Suspirei nervosa. Feliz. Triste. Tudo ao mesmo tempo. Os braços dele me envolveram e senti sua respiração lenta no meu pescoço. A neve continuava caindo cada vez mais forte, cobrindo as ruas de branco, os parapeitos das casas do outro lado da rua, os topos dos postes de luz, as placas de trânsito, os telhados vitorianos de Londres...

32. RHYS

Ela cheirava a algo delicioso. Como uma tortinha de creme ou uma bala bem doce. Respirei fundo, com o queixo apoiado em seu ombro e as mãos em volta de sua cintura.

— Você não tirou o casaco — sussurrei.

Ginger negou com a cabeça e eu comecei a abrir os grandes botões do seu casaco. Ajudei-a a tirá-lo e, ao se mexer, ela se virou para mim. Ficou com as pernas por cima das minhas e nossos olhos se procuraram na penumbra do quarto. Contive o fôlego quando ela levantou a mão e entrelaçou os dedos no meu cabelo antes de descer tocando a minha pele, desenhando com um traço suave o contorno do meu rosto, dos meus lábios, do meu queixo. E eu não tirava meus olhos dos dela.

— Por que a gente não pode...? — perguntou baixinho.

— Ginger... não dificulte ainda mais as coisas.

— Poderíamos ficar com a lembrança.

— As lembranças não são só lembranças. São muito mais.

— Não significaria nada. Só você e eu. Uma noite.

— Vem aqui, Ginger. — Suspirei e puxei-a para o meu colo. Estiquei as pernas, tocando o outro lado do parapeito. E depois ficamos ali durante horas, só olhando a neve, deixando o tempo passar. Às vezes nossos lábios se encontravam no meio do caminho. Às vezes escutávamos nossa respiração. Às vezes me dava tanta vontade de jogar tudo para o alto e tirar a roupa dela, que eu sentia meus dedos formigando quando os deslizava pela borda de sua camiseta, quando a tentação batia mais forte, quando seus beijos ficavam mais intensos, quando quase doía olhar para ela.

— E se a gente nunca mais se encontrar, Rhys?

— Como assim? — Eu me estiquei debaixo dela.

— E se a próxima vez que a gente se vir for daqui a muitos anos? E se você tiver uma namorada ou filhos? E se eu tiver conhecido alguém e estiver prestes a me casar? E se...

— Ginger... — Suspirei, olhando para ela.

— Não me olha assim. Responde.

— O que você quer que eu responda?

— Você não vai se arrepender de não ter feito mais nada esta noite? De não saber como poderia ser ficarmos juntos? De não deixar acontecer algo que você quer, sim, que aconteça?

— Porra... — Fiquei em pé e me afastei para o outro lado do minúsculo quarto. — É claro que vou me arrepender. Já estou arrependido, Ginger.

— Não consigo entender.

Ela ficou sentada na janela.

— É que é assim que tem que ser. Vou ficar contente se você me escrever daqui a uns anos e me disser que vai se casar com alguém que te faça feliz. Eu quero que você seja feliz.

Deslizei as costas pela parede até me sentar no carpete cinza. Trocamos um olhar intenso durante o que me pareceu uma eternidade. Ela franziu o nariz, desapontada, como se não conseguisse entender minhas palavras, minha forma de amá-la. A perna dela se movia em um ritmo constante, nervosa. Tinha as mãos sobre o colo.

— Eu não sei se vou ficar feliz por você ter uma namorada...

Ela falou tão baixinho, tão suave... que me fez rir. Por isso e por ela, por ser tão visceral, por não se importar em ser correta ou confessar seus medos em voz alta. Pelo menos comigo. E isso deixava tudo ainda mais especial, saber que ela me deixava vê-la assim, transparente...

— Não vou levar isso em conta. Mas você não deveria se preocupar com isso.

— Por quê? Por que você não acredita no amor? Por que você tem medo dele?

— Não tenho medo, não é isso. E eu acredito. Às vezes.

— Não tem como acreditar "às vezes". Ou você acredita ou não, Rhys.

Esfreguei o queixo e suspirei, sem tirar os olhos dela. Tentei ser sincero com ela naquele momento, naquela noite, porque Ginger sempre era sincera comigo.

— Eu acredito em momentos. Acredito que você pode se apaixonar muitas vezes ao longo da vida; pela mesma pessoa, por pessoas diferentes, por você mesmo ou apenas por momentos.

Ela ficou em silêncio. Desviou o olhar e olhou pela janela.

— Acho que não vou conseguir te convidar para o meu casamento.

Eu ri alto. Ginger também.

E no meio desse som a gente voltou a se encontrar, quando me levantei e fui até ela de novo. Dei um beijo na testa dela. Continuava nevando, mas dava para ver o contorno desfocado da lua na escuridão, apenas uma curva fina e minguante.

— Eu também a vejo — adivinhou ela.

— Nós dois na lua — sussurrei.

Não sei quanto tempo passou até que Ginger adormeceu com a cabeça encostada no meu peito. Fiquei olhando para ela em silêncio, memorizando as linhas de seu rosto e me convencendo de que preferiria me arrepender de todos os "e se" que estava deixando para trás do que arriscar perdê-la. Pensei em Paris, em como já naquela época fiquei me perguntando o que teria acontecido se eu tivesse tido a coragem de beijá-la no aeroporto. Nos caminhos que estávamos criando. Abrindo possibilidades. Nos desvios que às vezes escolhemos fazer e, mais importante ainda, naqueles que não fazemos por medo e acabamos abandonando.

Ginger murmurou algo incompreensível quando eu a peguei nos braços e a coloquei na cama. Eu me deitei do lado dela e peguei sua mão. Depois procurei o pulso, o ritmo constante daquela canção que me acompanhou enquanto eu fechava os olhos.

33. GINGER

Engoli em seco, com força, para desfazer o nó que eu tinha na garganta, mas não consegui. Porque ele estava indo embora. Porque eu sabia que a lembrança daquela noite logo me pareceria distante e insuficiente. E eu não conseguia parar de observar tudo nele enquanto ele arrastava as duas malas que tinha trazido. Seus passos decididos. O pouco que ele hesitava. O cabelo desgrenhado e sem pentear, do jeito que ele tinha acordado naquela manhã, quando o beijei no pescoço enquanto ele ainda estava dormindo e o vi sorrir antes de abrir os olhos...

Ele desacelerou o passo quando chegou perto da fila da segurança. Virou a cabeça por cima dos ombros para me olhar e eu o vi suspirar com alguma tristeza. Seus olhos estavam fixos em mim, tão brilhantes...

— Acho que isso é um adeus — consegui dizer.

Rhys sorriu e mordeu o lábio inferior.

— Você já me disse exatamente essa mesma frase. Há quase um ano.

— Não sou muito original, eu sei...

— Vem aqui. — Ele me puxou e me abraçou.

Como seria ficar nos braços dele para sempre?, eu me perguntei, com o rosto escondido em seu peito até que ele se afastou delicadamente. Por um momento achei que se eu olhasse para ele mais uma vez, iria me desmanchar em lágrimas. E eu não tinha motivos para isso. Eu nem esperava essa visita. Não esperava nada. Mas eu tinha tido...

Rhys segurou meu queixo com os dedos e levantou meu rosto.

— Ei, bolachinha, o que foi? Vai, olha para mim.

— Estou triste por você ir embora. Eu sei que não deveria...

Deixei a frase inacabada quando os lábios dele tocaram os meus. Não sei que gosto tinha aquele beijo. Acho que de despedida. Mas também de algo bonito e doce. De um dos tantos capítulos de nossas vidas, que ainda não tínhamos começado a contar.

Segurei a respiração quando nos separamos.

Vi a expressão dele. O desejo. As dúvidas.

Ele se inclinou. Sua boca tocou meu ouvido.

— Não me espere, Ginger.

Quatro palavras. Quatro palavras que me perfuraram, que doeram. Mesmo que eu as entendesse. Essa foi a última coisa que Rhys disse naquela manhã fria antes de se virar e ir embora. Fiquei ali alguns segundos, observando-o no final da fila, mas logo eu também me virei e fui embora sem olhar para trás.

SEGUNDA PARTE

CONFIANÇA. PAUSA. PENHASCOS

*Quando a gente anda sempre para a frente,
não podemos mesmo ir longe.*

O Pequeno Príncipe

34.

De: Rhys Baker
Para: Ginger Davies
Assunto: Continuo vivo
O voo atrasou e depois foi uma confusão na chegada, demorei quase meio dia para conseguir um carro por causa de alguma merda com a minha carteira de motorista. Mas enfim... estou aqui e vivo. Não sei se te contei que aluguei uma casa em frente ao mar. O lugar pode ser velho e estar precisando de uma reforma urgente, porque está caindo aos pedaços, mas o visual... Porra, Ginger, como eu queria que você visse esse pôr do sol com seus próprios olhos.

De: Rhys Baker
Para: Ginger Davies
Assunto: Continuo vivo
Está tudo bem por aí, Ginger?
    Você sumiu...

De: Ginger Davies
Para: Rhys Baker
Assunto: Eu também!
Desculpe, esses últimos dias foram meio caóticos por causa das compras natalinas de última hora, almoços, jantares, papel de presente suficiente para cobrir toda uma casa, enfim, esse tipo de coisas de família, você sabe. Que bom que você chegou bem, Rhys.
    A propósito, não esqueça de me enviar a minha música. Quero escutá-la de novo...

De: Rhys Baker
Para: Ginger Davies
Assunto: Música Ginger
Fala para os seus pais e a sua irmã que desejo um Feliz Natal para eles. Quando estive aí, fiquei distraído com todas as novidades e acabei esquecendo. Eles foram muito simpáticos. Espero que você aproveite esses dias, Ginger. Estou enviando a música.

Amanhã eu começo no novo trabalho.

De: Ginger Davies
Para: Rhys Baker
Assunto: RE: Música Ginger
E aí, como foi? Colegas legais?

De: Rhys Baker
Para: Ginger Davies
Assunto: RE: RE: Música Ginger
Sim, tudo bem. Agora é verão aqui, então é bem agitado. Não é um lugar muito grande e também fica perto da praia. Byron Bay é muito turística e lotada nesta época do ano. Acredita que tem gente que anda descalça no supermercado e na rua? É diferente de tudo que conhecemos. Não sei, tenho a sensação de que vou ficar aqui mais tempo do que eu pensava.

De: Rhys Baker
Para: Ginger Davies
Assunto: Um novo começo
Feliz Ano-Novo, bolachinha Ginger! Não lembro se você me contou quais eram seus planos para hoje, mas espero que você se divirta. Aqui somos os primeiros a dar as boas-vindas ao ano novo. Eu gosto de (re)começar sabendo que você está do outro lado do oceano e da tela, do outro lado de tudo, na verdade, embora isso não faça com que eu te sinta distante. Às vezes acho que é o contrário. Talvez os quilômetros não sejam a única coisa que una ou separe as pessoas.

Não fiz nada muito interessante, na verdade. Só trabalhei até tarde e depois bebi um pouco com uns caras que estavam na balada e moram aqui na região. Voltei para casa caminhando. E olhando para a lua. E imaginando o que esse novo começo vai nos trazer.

Talvez não mude nada. Ou talvez seja um ano diferente.

35. RHYS

— O número chamado está desligado ou fora da área de cobertura. Por favor, deixe sua mensagem após o sinal. Piiii...

— Oi, mãe. Feliz Ano-Novo! Eu só queria... você sabe, te cumprimentar e ver como você está. Lembro que você falou que passaria o Natal com o meu pai em um cruzeiro, então imagino que você não tenha muito sinal por aí. Cuidem-se, viu? E aproveite a viagem o máximo que puder. Na volta você me conta tudo. Um beijo.

36.

De: Ginger Davies
Para: Rhys Baker
Assunto: Feliz Ano-Novooooo

Feliz Ano-Novo, Rhys! Que bom que você está bem por aí. Eu pesquisei no Google, claro, e você tem razão, parece um desses lugares dos sonhos que não existem mais. Já conheceu muita gente? Imagino que sim. Não sei como você consegue se relacionar com tantas pessoas, sendo tão fechado, tão reservado. Como você faz isso, Rhys? Acho que nunca te perguntei.

Não fiz nada muito especial ontem à noite. Depois de jantar, fui ao bar onde Dona trabalha, tomei uns drinques e fiquei com uns amigos dela até ela terminar o turno, e então fomos para outro lugar. Eu me diverti, apesar de estar me sentindo estranha.

Amanhã eu volto para o dormitório estudantil.

De: Rhys Baker
Para: Ginger Davies
Assunto: Por quê?

Não faço nada de especial para me relacionar. Mas entendo o que você

quer dizer. Acho que ofereço a cada pessoa o que eu acho que ela espera de mim. É fácil.
    Por que você se sentiu estranha?

De: Ginger Davies
Para: Rhys Baker
Assunto: RE: Por quê?
Para mim também você dá o que acha que eu espero de você?

De: Rhys Baker
Para: Ginger Davies
Assunto: RE: RE: Por quê?
Não. E é por isso que você é praticamente a minha única amiga de verdade.
    Você não respondeu minha pergunta...

De: Ginger Davies
Para: Rhys Baker
Assunto: Esquisitices
Não sei, não quero complicar as coisas, mas não paro de pensar no que aconteceu entre a gente. Parece quase irreal, sabe? E sinto que, desde então, as coisas estão um pouco diferentes ou estranhas, ou estou louca? Você também percebe isso? Acho que é normal, mas, ao mesmo tempo, não quero que mude nada. Eu nem sei mais o que estou escrevendo...
    É que, Rhys, eu nunca tinha me sentido assim com ninguém antes.

De: Rhys Baker
Para: Ginger Davies
Assunto: RE: Esquisitices
Foi perfeito. Mas você já disse tudo... não faça as coisas mudarem. Estamos bem assim, não estamos, Ginger? Um dia você vai conhecer outra pessoa, alguém especial, e vai pensar exatamente isso, que "você nunca se sentiu assim antes". Acredite.

De: Ginger Davies
Para: Rhys Baker
Assunto: RE: RE: Esquisitices
Certo. Eu entendo. Você tem razão.

De: Rhys Baker
Para: Ginger Davies
Assunto: RE: RE: RE: Esquisitices
Ginger... não faz isso...
    Era exatamente esse o meu medo...

De: Ginger Davies
Para: Rhys Baker
Assunto: Esquece
Eu sei, Rhys. Desculpe. É que essas últimas semanas têm sido um pouco instáveis, entre o Natal, a volta ao dormitório da faculdade, perceber que faltam poucos dias para apresentar a proposta do trabalho final...
    Estou agoniada. Ainda não sei o que fazer.

De: Rhys Baker
Para: Ginger Davies
Assunto: RE: Esquece
Imagine-se dirigindo uma empresa. O que você vê?

De: Ginger Davies
Para: Rhys Baker
Assunto: A realidade
Vejo um armazém cheio de amostras de madeira e serragem. Um pouco mais adiante, à direita, vejo um corredor longo e cinza que leva aos escritórios onde ficam os diretores, a equipe comercial, a administrativa e a de design. Isso é o que eu vejo, Rhys. Acho que eu poderia fazer o trabalho com um enfoque diferente, sobre uma empresa já constituída, avaliando seus pontos fracos ou o que eu considero que deveria ser melhorado e mudado. Mas acho que se meu pai lesse esse trabalho, seria capaz de ter um enfarte. E fico com receio de o professor pegar no sono enquanto tenta me avaliar. Porque, sejamos sinceros, falar sobre armários não é muito divertido. Kate está preparando um trabalho fantástico (ela começou há um mês) sobre como seria uma empresa de aluguel de carros elétricos para turistas. Fiquei com vontade de roubar a ideia dela.

De: Rhys Baker
Para: Ginger Davies
Assunto: Muda a realidade
O trabalho não tem que resumir seu futuro, tem? Esquece os armários por um segundo e imagina que tipo de empresa você gostaria de criar, se tivesse os meios para isso. Você me disse isso quando nos conhecemos, não foi? Que você adorava a ideia de administrar algo. De criar. Vai por esse caminho. Qual seria o seu sonho? (Não importa que pareça utópico.)

De: Ginger Davies
Para: Rhys Baker
Assunto: RE: Mude a realidade
Estou o dia inteiro pensando nisso...

E acho... não sei... imaginei uma editora. Pequena, nada muito pretensioso. Nunca pensei em escrever, mas sempre que leio um livro, fico me perguntando não apenas sobre o autor, mas também sobre aquela pessoa que um dia decidiu publicar o manuscrito que chegou na mesa dela, a pessoa que leu, que se entusiasmou, revirou letra por letra e viu ali um potencial ou algo interessante que merecia ser compartilhado com muitas outras pessoas. Não é engraçado? Me refiro ao fato de que, no final, quase tudo na vida é uma espécie de corrente. Como as peças de um dominó, que, quando uma cai, o resto cai por inércia, mas acho que sempre tem um propulsor, um primeiro gatilho, mesmo que na maioria das vezes a gente nem pense nisso. Que estranho tudo isso. Vou parar de divagar...

De: Rhys Baker
Para: Ginger Davies
Assunto: RE: RE: Mude a realidade
Eu adoro a maneira como você divaga. E adoro mais ainda as suas ideias. Me conta, como seria essa editora? De qual perspectiva você abordaria o trabalho?

De: Ginger Davies
Para: Rhys Baker
Assunto: Vamos divagar então...

A ideia do trabalho é desenvolver um projeto empresarial, a nível externo e interno, com dados contrastados e argumentados, como se fosse uma proposta para um investidor, entende? São muitos aspectos, é preciso avaliá-lo de forma global, gerar um relatório econômico, financeiro e social, se antecipar aos contratempos que vão surgir, pensar na localização, na concorrência, fazer uma pesquisa de mercado, desenvolver uma estratégia comercial...

Não quero te cansar. Mas... talvez eu faça.

Acho que evitei pensar nisso até agora, porque... para quê? Se eu sempre soube o que eu faria quando eu terminasse a faculdade... Já sabia mesmo antes de me matricular. Não me entenda mal; mesmo que eu não esteja dando pulos de alegria, sou grata por isso. Nem todo mundo tem um negócio familiar. Eu tenho sorte.

Acho que, até lá, posso sonhar.

De: Rhys Baker
Para: Ginger Davies
Assunto: RE: Vamos divagar então...

Você pode sonhar sempre, na verdade. Antes e depois de terminar a faculdade. Vai saber... Não dá para prever o que vamos estar fazendo daqui a dez anos, por exemplo. Ou você tem isso claro na sua cabeça?

Bom, acho que saquei o conceito do trabalho...

Queria que você me contasse como seria isso. Ou seja, se essa sua editora existisse, como seria? A decoração, o ambiente, como seria estar lá todas as manhãs...

Anda, caminhe um pouco na lua de vez em quando; aqui em cima não é tão ruim assim.

De: Ginger Davies
Para: Rhys Baker
Assunto: Dez anos

Bem, vamos lá, por mais que me seduza a ideia de ir mentalmente à lua por um tempinho e me deixar levar por fantasias pouco mundanas, é óbvio que se, em outra vida paralela, eu decidisse montar uma editora independente, eu não conseguiria pagar um escritório em uma boa região central, por menor que fosse, então a empresa seria em algum lugar na região oeste de Londres, por exemplo. Em um bairro tranquilo, mas de fácil acesso.

Imagino o escritório pequeno, mas agradável. Com luz e plantas (embora todo mundo saiba que isso é quase impossível nesta cidade). As paredes são brancas ou de alguma cor quente, um ocre suave, e móveis de diferentes estilos, com toques de cor, nada desses lugares que parecem hospitais. Ah, e prateleiras, claro. Muitas prateleiras brancas ocupando o corredor (que seria largo) e a sala de reuniões.

O ambiente de trabalho seria excelente, é claro. Eu seria uma chefe flexível e supersimpática que levaria café e docinhos todas as manhãs. Meus funcionários nunca me criticariam e, nas minhas costas, só diriam coisas como: "Você viu que linda aquela blusa da Ginger? A cor combina demais com ela". E no meio de toda essa energia positiva, publicaríamos um ou dois livros por mês, talvez menos; gosto da ideia de poder escolher com cuidado cada projeto, mimá-lo, dar a ele o seu espaço e fazê-lo brilhar o máximo possível. Seriam livros íntimos, polêmicos e emocionantes, daqueles que ficam na memória.

Acho que viajei...

E quanto à sua pergunta, é lógico que sim, Rhys, tenho mais ou menos claro como será minha vida daqui a dez anos. Vou estar trabalhando na empresa da minha família, vou me sentir satisfeita depois de assumir a responsabilidade e fazer algumas melhorias, talvez já esteja casada ou prestes a me casar. Vou morar em uma casa de dois andares com um sótão e vou ter um cachorro. Ou um gato. Ainda não decidi, mas até lá ainda tenho tempo para pensar melhor.

E você, como você se vê?

De: Rhys Baker
Para: Ginger Davies
Assunto: RE: Dez anos

Para quem não caminha muito pela lua, se eu não te conhecesse, diria que você tem passado muito tempo por lá ultimamente. Gostei, Ginger. Gostei dessa sua fantasia, e quase posso te ver entre as prateleiras, ouvindo os cochichos dos seus funcionários elogiando aquela camisa que fica tão bem em você (é muito decotada? Quero detalhes).

Então, neste momento, sua maior dúvida sobre o futuro é se você vai ter um cachorro ou um gato. Não sei se faz sentido eu não ter parado de gargalhar desde que li isso. Não é de estranhar que, em comparação, você ache que eu ando sem rumo pela vida. E sabe de uma coisa? Como você pode imaginar, não, eu não faço ideia de como vou estar daqui a dez anos. Tenho medo de pensar nisso. Vou ter trinta e sete anos. O que se espera que as pessoas façam com essa idade?

De: Ginger Davies
Para: Rhys Baker
Assunto: Eu vou te matar!
Ai, meu Deus. Ai, meu Deus. AI, MEU DEUS.

Eu vou te matar, Rhys. Como você foi capaz? Hoje faz exatamente um ano que a gente se conheceu. É nosso amigoversário. E ACABO DE PERCEBER QUE VOCÊ FEZ ANIVERSÁRIO NESSE MEIO-TEMPO E NÃO ME FALOU NADA. ÓBVIO. Não sei como não me liguei antes. Ah, bom, sim, PORQUE VOCÊ NÃO ME CONTOU.

Quando foi o seu aniversário, Rhys?
FALA LOGO.

De: Rhys Baker
Para: Ginger Davies
Assunto: RE: Eu vou te matar!
Não é para tanto, Ginger, é só um aniversário. Nem pensei nisso. Mas se você quer tanto saber, é no dia 13 de agosto. E eu não gosto de comemorar.

Então, é nosso amigoversário (vou tentar não repetir isso fora daqui para manter meu orgulho intacto). Assim, esta noite, há exatamente um ano, você e eu estávamos passeando pelas ruas de Paris. E dançando "Je t'aime... moi non plus". E comendo miojo. E olhando para essa lua que às vezes você evita...

De: Ginger Davies
Para: Rhys Baker
Assunto: Você é o pior
Eu conheço suas táticas, Rhys. Agora você está ficando (me fazendo ficar) sentimental para tentar me fazer esquecer essa história do seu aniversário, quando ambos sabemos que foi uma traição completa. Vamos comemorar nosso amigoversário (a expressão é ótima, não sei do que você se envergonha, me dá vontade de abrir a janela e gritá-la).

Ou seja, você vem me visitar no meu aniversário e eu nem tenho a chance de fazer o mesmo com você.

Me passa o seu endereço. Vou te mandar um presente.

De: Rhys Baker
Para: Ginger Davies
Assunto: Eu sou o melhor

Você é a menina mais engraçada que conheço, já te falei isso? Sério, não consigo te ler sem sorrir e admito que sorrisos gratuitos não são o meu forte. Mas você está exagerando tudo. Não gosto de fazer aniversário. Já te disse que minha história favorita quando criança era *Peter Pan*. Também não gosto de imaginar o que vou estar fazendo daqui a dez anos. Nem de presentes. Eu fico nervoso pra cacete com presentes. Mas não como você, de um jeito positivo: ao contrário. Então, bolachinha, vamos esquecer tudo isso e nos ater à ideia principal que é o fato de eu ter vinte e sete anos?

Além disso, você teria realmente vindo me visitar? Nós dois sabemos que não. Eu estava em Los Angeles na época e lembro que você recusou meu convite improvisado.

P.S.: Eu amo quando você fica sentimental por minha causa.

De: Ginger Davies
Para: Rhys Baker
Assunto: Você não é o melhor

Rhys, fala sério, você me convidou para ir te visitar uma noite quando estava bêbado, e eu mal tive tempo de negar o convite e você já estava com uma "amiga" chamada Sarah na sua casa. Provavelmente nós duas teríamos nos cruzado na porta, não sei se você se ligou nisso.

De: Rhys Baker
Para: Ginger Davies
Assunto: Sou sim

Percebo uma certa braveza?

De: Ginger Davies
Para: Rhys Baker

Assunto: Volta para a Terra
Não, Rhys, não estou brava. Só estava comentando que aquilo na verdade foi qualquer coisa, menos um convite real. E tudo isso por causa do seu aniversário. E do seu medo de envelhecer. Me passa o seu endereço e não falamos mais disso.

A propósito, já comecei o trabalho. Gostei tanto da ideia de ontem que fiquei até tarde estruturando o conteúdo. Pensei na possibilidade de entrevistar os diretores de algumas pequenas editoras da cidade e incluir as entrevistas como material extra. Obviamente, as perguntas teriam foco no aspecto empresarial.

De: Rhys Baker
Para: Ginger Davies
Assunto: RE: Volta para a Terra
Tá bom, te mando meu endereço, apesar de eu não saber como funciona o correio aqui. Minha mãe me enviou uma encomenda há alguns dias e ainda não chegou. Moro um pouco longe da cidade, em uma casa que parece que vai desmoronar a qualquer momento. Te mando uma foto depois, mas quero te contar que nesse momento o sol está se pondo e estou te escrevendo da varanda de entrada da casa. O céu está vermelho. Não rosado ou alaranjado, mas um vermelho intenso como cerejas maduras. Gostaria que você pudesse ver isso, Ginger...

Gostei da ideia das entrevistas.

E também de ver que você está animada.

Mas você está muito enganada sobre o que disse. Eu não tenho medo de envelhecer. Não é isso. Não tenho medo de nada. É que eu amo e, ao mesmo tempo, fico confuso com a ideia de viver na incerteza. Sem saber o que vou fazer, sem ter planos. Por um lado, é viciante. Não acho que você consiga entender, Ginger, mas existe algo de libertador nisso. Pensar que talvez no ano que vem eu esteja na Índia ou em Nova York de novo ou aqui mesmo. E a parte ruim... bem, acho que envolve coisas. Você sabe. A solidão. Ou a sensação de ir tropeçando, às vezes. Mas eu gosto. Acho que agora eu não saberia viver de outra forma. E não tenho vontade de parar para pensar sobre o que eu deveria fazer, nem em planos futuros, nem em como será minha vida daqui a dez anos. Talvez eu esteja morto. Isso é tão imprevisível.

De: Ginger Davies
Para: Rhys Baker
Assunto: RE: RE: Volta para a Terra
Vira essa boca para lá, Rhys, não fala isso. Se você estivesse aqui perto, te daria uns tapas. Sim, eu sei que é verdade, que existe a possibilidade de não estarmos mais neste mundo daqui a dez anos, mas isso nem passa pela minha cabeça. E não deveria passar pela sua também.

Quer saber como eu te imagino, então?

Vejo você fazendo sucesso. Em algum momento você vai se animar a lançar uma música, provavelmente enquanto ainda estiver trabalhando em um *pub*, e centenas, não, milhares de pessoas vão te ouvir. Milhões. Você vai ficar famoso. E vai andar por aí com esse ar meio fanfarrão e de rapaz melancólico que vai enlouquecer suas fãs (*groupies* é melhor?). É provável que tenha um filho com alguma modelo russa com sobrenome impronunciável.

E vai continuar viajando por aí, livre.

O que você me diz? Tentador?

De: Rhys Baker
Para: Ginger Davies
Assunto: Sem assunto
Em primeiro lugar, sim, *groupies* soa bem melhor. Obrigado. E, em segundo lugar, se eu tivesse um filho com uma modelo russa com sobrenome impronunciável, eu não viajaria por aí, Ginger. Ou, veja bem, talvez sim, se eu tivesse a guarda da criança ou algo do tipo. Nem sei por que perdemos tempo imaginando toda essa bobagem, mas só queria que você soubesse que eu não deixaria meu filho crescer longe de mim. Não sei o que te faz pensar isso.

De: Ginger Davies
Para: Rhys Baker
Assunto: Sem assunto
Não sei, talvez porque você não pareça ser o tipo de pessoa que gosta de assumir responsabilidades e horários e esse tipo de coisa. Mas era só uma brincadeirinha, Rhys. Bobagem.

De: Rhys Baker
Para: Ginger Davies

Assunto: O essencial
De qualquer forma, eu sei como colocar uma camisinha, por isso, essa sua teoria nunca vai acontecer. Enfim... bem, esta noite tenho turno dobrado, então vou tentar dormir um pouco. Beijos.

37.

De: Ginger Davies
Para: Rhys Baker
Assunto: O que eu faço?
Sabe quem me ligou? Você nunca vai adivinhar. Lembra do James, o cara da cerveja que conheci no final do ano passado em uma festa? E depois nos vimos em uma espécie de encontro? Você sabe, aquele que achou que era uma boa ideia misturar o Sr. Chocolate com a Sra. Framboesa. Enfim, ele me ligou, colocamos o papo em dia, falamos sobre um pouco de tudo, e então ele me perguntou se eu queria sair com ele no sábado à noite.
    Eu não sei, Rhys, o que eu faço?

De: Rhys Baker
Para: Ginger Davies
Assunto: RE: O que eu faço?
Não sei o que você quer que eu te diga...
    Marca com ele, Ginger. Ele parece ser um cara legal, não parece? (Se ignorarmos o lance do chocolate, que é quase imperdoável.) E lembre-se de que você sempre pode pegar um táxi se ficar entediada.

De: Rhys Baker
Para: Ginger Davies
Assunto: RE: O que eu faço?
E, afinal, como ficou a história? Você tem um encontro sábado? Eu mal dormi. Saí com o pessoal do trabalho quando terminamos, então você

já imagina que horas eram. Acabamos na praia com algumas garrafas de rum. Foi divertido, mesmo eu tendo que tirar a Tracy da água quando percebi que ela estava quase se afogando. Essa garota é completamente louca. Ah, e meu chefe disse que ia me dar um aumento. Não sei se ele vai se lembrar disso hoje...

De: Ginger Davies
Para: Rhys Baker
Assunto: Meu encontro
No final, decidi encontrar com James no sábado. Tomara que seja legal e que eu não termine chamando um táxi antes da sobremesa.
    Quem é Tracy? Você nunca me falou dela.
    E louca...? De um jeito parecido com o meu?

De: Rhys Baker
Para: Ginger Davies
Assunto: RE: Meu encontro
É, acho que não te falei dos meus colegas de trabalho; não somos muitos, tem o Garrick, que é o chefe (ou melhor, o gerente a quem eu respondo, porque o chefe de verdade costuma ficar na balada de Los Angeles). E o Josh, que é garçom e o cara que faz as melhores panquecas veganas antes de escurecer e da cozinha fechar. E depois a Tracy, que entra no turno da noite, como eu. Ela serve bebidas no balcão. E não, ela não é louca como você pensa, ela é louca de verdade. É capaz de fazer qualquer loucura que vier à cabeça.
    Depois me conta como foi o seu encontro...

De: Ginger Davies
Para: Rhys Baker
Assunto: Arrrrghh
Sei que falta um dia, mas já revirei todo o meu guarda-roupa e não sei o que vestir amanhã. Não tem NADA que me caia bem. Não tem NADA que faça eu me sentir bem. Eu só quero chorar, me embolar na cama como um gato e ficar ali para sempre. Mas Kate insistiu para a gente ir tomar uma cerveja em um lugar aqui perto com umas colegas da faculdade, então vou fazer um esforço gigantesco.
    Me ajuda, Rhys.

De: Rhys Baker
Para: Ginger Davies
Assunto: RE: Arrrrghh
Resposta simples: coloca alguma coisa curta na parte de cima ou na parte de baixo.

De: Ginger Davies
Para: Rhys Baker
Assunto: RE: RE: Arrrrghh
Que tosco você é, Rhys. Mas sim, felizmente encontrei algo meio decente e agora estou esperando James vir me buscar. Depois te conto.

De: Ginger Davies
Para: Rhys Baker
Assunto: Em claro
Já voltei. E como não consigo dormir, acabei ligando o laptop para escrever para você. A verdade é que tudo correu muito bem. Ele me contou que estava saindo com uma garota durante esse tempo, por isso não me ligou depois das férias de verão. A história não terminou bem, então, bom, acho que ele não está a fim de nada sério. Nem eu. Não faria muito sentido, já que daqui a alguns meses vou terminar a faculdade e me mudar. Não é que seja tão longe, mas também não me animo muito com a ideia. Em resumo, fomos jantar em um restaurante que eu não conhecia. Nos divertimos. Pelo menos não é um desses caras com quem a conversa não flui. James trabalha em um escritório de advocacia, acho que já te falei. Contei sobre o meu projeto de fim de curso e ele adorou. Na verdade, ele acha que não é nada utópico. Que doideira, né? Enfim, quando percebi, já tínhamos comido a sobremesa e já estavam quase fechando o restaurante, então demos uma volta e tomamos uma cerveja em um bar próximo. Depois ele me acompanhou até o dormitório da faculdade.
    Acho que meu sono está chegando...
    Boa noite, Rhys.

De: Rhys Baker
Para: Ginger Davies
Assunto: Tem certeza de que não é um filme?
É sério? Encontros assim ainda existem? Pensei que vocês tivessem

marcado de dar uma volta ou algo assim. Achava que esse tipo de encontros clássicos já tinham se extinguido há décadas. Jantar, uma bebida e um passeio de volta? Teve beijo na porta? Acho que é o único clichê que falta. Acho que combina com você.

    Você não imagina o que aconteceu ontem no trabalho.

    Tracy enlouqueceu. Subiu no balcão e começou a dançar. Não sei em que momento o restante de nós achou uma boa ideia fazer o mesmo (estávamos bêbados e quase fechando). O problema é que o balcão quebrou, crac, ferrou tudo. Acho que vamos mandar arrumar e dividir a despesa para o chefe não ficar sabendo. Com sorte, ele ainda continuará em Los Angeles.

De: Ginger Davies
Para: Rhys Baker
Assunto: RE: Tem certeza de que não é um filme?
Sim, Rhys. Teve beijo na porta. E foi perfeito.

De: Rhys Baker
Para: Ginger Davies
Assunto: Sem assunto
Você ficou brava? Eu estava brincando...

    Estou feliz que você tenha se divertido, Ginger. E esse cara, James, parece simpático. Eu não estava zoando você, juro. Além disso, não tem nada de errado, né? Você gosta das coisas clássicas, em todos os sentidos. Não entendo por que você se ofendeu.

De: Ginger Davies
Para: Rhys Baker
Assunto: RE: Sem assunto
Eu não me ofendi, mas você fez parecer como algo chato. Ou ruim. Ou fora de moda. Desculpe por eu não ser tão divertida-louca-pirada como a Tracy. Mas, sim, algumas garotas simples como eu se contentam em passar uma noite normal e tranquila conversando com alguém e conhecendo essa pessoa. E em vez de pular de paraquedas no terceiro encontro ou subir num balcão para dançar (isso era para ser incrível? Para mim, parece ridículo), a gente fica satisfeita em escolher uma sobremesa gostosa, como uma mousse de chocolate com laranja.

De: Rhys Baker
Para: Ginger Davies
Assunto: RE: RE: Sem assunto

Não estou te entendendo, Ginger. Eu nunca disse que você era simples. Você é o oposto de simples. É exatamente por isso que eu gosto de você. Por todas as suas enrolações.

Mas e aí? Você vai continuar saindo com o James? Mesmo que ele tenha te obrigado a ver o Sr. Chocolate ter um caso com a Srta. Laranja? O que será que a Sra. Framboesa vai achar disso? Desconfio que ela não vai achar a menor graça.

P.S.: A história do balcão teria sido engraçada se você estivesse bêbada e tivesse visto pessoalmente. É uma daquelas cenas que perdem a graça quando a gente conta.

De: Ginger Davies
Para: Rhys Baker
Assunto: RE: RE: RE: Sem assunto

Sim, vamos ao cinema amanhã.

Sei que também é bem clichê, mas não diga nada. Você sabe quantos graus está fazendo aqui? Não temos uma praia paradisíaca na nossa frente nem nada. E ele me deixou escolher o filme. Isso é fofo e adorável, não negue.

Depois te conto como foi. E desculpa se esses dias estou um pouco na defensiva, é que achei que você estava me zoando. Sei lá, Rhys, às vezes por e-mail é mais difícil imaginar o tom de uma frase. Acho que é isso.

Espero que vocês tenham resolvido o negócio do balcão.

Me conta como vão as coisas por aí.

De: Rhys Baker
Para: Ginger Davies
Assunto: Sem opções

Então você me deixa com poucas opções, Ginger. Mas vou me limitar a dizer que fico feliz em ver que você está contente. E saber que você não vai congelar hoje à noite. Você tem razão, eu lembro como faz frio em Londres... Estive por aí, debaixo da neve, com uma garota meio enrolada, há alguns meses...

Por aqui, tudo bem. Eu gosto desse lugar.
Consertamos o balcão, sim.

De: Ginger Davies
Para: Rhys Baker
Assunto: RE: Sem opções

Desculpa por não ter escrito muito essa semana. Mas sabe como é, né, entre o trabalho final, os exames e sair com James e com as meninas, às vezes não lembro nem como eu me chamo. Também consegui marcar uma entrevista com a fundadora da editora Bday. Ela se chama Lilian Everden e ela é tipo... fantástica. Sei lá, só espero não tremer na frente dela. Parece que ela fez um trabalho incrível começando do zero, sem a ajuda de ninguém.

Vou encontrar com ela amanhã. E depois, à noite, James me convidou para jantar na casa dele. Não sou idiota, sei o que isso significa. Por um lado, eu quero. Faz mais de um ano que eu não durmo com ninguém. Mas, por outro lado, tenho medo de ter esquecido como diabos se faz isso, estou falando sério. Morro de medo de fazer malfeito. Ou de cair da cama. Ou de falar alguma bobagem na hora errada. Não quero nem imaginar.

Amanhã eu te conto. Estou muito, muito nervosa.

38. RHYS

Abri os olhos de uma vez só. O celular estava tocando. O celular... que deveria estar na mesa de cabeceira, mas que agora eu não estava achando. Saí da cama e agachei para pegá-lo no chão. Joguei ele sem querer depois do primeiro toque. Fiquei surpreso quando vi que era Ginger.

Ginger... me ligando...

Meu coração acelerou.

— Tudo bem? Ginger...

— Sim... — ela estava sussurrando. — Sim — repetiu. — Desculpa... desculpa por ligar... Ai, meu Deus, Rhys, acabei de me tocar do fuso horário. Não sei como não pensei nisso. Eu só... foi sem pensar. Te acordei, né? Desculpa.

— Nao tem problema. Está tudo bem?

Dei uma olhada por cima do ombro para a garota que estava dormindo na minha cama e saí do quarto, descalço, sem camisa. Comecei a caminhar. Passei pelos degraus de madeira da varanda e senti a areia morna nos pés enquanto caminhava em direção ao mar.

— Sim, está tudo bem. Desculpa, não dá para falar muito alto. James pegou no sono. É que estou um pouco nervosa. Sei lá porque te liguei.

— Ele te fez alguma coisa? O que está acontecendo, Ginger?

— Não, não, nada disso. É que eu não sei bem o que eu deveria fazer agora. Não consigo dormir. Não com ele. É impossível. Eu tentei, juro. Não é só porque ele ronca, é que eu não parava de me revirar na cama, estou me sentindo deslocada.

Sentei na areia e engoli em seco. Estava começando a amanhecer. Uma luz suave tentava se levantar no horizonte, mas o céu estava escuro. Sem nuvens. Respirei fundo e me concentrei no som da voz dela, em como ela pronunciava as palavras com aquele sotaque inglês que lhe dava um ar certinho que eu amava. Tentei pensar em qualquer coisa, menos na ideia de James tocando, beijando, afundando-se nela...

— Você quer ir embora, é isso? — adivinhei.

— Sim — admitiu baixinho. — É que foram muitas emoções de uma vez só. Preciso ficar sozinha para processar tudo. E também preciso da minha cama.

Lembrei como ela dormiu nos meus braços no final de dezembro...

— Certo. Então acho que você tem que fazer isso mesmo.

— Mas não quero que ele fique bravo.

— Entendo...

— Ele foi muito... cuidadoso.

— Cuidadoso em que sentido?

— Ah, você sabe. Em todos.

Quase consegui vê-la ficando vermelha.

— Você pode deixar um bilhete. É a melhor opção.

— É, acho que seria simpático. Algo como: "Obrigada pela noite, James. Te ligo amanhã". Ninguém ficaria bravo depois disso, né?

— Não, e se ficar, é idiota. Duas caras.

— Certo. Acho que tenho papel na bolsa...

— Você está com todas as suas roupas à mão?

— Quase todas. — Foi um sussurro que eu quase não ouvi.

— O que isso quer dizer? — Segurei a respiração.

— É... hum... não me faça responder isso em voz alta...

— Ah, tá de sacanagem. Você perdeu a calcinha?

— Rhys! Merda! Vou acabar acordando ele!

Não consegui segurar a risada. Ri alto e com vontade, antes de deitar na areia, suspirando, com o telefone ainda grudado no ouvido e o olhar fixo no céu, que ia clareando lentamente. Ouvi ela reclamando baixinho.

— Já procurei por toda parte e não encontro. O problema é que ele tirou meu vestido e minha meia-calça lá embaixo, quando a gente estava no sofá depois do jantar, mas o resto ele tirou no quarto, que é onde ele está agora. Totalmente no escuro, não dá para ver nada. Percorri todo o chão com as mãos, mas não a achei. O que eu faço?

— Não vejo problema, já que você está com a meia-calça e o vestido.

— Muito engraçadinho você, Rhys. Que droga. Acho que vou chorar.

Segurei outra gargalhada. Queria abraçá-la.

— Vamos nos concentrar na fase dois. Veste o que você tiver. Depois, procura um papel na bolsa e escreve o bilhete. Eu deixaria na cozinha, do lado da cafeteira. Nunca falha.

— Parece que você é um *expert* nesse assunto.

— Sei um pouco sobre trabalhos sujos, bolachinha.

— Argh, Rhys. Isso pareceu muito... muito...

— Profissional? Já está vestida?

— Quis dizer vulgar. E sim, terminei.

— Certo, onde você está agora?

— No banheiro do andar de cima. Estou aqui desde que te liguei. Vou descer... e reza para os degraus não rangerem. Obviamente, não prestei atenção nisso quando subimos. Bom, lá vou eu.

Escutei como ela puxava o ar e se mexia.

— Tudo bem? — perguntei depois.

— Sim, já estou na cozinha. Escrevendo...

— Coloca algo assim como "muitos beijos".

Ela estalou a língua, mas tenho certeza de que me ouviu. Então percebi de novo alguns passos e ela não falou nada, imaginei que ela ia até a porta, pois a escutei fechando.

— Pronto! Estou do lado de fora, Rhys!

— E agora é o momento em que ele te vê pela janela...

Soltou um gritinho e eu ri de novo. Era tão... ela.

— Vou ver se encontro um ponto de táxi.

— Ei, vai com cuidado. Imagino que seja quase de madrugada.

— Sim. — Só se escutava o som dos passos dela na calçada. — Obrigada por tudo isso, Rhys. Fiquei um pouco nervosa lá dentro. Quer dizer, não que fosse tão difícil ir embora e deixar um bilhete, mas eu me senti... travada. Como se estivesse presa.

Respirei fundo. Notei o peito subindo e descendo...

O barulho das ondas, a voz agradável de Ginger...

— Foi a noite que você esperava? — perguntei.

— Acho que sim. Ou melhor, sim. Olha, já estou vendo um ponto de táxi, mas não tem nenhum agora. Não quero te segurar mais, Rhys, você já me ajudou bastante. Te escrevo amanhã, tá bom?

— Não, não desliga. Vou esperar com você.

— Não precisa — ela replicou.

— Eu fico mais tranquilo assim.

— Tá bom... — Suspirou.

— Então, foi como você imaginava.

— Mais ou menos. Diferente de Dean. Acho que James é mais... intenso.

— Intenso... — Apertei o telefone com a mão.

— Acho que ele tem mais experiência. Apesar de que... — Baixou um pouco a voz. — Foi estranho ficar sem roupa na frente de outra pessoa. Sabe essa sensação de estar com alguém há tanto tempo que você já nem o olha ou o toca mais como nas primeiras vezes, quando você ainda está descobrindo um corpo novo...? Bem, acho que não, claro, porque você nunca teve um relacionamento sério, mas é um pouco assim. A rotina. Fazer algo quase por inércia.

— E o que você quer dizer com isso?

— Que foi tudo diferente. A sensação da pele, como ele me beijava, como me tocava. É assim que você se sente o tempo todo, Rhys? Quando conhece uma pessoa e depois outra?

— Nunca parei para pensar nisso...

— Tenta imaginar. Quando você namora alguém há anos, você sabe de cor cada detalhe, até as pintas, as marcas. Sei lá. Em partes, é estranho tocar um corpo que você desconhece totalmente, mas mesmo assim curti fazer isso... como se estivesse tateando no escuro. Esquece.

— Acho que entendi. Consigo entender, sim.

Ficamos em silêncio até que escutei ela se levantar.

— O táxi está vindo. Vou desligar. Obrigada, Rhys.

— De nada. Boa noite, Ginger.

Escutei ela fechando a porta do carro antes de desligar. Suspirei, deitado na areia, pensando em tudo... Na noite que Ginger tinha passado, na noite que eu tinha passado, em como teria sido em uma realidade paralela... Nas vezes que eu tinha imaginado como seria transar com ela, fazê-la rir, ser uma pessoa diferente. Uma pessoa que entendesse a si mesma e se deixasse entender pelos outros. Alguém diferente. Melhor.

Alguém que não tivesse buracos por dentro.

E que soubesse por que os tinha.

Sentei e fiquei observando um casal surfando à distância, como se estivessem dando as boas-vindas ao novo dia. Então me levantei. Virei as costas para o amanhecer e fui para casa sem tirar os olhos do céu. Sem parar de pensar nela. Pelo menos até chegar ao quarto e ver Tracy dormindo entre os lençóis. Deixei o celular na mesa de cabeceira e me deitei ao lado dela. Fechei os olhos. E então senti o braço dela passando pela minha cintura e a puxei para junto de mim, buscando o calor daquele corpo que, era verdade, eu não conhecia, mas era suficiente para eu me sentir menos só, para ter a sensação efêmera de estar conectado a alguém, de ter uma âncora momentânea.

39.

De: Ginger Davies
Para: Rhys Baker
Assunto: Oi!

Acordei feliz hoje, não me pergunte por quê, não tem motivo. E como eu sei o que você vai dizer, não, não é porque agora eu saio com James de vez em quando, odeio essa expressão machista que diz que "o que você precisa é de uma trepada". Se for assim, o que muitos homens precisam então é de um cinto de castidade. Mas o que eu estava falando...? Ah, sim, a felicidade. Acordei, peguei meu trabalho (no outro dia imprimi tudo que já estava pronto) e, como a Kate ainda estava dormindo, fui tomar café da manhã em uma cafeteria. Tinha muito tempo que eu não fazia isso. Olha só, uma coisa tão simples como levantar no sábado, dar um passeio e sentar sozinha em uma mesa. Pedi torradas e um café. Mesmo que aqui ainda esteja um pouco frio, eu me sentei na área externa. Fiquei revisando a entrevista que fiz com Lilian Everden há algumas semanas, e a garçonete deve ter se assustado comigo sorrindo sozinha, mas foi tão inspiradora...

Estou muito feliz com o projeto final.

E percebi que eu tenho tudo de que preciso. Não sei por que às vezes a gente complica tanto as coisas, em vez de olhar ao redor e se sentir afortunada. Pensa bem. Fiz novas amigas. Tenho uma boa relação com meu ex-namorado (quando a gente se cruza na aula ele sempre me pergunta "E aí, tudo bem, Ginger?", e já sentamos juntos algumas vezes, embora não dê para dizer que a gente tenha conversado muito). E então tem a minha família, com seus defeitos e qualidades, mas eu os amo mesmo assim. Tenho uma "amizade colorida". Num piscar de olhos, vou terminar a graduação e depois vou ter a sorte de poder entrar direto no mercado de trabalho, não é maravilhoso? Você já parou para pensar em algo assim?

De: Rhys Baker
Para: Ginger Davies
Assunto: Eu também quero

Eu só queria saber onde você compra esses cogumelos alucinógenos que eu acho que você toma. Porque, olha, vou te pedir para me mandar alguns. A propósito, seu presente de aniversário ainda não chegou. A caixa que minha mãe me enviou há um milhão de anos finalmente chegou. Ela mandou comida embalada a vácuo (acho que ela pensa que eu moro na selva ou algo assim) e vários pares de meias novas (por que as mães acham que você pode comprar qualquer coisa onde quer que você esteja, menos meias?). Ah, e pedi para ela me enviar uma foto da minha época do colégio, para te mostrar. Você vai dar risada. Sou eu com o time de futebol americano depois de ganhar o campeonato daquele ano.

Preparada...? Vou mandar. Não seja muito má.

Em troca, acho que você deveria me dar algo também.

De: Ginger Davies
Para: Rhys Baker
Assunto: Sem assunto
Dá para ouvir minha risada? Porque é o que estou fazendo! Não acredito que você seja ESSE CARA. Você usava o cabelo repicado, Rhys, REPICADO. Como nos filmes dos anos 1980. E parece um menino mimado com esse uniforme, e essa pose... Quem é a líder de torcida com a mão no seu ombro? Sua namorada na época? A rainha do baile?
    Por que eu deveria te dar algo em troca?
    Isso é coerção. Eu não consigo parar de rir.

De: Rhys Baker
Para: Ginger Davies
Assunto: Vou te coagir, sim
Sim, essa garota era a minha namorada na época. O que achou? Admito que ela era meio superficial, mas não era má pessoa. Eu acho. Para ser sincero, a gente mal se falava. A gente se limitava a dar uns amassos no banco de trás do meu carro sempre que tínhamos um tempinho.
    E saiba que eu me esforcei.
    Eu odeio profundamente fotografias.

De: Ginger Davies
Para: Rhys Baker
Assunto: Trato
Vejo que foi um relacionamento muito, muito profundo.
    Tá bom, vamos fazer um trato. Me conta por que você odeia tanto fotografias e eu te mando algo ridículo e patético da minha infância. Acho que isso é justo.

De: Rhys Baker
Para: Ginger Davies
Assunto: RE: Trato
Não sei, não gosto da ideia de congelar um momento. Isso não representa o que aconteceu. Qualquer estranho poderia olhar uma foto de uma família reunida, por exemplo, e não sentir nada. Só vai ver alguns rostos, alguns sorrisos, vai olhar para o penteado ou para as roupas que usavam. Prefiro a ideia de guardar as lembranças para mim, porque eu sei a cor

e o cheiro que cada uma tem, entende? Eu sei exatamente como foi aquele momento. Uma imagem não consegue transmitir isso. É só um pedaço de papel, banal. Me contento com as fotografias mentais.

De: Ginger Davies
Para: Rhys Baker
Assunto: RE: RE: Trato
"Fotografias mentais." Que moderno, Rhys.

Vamos lá, eu entendo o que você quer dizer, mas não concordo. Sei que uma fotografia não consegue transmitir a sensação de uma lembrança de verdade, aquela vibração de quando a gente entra mesmo na memória, as nuances... mas também tem a sua beleza. Para mim, seria como o prólogo dessa memória. Às vezes olho as fotos que estão no meu quadro. E, sim, acabo de perceber que não tenho nenhuma foto sua. Pior: não temos nenhuma juntos. Não sei se um dia a gente vai se ver de novo, mas pode ter certeza de que, se isso acontecer, vou tirar muitas fotos suas, mesmo que você reclame e fique fazendo cara feia.

Te mando a minha parte do trato.
Não ria muito, tá bom?

De: Rhys Baker
Para: Ginger Davies
Assunto: Pequena Ginger...
Essa é você? Sério? Não parece. Engraçado, não vi nenhuma foto assim naquele quadro de cortiça que você tinha no seu quarto quando estive na sua casa. Bem, você era muito fofinha com essas bochechas redondas e esse aparelho tão... tão... enorme? E dá vontade de dar uns puxões nessas maria-chiquinhas de "menininha *nerd*".

Claro que a gente vai se ver de novo...
Mas não vai ter foto, Ginger.

De: Ginger Davies
Para: Rhys Baker
Assunto: RE: Pequena Ginger...
Eu sei. O aparelho era enorme. O fato de eu estar sorrindo como um cavalo também não ajuda muito, claro. Estava aqui pensando que se tivéssemos estudado na mesma escola, provavelmente você nunca teria

sequer me dirigido a palavra. Com certeza estaria ocupado sendo o rei do baile, e eu... bem, eu era um pouco invisível. Foi quase uma sorte o Dean ter sido meu vizinho e filho de amigos dos meus pais, porque eu não era muito boa em socializar. Não que agora seja a minha especialidade, mas pelo menos já não fico vermelha cada vez que alguém fala comigo. Ah, e eu pareço uma *nerd* porque eu era mesmo.

De: Rhys Baker
Para: Ginger Davies
Assunto: RE: RE: Pequena Ginger...
Por que você acha isso? Acho que teríamos sido amigos.

De: Ginger Davies
Para: Rhys Baker
Assunto: Você sabe que não
Não é verdade, Rhys. Você estaria muito ocupado olhando aquelas... aquelas bolas gigantes, redondas e perfeitas chamadas "peitos" que a sua namorada parecia estar tentando colocar na sua cara antes de tirar a foto da final do campeonato.

De: Rhys Baker
Para: Ginger Davies
Assunto: RE: Você sabe que não
E...? Uma coisa não impede a outra. Eu poderia olhar os peitos dela e ser seu amigo ao mesmo tempo.

De: Ginger Davies
Para: Rhys Baker
Assunto: RE: RE: Você sabe que não
Duvido. Vocês, meninos na adolescência, têm só um neurônio. E esse neurônio geralmente está ocupado pensando em besteira ou baixaria. Mas não importa, Rhys. Estamos só fazendo teorias sobre coisas que não aconteceram, eu nem estava falando sério.
    Agora tenho que ir. Vou encontrar com James hoje à noite.

De: Rhys Baker
Para: Ginger Davies

Assunto: Falando de realidades...
Talvez não tenhamos que ir tão longe para ver quem abandonaria quem. É só ver qual de nós dois não tem tempo para escrever ultimamente por estar ocupada com esse assunto que, tempos atrás, ocuparia o meu único neurônio. (E eu sempre tive mais de um neurônio, a propósito. Surpreenda-se: eu não sou desses caras que só conseguem fazer uma coisa de cada vez.)

De: Ginger Davies
Para: Rhys Baker
Assunto: RE: Falando de realidades ...
Você está com ciúmes, Rhys? Não me faça rir.

De: Rhys Baker
Para: Ginger Davies
Assunto: Sem assunto
O que foi? Eu poderia estar.

De: Ginger Davies
Para: Rhys Baker
Assunto: RE: Sem assunto
Certo, você provavelmente chegou em casa bêbado depois de se divertir com seus amigos (e de transar com alguma garota aleatória por aí), abriu uma última cerveja e ligou seu computador. E aí pensou que seria divertido me zoar porque eu sou a garota que fica vermelha com a palavra "foder". Não vamos nem falar de outras mais vulgares. Então, Rhys, vá à merda. Estou escrevendo menos porque estou ocupada, sim, entre James, provas e trabalho final. Mas não finja estar se sentindo abandonado.

De: Rhys Baker
Para: Ginger Davies
Assunto: RE: RE: Sem assunto
Sim, cheguei em casa bêbado. Sim, transei com Tracy no banheiro da balada. Sim, abri uma cerveja quando cheguei. Sou assim tão previsível, Ginger? Mas eu não estava te zoando. Acho que nos entendemos bem por e-mail, menos sobre esse assunto, das coisas que você considera

uma "zoeira" e eu, um comentário sem importância. Logo mais a gente acerta isso.

Entendo que você está mais ocupada agora...

Mas me conta, Ginger, que outras palavras mais "vulgares" te deixam vermelha também? Nem pense em me deixar curioso. Estou pensando nisso desde ontem.

De: Ginger Davies
Para: Rhys Baker
Assunto: RE: RE: RE: Sem assunto
Não é que você seja previsível, é que eu te conheço bem mais do que você pensa. E é claro que eu entendo as brincadeiras, mas é que você não sabe brincar.

E para de me deixar nervosa.

De: Rhys Baker
Para: Ginger Davies
Assunto: RE: RE: RE: RE: Sem assunto
Vai, confessa.

De: Ginger Davies
Para: Rhys Baker
Assunto: RE: RE: RE: RE: RE: Sem assunto
O que você quer que eu diga? Sim, eu fico desconfortável com algumas palavras ou expressões. E sei lá! Eu nem sei quais são e nem penso nisso. Podemos mudar de assunto?

De: Rhys Baker
Para: Ginger Davies
Assunto: Suposições...
Então, suponho que nem Dean nem James costumam falar umas sacanagens no seu ouvido na cama. Que curioso. Tenho a sensação de que é algo que você iria gostar. Que te excitaria. Mas você não vai admitir, é claro.

De: Ginger Davies
Para: Rhys Baker

Assunto: RE: Suposições...
Certo, se você não parar de falar essas coisas, vou começar a te enviar e-mails gigantes refletindo sobre a vida, sobre o que estaremos fazendo daqui a dez anos, sobre o amor romântico e puro que dura para sempre, sobre ter filhos...

De: Rhys Baker
Para: Ginger Davies
Assunto: RE: RE: Suposições...
Tá bom, Ginger, você venceu. Eu me rendo.

40.

De: Rhys Baker
Para: Ginger Davies
Assunto: Novo projeto
Você não imagina a minha ressaca. Sério, a cabeça não para de girar. Foi uma noite muito louca. Meu chefe (o de verdade, aquele que costuma ficar em Los Angeles) veio para cá. Se chama Owen. E ele quer que eu participe de um projeto pessoal dele, a produção de um *single*. Em outras palavras, ele quer que eu seja responsável pela composição e que a irmã dele cante. Ou seja, que façamos uma música juntos. Sendo bem sincero: tive minhas dúvidas. Mas, depois do quinto copo, elas desapareceram e eu disse que sim.

Sei lá. Acho estranho que eu não tenha muitas aspirações, considerando que eu gosto de compor..., mas às vezes tenho medo de que algo possa mudar.

Me conta como estão as coisas por aí.

Imagino que esteja estudando.

Coragem. Já falta bem pouco.

De: Rhys Baker
Para: Ginger Davies
Assunto: Vou te distrair

Como sei que você continua isolada na biblioteca, agora que está na reta final, vou te distrair um pouco. Por aqui, tudo continua igual. Owen foi embora, mas combinamos que ele voltará daqui a algumas semanas com a irmã dele para eu lhe apresentar algumas propostas e ver como vai ficar. Ele está pensando em gravar a música aqui em Brisbane porque vai sair mais barato. Pelo menos nesse primeiro contato. Depois te conto.

Ultimamente tenho estado ocupado com tudo isso e com o trabalho. Mas ontem tive a noite de folga e, sério, você não tem ideia de como Tracy está louca. Acabamos mergulhando pelados na praia e aí a maré nos levou para longe e demoramos um tempão para encontrar as roupas que tínhamos deixado na areia. Foi divertido.

De qualquer forma, Ginger, boa sorte nos exames.

De: Ginger Davies
Para: Rhys Baker
Assunto: Sinto muitooooo!!!!

Eu sei... eu sei que sou a pior amiga do mundo mundial, Rhys. Sinto muito por isso. Sim, como você imaginou, voltei a morar na biblioteca e a me alimentar de bolachinhas salgadas, mas estou muito feliz por você! Acho genial a ideia dessa música. Sério. Não sei, tenho um bom pressentimento. E, é claro, espero ser uma das primeiras a ouvi-la. Você é bom, Rhys. Deveria aproveitar isso. Não estou dizendo que você não aproveita, afinal você trabalha exatamente com o que gosta, mas acho que poderia tirar ainda mais proveito disso.

Você não imagina quantas noites eu já dormi ouvindo "Ginger". Foi o melhor presente de aniversário que já ganhei em toda a minha vida.

Quando você me conta sobre essas noitadas loucas que terminam com banhos pelados na praia, tenho a sensação de que vivemos em planetas diferentes. Como se você estivesse em Marte e eu em Saturno. Às vezes eu te invejo um pouco.

Beijos (de verdade).

De: Rhys Baker
Para: Ginger Davies

Assunto: Nós dois na lua
Que história é essa de Marte e Saturno? Nós estamos na lua, Ginger. Não se desvie pela galáxia sem avisar. Talvez eu te mande alguma coisa do material que estou preparando, porque às vezes acho que tudo está uma merda e no minuto seguinte acho que é genial.

    E vê se come algo além de bolachinhas salgadas.

De: Ginger Davies
Para: Rhys Baker
Assunto: RE: Nós dois na lua
Você tem razão. Não vou tirar os pés da lua.
    Claro, mande sim. Quero ouvir. Tenho certeza de que são ótimas.

De: Rhys Baker
Para: Ginger Davies
Assunto: RE: RE: Nós dois na lua
Estou mandando três mixagens diferentes. E também a letra da música em um documento separado. É só um esboço, tá? Tem que mudar muitos detalhes, mas é só para você ter uma ideia. Quero saber qual das três te transmite mais... coisas. Seja lá o que for.

De: Ginger Davies
Para: Rhys Baker
Assunto: Adorei!
Eu adorei as duas primeiras. E a letra é... perfeita. Foi você que escreveu? Não fazia ideia de que você escrevia assim. Adorei principalmente o refrão: "Mas ainda não sei o que sinto / depois de tanto tempo fugindo de mim mesmo / até que cheguei à beira do penhasco / e te encontrei entre a neblina".

    É curioso você usar a expressão "na beira do penhasco", considerando que um de seus maiores medos é a vertigem.

    Não sei qual eu escolheria. Talvez a primeira.

    Ai, não me peça para decidir.

De: Rhys Baker
Para: Ginger Davies
Assunto: RE: Adorei!

Já falei: não tenho medo. É uma sensação física. É diferente. Além do mais, acho que já te mostrei na roda-gigante que estou quase superando isso.
    Eu também gosto mais da primeira.
    Obrigado, Ginger.

De: Ginger Davies
Para: Rhys Baker
Assunto: Alucinada
Você acha mesmo que dar o exemplo do que aconteceu na roda-gigante é a melhor forma de argumentar sua teoria? Rhys, você se bloqueou. Você disse, literalmente: "Eu odeio altura". E depois: "Eu preciso descer". Julgue por si mesmo. Tive que te beijar para você não começar a chorar.

De: Rhys Baker
Para: Ginger Davies
Assunto: RE: Alucinada
Se você estivesse aqui perto agora...
    Que engraçadinha você é, Ginger. Então você me beijou para me impedir de chorar, não porque você estava querendo isso loucamente desde o exato momento em que me viu?

De: Ginger Davies
Para: Rhys Baker
Assunto: RE: RE: Alucinada
Exatamente. Assim mesmo como você disse.

De: Rhys Baker
Para: Ginger Davies
Assunto: RE: RE: RE: Alucinada
Um conselho: nunca tenha um caso. Você mente tão mal, que seria pega antes que você mesma tivesse a consciência de que está a fim de outra pessoa.

De: Ginger Davies
Para: Rhys Baker
Assunto: Quem você acha que eu sou?
Ótimo, porque eu nunca teria um caso.

Sei que isso pode parecer conversa fiada para você, mas eu acredito em fidelidade.

De: Rhys Baker
Para: Ginger Davies
Assunto: RE: Quem você acha que eu sou?
E por que você acha isso? Não tem ninguém no mundo que acredite mais em fidelidade e em lealdade do que eu, razão pela qual ofereço isso a tão poucas pessoas, assim não corro o risco de não cumprir minha parte do trato. Eu nunca trairia algo com que me comprometi. E não falharia de propósito com alguém de quem eu goste. O que mais você pensa de mim? Tenho até medo de perguntar.

De: Ginger Davies
Para: Rhys Baker
Assunto: Sobre você
Desculpa. Você tem razão. Acho que às vezes, sobre esses assuntos que não falamos muito, eu acabo levando a pior porque: a) já tenho você idealizado demais, e b) assim evito me decepcionar se mais tarde eu descobrir que é verdade. E, sei lá, você também não é a pessoa mais aberta que conheço quando se trata de temas como... paternidade, futuro, amor ou compromisso. Você também não gosta de falar sobre sua família. E eu tenho medo de perguntar.

De: Ginger Davies
Para: Rhys Baker
Assunto: Sobre você (parte II)
Mas eu acho você incrível, Rhys.

Você é brilhante. Independente. Aventureiro. Corajoso. Sincero. Reservado (não como algo ruim). Muito bonito (não vou repetir isso nunca mais). Inteligente. Você escreve sem erros ortográficos (eu valorizo essas coisas, previsivelmente). É fofo às vezes (você foi, na noite em que me encontrou perdida em Paris). E honesto. Direto. Engraçado. Meio porco (tenho certeza de que você considera isso uma virtude, por isso acrescentei). Criativo. Contraditório. Melancólico e quieto (isso será atraente para suas futuras fãs). Autêntico.

De: Rhys Baker
Para: Ginger Davies
Assunto: Hummm

Caramba, parece que você se empolgou na minha ausência, Ginger. Nada mal. Gostei principalmente da parte do porco, brilhante e autêntico. Já sei o que acrescentar no meu *curriculum vitae*. E... você tem razão (também não sou muito teimoso, sou?), é verdade que eu acho difícil falar desses assuntos, mas acho que a maioria das pessoas é assim. Tente falar com James sobre filhos e reze para ele não fugir. E depois me conta como foi esse experimento.

De: Ginger Davies
Para: Rhys Baker
Assunto: RE: Hummm

Lamento te comunicar que já falamos sobre isso e que a conversa foi boa, normal. Ele quer ser pai e espera se casar um dia, mas ainda não sabe quando. Não é tão estranho assim. Se todos fossem como você, nós, humanos, estaríamos extintos. E ninguém ficaria com ninguém por mais do que alguns meses. Acho que cada um é um mundo à parte.

De: Ginger Davies
Para: Rhys Baker
Assunto: TERMINEI!

Terminei, Rhys! Estou TÃO feliz. Estou sem palavras. Também estou meio tonta. Estes dias foram caóticos, por isso não te escrevi (embora você também não tenha escrito, deve estar ocupado nadando pelado na praia ou fazendo algo alucinante), mas o fato é que eu passei em tudo, com as melhores notas em duas matérias e um "excelente" no projeto final. Acho que nunca me senti tão orgulhosa. Também estou aterrorizada, você nem imagina, porque começar uma nova vida assim de repente é um pouco assustador, mas mal posso esperar. Essa semana mesmo me mudo para outra Londres. Nesse primeiro momento, vou morar com a minha irmã. Ela dividia o apartamento com Michael e Tina, mas Tina foi morar com o namorado (um cara com quem ela está saindo há poucas semanas), ou seja, não estava nos planos, foi sorte mesmo.

O que mais...? Ah, o pior vai ser me despedir de Kate. Ela vai passar um tempo com os pais dela em Manchester, e em outubro ou novembro vai tentar encontrar emprego em Londres.

Me sinto como uma garrafa de champanhe que acabou de ser aberta e que está cheia de borbulhas. Vou terminar de fazer as malas. E depois me despedir de cada parede, de cada canto, de cada pedacinho de grama que pisei ao longo desses anos...

Eu sei, estou ficando sentimental.

Já estou parando. Espero que você esteja bem. Beijos.

41. RHYS

Tinha combinado de encontrar com Owen e a irmã dele no lugar em que eu trabalhava todas as noites, só que então era de dia e o lugar estava fechado ao público. Quando cheguei, cumprimentei-o com um aperto de mão. Ela deu uns passos à frente e sorriu, antes de me dar um beijo na bochecha. Ela se chamava Alexa, tinha umas pernas infinitas e o cabelo longo e loiro. Toda ela parecia longa. Batia quase no meu queixo. Isso me fez lembrar que, quando se tratava de Ginger, eu sempre tinha que inclinar a cabeça para olhá-la nos olhos. E também pensei na impressão que tive na primeira vez que a vi, em frente à máquina de bilhetes do metrô, mais de um ano e meio antes. *Tão baixinha. Tão engraçadinha. Tão brava... Como um desses desenhos animados para crianças.*

Alexa era exatamente o contrário.

Sentamos em uma mesa, Owen trouxe umas cervejas e começamos a conversar. No início, eu me limitei a escutar, analisando o terreno. Ainda não tinha certeza de que aquilo fosse uma boa ideia. Para que eu queria mais? Afinal, já me bastava o que eu tinha na época, não? Meu trabalho era perfeito; simples, sem grandes obrigações ou pretensões. Então, o que eu esperava ganhar com isso? Fama? Nunca estive interessado. Dinheiro? Eu tinha uma conta-corrente com vários zeros e nunca me senti tentado a tocá-la. Satisfação pessoal? Talvez fosse isso. Sentir que eu estava "fazendo algo" para além de ficar bêbado e zanzar por aí.

— A letra é perfeita! — Alexa olhou para o irmão com alegria antes de colocar a mão no peito e me encarar fixamente. — É muito profunda. Só... só vamos ter que mudar o gênero, é claro. Eu adoraria fazer um teste, se você me mostrar a entonação.

Certo. Eu tinha escrito a letra no masculino.

— Claro, a gente faz os arranjos necessários.

Depois, durante a meia hora seguinte, reproduzi a música várias vezes enquanto explicava à Alexa como a letra se encaixava com a música. Ela tentou algumas vezes, cantando o refrão, fazendo o irmão sorrir, e ele parecia feliz com aquele primeiro contato. Ela cantava bem. Tinha uma voz doce, mas forte. A proposta era mais linear e triste, até chegar a parte mais alta, com uma mudança brusca e potente.

— Onde podemos nos encontrar para ensaiar?

— Não sei. Aqui. Ou na minha casa. Onde você quiser.

Alexa fez que sim com a cabeça quando Owen se levantou para atender um telefonema. Dei um gole na minha cerveja enquanto ela cantarolava o refrão novamente. Ela pegou rápido, fácil. E sem questionar nada ou me dar dor de cabeça, que era algo que eu temia quando aceitei esse projeto inesperado. Nós nos olhamos satisfeitos.

— Acho que vai ficar genial — ela disse.

— Espero que sim. — Passei a mão no queixo. — E quanto aos ensaios...

— Ei, confia em você mesmo. — Colocou a mão no meu braço. Sem hesitar, não como quando Ginger me tocava. Sem timidez. Sem medo. — Você fez um trabalho incrível, de verdade. Meu irmão tentou isso uns meses atrás com um conhecido dele que trabalhava em uma discoteca, mas, cá entre nós, achei tão horrível que falei para ele que não ia cantar aquilo. Não estou disposta a fazer algo que não me convença. Mas esta música, esta letra... é linda. É exatamente o que estávamos procurando há bastante tempo.

Gostei. Gostei dela, da voz dela e de como ela falou isso tudo.

— Então, quando você quer começar a ensaiar?

— Por mim, amanhã mesmo. — Afastou a mão.

— Quanto tempo você fica aqui?

— Algumas semanas, até a gente gravar. Depois volto para Los Angeles para o lançamento e para começar a promoção. Meu irmão e eu temos muitos contatos lá. Além disso, quem sabe? Podemos estar diante de algo que vai bombar.

Concordei com a cabeça, sem saber o que dizer.

Owen voltou depois de desligar o telefone, trouxe outra rodada de cervejas e, com um sorriso de alegria, se recostou na cadeira enquanto sua irmã falava sobre planos, ideias de projetos e ações de marketing. Em algum momento, eu me desconectei.

— Rhys, está me ouvindo?

— Desculpa, o que você disse...?

— Que ouvi falar muito bem de um ilustrador daqui de Byron Bay. Se chama Axel Nguyen. Todo mundo conhece ele. Tenho certeza de que ele consegue fazer exatamente o que temos em mente. Fala com ele, explica o que pensamos e pede para entrar em contato comigo quando estiver pronto. — Owen tirou um cartão da carteira e me entregou.

— Combinado. Perfeito.

— Beleza. Tudo certo, então.

Voltei para casa perto do meio-dia. O sol brilhava no alto de um céu azul pálido. A temperatura estava amena, agradável. O vento balançava a vegetação que contornava o caminho até a porta. Então eu vi. Tinha um pacote em cima do primeiro degrau. Peguei. Era de Ginger. Respirei fundo enquanto entrava e deixava as chaves na prateleira.

Depois peguei uma maçã na geladeira e fui até a varanda dos fundos. Tirei os sapatos e sentei no chão de madeira salpicado pela areia da praia que o vento arrastava até lá todos os dias. Dei umas mordidas na fruta, olhando o pacote. Estava embrulhado em um papel vermelho e dourado, com um laço pomposo um pouco amassado depois de passar tantas semanas dando voltas até chegar ao destino final. Terminei a maçã, deixei o miolo de lado e abri a embalagem bem devagar, imaginando Ginger dobrando o papel, cortando os pedacinhos de fita adesiva, colando-os com um gesto de concentração (certamente enrugando aquele seu narizinho) antes de soltar um suspiro de satisfação ao terminar.

Era um livro fino e velho. Era O *Pequeno Príncipe*.

Tinha uma dedicatória na primeira página.

Para Rhys, o cara com quem compartilho um apartamento na lua, porque ele "não era mais que uma raposa igual a cem mil outras. Mas eu a tornei minha amiga. Agora ela é única no mundo".

Sorri e dei uma olhada. Atrás da orelha tinha uma lista de datas e deduzi que eram todas as vezes que ela tinha relido a história. As páginas estavam cheias de frases sublinhadas de cores diferentes, anotações nas margens e rabiscos sem sentido. Surpreso, percebi que era a cópia que Ginger tinha comprado quando criança naquela livraria da Bloomsbury, que ela disse que guardava como um tesouro. Senti algo quente me apertando o peito antes de ler uma das frases em destaque:

"Ele se apaixonou por suas flores e não por suas raízes, e no outono ele não sabia o que fazer".

Li. Reli. Passei metade da tarde pensando na frase, mastigando cada palavra, remoendo isso tudo. Pensando no que acontece quando as pétalas caem e só restam as raízes. Pior ainda: o que acontece se não houver raízes, se não houver nada ancorado na terra?

42. GINGER

— E aí, como foi o seu dia? Já está se sentindo uma executiva?

— Erm... não. A não ser que "se sentir uma executiva" se resuma a estar morrendo de sono, querer tirar férias depois de três semanas de trabalho e ficar pensando no que posso fazer entre uma nota fiscal e outra, para que tudo não seja tão terrivelmente chato.

O sorriso se apagou do rosto da minha irmã enquanto eu colocava a bolsa no sofá que estava livre e me acomodava do lado dela. Ela passou o braço pelos meus ombros e me apertou contra ela. Na televisão estava passando um desses programas da tarde em que os participantes acumulam dinheiro conforme acertam as perguntas. Fazia três semanas que eu estava trabalhando na empresa da família e não era muito diferente do estágio que eu tinha feito nas férias do verão anterior, por mais que meu pai ficasse o tempo todo falando que agora eu era "o seu braço direito", a futura diretora. Além disso, eu sentia os olhares fulminantes de alguns colegas que pensavam (talvez com alguma razão) que eu era a filhinha do papai que não precisou se esforçar muito para conseguir aquele emprego. Por outro lado, tinha a sensação de que ninguém olhava assim para Dean. Por alguma razão incompreensível, ele tinha conseguido conquistar mais da metade do pessoal nos primeiros dias, com seu sorriso encantador, suas piadas na hora do almoço e sua capacidade de ser extrovertido e simpático.

— A coisa está ruim assim? — Dona me olhou preocupada.

— Não diria "ruim" exatamente, mas me sinto deslocada. Todos os dias, quando chego ao escritório, falo para mim mesma que este será, certamente, o dia em que as coisas vão começar a melhorar, mas juro que cada hora parece ser eterna e não ajuda muito ver como o Dean se adaptou bem. O que acontece comigo?

— Não tem nada de errado com você, Ginger, mas vocês são diferentes.

— Sim, mas se espera... Eu conheço esta empresa desde criança... Há anos eu idealizo que este seria o meu futuro, mas agora não tenho certeza se consigo fazer isso.

— Também não é algo impepinável.

— Impepinável? De onde você tirou essa palavra?

— A Amanda que falou. Deixa pra lá. Não muda de assunto.

Amanda era a namorada da minha irmã. Outra dessas coisas que meus pais não esperavam de Dona: que ela fosse lésbica. Assim como não esperavam que ela não quisesse saber nada do negócio de armários. Ou que ela estudasse Belas-Artes. Ou que ela decidisse raspar a cabeça depois de começar a trabalhar naquele bar em que ela continuava trabalhando. Eu, por outro lado, me esforçava para ser tudo que eles esperavam de mim, mesmo que eles nunca tivessem me pedido.

Por que você faz isso, Ginger? Às vezes essa pergunta invadia a minha cabeça procurando algum canto empoeirado para ficar suspensa. Mas eu nunca permiti isso. Eu acabava sempre abrindo as janelas e jogando-a para fora rapidamente.

— O que estou tentando dizer — continuou Dona — é que você não é obrigada a fazer algo de que não gosta, você sabe, né? Você pode mudar de ideia, Ginger. Eu fiz isso.

— Mas eu me preparo para isso há anos...

— Às vezes, as coisas não saem como esperamos.

— E o Dean... ele está fazendo tudo certo.

— Você também está fazendo certo. Mas é diferente.

— Não. Você não está entendendo. Lembra que na semana passada eu fui dormir de madrugada umas três ou quatro vezes? Eu não estava falando com Rhys, estava escrevendo um relatório com algumas propostas que queria apresentar para o papai. Aliás, isso é outra coisa, chamar meu chefe de "papai" é muito estranho. O problema é que eu me esforcei muito para abordar os temas de forma adequada, porque você sabe como ele é avesso às mudanças. E para quê? Para nada. Outro dia entrei no escritório dele, vi que o relatório estava debaixo de uma pilha de papéis, perguntei se ele tinha lido e ele disse: "Não tive tempo, mas tenho certeza de que está ótimo, querida".

— Poxa. Entendo. Ele te trata como filha e não como funcionária. É isso que você está dizendo, né? É complicado, Ginger. O papai te adora. Você é a queridinha dele.

— Ele me adora, mas toda vez que faço um comentário, uma pequena sugestão, ele franze a testa e torce o nariz, como esses cachorros que têm a cara assim amassada.

— Você tem razão, ele faz essa cara mesmo.

Dona começou a rir e acabou me contagiando.

— Acho que vou me acostumar com isso...

— Sim. — Ela suspirou. — E Rhys, como ele está?

— Ah, bem, muito bem. Superbem.

— Aconteceu alguma coisa entre vocês?

— Não. É que a vida dele é tão incrível... — Levantei, contornei o balcão que separava a cozinha americana da sala e abri uma caixinha de suco. Dona me olhava, do sofá. — Ele já começou a gravar aquela música com a Alexa Goldberg. Sim, como você pode imaginar, eu procurei por ela na internet. A garota é incrível. E canta bem; ela aparece cantando em uns vídeos no Instagram. Ah, e lá também tem uma foto dela com o Rhys. Sabe quem não tem nenhuma foto com ele? Eu.

— Você está com ciúme? — Minha irmã me olhou, divertida.

— Sim. Um pouquinho. Quer dizer, acabei de ver a foto. Vai passar. É que ele me disse que odeia fotos. Talvez só odeie se a minha cara estiver do lado da dele.

— Ginger, como você é boba quando se trata do Rhys.

Voltei para a sala com meu suco de abacaxi na mão.

Ignorei as palavras de Dona. Eu já sabia que me comportava como uma pirralha quando se tratava dele, mas não tinha como não dar importância. Ele era O CARA. Nunca tinha pensado tanto em outra pessoa, nem mesmo quando Dean terminou comigo ou quando me despedi do James, um mês atrás, antes de ir embora do dormitório da faculdade, no tapete do quarto dele. Com Rhys era diferente. Não era como um pensamento fugaz que aparecia e desaparecia de forma intermitente. Ele, de alguma forma distorcida, estava sempre na minha vida, na minha cabeça, nos e-mails que eu lia ou escrevia todas as noites. Quando alguma coisa ridícula ou importante me acontecia, eu sorria, sabendo que contaria para ele algumas horas depois. Como naquele dia da semana anterior, quando o alarme na Harrods disparou quando eu estava saindo e dois seguranças pularam em cima de mim como se eu fosse uma delinquente habitual; estava tão cansada depois de ficar acordada até de madrugada trabalhando e escrevendo aquele relatório que agora está juntando pó e trabalhando, que só me ocorreu gritar: "Eu sou inocente, não me machuque!". E depois, com lágrimas nos olhos, fiquei olhando para o chão enquanto eles revistavam a minha mochila.

— Às vezes eu não entendo por que ele continua falando comigo.

— Ué, por que você diz isso?

— Porque eu sou chata, Dona.

— Não fala besteira! E, além do mais, o Rhys te adora. Ainda lembro como ele te olhava naquele almoço de Natal. Sem falar o que aconteceu depois.

— EU beijei ele — eu disse baixinho.

— E? Você, ele, que diferença faz?

— Ele nunca teria me beijado.

— Ginger, você precisa sair mais.

— Estou falando sério. Se dependesse dele, aquele beijo nunca teria acontecido. Acho que ele ficou com pena de mim. Ele é muito fofo, embora não pareça, sabe? E aí, acho que ele só foi no embalo. — Encolhi os ombros. — Enfim, tem um longo e chatíssimo verão me esperando pela frente. Mais um. Você vai trabalhar hoje à noite?

— Não. Então vamos escolher um filme, tirar o sorvete de chocolate do freezer e parar de choramingar, combinado? Não me obrigue a entrar no modo "irmã mais velha". Além disso, Michael estará fora durante todo o fim de semana.

Michael era nosso colega de apartamento. Não era um cara mau, mas não falava muito (quase nada) e quase nunca saía do quarto quando estava em casa (só para assaltar a geladeira ou para tomar banhos eternos que duravam quase uma hora). Ele era analista de sistemas, tinha a cabeça raspada com máquina um ou dois e tinha várias tatuagens e piercings na língua e na sobrancelha. Minha mãe apertava os lábios toda vez que vinha nos visitar e cruzava com ele, porque não gostava da aparência "pouco elegante" dele (uma forma muito sutil de dizer) e não entendia por que ela não podia pagar a diferença do aluguel para nós duas morarmos sozinhas, para ela ficar mais tranquila e, como costumava acrescentar, "ganhar qualidade de vida".

— Pode falar para a Amanda vir — falei para ela.

— Amanhã, talvez. Hoje é a "noite das Davies".

Sorri, porque gostei de ouvir isso. Então peguei o sorvete no freezer e me joguei ao lado dela com duas colheres na mão, enquanto ela ligava a televisão.

43. RHYS

Axel Nguyen morava a menos de um quilômetro da minha casa; na verdade, eu tinha certeza de já tê-lo visto alguma manhã surfando na praia. Olhei a casa com curiosidade quando ele me convidou para entrar e, não sei, de repente senti um certo desconforto ao perceber que aquilo era um "lar", e não apenas quatro paredes. Não tinha nada a ver com a primeira impressão que tive dele quando o conheci umas semanas antes no *pub*. Tive vontade de sair dali na mesma hora, dar meia-volta e me mandar sem olhar para trás.

— A casa está uma bagunça, desculpa. Meus filhos... — Ele balançou a cabeça. — E um pouco da culpa é minha também, para que mentir? O último portfólio deve estar por aqui...

Começou a revirar os papéis, as tintas e toda a tralha em cima da mesa. Para dizer a verdade, a casa era uma bagunça generalizada. Mas era um caos cheio de vida, que acabava sendo estimulante. Tinha desenhos nas molduras das portas, nos pés das cadeiras e em tudo que era canto, como se a ideia fosse marcar cada espaço para torná-lo único e insubstituível. A sala estava cheia de brinquedos e tinha alguns livros de histórias no chão. Enquanto ele continuava abrindo e fechando as gavetas, me abaixei e peguei um deles.

— Uau, que colorido — disse, sem parar de olhar.

— Meus filhos, eles são muito artísticos. E Leah, claro, que é a melhor pintora da cidade. Apesar de que, para ser sincero, fui eu que comecei essa loucura — comentou, olhando também para cima, para as vigas cheias de desenhos e símbolos. Depois continuou, procurando entre os papéis que estavam na mesa. — Ah, achei! Estava nessa pasta.

Fui até ele e olhei o desenho da capa do *single*. Na reunião informal que tivemos, eu só detalhei para ele as especificações que Alexa tinha me dado, mas ainda não havia visto o resultado. Porque, desde então, ele estava falando com Owen, que tinha dado o aval para ele uns dias antes. Mas quando cruzei com Axel naquela manhã em uma cafeteria, ele me perguntou se eu queria ver o desenho. E estava tão bom quanto eu tinha imaginado.

Um penhasco entre fumaça e sombras. Um céu vermelho. O título que tínhamos escolhido juntos na parte superior, *Edges and Scars*, e abaixo, Rhys Baker com participação de Alexa Goldberg. Fiquei olhando um tempão, quase surpreso, como se aquelas semanas de gravações, reuniões e ensaios com a Alexa não tivessem sido reais até aquele momento.

— Caralho, está tão ruim assim?

— Não. Merda, não. Está perfeito.

— Estava ficando assustado — disse ele.

— Estava só assimilando. Está incrível.

— Ótimo. Então é isso. Um cigarro?

Disse a ele que não fumava, mas que o acompanharia. Fomos para o terraço e Axel acendeu um cigarro. Ficamos em silêncio, contemplando o mar que se estendia ao longe.

— De onde você disse que é, mesmo?

Axel soltou a fumaça do cigarro.

— Do Tennessee, Estados Unidos.

— E o que você faz tão longe de casa?

— Vivo, simplesmente. — Suspirei.

— E você não tem saudades?

— Às vezes. Você é daqui?

— Sim. Vim para cá com a minha família quando era pequeno e me criei aqui. Depois cresci, fui para a universidade e voltei. Uns anos atrás passei alguns meses em Paris, mas não é a mesma coisa. Minha âncora está aqui, neste pedaço de mar — disse, orgulhoso.

— O que você quer dizer? — Olhei para ele.

— Isso mesmo que eu disse. A âncora. Todos precisamos de uma, não?

— Não entendo ao que se refere... — murmurei.

— Estou falando daquilo que nos ampara.

— Que nos ampara... — Fechei um pouco os olhos.

— As cidades, as circunstâncias e as decisões fazem a gente mudar conforme vamos avançando, não acha? Somos moldáveis, como a massinha com que meus filhos brincam. Eu queria continuar sendo a pessoa que era naquele lugar, acho que... sim, acho que é isso...

Respirei fundo e franzi um pouco a testa.

— Mas nem todos têm uma âncora.

— Às vezes não é um lugar, mas uma pessoa ou um sonho... Quem sabe? São tantas variáveis... Olha, não vou te segurar mais. — Axel me olhou de forma indecifrável, como se fosse um olhar de reconhecimento ou de curiosidade. Fiquei um pouco desconfortável. — Boa sorte com a música.

Agradeci e repeti que o desenho tinha ficado perfeito, antes de descer as escadas daquela varanda que se parecia muito com a minha e entrar na areia da praia. Tirei os tênis e caminhei devagar, respirando fundo, respirando o cheiro do mar. "Uma âncora." Era disso que se tratava. De âncoras, de raízes, de ninhos.

Tão simples e tão doloroso ao mesmo tempo...

44.

De: Ginger Davies
Para: Rhys Baker
Assunto: Odeio a minha vida

Quando penso na faculdade, vejo todas as lembranças com um filtro de arco-íris e estrelinhas cintilantes. Não sei como eu podia reclamar. "Minha vida adulta" é muito pior (não importa se você odeia essa expressão, é assim e pronto); levanto às seis, tomo um café da manhã rápido, pego o metrô lotado e caminho um bom trecho para chegar a um lugar onde todos parecem me tratar de maneira diferente porque sou a filha do chefe. Não é justo. Dean também entrou lá por causa do meu pai, mas o pessoal não faz essa associação de forma tão direta, acho que porque ele não é parente e, bem, também porque ele sabe conquistar as pessoas. Ontem ele trouxe donuts para todos, por que não pensei nisso antes? É uma coisa tão básica e que aparece em todos os filmes.

Eu continuaria a te torturar, contando sobre o resto do meu dia, mas a) não quero que você deixe de ser meu amigo, e b) tenho que ir a uma reunião "superdivertida" sobre os novos puxadores.

De: Rhys Baker
Para: Ginger Davies
Assunto: RE: Odeio a minha vida
Ah, bolachinha, não deve ser tão ruim assim. Poxa, queria poder fazer ou falar alguma coisa para te animar. Imagino que a adaptação é sempre difícil. E você mal teve um tempo para você depois de terminar a faculdade... por que não pediu umas semanas de férias para o seu pai? Você já não fez isso no verão passado. Talvez precise descansar um pouco para encarar tudo isso com mais entusiasmo.

Sei lá, Ginger. Estou tentando te animar, mas sou péssimo dando conselhos motivacionais. Pode desabafar sobre tudo que você precisar, combinado? Você sabe que estou sempre aqui.

De: Ginger Davies
Para: Rhys Baker
Assunto: RE: RE: Odeio a minha vida
Sim, acho que você tem razão, mas não tive coragem de pedir essas semanas de folga quando soube que Dean ia começar imediatamente. Ia ficar meio ruim para mim, né? Como se eu fosse preguiçosa. Sei que isso não é uma competição entre nós dois, mas quero provar que sou capaz. Há anos estou estudando e me preparando para isso.

Hoje quase todo o pessoal do escritório foi tomar um café no intervalo de descanso, mas ninguém me avisou. Quando saí da minha sala não tinha mais ninguém, exceto meu pai, que ficou muito feliz em compartilhar esse momento comigo para continuar falando dos novos puxadores que vamos colocar nos armários brancos. Antes eram bronze e agora serão prata. U-hu!

De: Rhys Baker
Para: Ginger Davies
Assunto: Não entendi
Por que você não foi com eles no intervalo de descanso?

De: Ginger Davies
Para: Rhys Baker
Assunto: RE: Não entendi

Porque era óbvio que eles não queriam que eu participasse do programa. Ai, Rhys, é horrível. Estou me sentindo de novo como quando eu era pequena, usava aparelho e me deixavam no vácuo na escola. Só que naquela época Dean me ajudou e agora ele parece ignorar que eu existo.

De: Rhys Baker
Para: Ginger Davies
Assunto: RE: RE: Não entendi

Dean é um babaca. É horrível imaginar você se sentindo assim, Ginger. Gostaria de estar aí para te ajudar ou zoar com você ou deixar a sua vida mais leve.

De: Ginger Davies
Para: Rhys Baker
Assunto: Admito

Às vezes eu imagino algo assim, sabia? Uma realidade paralela onde você mora em Londres. Seu apartamento não fica longe do meu e a gente se encontra todas as sextas-feiras à noite para jantar e colocar a conversa em dia, em vez de escrever e-mails. Você trabalha em uma balada famosa da cidade e eu vou te ver tocar de vez em quando, nos dias mais importantes. Na minha fantasia, obviamente, não vou para o escritório todos os dias, porque tenho minha própria editora independente. E eu sou uma mulher elegante e autoconfiante que vive na cidade grande e que é bastante capaz de dizer "não" quando não quer fazer algo.

De: Rhys Baker
Para: Ginger Davies
Assunto: RE: Admito

Não soa tão mal no papel, né, Ginger? Quem sabe? Talvez um dia. Não sei se eu aguentaria muito tempo em Londres. E eu não conseguiria ver você só uma vez por semana, teria que ser pelo menos duas ou três. Mas a editora me parece muito real, não é nada fantasiosa.

De: Ginger Davies
Para: Rhys Baker
Assunto: Eu vou me acostumar
Enfim, tudo bem, vou me acostumar com a ideia conforme for me adaptando. Pelo menos em casa as coisas vão bem. Morar com a Dona é ótimo. E o Michael é um cara legal, apesar de não falar muito e de a minha mãe ter medo dele. Outro dia ele se interessou pela sua música; eu estava ouvindo "Ginger" deitada na cama no volume máximo porque achava que estava sozinha em casa, e no fim ele me chamou e perguntou de quem era. Foi confuso explicar. Mas no final ele entendeu que era de um "artista" (coloquei entre aspas para destacar, não o contrário) que ainda não tinha decolado, mas que não demoraria muito para isso acontecer.

E como vai o projeto? Quando vão lançar?

Tenho certeza de que vai ser incrível, você vai ver.

De: Rhys Baker
Para: Ginger Davies
Assunto: Datas e tal
O lançamento é daqui a uma semana, mas parece que já começou toda a promoção. Na verdade, agradeço muito por estar aqui e não estar tão por dentro de tudo. Acho que é o melhor. Alexa insistiu para eu ir para Los Angeles com ela, mas não sei, não estou a fim de me mudar agora. Eu estou bem aqui. É um lugar tranquilo, acho que você iria gostar.

De: Ginger Davies
Para: Rhys Baker
Assunto: Não é justo
A propósito, não te falei quando vi umas semanas atrás, mas a Alexa postou uma foto de vocês dois no Instagram. (Sim, eu xeretei, não revire os olhos nem dê risada.) Que brincadeira é essa? Ou seja, você é meu melhor amigo e eu não posso ter uma foto com você, mas ela pode? Isso não é muito justo. Às vezes eu até esqueço como é a sua cara. Não em linhas gerais, mas os detalhes. Eu gostaria de ter você pendurado no meu quadro de "momentos bonitos". Porque você é um deles, Rhys.

De: Rhys Baker
Para: Ginger Davies

Assunto: RE: Não é justo
Alexa insistiu e eu não tive como recusar. Ela é teimosa.
 Mas se você se importa tanto... te mando uma foto. Acabei de tirar e vou te mandar. A praia que aparece ao fundo é a vista da varanda da minha casa. Espero que te ajude a "não esquecer os pequenos detalhes" e que você possa me pendurar no seu quadro de memórias.

De: Ginger Davies
Para: Rhys Baker
Assunto: PARABÉNS!
Parabéns, Rhys! Hoje é o grande dia! Não acreditei quando entrei no Spotify, procurei por você e seu nome apareceu lá em cima. E a música... ficou perfeita. É incrível. Você é incrível. Você deve estar muito orgulhoso. Sua família sabe disso? Espero que sim, porque tenho certeza de que eles ficariam muito felizes também.
 Me conta como vão as coisas.
 Boa sorte, Rhys.

TERCEIRA PARTE

SUCESSO. INDEPENDÊNCIA. BUSCA

*É preciso que eu suporte duas ou três larvas
se quiser conhecer as borboletas.*

O Pequeno Príncipe

45.

De: Ginger Davies
Para: Rhys Baker
Assunto: Parabéns!
Feliz aniversário, Rhys! Uau, é incrível como o tempo voa. Vinte e oito aninhos. Que velhote! Faz só alguns meses que você recebeu meu presente do ano passado e já estou embrulhando o próximo (hahaha, estava tentando ser engraçada, na próxima vez tente me avisar antes). Enfim, é isso, comprei uma coisinha e tomara que você goste. Espero que você se divirta e tenha um dia maravilhoso, rodeado de amigos.
    Muitos beijos (de verdade e sentidos).

De: Ginger Davies
Para: Rhys Baker
Assunto: Como vai tudo?
Imagino que você esteja ocupadíssimo, já vi que a música está sendo um sucesso! Quantas vezes já foi reproduzida? Com a quantidade de vezes que já ouvi no Spotify, tenho certeza de que ajudei a subir um pouco esse número. Não, sério, é incrível quando procuro seu nome no Google e você aparece, estou tão orgulhosa! Ando por aí dizendo: "Ei, Rhys Baker é meu melhor amigo". "Ei, me vê três peras e quatro bananas, por favor, e que estejam bem maduras, porque sou amiga de Rhys Baker, sim, aquele da música." Enfim, estou doida. Mas saiba que estou feliz por tudo estar indo tão bem e espero ter notícias suas em breve, sinto falta de suas mensagens diárias, embora entenda que você está mais ocupado agora.
    Cuide-se, tá bom? Mais beijos.

De: Rhys Baker
Para: Ginger Davies
Assunto: Uma angústia
Desculpa, Ginger. Sério, sinto muito por ter estado ausente essas últimas semanas. Foram complicadas. Aparentemente, Owen e Alexa têm mais contatos do que eu imaginava em Los Angeles e, não sei como, eles conseguiram fazer a música ser reproduzida mais de 300 mil vezes. O que é incrível, considerando que ninguém conhece a gente. Por um

lado é ótimo, mas, cacete, eu não esperava por isso e estou um pouco agoniado. Eles querem que eu vá para lá para acompanhar a Alexa na divulgação, mas não sei se é uma boa ideia.

Sabe o que eu quero de verdade?

Isso. Sair no terraço no fim da tarde com uma cerveja e o computador, ler seus e-mails e escrever para você. Ver o sol se pôr. Olhar para a lua e imaginar coisas impossíveis. Dar uma olhada no livro que você me deu e que eu já reli quase mais vezes do que você...

Mas não vamos mais falar de mim. Me conta como vai tudo por aí. Como estão as coisas no trabalho? Melhorou? Está mais adaptada depois dos primeiros meses?

De: Ginger Davies
Para: Rhys Baker
Assunto: RE: Uma angústia

Te entendo, Rhys. E eu adoro te imaginar aí, na praia, relaxado. É muito você. Mas também entendo que os irmãos Goldberg queiram aproveitar ao máximo este momento. A música é ótima. Não me surpreende que tenha sido tão bem recebida. Tenho certeza de que se você lançasse "Ginger", faria o mesmo sucesso, ou até mais, mesmo que tivéssemos que mudar o título, claro. De qualquer forma, não faça nada que você não queira. Te digo por experiência própria. Às vezes penso que se eu pudesse voltar atrás, faria tudo diferente...

Mas essa é a minha realidade agora, eu acho.

No trabalho, mais ou menos, não mudou muita coisa. O bom é que eu não ligo mais se a maioria dos colegas me ignora por eu ser a filha do chefe, e, pelo menos, uma menina chamada Sue fala bastante comigo ultimamente.

E claro, Dean continua conquistando tudo que aparece pela frente. Acredita que meu pai aceitou uma sugestão que ele fez sobre a embalagem das gavetas? Sério, foi um detalhezinho (algumas quinas ficam se esbarrando às vezes), e eu propus coisas bem mais interessantes, que ele nem sequer se dignou a olhar. Sei lá, Rhys, às vezes me sinto como se eu fosse um enfeite. Cuido das notas fiscais e de outras coisinhas básicas. E, obviamente, não foi para isso que eu passei quase cinco anos na faculdade.

Mas não quero te aborrecer.

Sua vida é tão interessante...

Ah, vou te contar uma coisa engraçada. Outro dia abri a porta do banheiro de casa sem bater, e você não imagina o que eu vi! Michael, nosso colega de apartamento. Michael estava se masturbando. Foi muito... constrangedor. Primeiro, porque não tive como não olhar. Bem, eu sou humana, né? E ele tem um... hummm... é... grande. Extragrande, como disse minha irmã. E, segundo, depois passei dias evitando encontrar com ele pela casa. Na verdade, continuo fazendo. Fico com medo de ele vir falar comigo em algum momento, eu ficar nervosa e falar alguma besteira. Tenho certeza de que se ele me perguntar: "Sabe se já acabou o leite da geladeira?", vou responder: "Pênis, pênis, pênis, PÊNIS", como uma doida. Não sei quanto tempo vou conseguir morar com alguém sem encontrar com essa pessoa. Queria poder tirar aquela imagem da cabeça, arhg.

De: Rhys Baker
Para: Ginger Davies
Assunto: Que danadinha
Vai, admite que você gostou. Você ficou olhando o tamanho, não foi? Isso deve significar alguma coisa. E sim, estou morrendo de rir agora. Já te falei que você é a menina mais divertida que eu conheço, né? E um pouco danadinha também... Entrar no banheiro sem bater... Me lembre de nunca dividir apartamento com você.

Quanto ao seu trabalho, você não é nenhum enfeite.

Odeio ver você se sentindo assim, sério. Odeio.

No fim, vou ter que ir para Los Angeles mesmo, então acho que vou ficar lá um tempo por causa da divulgação, e depois talvez passe o Natal com a minha mãe antes de voltar para cá. A última coisa que eu queria fazer agora é me mudar, e olha só, que ironia, né? Deve ser carma ou algo assim.

E se eu lançasse "Ginger", eu nunca mudaria o título. Por que eu faria isso? Ela não pode ter outro nome. Mas eu sinto... não sei, acho que me incomodaria compartilhar algo meu, entende? Ou melhor, algo seu. Talvez nosso.

De: Ginger Davies
Para: Rhys Baker

Assunto: Deve ser carma
Gostei do "algo nosso".

    Lamento que você tenha que ir para Los Angeles, mas enfim, quando você vai? Já vi que as reproduções da música não param de aumentar. É incrível. Estou muito orgulhosa de você.

De: Ginger Davies
Para: Rhys Baker
Assunto: Era só o que me faltava!
Você não vai acreditar! Como se não bastasse todos me considerarem uma criança mimada e ele um herói, sendo que entramos na empresa EXATAMENTE DA MESMA FORMA, ou seja, por causa do meu pai, agora Dean está namorando a diretora da equipe de marketing. Eles comunicaram na sexta-feira passada, depois do horário de trabalho, quando nos reuniram na sala principal. E, a partir daí, passaram a semana inteira grudados um no outro como dois mexilhões em uma rocha. Que lindo. Ou seja, não só o tratam melhor por sorrir falsamente e por não ser um parente direto do chefe, mas, para completar, agora ele encontrou o amor. Sei que estou parecendo rancorosa e antipática e completamente frustrada, mas acho que me sinto um pouco assim mesmo. Sei que é terrível admitir em voz alta sentimentos como a inveja... mas acho que nós, humanos, somos assim. Porque, na teoria, eu sei que estou sendo injusta. Mas, na prática, ah, na prática é outra história. Passo o dia trancada no meu cubículo, sozinha, comendo sanduíches da máquina (são horríveis e engordei dois ou três quilos por causa daquele molho fedido que eles colocam, ou sei lá o que é). E quando chego em casa, estou exausta. E desconto na Dona, que é o pior de tudo. Ou no Michael (acabamos nos encontrando pela casa, sim, e falei que ele deveria trancar a porta, apesar de eu saber que, em partes, foi minha culpa por ter aberto sem avisar).

    Tenho me odiado um pouco ultimamente.

    Me conta como está tudo por aí. Beijos.

De: Ginger Davies
Para: Rhys Baker
Assunto: Ainda está aí?
Oi! Você está vivo, Rhys?

    Estou ficando preocupada...

De: Rhys Baker
Para: Ginger Davies
Assunto: Sem assunto

Cacete, desculpe. Esses últimos dias... que caos...

Desculpe por não ter escrito nas últimas semanas. Já estou em Los Angeles e, desde que cheguei, não tive um minuto livre entre reuniões e festas onde me apresentam a pessoas com nomes bizarros que nunca ouvi falar. Acho que preciso de um tempo para assimilar as coisas. Eu não esperava tudo isso. Tem a parte ruim, que se resume basicamente à falta que sinto da vida sossegada que eu tinha na Austrália; a tranquilidade, o mar, não precisar vestir mais do que uma roupa de banho e uma camiseta (ou nem isso) para sair na rua... parecia que lá, às vezes, o tempo parava. E a parte boa... acho que não posso dizer que isso seja "chato". Essa palavra definitivamente não cabe aqui. Todos os dias tem algo para fazer, e é tudo tão intenso. Não dá nem tempo de respirar e já me vejo metido em outra situação nova. Aliás, amanhã às oito da noite temos uma entrevista em uma rádio, em um canal chamado Xdem, mas não sei que horas vai ser em Londres ou se você vai poder escutar.

E quanto ao Dean... é normal você se sentir assim, não é? Quem não se sentiria? Você passou a vida inteira se preparando para algo e ele parece se encaixar melhor nisso do que você. Não leve a mal. Só estou tentando dizer que, não sei, talvez o seu lugar seja outro, você nunca cogitou isso, Ginger? Sei que te assusta pensar nisso, mas é uma possibilidade. Quem sabe? Olha para mim. Nem em um milhão de anos eu me imaginaria aqui, agora, prestes a me vestir para jantar na casa de sei-lá-qual cantor pop.

46. GINGER

Quando finalmente carregou o site da estação de rádio, coloquei os fones de ouvido. Primeiro veio a voz do locutor. Aparentemente, a entrevista já tinha começado. Tentei voltar para o começo, mas não deu. Só me restava ouvir dali em diante.

— Então vocês não esperavam todo esse sucesso.
— De jeito nenhum — respondeu Rhys.
— Também não é assim... — acrescentou Alexa.
— Você imaginou? — insistiu o locutor.
— Cheguei a pensar que sim, não vou mentir. A música que Rhys escreveu é maravilhosa, a letra é profunda, o refrão é contagiante, por que não seria um sucesso?
— Talvez porque ninguém conhecia vocês até agora.
— Sim, sim. — Ela soltou uma risadinha. — Mas a gente tem que sonhar alto.
— Assim que se fala. Claro que sim. Então, Rhys, conta para a gente, quando você começou a querer ser um DJ profissional? Foi um caminho duro?
— Na verdade, não. Foi quase um acaso.
— Como assim? — insistiu o homem.
Houve um silêncio antes da resposta de Rhys.
— Nunca tinha pensado nisso. Posso ser bem sincero? — Suspirou e quase consegui vê-lo sorrir, mesmo estando a milhares de quilômetros de distância. — Meu chefe, e agora produtor, me propôs essa loucura uma noite, na balada em que trabalho. Eu ia dizer que não, mas depois da quinta taça...
Ouvi as risadas de Alexa e do locutor.
— Pelo menos para você isso era mais claro, Alexa?
— Sim, sim, eu soube que tinha algo poderoso nas mãos assim que vi o material. Rhys é muito modesto, mas é claro que ele tem talento e que isso é apenas o começo do que está por vir.
— E vocês se dão bem? — perguntou.
— Ah, sim, superbem, superbem. — Alexa sempre se mostrava mais entusiasmada do que eu considerava normal. Era como se ela achasse tudo "fascinante", "alucinante", "incrível", e parece que ela alongava a última sílaba de cada palavra para dar mais ênfase. — Trabalhar com ele é bem fácil. Além disso, a gente se conectou desde o primeiro minuto, não foi, Rhys? Agora somos quase unha e carne.
— Ela me sequestrou — ele brincou, fazendo-a rir.
— É nítido que vocês estão superunidos. E quais são os planos?
— Neste momento ainda estamos focados na divulgação, e no próximo sábado a gente se apresenta ao vivo no Havana. Depois... — Alexa baixou a voz para criar suspense. — Digamos que ainda não podemos contar nada,

não é, Rhys? — Riu, meio abobalhada. — Mas é provável que em breve a gente confirme a participação em um festival bem conhecido... e isso é tudo o que posso dizer.

— Entediados com certeza vocês não vão ficar, garotos!

— Acho que não! — respondeu Alexa, contente.

— Por último, antes de a gente se despedir ouvindo mais uma vez a música que trouxe vocês à fama, "Edges and Scars", gostaria de fazer mais uma pergunta: o que significa para vocês o sucesso?

— Sucesso é realizar seus sonhos, alcançar seus objetivos.

— E você, o que diz, Rhys? — insistiu o locutor.

— Sucesso... — Notei a dúvida no leve sussurro da voz dele, no tom um pouco inseguro. — Acho que é o que acontece quando você consegue saber quem você é e ser fiel a isso.

Houve um breve silêncio antes de o apresentador voltar a falar com excessiva alegria para se despedir dos ouvintes e colocar a canção, cujos primeiros acordes começavam a tocar. Mas dessa vez eu não ouvi. Dessa vez, ainda estava pensando no que Rhys tinha acabado de falar, porque aquela frase escondia segredos, dor, desejos. Apesar de parecer despreocupado. Apesar de quase arrastar as palavras antes de deixá-las sair.

47.

De: Rhys Baker
Para: Ginger Davies
Assunto: Parabéns!

Feliz aniversário, bolachinha! Desculpa por estar tão ausente ultimamente. Tem sido um período complicado. Como vão as coisas? O que vai fazer hoje? Lamento não poder te dar o presente que você merece este ano. No final... decidi ir para casa. Vou passar o dia de Natal com a minha mãe, aproveitando que meu pai não vai estar porque ele tem uma viagem de negócios importante. Espero não me sentir muito esquisito chegando lá depois de três anos.

Enfim, Ginger, me fala de você. Como está se sentindo aos vinte e três anos? E como vão as coisas no trabalho? Dean ainda está saindo com aquela garota da empresa?

Beijos (muitos, dos de verdade).

48. RHYS

Alguns lugares têm uma luz específica. Pensei nisso assim que estacionei em frente à porta da casa onde cresci. O sol de inverno não conseguia abrir passagem através do céu do Tennessee e, ao olhar para cima, era preciso quase fechar os olhos. Fazia frio. Um frio que eu conhecia bem e que me era familiar, pois me gelava os ossos. Caminhei devagar pela calçada que rodeava a casa. Tinha um nó na garganta. Tentei não pensar em nada quando toquei a campainha e também quando meus passos me levaram quase automaticamente para os degraus da entrada. Minha mãe abriu a porta. E então fui inundado por seu cheiro doce, a sensação de seus braços trêmulos me apertando com força, como se ela temesse que eu fosse embora se ela me soltasse. Sua voz, sussurrando no meu ouvido que ela estava tão, tão, tão feliz em me ver...

— Rhys... — Ela tremeu um pouco antes de se afastar para me olhar. — Você está ótimo. Um pouco mais magro do que da última vez. Mas ótimo, ótimo — repetiu, como se as palavras estivessem entaladas, e depois me levou até a cozinha, que era enorme, com os armários brancos e em perfeito estado, a mesa onde costumávamos tomar o café da manhã bem no meio, com uma fruteira em cima e algumas flores do jardim.

— Você parece bem — consegui dizer. — Está bonita.

Minha mãe esboçou um sorriso trêmulo antes de se virar e dar uma olhada no forno, de onde vinha um cheiro delicioso. Eu me aproximei e olhei pelo vidro.

— Espaguete? — perguntei, surpreso.

— Sim. O queijo está gratinando.

— Espaguete no Natal?

— Sei que você adora. Achei que iria gostar.

Pestanejei, um pouco desconfortável. Tenso também.

— Obrigado, mãe. — Passei a mão pelos ombros dela e lhe dei um beijo rápido no topo da cabeça antes de me afastar. — Vou subir e deixar as coisas lá em cima, tá bom?

— Claro. Ainda faltam uns dez minutos para ficar pronto.

Subi sem pressa a escada em espiral até o andar de cima. As fotos de família ainda estavam lá, penduradas na parede em ordem cronológica. Nos primeiros degraus estavam as imagens dos dois antes da minha chegada. Jovens, bonitos, com roupas antigas e no dia do casamento deles. Pouco depois, aparecia eu. Com apenas um ano, nos braços do meu pai, que olhava para a câmera com um cigarro nos lábios um pouco curvados. Em uma bicicleta, um pouco maior; ainda me lembrava como eles me ensinaram a andar nela pelas ruas do condomínio. Respirei fundo. Os aniversários de sete, dez e doze anos, sempre com um sorriso feliz e infantil no rosto, enquanto o clique da câmera imortalizava aquele momento em frente ao bolo cheio de velas. E depois mais velho, mais adulto. Com minha mãe ao meu lado no dia da formatura. Com meu pai me abraçando pelos ombros em frente ao carro que ele me deu quando fiz vinte anos.

Balancei a cabeça. Odiava as malditas fotografias.

Respirei fundo quando cheguei ao fim da escada, mas senti que me afogava de novo assim que entrei em meu antigo quarto. Porque tudo continuava igual, como se eu nunca tivesse saído, ou pior, como se alguém esperasse que eu aparecesse um dia e voltasse a ocupar aquela cama ou que precisasse das canetas que estavam no organizador em cima da escrivaninha, com a tinta provavelmente já seca depois de tanto tempo.

Fiquei em pé por alguns segundos com o ombro apoiado no batente da porta, incapaz de passar por ela e entrar de vez. Era exatamente igual à descrição que eu tinha feito por e-mail à Ginger, mais de um ano antes.

Ginger... Também não queria pensar nela.

Ultimamente, não queria pensar em nada.

Olhei para as maquetes que decoravam as estantes, que meu pai e eu tínhamos construído quando eu ainda era criança. Era óbvio que continuavam limpando o meu quarto cuidadosamente, porque não tinha nem sinal de pó ali. Barcos, monumentos, um modelo de avião. Congelados no tempo. Tantas horas gastas. Que desperdício.

Ouvi a voz da minha mãe me chamando para comer. Deixei a bagagem no chão antes de voltar para a cozinha. Aquela mesa grande que, nas festas de anos atrás vivia cheia de parentes, amigos e vizinhos, agora tinha apenas dois copos e dois pratos de espaguete fumegante. Mas depois de passar três natais sozinho, achei perfeito.

— Está uma delícia — elogiei depois de provar.

— Ainda lembro que você gostava com cebola crocante.

— Não passou tanto tempo assim, né? — Respirei fundo.

— Bom... três anos é "bastante" tempo, Rhys.

Nós nos encaramos em silêncio, um de frente para o outro. Olhei bem para ela. Suas bochechas estavam um pouco mais afundadas do que da última vez que nos vimos em Nova York. Mais enrugadas também. Seus olhos estavam menores, talvez? Não tinha certeza. Na verdade, os olhos podem encolher? No pescoço, ela usava o pingente de ouro que eu ajudara meu pai a escolher havia muitos anos, como presente de aniversário; ela nunca o tirava, a corrente era fina e tinha uma minúscula lágrima de madrepérola azul que ela costumava ficar tocando quando estava nervosa.

Como naquele momento, enquanto ela me olhava inquieta.

— Quando vocês vão se sentar para conversar de uma vez por todas?

— Mãe, não vamos estragar o almoço — pedi.

— Estou falando sério, Rhys. O tempo passa...

— Eu sei. E continuará passando. Eu não tenho nada para falar para ele. — Engoli, e quando isso não conseguiu desfazer o nó que eu tinha na garganta, peguei o copo de água e bebi de um gole só. — Não me olha assim. Eu prometi que te ligaria todas as semanas, e ligo.

— É o mínimo! Mas... e a outra coisa...

— Mãe... — Sacudi a cabeça e suspirei.

Não queria falar sobre ele. Muito menos com ela. Porque eu estava cumprindo pelo menos parte do acordo, embora nem sequer soubesse por que eu fazia aquilo. Talvez por medo. Talvez por comodidade. Talvez porque eu evitava pensar no pavio que tinha se acendido e que havia desencadeado tudo que veio depois. Porque eu tinha feito merda, sim. Tinha me comportado como um imbecil, um menino mimado fugindo de casa quando os pais mais precisavam dele. Mas ele... ele tinha me destroçado.

Ele tinha me deixado à deriva.

E eu continuava perdido naquele mar.

E depois tinha o orgulho.

Orgulho. O dele, o meu.

Do tipo que te cega, que te enche de raiva, que faz você se distanciar por anos porque você está esperando um pedido de desculpa, algumas palavras de apoio daquela pessoa, sem ter consciência de que a outra parte está esperando exatamente a mesma coisa. E o tempo passa. E acabou passando por cima de nós também. E já estávamos embaixo, enterrados em algum lugar profundo e escuro de onde não sabíamos mais como sair.

Só nos restava um ponto de união. Ela. Minha mãe. Pensei nisso enquanto olhava para ela, memorizando seu rosto um pouco envelhecido, como ela cortava o espaguete porque não suportava a ideia do tomate sujando os cantos dos seus lábios. Provavelmente ela sempre foi aquilo. A conexão entre mim e meu pai. A peça central de tudo.

— Tudo bem, não vamos falar sobre isso se você não quiser — ela cedeu. — Mas pelo menos me conta como vão as coisas com você, e com detalhes, nada de três monossílabos, como você faz às vezes pelo telefone. Quero saber toda a história dessa música.

— A gente não esperava essa recepção tão boa.

— Imagino. E você está contente?

— Acho que sim. — Encolhi os ombros.

— Você não parece muito alegre.

— Não sei... — Mexi a comida com o garfo. — É que eu estava bem lá, sabe? Na Austrália. Era um lugar tranquilo, eu morava em frente ao mar e pensei... que ficaria lá por mais tempo. Eu queria. Acho que estou abalado porque pela primeira vez me vi obrigado a ir embora de um lugar sem decidir por mim mesmo, entende?

— Sim. — Sorriu. — Você e as obrigações.

— E a vida em Los Angeles é o oposto. É rápida. Quase tão rápida que você nem percebe o tempo passar. Você deveria ir ficar comigo uns dias por lá qualquer hora, mãe. Ou uma semana. O que você quiser. Seria bom.

— E tem alguma garota?

Ela me olhou divertida. Dei risada.

— Algo assim — eu disse.

— Era Ginger o nome dela? Você continua falando com ela?

— Não, não é a Ginger, mãe.

Minha mãe era a única pessoa para quem eu já tinha falado dela. Sobre o quanto ela era importante para mim. Que estamos conversando fazia quase dois anos, mesmo que nos últimos meses nossas conversas tivessem se espaçado um pouco. Queria pensar que a culpa era minha, porque eu estava sempre ocupado, mas também que, em partes, seria dela, que estava enrolada com o trabalho, o novo horário, a vida em Londres...

Mas às vezes eu sentia falta dela, quando passava um único segundo do dia sem estar rodeado de gente ou fazendo algo excitante e divertido. Então Ginger entrava de novo pelas fendas abertas, como se só ela pudesse preencher os espaços vazios. Pensei nela e também no presente que ela me mandou pelo meu último aniversário e que nunca chegou às minhas mãos porque eu fui embora antes de recebê-lo, deixando-o para trás. Imaginava o pacote na porta da casa que eu tinha na praia, embrulhado com delicadeza, com cuidado. Imaginava tudo isso e tinha a sensação de que as coisas não estavam bem.

— Então, quem é a garota? — perguntou.
— Alexa. A que canta comigo.
— Vocês estão juntos? E é sério?
— Não, não é bem assim...
— Um desses rolos juvenis de agora.

Não que eu me considerasse muito "juvenil" aos vinte e oito anos, mas era algo assim. Uma aproximação. Um tipo diferente de relacionamento. O que diferenciava Alexa das outras garotas com quem eu tive algo durante os últimos anos era que, com ela, eu não apenas transava, mas também ficávamos juntos o dia todo entre a divulgação, nas noites em que nos apresentávamos em baladas, nas próximas viagens a festivais que tinham nos confirmado...

— Então, vejo que tudo está caminhando bem para você.
— Imagino que sim — admiti em um sussurro.

Embora eu não conseguisse me livrar de uma certa sensação de peso, de apatia, de que alguma coisa não se encaixava naquilo tudo, apesar do quanto eu queria me deixar levar, nadar seguindo a correnteza pelo menos uma vez, sem pensar, sem lutar contra mim mesmo.

49.

De: Rhys Baker
Para: Ginger Davies

Assunto: O Pequeno Príncipe
Já li o livro e ele é fascinante. Agora, considerando sua dedicatória, tem uma coisa que eu continuo me perguntando: eu sou a raposa domesticada?

De: Ginger Davies
Para: Rhys Baker
Assunto: RE: O Pequeno Príncipe
Se por "domesticar" você entende "criar laços de união", então sim.

De: Rhys Baker
Para: Ginger Davies
Assunto: RE: RE: O Pequeno Príncipe
Isso significa que você é o Pequeno Príncipe? De certa forma, faria sentido. Você é uma boa pessoa, Ginger Davies. E você acredita na amizade. Que diabos! Você acredita em tudo no geral, você ainda tem fé no ser humano, enquanto a maioria de nós já perdeu faz tempo. Tenho certeza de que você ainda fica tentada a deixar biscoitos para o Papai Noel no Natal. Tem uma frase no livro que diz: "Apenas as crianças apertam seus narizes contra as vidraças". Aposto o que for que você ainda faz isso cada vez que passa em frente a uma confeitaria.

Sou muito sortudo. Ninguém poderia ter me "cativado" melhor, Ginger.

De: Ginger Davies
Para: Rhys Baker
Assunto: RE: RE: RE: O Pequeno Príncipe
Como você é besta! Eu só deixo leite para ele. Biscoito tem muito açúcar e gordura saturada e isso faz mal para o coração, não quero que o bom velhinho tenha um enfarte. Mas, sem brincadeira, quando te conheci, achei que você iria gostar desse livro, porque sempre te achei uma criança grande, desses que desprezam a vida adulta e continuam olhando para o mundo com vontade de brincar, de se meter em encrenca e de descobrir coisas novas.

De: Rhys Baker
Para: Ginger Davies

Assunto: RE: RE: RE: RE: O Pequeno Príncipe
Você me enxerga muito melhor do que eu realmente sou. Adoraria que fosse verdade.

De: Ginger Davies
Para: Rhys Baker
Assunto: RE: RE: RE: RE: RE: O Pequeno Príncipe
Mas é. Você tem uma parte da raposa, a lealdade. E algo do protagonista, a capacidade de olhar para dentro e ouvir os outros. E do Pequeno Príncipe, a criança interior que você não abandonou. Até da rosa, com seu orgulho intacto. Além disso, você é a única pessoa que eu conheço que seria feliz vivendo em um asteroide solitário.

De: Rhys Baker
Para: Ginger Davies
Assunto: RE: RE: RE: RE: RE: RE: O Pequeno Príncipe
Obrigado, Ginger.

50. GINGER

Natal. Quando entrei, eu deveria ter pensado: *Lar, doce lar*, mas o pensamento que me chicoteou quando sentei à mesa rodeada de gente foi algo como: *Tomara que esta tortura termine o quanto antes*. Porque ali estava meu pai, falando orgulhosamente sobre meu trabalho na empresa, como se ele tivesse me deixado fazer alguma coisa no último meio ano além de grampear papéis, verificar notas fiscais e ficar horas olhando para o relógio da parede. E também estava Dona, tentando ignorar as perguntas dos Wilsons sobre se, sendo lésbica, ela não queria ser mãe. E a cereja no bolo: na minha frente estava sentado Dean, ao lado de sua brilhante namorada. Ou assim me parecia. Ela tinha uma pele digna de comercial de cosméticos e um sorriso tão doce que era humanamente impossível odiá-la nem que fosse só um pouquinho (eu tinha tentado) e, para completar, ela era inteligente, bonita e se vestia com classe.

— Me passa o purê de batata, Ginger?

— Claro. Aqui, Stella. — Passei para ela.

— Este próximo ano vai ser fabuloso, agora que temos esses dois gênios na equipe — disse papai, sorridente. — Bem, três. Desculpe, Stella.

— Não vou levar isso em consideração porque já faz dois anos que entrei — disse ela, e todos riram da piada.

Dean olhava para ela com adoração. Como se fosse um astro dando voltas ao redor de sua namorada, o sol. E era uma bobagem, mas pensei que ele nunca tinha olhado para mim daquele jeito, e que talvez isso deveria ter sido suficiente para eu perceber que algo estava errado.

Aguentei como pude, respondendo aos Wilsons sempre que eles me perguntavam algo sobre o trabalho. "Sim, estou superfeliz!", "claro que valeu a pena tantos anos de esforço na faculdade me preparando para isso!", "claro, tivemos sorte; minha amiga Kate ainda não encontrou um emprego decente, é complicado."

Quando veio a sobremesa, para minha surpresa, Dean quis abrir uma garrafa de champanhe que ele tinha colocado na geladeira quando chegou. A bebida foi servida em taças que minha mãe tirou da cristaleira em que ela guardava a louça especial, aquelas que usava em poucas ocasiões, mas, em vez de se sentar ao terminar, Dean continuou de pé.

— Família, quero anunciar algo.

Pegou Stella pela mão e ela também se levantou. Parecia nervosa e estava com as bochechas um pouco vermelhas, mesmo a calefação não estando muito alta. Olhei para Dean. E eu sabia o que ele ia dizer. De repente, pensei em Rhys. Em como eu queria que ele estivesse ali. Em como no ano passado, uns dias antes do meu aniversário, ele tinha se sentado naquela mesma mesa e eu tinha passado o almoço inteiro com um aperto no estômago enquanto nos olhávamos de relance e o joelho dele tocava no meu. E agora eu estava ali, tudo tão diferente. Eu não me sentia melhor. Não me sentia mais adulta nem mais realizada. Não estava feliz.

— Stella e eu... vamos nos casar!

— Meu Deus, Dean! — Minha mãe se levantou emocionada, deu a volta na mesa e o abraçou com tanta força que achei que ia arrancar a cabeça do coitado. Depois deu um beijo estalado na bochecha de Stella. — Estou tão feliz por vocês! Vocês formam um casal fantástico!

— Parabéns, campeão! — Meu pai apertou o ombro dele.

Parabenizei os dois logo depois de Dona. E então falaram sobre os preparativos do casamento enquanto comíamos a sobremesa e brindávamos pela boa notícia. Eles planejavam se casar em maio, uma cerimônia simples, algo mais familiar...

— Eu tiro a mesa, mãe, não precisa se levantar — eu disse, enquanto empilhava os pratos sujos e os levava para a cozinha. Ela me agradeceu antes de voltar sua atenção para Stella, que agora falava sobre o vestido de noiva que gostaria de usar.

Saí da sala de jantar e deixei os pratos na pia. Decidi lavá-los à mão porque a máquina de lavar louça ficou cheia depois do almoço. Eu tinha acabado de arregaçar as mangas quando Dean entrou na cozinha e parou do meu lado. Vi que ele pegou o sabão sem dizer nada.

— O que você está...?

— Eu te ajudo.

— Não precisa.

— Deixa eu te ajudar.

— Tá bom.

E assim, lado a lado, começamos a lavar a louça submersos em um silêncio constrangedor, embora eu também não entendesse bem o motivo. Estava feliz por ele. Não fiquei com ciúmes. Não, não era isso. Era só que... talvez eu quisesse a mesma coisa. Ou algo parecido. Não sei. Eu estava passando por um momento difícil, de desencanto geral. E esperava que fosse passageiro.

— Você não vai falar nada? — perguntou.

— Sobre o quê? Já te falei que...

— Você está feliz por mim. Tem certeza?

— Que droga, Dean, claro que sim.

— Tá bom. Eu só... estava preocupado. Não queria te machucar, Ginger. Sei que já se passaram dois anos desde que a gente terminou, mas também sei que eu te disse que precisava de tempo... e que, por outro lado, com a Stella foi tudo super-rápido. Foi amor à primeira vista, eu acho. Mas são coisas que acontecem às vezes, não? Quando a gente menos espera.

Sequei as mãos em um pano e me virei para ele.

— Dean, de verdade, isso é fantástico. Estou falando sério. Stella parece ser uma garota incrível e você baba toda vez que olha para ela. Tenho certeza de que vai ser tudo ótimo.

— Então... por que você está assim?

— Assim como? — perguntei.

— Você sabe. Incomodada comigo.

— Ah, bom, isso não tem nada a ver com o casamento. É que, no trabalho... não sei, Dean, você age como se não me conhecesse. E entendo que talvez a nossa relação tenha sido assim também durante o nosso último ano na faculdade, mas você poderia ter notado que estou passando por um momento ruim. Ou me convidar para ir com você e os outros colegas para tomar um café no meio da manhã, por exemplo. Não que a culpa seja sua, mas...

— É. Você tem razão — ele me cortou.

— Tenho? — hesitei, insegura.

— Fui um pouco egoísta.

— Não foi isso que eu quis dizer. Não dessa forma.

— Não, mas é verdade. É que quando eu comecei a trabalhar na empresa, parece que tudo acontecia a meu favor e acho que não parei para pensar em mais nada. Podemos passar uma borracha nisso e virar essa página?

— Fechado. — Sorri e suspirei.

51.

De: Rhys Baker
Para: Ginger Davies
Assunto: Feliz Ano-Novo, bolachinha!

Mais um. Passei o Ano-Novo rodeado por um monte de gente, mas estava pensando em você. Não sei por quê. Não me pergunte. Sei que não deveria escrever para você quando tomo umas a mais, mas eu não parava de pensar... de sentir você distante... E acabei saindo da festa e voltando para o hotel onde estamos agora... Alexa ainda não chegou...

A lua está redonda esta noite. Bem, na verdade, não é uma esfera perfeita, mas meio ovalada, um pouco como um ovo. A lua é um ovo, o que você acha, Ginger? É divertido, não é? Ah, por falar nisso, espero que você esteja assim agora, se divertindo... ficando louca...

Se morássemos na mesma cidade, faríamos uma loucura diferente por dia. Você não escaparia, mesmo que fizesse cara feia. Também não sei por que estou te falando tudo isso, Ginger, mas sei lá, estou com saudades. É possível sentir falta de alguém que você só viu duas vezes na vida? Acho que tem a ver com o fato de que as duas noites que passei com você foram quase as melhores de que consigo me lembrar. Você faz isso às vezes? Você relembra aquelas duas noites?

Acho que é melhor eu parar de escrever. Só queria que você soubesse que sou um amigo de merda por estar mais ausente ultimamente e que sinto a sua falta, mas acho que isso eu já falei, e que apesar de tudo você é uma das pessoas mais importantes da minha vida...

Encontrei uma garrafinha de gin no frigobar, então um brinde a você, Ginger! Não sei como ou quando, mas acho que a gente deveria se encontrar este ano.

De: Ginger Davies
Para: Rhys Baker
Assunto: Feliz Ano-Novo, Rhys
Na verdade, fiquei surpresa com seu e-mail. Às vezes eu gosto mais do Rhys bêbado do que do Rhys sóbrio. Ele se solta mais. Se arrisca mais. De qualquer forma... você também é muito importante para mim e eu não gosto da ideia de a gente se afastar. É que às vezes, bem, às vezes... sinto que nossos mundos se distanciaram um pouco, sabe? Sei lá, com o sucesso inesperado da sua música e a sua vida de agora... tenho a sensação de que o que eu te conto sobre meu dia a dia é chato, rotineiro e pouco interessante, em comparação com tudo que você está fazendo. E não me entenda mal, estou feliz por você. Muito. Muitíssimo. Você tem talento. Mas não se perca, tá bom? Só isso.

De: Rhys Baker
Para: Ginger Davies
Assunto: Não estava pensando
Desculpa. Reli a mensagem do outro dia e prometi de novo para mim mesmo que não vou te escrever quando tiver bebido, apesar de eu não ter cumprido bem essa regra até o momento. Sabe o que acontece? Sou do tipo que bebe e fica nostálgico e sentimental. Não dá risada, é verdade. Então eu começo a pensar em você e, bem, o resto você já sabe.

Não vou me perder, Ginger. Tive uns dias estranhos, mas acho que precisava disso para me lembrar de algumas coisas. Fui ver minha mãe no Natal, não te contei. Na verdade, não te contei nada do que fiz nessas últimas semanas, mas sim, estivemos juntos. Comemos espaguete com queijo gratinado. E conversamos. E lembrei porque eu a amo tanto. E ao mesmo tempo fiquei com medo, por tudo que isso implica.

Às vezes queria não sentir nada... Seria mais fácil...

A casa inteira ainda estava cheia de fotos. E você tinha razão. Acho que não gosto de fotos porque elas são exatamente o que você disse, o prólogo de uma história que só conhece quem estava lá. É como uma porta. Você vê, abre e entra... e às vezes é difícil sair. Isso sem falar das lembranças em si. Você não acha que às vezes a gente as distorce? Acho que as lembranças... são flexíveis, elas mudam de acordo com a perspectiva e a mente de cada pessoa que viveu aquele momento. E fico pensando se, na verdade, muitas das lembranças que eu tenho não seriam falsas e cheias de coisas que naquele instante eu não soube enxergar por falta de informação...

Que loucura, né? Enfim...

Nunca mais venha com essa história de que você pensa que pode me entediar. Não é verdade. Eu nunca fico entediado com você, Ginger. E eu gosto de saber tudo sobre o seu dia a dia, mesmo que sejam só coisas rotineiras, sim. Tenho certeza de que é mais interessante do que todas as merdas e histórias que tenho que engolir toda vez que me apresentam alguém, coisa que tem acontecido com muita frequência ultimamente.

De: Ginger Davies
Para: Rhys Baker
Assunto: RE: Não estava pensando

Você não imagina como eu fico feliz por você ter ido ver a sua mãe e por terem passado o dia juntos. Será que algum dia você vai me contar o que aconteceu com seu pai? Imagino que a relação de vocês tenha azedado na sua adolescência. Acho que é o que acontece com todos, né? Em diferentes níveis, claro. Mas pensamos que nossos pais são super-heróis e os melhores do mundo, até que a gente começa a crescer e percebe que eles têm carências, que também cometem erros, enfim, essas coisas que não conseguimos ver quando somos crianças...

Eu sei que você não gosta de falar desse asunto. E, sim, acho que sei o que você quis dizer sobre as lembranças. Nem sempre são fiéis à realidade ou ao que aconteceu. Acho que depende da perspectiva pela qual você olha para elas, é claro. Por que estamos tão filosóficos, Rhys? Gostaria de te contar alguma coisa divertida, mas não consigo... Estou passando por uma fase estranha, você já deve ter percebido. Não é só por sua culpa que a gente tem se falado menos, admito que algumas noites eu sentei em frente ao computador e... pela primeira vez, não tive vontade de te contar como foi meu dia, porque, em resumo, foi um lixo.

Acho que o tempo suaviza as coisas.

De: Rhys Baker
Para: Ginger Davies
Assunto: Lembrei!
Feliz amigoversário, bolachinha!

A palavra continua me dando calafrios... mas hoje faz dois anos que a gente se conheceu e acho que consigo ignorar esse detalhe mais uma vez. Como as coisas mudaram em tão pouco tempo, né? Você estava na faculdade, tinha acabado de terminar com Dean, eu estava em Paris e não tinha a menor ideia do que estava por vir...

E agora estamos aqui. E filosofando.

Tenho que ir porque meu avião sai em duas horas, mas prometo responder o restante assim que chegar no hotel.

De: Ginger Davies
Para: Rhys Baker
Assunto: Amigoversário
É mesmo! Deu até um arrepio de saudade. Bons tempos... Na verdade, eu sinto falta de como era fácil viver no dormitório da faculdade, de comer sempre no refeitório e de ver a vida acontecendo ali no *campus*. E sejamos justos: eu adivinhei que um dia você faria sucesso e teria fãs... sei que você ainda não é tãããão conhecido, mas vamos dar tempo ao tempo.

E para onde você estava indo? Um festival em Nevada?

De: Rhys Baker
Para: Ginger Davies

Assunto: RE: Amigoversário
Sim, tenho uma apresentação amanhã à noite.

Quanto ao meu pai... não, a história não se complicou quando eu era adolescente. Pelo contrário, até aí estava tudo bem. Eu era o típico menino mimado de uma família bem de vida, lembra? Eu não tirava notas incríveis no colégio, mas me virava bem e era bom em esportes. O problema veio depois. E antes... antes, tudo era perfeito. Quando eu era pequeno, adorava o meu pai. E você tem razão. Para mim, ele era um super-herói invencível. Adorava tomar café da manhã com ele aos domingos e, às vezes, durante a semana, ficava brincando sentando na porta, esperando, só para vê-lo chegar com sua pasta, de terno e gravata.

De: Ginger Davies
Para: Rhys Baker
Assunto: RE: RE: Amigoversário
É bonito o que você conta, Rhys,

Mas então, quando as coisas mudaram?

De: Rhys Baker
Para: Ginger Davies
Assunto: RE: RE: RE: Amigoversário
Acho que me desviei um pouco do caminho certo. Se é que isso existe, claro. Já te falei, comecei três faculdades. Três. E desisti de todas. Estava um pouco perdido. Não gostava de nada, nada me fazia feliz ou me completava. Para dizer a verdade, meus pais até que foram compreensivos na época, apesar de ele me pressionar um pouco... mas que pai não pressionaria? Principalmente quando ele colocava em mim todas as esperanças que ele tinha de que eu fosse trabalhar no escritório jurídico dele. E então... bem... minha mãe ficou doente.

Acho que nunca te contei isto.

Ela teve câncer. Foi horrível. Ainda é difícil relembrar. Lembrar dela daquele jeito, quero dizer. Consumida pela doença. Lutando para sobreviver. Sei que é extremamente egoísta, mas eu sofria demais olhando para ela todos os dias. Era como... não sei, como se me abrissem um buraco no peito, uma sensação que eu não sabia nem conseguia explicar com palavras. Eu nunca soube me expressar bem, Ginger, isso você já sabe, não é o meu forte, apesar de que com você até consigo um pouco. Enfim, aguentei do jeito que pude, engolindo todas aquelas emoções...

E então algo aconteceu. E eu a abandonei.

Fui embora. E fiz isso quando ela estava pior. Os médicos ainda nem sabiam se ela ia sobreviver ou não. E eu parti. É que eu simplesmente não conseguia... não podia ficar ali...

Foi a primeira viagem que fiz, quando ainda não sabia que logo viriam outras mais. Fui um péssimo filho, eu sei. E uma pessoa pior ainda. Não sei o que eu estava pensando. Não sei como eu pude fazer aquilo. E também não sei por que ela me desculpou, sendo que nunca pedi desculpas. Não precisou. Eu voltei e ela me abraçou. Mas com meu pai... foi aí que tudo terminou.

Eu estraguei tudo. E ele me destruiu.

Acho que foi justo.

De: Ginger Davies
Para: Rhys Baker
Assunto: Sinto muito...

Meu Deus, Rhys, que terrível tudo isso. Não vou dizer que o que você fez foi certo, mas você era jovem e às vezes não sabemos como lidar com certas emoções, todos temos o direito de pedir desculpas e de nos arrepender. A situação foi maior do que você podia suportar e você errou. Mas você não pode ficar pagando por isso eternamente. E é triste vocês não se falarem desde então...

De: Rhys Baker
Para: Ginger Davies
Assunto: Está tudo bem

É melhor assim, acredite. Mas vamos mudar de assunto. Voltamos com tudo, hein, bolachinha? Que saudade daqueles tempos em que a gente zoava em todos os e-mails ou falava dos seus maravilhosos encontros ou de bobagens sem importância. Sinto falta disso.

A propósito, no meio de março vou estar em um festival na Alemanha. Sei que não é tão perto de você, mas você poderia pegar um avião para me ver. Cometer uma loucura. Dessas que te fazem, uma noite qualquer, conhecer um cara em uma estação de metrô.

E aí, o que me diz? Eu acho que seria divertido.

De: Ginger Davies
Para: Rhys Baker
Assunto: Caso você tenha esquecido

Talvez você não se lembre, eu sou uma escrava. Trabalho de segunda a sexta e, quando chega o fim de semana, estou exausta (isso quando não tenho que acompanhar meu pai em visitas a fornecedores ou coisas assim, que é melhor nem te contar para não te matar de tédio).

Além disso, não quero servir de vela. Sim, às vezes eu espio o Instagram da Alexa, e há dois dias ela postou uma foto dela sentada no seu colo na cabine de uma discoteca enquanto te dava um beijo na boca (você ficou com falta de ar? Espero que não. Alguns aspiradores de pó são mais discretos do que ela, rezo por você todos os dias). Você não me falou que estavam juntos. E eu sei que ela te acompanha em quase todas as viagens, por isso seria muito... embaraçoso.

Ah, e acho que não te contei: Dean vai se casar.

De: Rhys Baker
Para: Ginger Davies
Assunto: Qual é, Ginger!

É sério? Ele vai casar? Deve ter sido um namoro-relâmpago.

Eu não morri asfixiado, mas obrigado por se preocupar. E não, eu não estou com ela. Não exatamente, pelo menos. Além disso, o que uma coisa tem a ver com a outra? Eu quero ver você.

De: Ginger Davies
Para: Rhys Baker
Assunto: RE: Qual é, Ginger!

"Não exatamente" é meio ambíguo.

E sim, Dean o chamou de "amor à primeira vista".

De: Rhys Baker
Para: Ginger Davies
Assunto: É que é assim

É que eu não sei. Não sei se estamos juntos.

Eu deveria saber? Às vezes eu não me entendo.

De: Ginger Davies

Para: Rhys Baker
Assunto: É fácil
Você está apaixonado por ela?

De: Rhys Baker
Para: Ginger Davies
Assunto: RE: É fácil
Cacete, Ginger, que pergunta!
Não sei. Não faço a menor ideia.

De: Ginger Davies
Para: Rhys Baker
Assunto: RE: RE: É fácil
Bem, isso você deveria saber, sim.

De: Rhys Baker
Para: Ginger Davies
Assunto: Sem assunto
Então vamos aceitar que eu sou um desastre emocional e nem sequer sei como é estar apaixonado. Para você é assim tão claro, Ginger? Se isso se resumir a trepar e a passar muito tempo com uma pessoa, então acho que cumpro os requisitos...

De: Ginger Davies
Para: Rhys Baker
Assunto: Se apaixonar
Não, Rhys, não é apenas trepar e passar o tempo com alguém porque você está em turnê com essa pessoa. Não sou nenhuma especialista, mas acho que estar apaixonado é mais do que isso. É sentir um frio na barriga quando você encontra com ela. É não conseguir parar de olhar para ela. É sentir saudade, mesmo quando a pessoa está bem na sua frente. É desejar tocá-la o tempo todo, falar de qualquer coisa, de tudo e de nada. Sentir que você perde a noção do tempo quando está ao lado dela. Prestar atenção nos detalhes. Querer saber qualquer coisa sobre ela, mesmo que seja uma bobagem. Sabe, Rhys? Na verdade, acho que é como estar permanentemente pendurado na lua. De cabeça para baixo. Com um sorriso enorme. Sem medo.

De: Rhys Baker
Para: Ginger Davies
Assunto: RE: Se apaixonar
Então, não estou apaixonado. Não por ela.

52. RHYS

Olhares. Palavras. Momentos.

Três coisas capazes de mudar tudo.

Porque existem momentos que deveriam desaparecer. Esses que você se arrepende tanto, que deseja viajar no tempo e mudá-los; apagar os olhares cheios de rancor, afogar as palavras que perfuram, que fazem buracos, que te arrancam de suas raízes.

Quem somos nós sem raízes? Como nos mantemos ancorados a terra? O que acontece quando o vento sopra, te sacode e você não consegue se agarrar a nada que conhece?

53. GINGER

Ela estava tão bonita...

Estava com o cabelo preso em um coque alto com alguns cachos caindo, uma maquiagem natural com os lábios um pouco mais escuros, os olhos cheios de felicidade e um vestido branco com um corpete ajustado que era perfeito para ela. Quando chegou ao altar, Dean estendeu a mão, ela aceitou e depois sorriu para ele, nervosa.

Escutaram-se alguns suspiros entre os presentes.

Anos atrás, eu me imaginava exatamente nesse lugar onde Stella estava agora. Ali, na frente de Dean, olhando para ele diante de nossas famílias, esperando a hora de dizer nossos votos e depois celebrar em grande estilo.

É engraçado como a vida muda. Alguns caminhos parecem retos, mas, de repente, o chão começa a se abrir, aparecem rachaduras e é impossível continuar naquela direção. Decisões que nos fazem passar de um lado para o outro. Acho que, no fim das contas, tudo não passa de uma combinação de casualidades. E, naquela manhã, a menina que estava vestida de noiva não era eu, mas Stella, e uma parte de mim estava feliz, porque não faria sentido que fosse diferente, mas outra parte... outra parte mais sombria, mais densa, mais difícil de entender, estava gritando comigo que todos os planos que eu tinha feito quando mais nova, na adolescência, estavam desmoronando, um atrás do outro. E eu não podia fazer nada para evitar isso.

Por mais que eu me esforçasse, por mais que as coisas tivessem melhorado um pouco, eu ainda estava infeliz. Eu achava que tudo seria diferente. Que eu terminaria a faculdade, que seria feliz na empresa da minha família e me sentiria realizada, que me casaria com Dean, que... que... Tudo isso. Todas as coisas que às vezes consideramos como certas.

Porém, lá estava eu, ainda de pé, num vestido amarelo pálido que me fazia parecer um bolo de limão pouco apetitoso. O casamento foi emocionante, simples e bonito. Aplaudi quando terminou e eles saíram da igreja. Sendo bem honesta, as coisas tinham melhorado bastante entre mim e Dean nos últimos meses, depois daquela conversa incômoda na cozinha de casa no Natal. E, por consequência, a situação com os colegas da empresa também estava mais agradável; eles me incluíam nos planos, eu ia tomar café com eles e até comecei a me sentir mais à vontade, agora que eles não me olhavam mais como a filha esquisita do chefe. Mas o curioso é que, apesar de estar mais confortável, eu não me sentia mais satisfeita com o trabalho.

Talvez porque, no fundo, esse era o grande problema.

Esse, no qual eu tinha tanto medo de pensar.

— Segundo prato: camarão. Delícia! — disse Dona, sorridente, quando nos sentamos à mesa ao chegar ao salão de festas. Me passou o menu. — E mousse de menta.

— Quem te vê pensa que você não come há anos.

— Ah, olha, aí vêm os noivos — ela me cortou.

A sala se encheu de sorrisos quando os noivos chegaram e foram até a mesa principal. Estávamos sentados na mesa mais próxima, com meus pais e um casal de primos dos Wilsons. Degustamos o menu enquanto conversávamos. Dona estava especialmente animada naquele dia. Eu, por outro lado, estava com a cabeça em outro lugar.

Em Rhys, para ser mais exata.

Nele e na mensagem que eu tinha lido pela manhã quando acordei, em que ele me mandava ânimo para encarar aquele dia, porque ele sabia que, mesmo eu não sentindo nada pelo Dean, o momento significava algo para mim. De uma forma meio distorcida. Ou esquisita. Como uma espécie de revelação quando você entende que soltou as rédeas de sua vida.

Ele me fez sorrir antes de eu vestir aquele vestido amarelo que me fazia parecer um bolo de limão. Esse era o dom de Rhys. Não importava se às vezes a gente se afastasse ou se surgisse um clima tenso quando a gente não concordava com algo; no final tudo ficava tranquilo, a gente se reconectava e voltava a se entender depois de alguns e-mails.

E naquele momento estávamos conversando mais do que nunca. Especialmente desde que, há um mês, ele tinha terminado definitivamente o que tinha com Alexa e tinha aceitado uma oportunidade única de trabalhar no próximo verão em Ibiza. Ele tinha alugado um apartamento na ilha para se instalar antes de começar a temporada de verão, e passava os dias compondo, escrevendo para mim e compondo. Ele parecia tão feliz, que às vezes eu me perguntava se ele não gostava mais daquilo, da parte criativa, do que do objetivo pelo qual ele fazia, ou seja, o trabalho em si que viria mais tarde.

— Ginger, volta para a Terra — me pediu minha mãe.

— Desculpe. Eu estava...

— Na lua, como sempre — terminou de dizer, sem saber que sim, eu tinha estado mais na lua do que nunca. — Estávamos comentando que o vestido dela é lindo.

— Muito. Sim. — Tomei meio copo de um gole só.

— Acho que você ficaria ótima nele — acrescentou.

— Eu? — Peguei a taça de vinho.

— Sim, quando você se casar. Que eu espero que seja em breve, aliás. Você já não tem idade para ficar dormindo no ponto. Acho que esse tipo de corte ficaria bem em você.

— Sinceramente, duvido que seja "em breve".

— Eu também poderia me casar — interveio Dona.

— Sim, claro que sim, querida. Mas a sua irmã...

— Com a Amanda, por exemplo. Já conversamos sobre isso.

— É mesmo? — Meu pai pareceu surpreso.
— Claro, por que não?
— Vocês estão juntas há pouco tempo.
— Mais do que eu, que nem namorado tenho — comentei.
— E o que aconteceu com aquele garoto...? Aquele que esteve em casa no Natal passado. Era Rhys o nome dele?
— Somos só amigos, mãe.
— Ele era bonito. — Ela suspirou, resignada.
— Ele não parecia muito formal — disse meu pai.
— Por que vocês julgam assim as pessoas? — Dona revirou os olhos. — Vocês podiam se modernizar um pouco. Às vezes parece que continuam na Idade Média.
— Não é verdade! Seu pai e eu estamos muito felizes com vocês. Só estamos preocupados com a estabilidade das duas. Olhe para o Dean, tão focado e tão jovem. O que há de errado em ter as coisas claras? Se você está realmente decidida a se casar com a Amanda, perfeito. E você, Ginger, pare de beber, porque suas bochechas já estão vermelhas.
— Estou tentando me anestesiar.
Dona riu.
E depois continuei tentando. Quando terminou o almoço, começaram as músicas e serviram os coquetéis. Aproveitei a ocasião para experimentar vários com Dona, sentadas em outra mesa com pessoas mais jovens que conhecíamos do trabalho, rindo baixinho cada vez que uma das duas falava alguma bobeira ou analisando os movimentos de dança de um daqueles tios distantes que costumam pagar mico em comemorações especiais. Não sei quanto tempo passou, nem quantas taças eu já tinha tomado, quando de repente ouvi o meu nome. Franzi a testa, engoli o que estava bebendo e me virei.
— Ginger, acho que é a sua vez — disse a senhora Wilson.
— Minha vez? — balbuciei, um pouco desnorteada.
— Você tinha que ler um discurso — me lembrou Dona.
"Merda, merda, merda." Não estava a fim de ler nenhum discurso, mas, diante do silêncio da sala, deixei a taça em cima da mesa, levantei com toda a dignidade de que fui capaz e avancei como um pato tonto de salto alto em direção ao centro. Quando cheguei na frente do microfone, comecei a suar. Tirei da bolsa de mão um papel amassado. Em teoria, era um pequeno texto adorável em que eu falava sobre a minha amizade com Dean desde que éramos pequenos, do lindo casal que ele formava com Stella, e de como eu

estava orgulhosa dele. Mas na prática, tinha se tornado um monte de letras desordenadas e desfocadas. Por isso, coloquei na bolsa de novo.

— Bem, isso... Eu... — Pigarreei, nervosa. — Só queria dizer que conheço o Dean desde que... bem, desde que fazíamos cocô nas fraldas. E xixi. Isso também, claro. Somos humanos. — Ouvi algumas gargalhadas, mas não entendi o porquê. — O problema é que crescemos juntos e depois começamos a namorar e aí ele terminou comigo. — Silêncio profundo. — E a moral da história é que isso tinha mesmo que acontecer porque, claro, ele tinha que conhecer a Stella! Que é, certamente, a garota mais linda que eu já vi na vida. Stella, eu quero ter os seus cílios e o seu cabelo! — Escutei risadinhas novamente. Ela sorriu para mim da mesa central e isso me animou. — Vocês formam um casal tão fantástico... São como o Brad Pitt e a Jennifer Aniston, antes do divórcio e dos chifres, quero dizer. Enfim, estou feliz por vocês, e hoje estava pensando sobre decisões e sobre caminhos que se cruzam, porque algumas mudanças de rumo valem a pena. Estou feliz por vocês terem se encontrado. Foi o destino.

Ouvi alguns aplausos e respirei fundo. Tentei manter o equilíbrio.

— E também gostaria de acrescentar que vou te dar um presente de casamento muito especial, Dean. Outro, além do processador ultrapotente que tritura até gelo. Merda! Estraguei a surpresa! Enfim, o que eu ia dizer: o segundo presente é... o meu cargo! Sim, é isso, estou te dando o meu posto de trabalho. E o meu escritório. Que é horrível. Eu o odeio tanto, tanto...

Não houve mais aplausos. Apenas murmúrios.

Vi que Dona se aproximava de mim.

— Acho... acho que você vai fazer um trabalho sensacional na empresa — continuei, incapaz de parar, como se de repente estivesse vomitando tudo. — E é o mais justo. Porque você é um cara incrível. Muito inteligente. Ah, a mesa do escritório está um pouco bamba, mas...

— Ginger, chega. É melhor se despedir e encerrar.

— Até logo! Obrigada a todos! E viva os noivos!

Mais uma rodada de aplausos, assobios e vivas.

Não sei por quê, mas eu não conseguia parar de sorrir.

54.

De: Ginger Davies
Para: Rhys Baker
Assunto: É um pesadelo

Eu quero morrer, Rhys. Sério, é horrível. Tudo. Nem sei por onde começar. Lembra que sábado foi o casamento do Dean? Pois então, eu tinha que ler um daqueles discursos bregas e tinha passado dias preparando o texto, mas... eu não contava com o fato de estar bêbada. Você não imagina que delícia estavam os coquetéis que serviram na festa. No fim acabei passando a maior vergonha da história na frente de todos os convidados. É capaz até de aparecer no YouTube entre os vídeos mais vistos. Mas o mais importante: me demiti do meu emprego.

Sim, eu fiz isso. No casamento do meu ex.

Falei que estava dando o meu lugar de presente para ele.

Não sei o que me deu, acho que perdi o controle da situação. Segundo Dona, "eu soltei em um minuto tudo que estava reprimindo há anos". Ontem passei o dia vomitando e largada no sofá, choramingando e me lamentando. Não tinha forças nem para te escrever e te contar tudo. E sabe o que é o pior? Que hoje, segunda-feira, quando cheguei no escritório, meu pai me chamou na sala dele, disse que estava tudo bem, que qualquer um poderia ter um dia ruim, apesar de ele não estar muito feliz por eu tê-lo envergonhado na frente dos colegas que estavam no casamento, mas que fingiríamos que não tinha acontecido nada e que eu poderia voltar ao meu trabalho e cuidar das notas fiscais pendentes.

E então... eu disse que não.

Eu ainda nem tinha pensado a respeito, mas simplesmente saiu assim. Eu não quero trabalhar lá. Não quero levantar todas as manhãs para ir para aquele lugar. É isso. Essa é a verdade. No final do dia, acabei empacotando as poucas coisas que eu tinha e saindo de lá com uma caixa de papelão nas mãos. Da empresa da minha família, diante dos olhos do meu pai (ele não está nem atendendo minhas ligações, mas minha mãe diz que isso vai passar quando ele assimilar tudo).

Estou perdida, Rhys. Perdida e arruinada.

Neste momento, eu vejo o futuro como algo muito sombrio.

De: Rhys Baker
Para: Ginger Davies
Assunto: Não é um pesadelo
Parabéns, Ginger! Já era hora. Estou orgulhoso de você. Não orgulhoso de você ter tomado todas e dado um show no casamento do Dean, você entendeu, mas de todo o resto. Admito que procurei no YouTube "discurso de ex-namorada bêbada, casamento em Londres", mas infelizmente não encontrei nada. Agora, sério, não importa a situação, você foi corajosa. Estava esperando por isso desde que te conheci. Sempre soube que ali não era o seu lugar, apesar de nunca ter te falado isso diretamente. Não queria que você ficasse brava comigo e acredito que algumas coisas a gente tem que descobrir e decidir por si mesmo.

Você não tem um futuro sombrio, Ginger. Você tem um futuro imenso. Uma página em branco na sua frente. E você pode escrever o que quiser.

De: Ginger Davies
Para: Rhys Baker
Assunto: Você acredita nisso, mesmo?
Eu já imaginava que você pensava isso.

Mas você realmente acredita nisso? Uma página em branco? Acho que sim... O problema é que neste momento eu não sei com o que preencher essa página. Passo o dia inteiro vendo TV e comendo bolachinhas salgadas. Acho que estou bloqueada. É o que diz Dona.

De: Rhys Baker
Para: Ginger Davies
Assunto: Acredito, sim
Vamos ver, pensa, Ginger, o que você quer? Tenho certeza de que são muitas coisas. Faz uma lista. Do que você deseja. Dos seus sonhos. Das loucuras que passam pela sua cabeça.

Deixe-se levar, pelo menos uma vez. Sem limites.

De: Ginger Davies
Para: Rhys Baker
Assunto: Minha lista de coisas a fazer
Acabo de chegar em casa e é uma da manhã. Não, duas. Tanto faz. Essa noite fui ao bar onde Dona trabalha por conta daquela história de que

"tenho que sair mais para tomar um ar" e, enquanto tomava uma cerveja, porque até agora o álcool me trouxe muitas coisas boas (note a ironia), escrevi algumas coisas neste pedaço de papel.

Vou te enviar. Acho que eu deveria dormir...

> Viajar para algum lugar.
> Ter um filho. Ou dois. Ou três.
> Fazer alguma loucura bizarra.
> Tomar sol sem pensar em nada.
> Ter um caso. ~~Ou fazer um *ménage*.~~
> Dançar de olhos fechados.
> Cortar o cabelo. Ou tingir de rosa.
> Montar uma editora pequena.
> Ter um gato (que me ame).
> Me apaixonar de verdade.

Estou tão cansada, Rhys...

Eu achava que tudo seria fácil depois da faculdade, mas só consigo sentir o quarto girando e girando e girando... Como uma roda-gigante... Lembra? Do beijo que demos lá no alto. E eu menti quando disse que te beijei para você não começar a chorar, e imagino que você saiba que eu queria te beijar mesmo.

Você tinha um gosto tão bom... Como um sorvete de menta...

De: Rhys Baker
Para: Ginger Davies
Assunto: Que danadinha...

Olha, olha, quem diria, hein, Ginger?

Então, fazer um *ménage à trois*. Não sei por que você o riscou, eu acho uma ótima ideia. No geral, é uma lista bem razoável e interessante. Com exceção dos três filhos. Isso é um pouco assustador. Mas, fora isso, tenho algo importante para te dizer: eu sei como você pode realizar muitos desses desejos. Preparada? Lá vai:

Vem passar o verão comigo, bolachinha.

Estou falando sério. Muito sério. Tenho um quarto livre no apartamento que não uso. Coloca só o essencial numa mochila, roupa de verão e de banho, o resto você compra aqui. Pega um avião e pronto. Sem pensar. Sem ficar arranjando mil desculpas como você sempre faz. O que você me diz?

De: Ginger Davies
Para: Rhys Baker
Assunto: Merda
Merda. Essa história de passar vergonha está começando a ser frequente na minha vida. Não sou boa em ficar dentro de casa sem nada para fazer e sem objetivos para alcançar. Mas passar o verão com você? Você ficou louco? Não posso fazer isso, Rhys.

E o *ménage à trois* era mentira. Um absurdo.

De: Rhys Baker
Para: Ginger Davies
Assunto: Não aceito um não
Ginger, Ginger... por que você é tão previsível? Já sabia que você diria exatamente isto: "Você ficou louco?", porque é isso que você repete toda vez que te proponho qualquer coisa bem razoável. Vamos lá, me diz o que te impede, só uma coisa, e eu nunca mais te chateio. Qual é o problema? A ideia de passar o verão em Londres trancada em casa é mais atraente? Vamos, bolachinha, você não curte umas férias de verdade desde que eu te conheço. Isso não é saudável. Dei uma olhada nas passagens e tem um voo barato na próxima quarta-feira pela manhã. Para de pensar. Vai ser divertido. Você. Eu. A ilha. O sol. Zero preocupações.

De: Ginger Davies
Para: Rhys Baker
Assunto: Loucura...
Talvez eu me arrependa daqui a cinco minutos, mas acho que você está certo. Eu mereço essas férias. E não é tão esquisito assim, né? Somos amigos. É um bom pretexto para a gente se ver, e eu economizei dinheiro nesses últimos meses, então, sim, Rhys, aí vou eu!

QUARTA PARTE

AMOR. LOUCURA. PELE

Só se vê bem com o coração.
O essencial é invisível aos olhos.

O Pequeno Príncipe

55. RHYS

Senti assim que a vi saindo pelo terminal de desembarque. Aquele comichão. Minha pele ficando eriçada. O desejo de encurtar a distância que me separava dela. Estava com uma mochila enorme nas costas, com o cabelo meio desgrenhado e uma roupa muito quente para o calor que já fazia em Ibiza naquela época do ano. Avancei lentamente, curtindo a sensação de observá-la antes que ela me visse. Quando ela me viu, seus lábios se curvaram e ela começou a correr na minha direção. Foi mais um choque do que um abraço, um golpe no peito.

Comecei a rir e a segurei por alguns segundos.

O cheiro dela era exatamente como eu me lembrava... Deliciosamente bom...

— Você está... está igual — disse ela, depois de se afastar um pouco para me olhar. — Superbronzeado. Estou parecendo um fantasma do seu lado. Que horror. E isso porque eu como muita cenoura para ativar a melanina, mas, claro, como eu nunca tomo sol... Estou nervosa, Rhys.

— Estou vendo. — Sorri e passei a mão pelos ombros dela antes de seguir em direção à saída do aeroporto. — Fica tranquila, você vai ter muitos dias para deitar na areia e tomar sol. Quanto tempo faz que a gente não se vê?

— Um ano e meio, por quê?

— Nada. Você fica melhor com o tempo.

— Ah, tá bom! Não me sacaneia!

Me deu uma cotovelada, que mais me pareceram cócegas. Caminhamos em direção ao estacionamento enquanto ela falava sem parar. Para mim, continuava sendo reconfortante. A voz dela. Que ela falasse a primeira coisa que viesse à cabeça e emendasse assuntos que não tinham nada a ver um com o outro. Seu cabelo escuro roçava no meu braço, que ainda estava ao redor de seus ombros.

Franziu a testa quando parei e a soltei.

— O quê? Você não me disse que tinha uma moto.

— Aluguei. É mais prático assim. Vamos!

Subi e esperei ela se arrumar atrás de mim e ajustar as alças da mochila. Notei como ela ficou tensa quando liguei o motor e nos dirigimos à saída. Ela estava com as mãos frouxas, um pouco apoiadas na lateral do banco, um pouco segurando na minha camiseta. Quando paramos no primeiro sinal vermelho, suspirei.

— Acho que você está querendo se matar, Ginger...

Peguei as mãos dela e envolvi-as à minha cintura.

— Tá bom, é que eu não sabia se...

— Segura firme — falei, antes de acelerar.

56. GINGER

Meu corpo inteiro vibrava enquanto percorríamos a ilha e eu contemplava a paisagem; as linhas verdes e azuis cheias de luz que deixávamos para trás. Era tão diferente de Londres... tão cheio de vida e cor... E depois tinha ele. Rhys. As costas dele contra o meu peito, os ombros um pouco rígidos enquanto dirigia e o cabelo cor de cobre despenteando-se ao vento. Me apertei um pouco mais contra ele. Meu estômago estava tenso, duro. Segurei a respiração.

Não queria pensar no porquê me sentia assim.

No porquê ele inteiro me despertava...

Deixei de lado essas sensações e passei a curtir a paisagem até que, uns vinte minutos depois, ele começou a diminuir a velocidade conforme foram aparecendo ao longe alguns edifícios e casas baixas. Estacionou, pegou minha mochila e me ajudou a descer.

— É aqui? Sério? — Olhei entusiasmada.

— Sim. É um lugar tranquilo. Acho que o mais "tranquilo" que esse lugar pode ser no verão. Gostou? — perguntou, enquanto eu me afastava dele e me aproximava da entrada.

"Portinatx", dizia a placa de madeira na minha frente. A poucos metros de distância já se podia ver uma pequena praia, ovalada, com água azul-turquesa. Dava vontade de mergulhar de cabeça. Alguns barcos flutuavam mais ao longe, em áreas onde a costa estava repleta de rochas e não tinha nenhuma outra forma de chegar. O sol refletia na água, que brilhava como se estivesse cheia de cristais. Tudo ali tinha cheiro de verão. Era impossível não sorrir.

— É o paraíso — sussurrei.

— Vou te mostrar o apartamento.

Nós nos distanciamos um pouco do mar enquanto caminhávamos por algumas ruas dentro daquela espécie de condomínio. Rhys pegou as chaves quando chegamos a um prédio de três andares e subimos as escadas até o último. Soltei um gritinho de emoção quando entramos. Era simples e confortável. Estava decorado com tons azuis e brancos que eram típicos da ilha, e uma buganvília roxa emoldurava o janelão da sala que dava para uma varanda com uma mesa de madeira e algumas cadeiras com almofadas cinza.

— Vem, vou te mostrar o resto. A cozinha não é muito grande, mas na verdade eu nem a uso muito. O banheiro, aqui... E o estúdio que uso para trabalhar... — Era minúsculo, com uma mesa cheia de aparelhos eletrônicos. — Meu quarto... — Dei uma olhada para a cama desfeita, com os lençóis brancos revirados e algumas roupas na poltrona ao lado. — Bem ao lado do seu.

— É perfeito.

Atravessei a sala para abrir a janela de madeira e deixar entrar o ar fresco. Me inclinei um pouco sobre o parapeito. Ao longe, dava para ver uns pedacinhos de mar azul entre as árvores que rodeavam a varanda. Suspirei feliz.

— Está arrependida? Acho que não dá para escapar pela janela — brincou.

— Não. — Me virei para ele. — Estava pensando que provavelmente essa é a melhor decisão que já tomei na vida. Quero pular na água agora! Quero... sei lá, sair e ver tudo! Você trabalha hoje à noite?

— Não. Hoje sou todo seu. — Sorriu.

— Então, o que a gente ainda está fazendo aqui?

Demorei menos de dez minutos para jogar toda a roupa da mochila em cima da cama e colocar o maiô; era vermelho-escuro, com um babado ridículo perto do pescoço, mas, para dizer a verdade, fazia anos que eu não ia à praia e eu saí com tanta pressa de Londres, que o plano era comprar algo melhor quando chegasse lá. Coloquei por cima um vestido branco de verão e saí do quarto. Rhys já estava me esperando no sofá, vestindo só um calção de banho e sem camisa. Me olhou e sorriu. Tentei não admirar seu peito nu mais do que o estritamente necessário enquanto íamos para a praia com duas toalhas penduradas no pescoço e uma mochila com algumas frutas e água.

Descemos uma escada de madeira e gemi em voz alta quando tirei os chinelos e afundei os dedos dos pés na areia. Como algo tão simples podia ser tão prazeroso? Ele deu risada quando fiz essa pergunta. Mas era verdade. E pensei que deveria ter feito isso muito antes. Escapar uma semana, por exemplo. Ou alguns dias. Tirar umas férias. Estava há anos sem me dar esse capricho, sem estar satisfeita. Talvez fosse uma ironia eu começar a me sentir assim justamente quando tinha acabado de perder tudo. Pela primeira vez desde que eu me lembrava, não tinha nenhuma meta pela frente. Estava vivendo o "agora".

Esse "agora" em que eu tirava o vestido e ficava vermelha ao ver Rhys me olhando, divertido, com um sorriso torto nos lábios e os olhos brilhando.

— O que foi? — Estendi minha toalha na areia.

— Nada. — Ele colocou a dele ao lado da minha.

Nos deitamos. Fiquei meio cismada com a expressão que vi no rosto dele. Tentei ignorar. Apesar de ser quase fim de tarde, o sol ainda estava forte.

— Vamos, me diga o que você estava pensando — exigi.

Rhys me olhou meio de lado, virando-se na toalha.

— Eu só... fiquei surpreso com o seu maiô.

— Por quê? — Franzi a testa.

— Porque parece dos anos 1990.

— Não tem graça, Rhys.

— É sério, quando você o comprou?

— Bem... deixa eu pensar... — Tentei lembrar e mordi o lábio inferior quando me dei conta. — Eu tinha dezesseis anos. É, uns amigos dos meus pais tinham uma casa fora da cidade e nos convidaram para passar o dia na piscina deles e fazer um churrasco... — Respirei fundo e balancei a cabeça. — Não é tão terrível assim, é? A gente pode dizer que é *vintage*.

Rhys deu risada e estendeu a mão em minha direção. Prendi a respiração quando ele deslizou a ponta do dedo indicador pelo babado do maiô. Estremeci. E só por esse gesto. Tão pequeno. Tão irrelevante, se tivesse sido feito por qualquer outra pessoa.

— Em você não é tão terrível, isso é verdade.

Revirei os olhos para disfarçar que tinha começado a ficar vermelha e me levantei disposta a dar meu primeiro mergulho depois de tanto tempo. Rhys veio atrás. A água era transparente, deliciosa e... estava gelada. Soltei um gritinho quando coloquei um pé dentro.

— Vai, deixa de ser medrosa. De uma vez só é mais fácil.

Ele entrou de cabeça e já estava alguns metros mais adiante, com o sol envolvendo seu corpo e os olhos fixos em mim, me esperando.

— Tem certeza de que isso não faz mal para a circulação? Estou em dúvida.

— Ou você se joga, ou eu vou te pegar. Dez, nove, oito, sete...

— Ei, eu moro debaixo de um céu cinza há anos...

— Seis, cinco, quatro...

— Espera, eu tenho que me acostumar!

Ele estava perto. Muito, muito perto.

— Três, dois, um...

— Rhys, espera!

Ele pulou na minha direção. Eu me virei e corri para a areia o mais rápido que pude, rindo e ofegando, mas mal consegui avançar alguns metros e senti as mãos dele ao redor da minha cintura. Então afundei na água salgada. Afundei com ele, com o corpo dele colado no meu. Inspirei com força quando coloquei a cabeça para fora, alguns segundos mais tarde. Rhys dava risada, ainda me segurando com uma das mãos. Joguei água nele, indignada, mas suas gargalhadas me contagiaram e então a água não parecia mais estar gelada.

Acho que foi porque naquele momento, com o sol brilhando no rosto dele, com seus olhos claros entreabertos olhando fixamente para os meus, percebi que Rhys brilhava. Era isso. Uma estrela. Porém, ao contrário dele, eu já sabia desde o início. Mas enquanto brincávamos na água, nos olhando como se fosse a primeira vez, também lembrei que as únicas estrelas que eu sabia desenhar às vezes tinham pontas afiadas, mesmo que seu centro fosse deslumbrante, mesmo que fossem tão bonitas e difíceis de tocar.

— O que foi? — Ele me olhou preocupado.

— Nada. Estou feliz, estou contente.

Era verdade, apesar daquele pressentimento que tinha me abalado. Tentei não pensar mais naquilo. Fiquei olhando as gotinhas de água nos cílios dele, as sardas quase imperceptíveis ao redor do nariz, os lábios molhados e semiabertos...

— Vou sair para torrar um pouco no sol!

— Tá bom. Já, já eu vou — disse ele.

Suspirei quando me afastei dele e me sentei de novo na toalha. Abri a mochila, peguei um pedaço de melancia e fiquei vendo-o nadar ao longe, dando umas braçadas, sem pressa. Depois me deitei e simplesmente sorri quando senti o calor do sol me acariciando.

— Você vai torrar se não passar protetor.

Abri um olho. Rhys se sentou ao meu lado.

— Mas já vai começar a anoitecer...

— É a minha sugestão. Você é... bem... você vai ver.

— Eu sou o quê? — Eu me sentei.

— Branca, Ginger. Muito branca.

— Ah, nem tanto!

— Quase translúcida.

— Você é um idiota!

— Passo protetor em você, ou não?

— Não, obrigada.

Roubei os óculos de sol que ele tinha acabado de tirar da mochila e coloquei no meu rosto. Eram estilo aviador. Nem quis imaginar como ele ficaria lindo com eles. E me deixei envolver pelo barulho do mar, pelo cheiro de verão e pela paz do lugar. Quando voltei a abrir os olhos, o sol já estava quase desaparecendo no horizonte e o céu estava com um tom alaranjado que se refletia na água. Bocejei e olhei para Rhys, que estava com os fones de ouvido enquanto contemplava o pôr do sol. Ele sorriu quando viu que eu tinha acordado.

— Quanto tempo eu dormi?

— Bastante. Acho que estava cansada da viagem.

— Sim. O que você está ouvindo?

— Algumas músicas que vou tocar.

— Posso? — perguntei, um pouco hesitante.

— Claro. — Ele me passou um dos fones. — Talvez você não goste tanto quanto da última. Quer dizer, não tem voz, é só música eletrônica.

— Você nunca pensou em cantar?

Encolheu os ombros e franziu a testa.

— Não sei, poderia tentar. Quem sabe.

— Tá certo, aperta o play aí.

Eram sons fortes e poderosos. Animados também, para dançar. Imaginei ouvir aquilo no volume máximo dentro de uma boate cheia de luzes, com pessoas pulando ao meu lado...

— Quando vou poder te ver tocando ao vivo?

— Amanhã à noite. Mas tem certeza? Você pode ficar em casa se não estiver a fim de ficar lá por tantas horas...

— Não, claro que não! Vou me divertir mais que todo mundo!

— Tá bom. — Sorriu, com o olhar fixo no horizonte.

— E quantas noites você trabalha?

— Três. Terças, quintas e domingos.

— E nos outros dias?

— Vão outros DJs. E são vários por noite. Sextas e sábados vão os mais conhecidos e com cachê mais alto, que não precisam ser fixos. Escuta essa aqui.

Passou para uma música mais sombria, mais dura.

Ficamos ali até o sol desaparecer e decidimos voltar para o apartamento para tomar um banho antes de sair para jantar. Rhys entrou primeiro no chuveiro e aproveitei para guardar no armário as poucas roupas que eu tinha colocado na mochila. Eram algumas poucas peças, um estojo básico de maquiagem e um livro de bolso que eu tinha comprado no aeroporto antes de embarcar. Nada mais. Nada menos. Era como se, pela primeira vez na vida, a única coisa imprescindível fosse eu mesma.

Quando terminei o banho, vesti um shortinho confortável e uma camiseta de alcinhas. Fiquei em dúvida se colocava ou não sutiã. Meus peitos eram tão pequenos que não fazia a menor diferença, mas no final acabei colocando, como sempre.

— Pronta? — Rhys perguntou quando saí.

— Pronta — respondi, sorrindo para ele.

57. RHYS

A noite estava quente e agradável. Caminhamos em silêncio até chegar a um restaurante perto da praia e nos sentamos na área externa. O menu estava também em inglês, então não precisei traduzir nada para ela antes do garçom vir anotar nosso pedido.

Olhei para ela. Estava linda, apesar de ter exagerado no sol. O cabelo ainda estava molhado do banho e, assim, sem pentear e secando naturalmente, ficava um pouco cacheado nas pontas. Envergonhada, me bateu com a perna debaixo da mesa quando percebeu que eu não conseguia tirar os olhos dela.

Serviram uma jarra de sangria com frutas.

— Sua intenção é me deixar desconfortável? — Ginger se queixou.

— O que você quer que eu faça? Você está linda.

— É assim que você pega todas as garotas?

— Do que você está falando? — Dei risada depois de servir dois copos.

— Estava pensando nisso quando a gente estava na praia.

— Em que você estava pensando, Ginger? Seja mais específica.

— Nisso. Em todas as garotas com quem você deve ter compartilhado um momento como aquele durante os últimos anos; deitados em uma praia qualquer vendo o pôr do sol. E, a propósito, você não me contou o que aconteceu com a Alexa.

— Você já sabe. Eu não estava apaixonado por ela.

— Você nunca está apaixonado por ninguém — respondeu.

— Pois é. — Dei um gole na sangria, olhando para ela.

Olhando demais para ela, talvez. Olhando fixamente para ela.

Porque naquele momento eu entendi que não tinha nada que eu gostasse mais do que aquilo, de olhar para ela e memorizar cada pequeno gesto, cada careta, cada detalhe do rosto dela. Ela estava com uns brincos pequenos em forma de morango. E tinha os lábios carnudos, macios. Lembrei como era beijá-los. Lambê-los. Mordê-los. Respirei fundo. Dei outro gole.

Jantamos enquanto ela me contava que a relação com o pai ainda estava tensa, apesar de terem se falado algumas vezes depois que ela decidiu sair da empresa. Ginger beliscou algumas batatas com a mão e pedimos uma segunda jarra de sangria. Ela estava com as bochechas rosadas, os olhos brilhantes e despertos.

— Vamos falar da lista — soltei, então.

— A lista? Por favor, Rhys, eu tinha bebido...

— Está bebendo agora também, e você parece bem lúcida.

— Retificando, então: eu tinha bebido e estava sozinha e triste.

— Qual é, Ginger, é a sua lista de desejos.

— Uma lista de desejos escrita em um guardanapo.

— Não importa. O primeiro ponto, "viajar para algum lugar", acho que você já cumpriu esse. O segundo... — hesitei — essa história de ter filhos... é sério? Um, dois ou três? Como se fossem... sei lá, alcachofras?

— Alcachofras... — Ginger gargalhou.

— Seja lá o que for. Você tem vinte e três anos.

— E? Eu sempre quis ser mãe.

— É mesmo? — Olhei para ela com espanto.

— Sim, e você também deveria pensar nisso. Você vai fazer... Quantos? Vinte e nove? Você já não é mais um moleque. Não estou falando de paternidade, mas de uma vida mais estável.

Nos olhamos por alguns segundos em silêncio.

"Estável, estável, estável..." Suspirei.

— Esquece. Vamos para o terceiro ponto.

— "Fazer alguma loucura bizarra" — disse.

— Vamos ter tempo para pensar nisso.

— Quarto: "Tomar sol sem pensar em nada".

— Sim, acho que já fiz isso hoje e pretendo continuar fazendo até o dia de ir embora. — Ela tomou o último gole, eu peguei a carteira quando o garçom veio para levar a jarra vazia e paguei a conta.

Levantamos e demos um passeio à beira-mar. Caminhávamos devagar, meio bêbados, com a mão dela tocando a minha de vez em quando sem querer. Ou querendo. Não sei. Seu cabelo escuro tinha deixado de ser perfeitamente liso e agora caía desalinhado por suas costas. Acariciei-lhe as pontas distraído enquanto avançávamos.

— Pronta para passar para o quinto ponto?

— Meu Deus, não, Rhys! — Tampou o rosto com as mãos.

— "Ter um caso. Ou fazer um *ménage*."

— Não é verdade! — Parou de andar e me encarou, com os braços cruzados. Sorri quando vi seu nariz enrugado e o rosto um pouco vermelho pelo sol. — Eu risquei a última parte.

— Mas dava para ler do mesmo jeito, Ginger. Vamos ver, me tira uma dúvida...

— Não, não quero falar sobre isso...

Mas ela deixou escapar uma risada enquanto falava.

— Um *ménage à trois* com uma garota ou com um cara?

— Hummm... Um cara. Ou seja, dois caras.

— Hummm. Tá certo. Interessante...

— Era só uma ideia, muito mais para pensar em algo fora do comum do que pelo próprio ato em si. Mas tá bom, não importa. Tenho certeza de que você já fez isso várias vezes.

— Sim. — Respondi, e ela suspirou. — O que foi?

— É que eu nunca fiz nada "imprevisível" na vida. Olha só você. Tantos países, tantas garotas, tantas experiências... Acho que você chega até a enjoar de sexo, enquanto eu não tenho muita certeza se já experimentei muito mais do que o "papai e mamãe".

— Porra, Ginger.

— O que eu disse?

Prendi a respiração. Abaixei a cabeça para olhar nos olhos dela e mordi o lábio inferior. Meu coração batia rápido, forte. Eu tinha prometido a mim mesmo que desta vez evitaria situações assim, que manteria as mãos quietas e uma distância segura... e já estava falhando, antes de fazer vinte e quatro horas que eu tinha ido buscá-la no aeroporto.

Me inclinei. Meus lábios tocaram no pescoço dela.

Ela estremeceu. Ficou tensa.

— A gente não enjoa de sexo. E em outras circunstâncias, em outra vida, talvez a gente já estivesse transando aqui, agora, encostados ali naquele carro — sussurrei no ouvido dela. — Mas o que rolou da última vez entre nós fez com que as coisas ficassem estranhas depois. Então vamos tentar... estabelecer algumas regras...

Ginger se afastou e me olhou, enrugando o nariz.

— Não se preocupe, acho que consigo manter as mãos longe de você sem ter que estabelecer nenhuma regra. Obrigada por ser tão atencioso e pensar em tudo.

— Tem certeza? — Levantei as sobrancelhas.

— Essa coisa de fazer sucesso te subiu um pouco à cabeça.

Dei risada e ela me deu um tapa antes de voltar a caminhar e descer as escadas de madeira por onde tínhamos passado naquela mesma tarde para ir à praia. Caminhamos pela areia no escuro. Ouvíamos o sussurro das ondas a distância. Não sei em que momento acabamos rindo de novo por alguma bobagem e acabamos deitando na areia sem pensar em nada mais. A lua brilhava no céu cheio de estrelas.

— Próximo ponto... "Dançar com os olhos fechados."

— Isso é fácil. Mas eu quero "dançar de verdade". Sem medo, sem preocupações. Sem me importar se estou pagando mico ou se as pessoas estão pensando que eu sou doida.

— Gostei. Sete: "Cortar o cabelo ou tingir de rosa".

— Ah, mas não agora. Gostaria de fazer isso em algum momento importante, sabe? Durante uma dessas mudanças internas que acabam sendo também externas. Sempre quis cortar o cabelo como o das garotas francesas, estilo *chanel*.

— Ficaria ótimo. E agora, a parte importante...

— Não quero nem que você fale em voz alta.

— Ponto oito: "Montar uma pequena editora".

— Podemos deixar essa parte para outra hora? Sério, juro que não vou fugir do assunto quando a gente falar sobre isso de novo, mas agora estou bêbada e feliz e, olha, posso fazer um anjinho na areia como se fosse neve! — Ela começou a balançar os braços de um lado para o outro.

Deixei escapar uma gargalhada. Fiquei com vontade de falar que eu poderia ter passado muitas noites na praia com garotas diferentes, mas nenhuma como aquela. Nenhuma tendo ao meu lado alguém com quem eu pudesse simplesmente "ser" e "estar", sem mais, sem me esconder, sem me comportar como o cara calado e reservado que o resto do mundo conhecia.

Porque Ginger trazia à tona o melhor de mim.

Fazia com que eu não desejasse nada mais.

— E o próximo?

— "Ter um gato (que me ame)."

— Você tem medo de ter um gato que te odeie?

— Com certeza. Vou adotar um de algum abrigo, se um dia eu tiver um trabalho estável e for morar sozinha e tal. Você percebe que até agora é como se eu nunca tivesse feito nada de útil em toda a minha vida? É como se eu estivesse começando do zero.

— E isso é ruim? — Virei a cabeça para ela.

— Acho que não, dada a situação...

— O último ponto...

— A sangria estava deliciosa.

— Não muda de assunto. "Apaixonar-se de verdade."

— Olha só, você querendo falar de amor!

Eu me sentei e olhei para ela.

Ela estava tão despreocupada... Tão feliz... Sob a luz da lua. Com a roupa amassada, o cabelo bagunçado, a poucos centímetros de mim, muito perto... perto demais... Cravei os dedos na areia, tentando segurar a vontade que eu sentia dela...

— Não entendo essa parte — insisti.

— Qual parte? — Ela evitou me olhar.

— O final. Esse "de verdade". O que você quis dizer? Que na verdade você nunca se apaixonou? — Escutei-a respirar fundo. Continuou com os olhos fixos no céu.

— Pode ser. Talvez "amar" e "apaixonar-se" não sejam a mesma coisa. E eu quero... quero ficar louca por alguém. Quero sofrer por não poder tocá-lo. Quero sentir aquele frio na barriga duas ou três vezes por dia e ter olhos só para ele. Você sabe, a intensidade dos primeiros meses, antes das emoções se acalmarem, antes da rotina chegar...

Calei. O coração me gritando coisas.

Os dedos ainda cravados firmemente na areia.

Um beijo que nunca aconteceu, perdendo-se entre as palavras dela.

58. RHYS

— Cacete, Ginger. Eu falei que você ia torrar.
— Mas o sol já estava quase sumindo...
— Vou até a farmácia buscar alguma coisa.
— Eu quero chorar. Está doendo — ela choramingou.

Eu me inclinei e dei um beijo na cabeça dela antes de pegar as chaves do apartamento. Eram três da tarde e tínhamos acabado de acordar. Ginger estava tão vermelha que eu me assustei ao vê-la. Ela ficou com a marca dos meus óculos nos olhos e parecia um guaxinim. Quase não consegui segurar a risada quando ela apareceu assim na cozinha procurando café.

Voltei depois de comprar um creme para acalmar a ardência das queimaduras. Quando ela terminou de passar no rosto, nos braços e nas pernas, pedi para ela deitar no sofá para eu passar em suas costas. Ela obedeceu e eu levantei devagar sua camiseta.

— Ai, com cuidado.
— Sim, sim. Fica tranquila.
— Prometo que da próxima vez eu te escuto — disse ela, enquanto eu espalhava o creme. Respirei fundo, subindo pela cintura dela. — Como é que eu vou sair assim na rua? E supostamente esta noite eu vou com você ao seu trabalho. Você nem poderá me apresentar para os seus amigos...
— Para de falar merda.
— Vão pensar que eu sou um camarão.
— Ginger, eu vou desabotoar o seu sutiã.
— O quê? Não. Deixa, não está doendo mais.

Segurei Ginger com delicadeza quando vi que ela tentava se sentar e então abri o fecho. Respirou fundo quando a livrei daquela tortura e cobri a área das costas com mais creme, acariciando-a devagar. Depois puxei a camiseta dela para baixo e me levantei, com a boca seca.

— Vê se não faz mais besteira e veste algo confortável nesses próximos dias.
— Eu preciso comprar roupas — reclamou.
— Tá bom. A gente vai amanhã à tarde.

59. GINGER

Não sei bem o que eu tinha pensado quando Rhys me falou daquele trabalho em Ibiza, mas certamente não era aquilo. Nunca me passou pela cabeça que poderia ser um lugar tão grande, com tanta gente se divertindo lá dentro, pulando ao ritmo da música e bebendo. Contemplei admirada aquele espetáculo, enquanto ele me pegava pela mão e me puxava até uma área VIP no primeiro andar com vista para todo o local. Era como se o chão ecoasse ao som da música.

Fiquei olhando as pessoas que estavam no camarote em que chegamos. Eram dois caras e três garotas. Todos jovens, bonitos e vestidos para a ocasião, nada a ver com a roupa de praia que eu estava usando, nem com a minha cara lavada e vermelha do sol.

— Ei, cara, você sumiu — disse um deles. Notei que ele era inglês pelo sotaque. Tinha o cabelo escuro e encaracolado, quase sem pentear.

— Achávamos que você tinha morrido — brincou uma garota loira.

— Alec, esta é Ginger, a garota de quem eu te falei.

— Oi, gata, tudo bem? Vem cá. — Apontou para o lugar vazio no banco ao seu lado. — Fica tranquilo. Eu faço companhia para ela até você terminar.

— Beleza. Os outros são Bean, Emily. — Apontou para a garota loira. — E suas amigas...

— Helen e Gina — se apresentaram, ao ver que Rhys não se lembrava dos seus nomes.

— Isso. Desculpa. Tenho que ir agora... — Ele me olhou, hesitante.

— Fica tranquilo, eu cuido bem dela. — Alec passou o braço pelos meus ombros enquanto eu me sentava ao lado dele. Depois acendeu um cigarro. Aparentemente, na área VIP era permitido fumar. Entre muitas outras coisas, como eu descobriria mais tarde. — Vai logo, Rhys.

Ele me deu uma última olhada antes de se afastar e se perder na multidão. Ele tinha me falado naquela tarde de seus amigos. Ou melhor, conhecidos. Tinha começado a sair com eles durante aqueles meses em que estava morando ali; na realidade, se dava bem com Alec, que era o sobrinho do dono daquela boate em que estávamos.

— De onde você é? — perguntou.

Tossi quando engoli um pouco de fumaça.

— De Londres. E você?

— Também. — Sorriu. — Então você é a melhor amiga de Rhys. Bem, pelo menos foi isso que ele me disse. Como vocês se conheceram? — Deu uma tragada no cigarro, ainda sem me soltar.

— É uma longa história...

— Adoro histórias assim! — Emily sorriu para mim.

— Bem... é... vamos ver. Eu tinha acabado de terminar um namoro, então quis fazer uma loucura inesperada e peguei o primeiro avião para Paris. Aí, quando estava na máquina tentando comprar um bilhete de metrô, me atrapalhei um pouco... E Rhys apareceu.

— Uau, e aí? — Notei que Emily não estava usando roupa íntima quando cruzou as pernas, metida naquele minivestido fúcsia que se ajustava às suas curvas.

— Hummm... passeamos por Paris a noite inteira...

— Quem diria que Rhys era um romântico? — Alec deu risada, e os outros riram também.

— Não, não foi isso que eu quis dizer. Apenas ficamos amigos.

— Você parece tensa. — Alec massageou meu ombro direito. — O que você quer beber? Bean, vai chamar o garçom. Não sei que diabos acontece com ele, mas faz dez minutos que ele não aparece por aqui. — Bufou, dando uma olhada para os copos vazios em cima da mesa.

— Olha, Rhys já vai começar — comentou Gina.

Senti meu peito pulando e levantei. Fui sorrindo até a grade enquanto fixava o olhar na cabine do outro lado. Ele estava lá dentro, com os fones de ouvido e os olhos cravados na mesa de mixagem, as primeiras notas soando a todo volume, lentas, suaves, subindo pouco a pouco.

Era mágico. Viciante. Contagiante. Ele e sua maneira de mover as mãos, de se concentrar no que estava fazendo, de se isolar do resto do mundo, mesmo estando cercado por centenas de pessoas balançando-se ao ritmo da música. E não sei por quê, mas, olhando para ele, tive vontade de chorar. De emoção. Mas também de algo mais...

De algo profundo, algo sem nome...

— É maravilhoso, não é?

Me assustei ao escutar a voz de Emily ao meu lado. Fiz que sim com a cabeça, distraída, e aceitei a bebida que ela me ofereceu. Dei um gole. O sabor era um pouco forte.

— Ele é bom nisso — eu disse.

— Mais do que bom. E isso é só o começo.

— O que você quer dizer?

— Que ele nasceu para fazer algo grande. Acredite em mim: em pouco tempo ele vai estar nadando em dinheiro, sendo disputado em todos os festivais e dando autógrafos na rua.

Quase fiz em voz alta a pergunta que estava na minha cabeça, mas no final guardei-a para mim: *O que é algo grande? Como é possível quantificar as metas, os sonhos, os objetivos?* Engoli em seco, com os olhos fixos em Rhys, em como ele parecia ausente, perdido em si mesmo enquanto as luzes coloridas pulsavam ao seu redor.

Eu desejava algo "grande" para ele... Mas não podia deixar de pensar em todas as coisas "pequenas" que poderiam ficar pelo caminho, aquelas que no final acabam marcando uma vida. Nos passos curtos que brilham menos na aparência, mas que no fundo estão cheios de sorrisos, de amor, de emoções que enchem de cor o nosso dia a dia...

Não sei por quanto tempo fiquei ali olhando para ele, concentrada, aproveitando aquele momento para me impregnar dele. Quando terminou a sua apresentação, eu ainda estava de pé, arrepiada, com um nó estranho me apertando a garganta. Respirei fundo. Virei e vi Alec com a borda de um cartão de crédito pegando um punhado de cocaína e espalhando sobre a mesa.

Levantou os olhos para mim e sorriu, meio bêbado.

— Vamos nessa, gata? — perguntou.

— Não, obrigada. — Eu me sentei.

Incomodada. Um pouco nervosa. De repente, me sentindo deslocada depois do êxtase de ter visto Rhys na cabine. Vi Emily se inclinar sobre uma das fileiras com um tubinho entre os dedos e aspirar com força pelo nariz.

Alec olhou para mim de novo quando ela terminou.

— Tem certeza de que não quer? É da boa.

Vi Rhys aparecer pela porta do camarote antes que eu pudesse recusar novamente. Seus olhos pararam primeiro em mim, depois na mesa e, por fim, se estreitaram.

— O que você está fazendo oferecendo isso para ela? — esbravejou.

— Fica tranquilo. Só queria ser um bom anfitrião.

— Caralho. — Rhys passou a mão pelo cabelo, perturbado, e depois a estendeu para mim. Havia algo nele, uma espécie de fragilidade, que me fez aceitá-la. — Vamos, Ginger.

— Já? — Emily protestou.

— Ei, fica um pouco mais. Aqui, prova. É da que você gosta — disse Alec, passando para ele o tubinho. Rhys negou com a cabeça, se despediu e saiu, me arrastando atrás dele. Pestanejei, confusa, enquanto olhava para as costas dele, a tensão em seus ombros, as pontas douradas do cabelo um pouco úmidas de suor, a música nos envolvendo...

    Tentei encaixar a imagem que eu tinha dele com aquilo tudo. Tentei encaixar muitos Rhys em um só, mas não consegui. E o senti mais longe do que nunca.

60. RHYS

Estávamos na varanda do apartamento, cada um com um copo de Coca-Cola na mão. Sentia o cheiro das plantas lá embaixo e da brisa do mar que chegava até ali. Só se ouviam alguns grilos ao longe, porque Ginger não tinha falado absolutamente nada desde que saímos da boate. Suspirei. Me estiquei e apoiei as pernas na beira da cadeira em que ela estava. Toquei as dela com as minhas. Ela me olhou. Acho que pela primeira vez desde que a conheci, não consegui identificar o que significava uma expressão dela, o que estaria passando por sua cabeça.

    — Ginger... — sussurrei.

    — Você nunca me falou sobre isso.

    — Não. Porque não é importante.

    — Claro que é. Você usa.

    — Mas todo mundo usa. É...

    — É o quê? — perguntou.

    — É normal, Ginger. É isso.

    — Me poupe, Rhys...

    Ela levantou da cadeira, mas eu a agarrei antes que ela se afastasse, e ela terminou no meu colo. Afastei o cabelo do rosto dela, nervoso, odiando vê-la com a cara fechada, com aquele olhar de decepção...

    — Desculpe. E você tem razão, eu sei que não deveria fazer isso, mas neste ambiente... neste mundo... — Sacudi a cabeça. — Não quero ficar procurando mais desculpas. Na verdade, eu queria que você nunca ficasse sabendo, porque eu não queria... isso, não queria ver você assim, ver a forma como você está me olhando agora.

Ginger respirou fundo, passou os braços pelo meu pescoço e me abraçou.

— É que por um momento eu senti que não te conhecia, Rhys.

— Porra, não fala isso, porque se você não me conhece, então quem conhece?

Ela não respondeu. Não disse nada. E aquele silêncio me assustou. Aquele vazio repentino.

61. GINGER

Os dias seguintes foram tranquilos, agradáveis. Na sexta à tarde fomos ao centro de Ibiza e comprei uns biquínis novos, algumas roupas de praia e, no final, entramos em uma loja famosa e procurei algo para sair à noite. Escolhi três modelos. Rhys esperava pacientemente na porta do provador. O primeiro, eu descartei antes de sair. O segundo tinha um decote esquisitíssimo. E o terceiro... me fez ficar alguns segundos a mais me olhando no espelho. Era um tomara que caia simples, bem ajustado e curto, vermelho-cereja.

Saí. Ele tirou os olhos do celular para me olhar, olhou para baixo e depois olhou para cima de novo, como se não tivesse me visto bem na primeira vez. Seus olhos cinzentos deslizaram lentamente pelo meu corpo e eu segurei o impulso de correr de volta para o provador.

— É curto demais e também...

— Tá brincando, né? Você vai levar esse!

Sorri, ainda um pouco inibida.

— É para eu usar no domingo...

— Mas se você quiser andar pela casa assim...

— Como você é idiota, Rhys.

Revirei os olhos antes de fechar a porta e começar a me trocar. Depois, quando terminamos as compras, passamos o resto da tarde passeando pelas ruas de paralelepípedos rodeadas de casinhas brancas e baixas que nos acompanhavam em direção às muralhas da fortaleza. Tinha mercados, barraquinhas de artesanato e um monte de lugares para comer. Acabamos jantando ali mesmo, sob a luz amarelada de uns postezinhos que iluminavam a área externa onde nos sentamos. E naquele momento, com ele diante de mim, pensei que tudo era perfeito. Mesmo que houvesse uma barreira entre nós que parecia estar aumentando pouco a pouco. Mesmo que, às vezes, nossas diferenças nos afastassem...

Não voltei a tocar no assunto que tínhamos conversado na varanda na noite anterior. Nos dias seguintes, me limitei a curtir a companhia dele e a falar a primeira coisa que me viesse à cabeça a qualquer hora, em vez de procurar o computador para escrever um e-mail. E assim as horas passaram voando, as tardes vendo o pôr do sol e as manhãs levantando tarde e aproveitando o prazer de tomar café sem pressa antes de planejar algum passeio pela ilha ou visitar as praias mais distantes.

Quando chegou o domingo, comecei a ficar nervosa.

Eu me arrumei, coloquei o vestido vermelho e fiquei mais quieta do que o normal no caminho até o trabalho dele. Ao chegarmos, Rhys foi até a porta de trás para evitar a fila da entrada. Quando entramos, me puxou com delicadeza.

— Espera. Vou com você até lá em cima.

— Como assim? — perguntei.

— Enquanto eu estiver na cabine, você pode ficar no camarote com o Alec e os outros, como no outro dia. Eles não são más pessoas, é só que...

— Não, eu vou ficar aqui — cortei.

— Aqui onde? — Estranhou.

— No meio das pessoas. Dançando. Me divertindo.

— Tem certeza? — Hesitou. — Ginger...

Por um segundo, baixou o olhar até o meu decote e eu o vi engolir em seco antes de respirar fundo. Fiz que sim com a cabeça e sorri. Não queria que ele ficasse nervoso enquanto trabalhava ou que ficasse pensando em mim ou se eu estaria bem. Eu estaria bem. Com certeza estaria. Naquela noite eu ia viver aquele momento como todos os outros que estavam ali, e não sentada em um camarote. Queria pular e dançar e rir como se não houvesse amanhã. Mesmo sozinha.

— Me procura depois. Vou ficar perto da cabine.

Fiquei na ponta dos pés, dei um beijo na bochecha dele e me afastei. Depois, fui até um dos balcões e tentei abrir um espaço entre a multidão para pedir uma *piña colada*. Fechei os olhos quando dei o primeiro gole pelo canudinho. Estava deliciosa.

Soube que Rhys já estava na cabine assim que terminou uma música e começou a seguinte. Identifiquei o som da música dele, que sempre começava lenta, gradual, como se precisasse desses minutos iniciais para se ambientar. Olhei para ele de lá de baixo, como o resto das pessoas dançando ao meu redor, e sorri orgulhosa. Estava tão lindo... Tão sério... O cabelo loiro desalinhado acariciava sua testa e de vez em quando ele curvava os lábios com timidez. Não olhava muito para o público, como se tivesse vergonha.

Parecia retraído, como sempre. Hermético. Muito ele.

Em algum momento, parei de prestar tanta atenção nele e me envolvi com a música, com o ambiente, com a segunda bebida que pedi e com umas meninas muito legais que tentaram arranhar um inglês comigo, com quem acabei dançando e rindo, principalmente quando, às duas da manhã, a verdadeira festa começou e a pista se encheu de espuma por toda parte. Acho que, ironicamente, foi uma das noites mais divertidas de que me lembro. Ali. Sozinha. Rodeada por um bando de desconhecidos pulando ao meu lado.

Só percebi que a apresentação de Rhys já tinha terminado quando olhei para cima e vi outro cara na cabine, com os fones de ouvido em volta do pescoço.

— Achei você, bolachinha — sussurrou ao meu ouvido.

Virei para ele e me agarrei em seus ombros ao escorregar. Eu tinha espuma da cabeça aos pés e não conseguia parar de rir, feliz. Rhys sorriu para mim.

— E aí, se divertiu? — perguntou.

— Muito! Foi incrível! Você foi incrível!

— Tudo incrível. Vem, vamos pegar uma bebida.

Pedimos dois *mojitos* no bar. Rhys estava usando um boné, mas mesmo assim ninguém parecia prestar atenção enquanto dançávamos juntos, colados, roçando-nos entre a espuma e deixando-nos contagiar pela atmosfera criada pelas luzes coloridas que iluminavam o rosto dele entre as sombras. Foi então que aconteceu. Eu me desconectei, fechei os olhos e simplesmente dancei. Com ele. Comigo mesma. Sem me importar se estava sendo ridícula ou se estivessem me olhando. Apenas... seguindo a música. Apenas... sentindo Rhys tão perto. Tão, tão, tão perigosamente perto. E o chão ecoando aos nossos pés. As pupilas dele fixas em meus lábios, que umedeci lentamente quando abri os olhos.

— Caralho, Ginger... — resmungou.

A mão dele na minha cintura, descendo...

— Em que você está pensando?

— Você sabe. — Engoliu em seco.

Eu o vi tentando resistir. Tenso, ansioso. E então dei um passo para atrás, me afastando dele, porque dessa vez eu não pensava em me arriscar, não ia forçar algo que não era para acontecer. Virei, com a ideia de ir até o bar novamente, quando senti os braços dele na minha cintura, seu peito colado nas minhas costas, seus lábios na minha nuca, me beijando suave...

Respirei fundo, tremendo. Rhys se virou para ficar na minha frente, com os dedos mexendo distraidamente na barra do vestido vermelho.

— Está vendo como a gente tinha que ter estabelecido regras?

— Eu te disse que manteria as minhas mãos quietas.

— Mas nunca falamos sobre se eu seria capaz...

E então seus lábios se chocaram com os meus, com raiva, com desejo, com tanta vontade que passei os braços pelo pescoço dele para manter o equilíbrio naquele chão escorregadio pela espuma. Fiquei ofegante ao tocar a língua dele, ao beijá-lo como se o mundo fosse acabar naquela noite e não tivéssemos mais tempo. Nos movemos pela pista de olhos fechados, sem nos soltar, sem prestar atenção em nada à nossa volta. Só ele. Eu. Os dois perdidos entre beijos, entre as luzes, no ar denso daquele lugar. Eu queria mais. Eu queria tudo dele.

Rhys cortou o beijo. Respirou com força, com as duas mãos no meu rosto e com os olhos cravados nos meus. Parecia perdido. Também mais vivo do que nunca. Assustado e eufórico. Com desejo e um pouco desorientado. Olhei para seus lábios avermelhados.

— Vamos sair daqui. — Me deu mais um beijo.

Outro. E outro. Cada beijo, uma marca invisível.

62. RHYS

Eu já sabia que ia cair em tentação assim que vi Ginger no terminal do aeroporto. E mesmo sabendo, não fiz o suficiente para evitar. Mas ela me deixava louco. O cheiro bom que ela tinha. O sorriso. A voz. Cada detalhe. O fato de eu poder "ser" ao lado dela. E naquela noite... vê-la dançar daquele jeito, finalmente solta, sem pensar em nada, sem ter mil coisas na cabeça, com aquele vestido vermelho que subia pelas coxas centímetro a centímetro cada vez que ela mexia os quadris...

Tinha sido a minha perdição. Toda ela.

E agora estávamos à beira-mar, o mais longe que conseguimos chegar caminhando entre beijos e carícias bruscas antes de acabar um em cima do outro na areia. Se eu ainda tinha alguma sombra de dúvida, ela tinha desaparecido assim que senti o corpo dela sob o meu, cada curva me fazendo delirar, cada beijo me excitando um pouco mais....

— Eu vou te comer aqui mesmo se a gente não parar.

— Rhys... — Ela riu e eu respirei fundo.

— É sério, Ginger....

— Mas tem gente. Alguém pode ver.

— Estão longe — murmurei.

Ela curvou levemente os quadris, me procurando. Afastei o cabelo que caía em seu rosto e mordi sua boca. Ficou ofegante. Senti meu peito pulsando e, devagar, deslizei uma mão por sua coxa, por baixo do vestido. Senti que ela estremeceu. Subi um pouco mais, segurando a respiração, incapaz de parar de olhar para ela, enquanto puxava sua calcinha para o lado e ela mordia os lábios já avermelhados.

— Alguém vai ver. Rhys...

— Você quer que eu pare?

Não tinha tanta gente. Só uns grupos de jovens e um ou outro casal bem longe, que não prestavam atenção em nós. E era uma noite escura, com a nossa lua minguante.

Acariciei entre as pernas dela. Ela gemeu.

— Fala, o que eu faço...? Ginger, olha para mim.

Seus olhos estavam nublados, cheios de desejo.

— Continua — sussurrou, curvando-se novamente.

E continuei. Devagar. Memorizando cada detalhe. Afundando meus dedos nela. Agarrando-me àquele momento. Me satisfazendo. Sorrindo cada vez que ela ficava impaciente e tentava fazer com que eu fosse mais rápido. Até que ela decidiu que também queria brincar; deslizou uma mão entre nossos corpos, me procurando. Não sei o que murmurei baixinho, mas ela me pegou de surpresa. Desabotoou o botão da minha calça e me deixou no meu limite. Gemi quando senti um arrepio, porque, porra... eu estava perdendo o controle. Os dois completamente ofegantes, acariciando-nos deitados na areia. O resto do mundo pareceu deixar de existir. O tempo pareceu diminuir. Procurei os lábios dela. Lambi. Mordi. Acariciei-os como se fosse o primeiro beijo que dávamos, porque o gosto dela na minha língua era o melhor que eu já tinha provado na vida. Acelerei o toque e ela ficou tensa, tremendo.

Levei minha outra mão até a garganta dela, deixando meu polegar deslizar por sua pele, subindo e desenhando os contornos de seus lábios, sem deixar de olhar para ela.

Ela estava com a respiração cada vez mais agitada, mais e mais... E meu coração, prestes a explodir.

E então ela se soltou. Nos soltamos. O prazer nos abraçando ao mesmo tempo. Seus gemidos afogados pelo beijo que eu não pude reprimir e pelo murmúrio das ondas. Então, quando consegui parar de tremer, tiramos os sapatos, peguei-a nos braços e entrei no mar com roupa e tudo. A água estava morna e ouvíamos algumas vozes a distância. Nenhum dos dois disse nada. Não sei quanto tempo ficamos ali, balançando-nos abraçados, ela com as pernas na minha cintura e com o rosto apoiado no meu ombro. Só lembro que quando saímos eu já estava sóbrio e que quando subimos na moto ainda estávamos os dois encharcados. Ginger passou o caminho todo com a cabeça enfiada nas minhas costas, e quando chegamos no apartamento, acabamos no sofá, juntos, ainda vestidos e molhados, com as pernas entrelaçadas e exaustos, com todas aquelas palavras entaladas na garganta que nenhum de nós ousou pronunciar naquela noite.

63. GINGER

A luz do sol aquecia a sala quando abri os olhos. Não sabia que horas eram, mas tinha a sensação de que já passava do meio-dia. Fiquei alguns segundos olhando para as partículas de pó flutuando pelo ar, ausente, ainda um pouco confusa por tudo que tinha acontecido nas últimas horas. Eu me lembrava de ter passado a noite com Rhys no sofá, de acordar de manhã e de me aconchegar mais contra ele antes de voltar a dormir.

Levantei e vi que ele não estava.

Um pouco desconfortável, tomei um banho e tirei o vestido que ainda estava usando. Meu cabelo estava um desastre, cheio de areia e todo embaraçado. Quando saí do banheiro meia hora depois, a casa estava cheirando a café e Rhys estava na cozinha, de costas para a porta. Fiquei olhando para ele um instante, limpei a garganta e entrei. Ele me olhou de lado e colocou umas colheres de açúcar na caneca.

— Você não estava quando eu levantei.

Foi a única coisa que me ocorreu dizer.

— Fui comprar café. Tinha acabado.

— Obrigada. Acho que estou precisando.

Ele se afastou do balcão quando eu me aproximei para me servir. Nem cheguei a fazê-lo. Ainda estava decidindo qual copo pegar quando senti seus olhos em mim, seu peito inchar antes de falar, suas mãos soltando o copo que estava segurando.

— O que aconteceu ontem à noite... — ele começou.

— Não deveria ter acontecido. Já sei disso.

Não me dei ao trabalho de olhar para ele. Eu não queria.

— É muito arriscado.

— Sim. Uma péssima ideia — concordei.

— Você. Eu. Poderia ser catastrófico.

— Sim. Melhor evitar.

— Tá bom. — Ele deu um passo em minha direção.

— Tá bom. — Prendi a respiração.

E um segundo depois ele segurou meu queixo com os dedos e nossos olhares se cruzaram antes de ele me dar um beijo ansioso, brusco, selvagem. Soltei um gemido, surpresa. Rhys me levantou e me sentou na mesa branca da cozinha. Passei as pernas por seus quadris, chamando-o para mim, respirando agitada. Porque, com ele, era assim. Com ele, era ir do zero ao infinito em um segundo, era perder o controle, era parar de pensar. Eu nunca tinha desejado tanto alguém. Nunca tinha tido outra pessoa colada em mim e sentido a necessidade de que ele estivesse ainda mais perto, mais e mais, mesmo que fosse impossível. Peguei no cabelo dele e puxei, quando seus lábios se perderam no decote do vestido solto que eu estava usando.

— Rhys...

— Fala.

— O que significa isso?

— Não sei. — Ele me olhou com as pupilas dilatadas, o cinza de seus olhos mais escuros, suas mãos entrando por baixo do meu vestido. — Significa que eu te desejo mais do que o medo que eu tenho de te perder... — Puxou minha calcinha. — E te garanto que eu fico aterrorizado com essa possibilidade. Aterrorizado... que algo se quebre entre nós. Mas quando eu olho para você...

Apressada, desfiz o nó do moletom que ele usava e ele gemeu e mergulhou a língua na minha boca.

— A gente não vai deixar nada se quebrar....
— Promete. — Acariciou minha bochecha.
— Prometo, Rhys. De verdade.

Soltou o ar que estava segurando e levantou meu vestido antes de seu corpo se encaixar no meu; profundo, selvagem e, mesmo assim, carinhoso, ao me envolver com um abraço. Fiquei ofegante e mordi seu ombro, agarrada nele, ainda sobre a mesa da cozinha. Estava com as costas rígidas, o corpo tenso, a respiração acelerada. Eu me sentia repleta dele, repleta de algo tão intenso que preferi não nomear, enquanto o prazer me envolvia e Rhys se movia mais rápido. Tempos depois eu ainda sentia arrepios ao me lembrar daquele momento; com nossos gemidos um pouco contidos, com a expressão dele enquanto se afundava em mim, com a força de cada movimento e minhas unhas cravadas em seus ombros. Quase não nos beijamos. Nos mordemos. Nos olhamos. Nos sentimos. Nos deixamos levar.

E sim, acho que algo mudou.

Porque também nos perdemos.

64. RHYS

Ginger sorriu lentamente quando eu sugeri algo para cumprir aquele item da lista dela, "fazer alguma coisa estranha". Naquela mesma tarde, fomos a um estúdio de tatuagem. E escolhemos a mesma. Pequena. Nossa. Uma lua crescente no pulso.

Era a primeira vez que eu me tatuava com alguém. E, naquele momento, já soube que seria a última.

Porque eu não me imaginava fazendo aquilo com mais ninguém. Não conseguia me imaginar olhando abobalhado para qualquer outra garota enquanto marcavam na pele dela o desejo de poder tirar os pés do chão, de olhar mais alto, de tentar tocar a lua.

Pensei no quanto ela tinha mudado desde a noite em que a conheci em Paris. Ela pode ter dado uns tropeços e ainda não ter encontrado seu lugar, mas estava mais corajosa, mais forte, mais bonita. O oposto de mim. Quase podia imaginá-la no futuro, pouco a pouco regando suas raízes, nutrindo-as, vendo-as crescer. Era isso. Eu a via crescendo. Eu podia vê-la melhorando, se estabilizando, com algumas coisas já quase definidas, mesmo que ela ainda tivesse decisões a tomar. Eu não. Aí é que estava o problema. Eu não me via. Eu não tinha raízes. Eu estava... desfocado. Era fumaça. Eu não era nada.

65. GINGER

Até então, eu não sabia que se podia conhecer alguém através da pele. Também não sabia que despir-se era mais do que apenas tirar a roupa. Que o sexo, o prazer e as horas entre os lençóis podiam ser divertidas, excitantes, românticas e infinitas. Como naquela madrugada, depois de horas acariciando-nos com as mãos, com a boca, com o olhar...

— Que horas são? — perguntei, distraída.

— Duas. — Rhys me beijou e deslizou a palma da mão por meus seios nus. Eu me curvei em resposta. Estávamos suados, saciados, um pouco bêbados depois da garrafa de vinho que tínhamos tomado durante o jantar no terraço. — Acho que a gente precisa de uma ducha antes de dormir. Melhor, vou encher a banheira.

— Tá bom. — Sorri, enquanto ele se levantava.

A água estava morna. Apoiei as costas no peito dele quando afundei e ele me abraçou por trás; estiquei os pés até tocar a borda da banheira. Tudo estava quieto. Só se ouviam umas gotas de água saindo pela torneira e a respiração de Rhys perto do meu ouvido. Fechei os olhos. Eu não queria acordar. Não queria mudar nada, mas também não queria dizer em voz alta que tinha medo de saber que aquilo que estava acontecendo era apenas um parêntese em nossas vidas. Como eu ia esquecê-lo? Como eu poderia conhecer outro homem sem compará-lo com o que estava vivendo com Rhys? Como eu seguiria adiante sem olhar para trás...?

— No que você está pensando? — Fez cócegas na minha nuca.
— Em nada. Nisso. Em nós. Em "agora".
— Mmm... — Ele me abraçou mais forte.
— E você? Você está um pouco quieto hoje.
— É. Estava pensando no que você queria...
— Do que você está falando?
— Você sabe. Sua lista de desejos.

Achei estranho e me virei para olhar de frente para ele. A água se moveu ao nosso redor. Passei as pernas pela cintura dele, nossos corpos se roçando...

— Você está falando do item cinco?
— Sim. É isso que você quer? — Tive vontade de rir. Não, eu não queria fazer um *ménage*. Estávamos há algumas semanas nos conectando, nos descobrindo... e a única coisa que eu poderia desejar era que aquilo não tivesse um fim, que fosse eterno. — Porque se é algo que você precisa, que você tem curiosidade... não sei, eu poderia... eu poderia tentar.
— Tentar? Por acaso você não seria capaz?

Rhys respirou fundo e desviou o olhar.

— Não sei. Quando você falou isso pela primeira vez, juro que parecia ser a coisa mais excitante do mundo. Um sonho do caralho. — As mãos dele subiram pelas minhas pernas, até os joelhos. Mas agora... não tenho certeza se eu suportaria.
— Não quero nada disso — sussurrei.
— Ótimo, porque você me faz ser um egoísta.

Deslizei os dedos pelo peito dele e acariciei a pequena abelha tatuada um pouco mais para baixo. "Vida" era isso para ele. Sorri, consciente do quanto eu gostava de poder ir decifrando pequenas partes de Rhys. Depois pensei no futuro, sobre como seguir em frente, como salvar aquilo, e uma inquietação tomou conta de mim.

— E o que vai acontecer quando eu for embora?
— Como assim? — Ele continuou me acariciando.
— Você sabe. Quando eu for embora, vamos seguir em frente, não é?

Cada um para um lado. Cada um fazendo sua vida, conhecendo outras pessoas... — Senti algo preso na minha garganta. — Não sei se dá para continuar sendo igual. Não sei se quero saber. Não sei se vamos conseguir continuar falando sobre qualquer coisa, sobre estas coisas...

— Ginger... — Sua voz saiu rouca, partida.

— Acho que a gente precisa mudar isso, tudo bem?

— Você quer colocar limites? Não sei...

— Só no início, pode ser? Quando eu for embora, pelo menos por um tempo, prefiro não saber o que você está fazendo, nem com quem. E então... — Coloquei uma mão no peito inconscientemente e engoli em seco, ele continuou o movimento. — Depois tudo voltará ao normal, tenho certeza de que voltará. Depois dos primeiros meses. A gente vai esquecer isso...

— E se eu não quiser que você esqueça?

Levantei. Rhys me soltou e eu saí da banheira. Peguei uma toalha e olhei para ele pensativa enquanto me cobria, pensando se poderia cobrir mais coisas também; meu coração, minha cabeça, minha verdadeira nudez. Porque percebi que eu estava mais consciente do que ele de como aquilo era perigoso. Ou então não estávamos sentindo a mesma coisa. Não sentíamos da mesma forma.

— Bem, eu vou ter que fazer isso, Rhys, porque é a única forma de seguir em frente. Foi o que falamos, não? Que isso é algo improvisado. E depois a gente volta a ser só amigos.

— Não estou entendendo por que você está brava.

— Não estou brava. Não é isso... — hesitei, nervosa. — É que... acho que eu deveria comprar uma passagem de volta, não porque eu vá embora agora, mas para marcar uma data, sabe? Assim a gente vai saber quanto tempo nos resta. Vai ser mais fácil. Mais prático.

Rhys cravou os olhos cinzentos em mim.

Intenso. Profundo. Dolorido.

— Faz o que você quiser — resmungou.

Comprei a passagem naquela madrugada mesmo, na sala, pelo computador dele. Ele ficou um pouco mais na banheira e, quando saiu, ouvi que preparou um copo de uísque antes de ir para o terraço. Me deu um nó na garganta quando pensei naquela data: um dia depois do aniversário dele. Apenas mais duas semanas. Me virei na cama. Senti o peso dele no colchão, um pouco mais tarde. O cheiro de álcool. A mão dele rodeando a minha cintura e me juntando a ele, mesmo eu sabendo que ainda estava bravo.

O problema era que estávamos, sim, sentindo da mesma forma, mas mesmo assim não conseguíamos nos entender. Naquele momento, não percebemos que éramos dois espelhos.

66. GINGER

Os dias se confundiram uns com os outros entre os longos passeios de moto para ver o espetáculo do pôr do sol na praia de Benirrás. Descíamos até a pequena enseada rodeada de árvores e trilhas, entre colinas, e deixávamos que o silêncio nos abraçasse enquanto escutávamos ao fundo os tambores que alguém tocava por perto ou o murmúrio das vozes das pessoas. Assim que nos sentávamos na areia, Rhys pegava a minha mão e ficava desenhando espirais com os dedos. Eu sorria devagar, fechava os olhos e respirava fundo, me impregnando do cheiro do mar e sentindo a brisa entrando pelas camisetas e vestidos soltos que eu tinha comprado na ilha quando visitamos alguns mercados de rua. Eu tinha deixado de usar sutiã; fiz isso uma manhã quando desci para a praia sozinha enquanto Rhys dormia um pouco mais. Depois de dar um mergulho, tirei a parte de cima do biquíni e deitei para tomar sol na areia, com os braços estendidos, o som das gaivotas se aproximando conforme sobrevoavam a costa. E talvez fosse algo bobo, mas eu me sentia mais livre do que nunca, mais leve, mais feliz. Deixar para trás minha vida em Londres, essa vida a que eu tinha me amarrado sem pensar se era algo que eu realmente queria, foi como rasgar um casulo a ponto de se romper e, finalmente, conseguir sair à superfície. Abrir os olhos, mas abri-los de uma forma diferente, vendo tudo de uma nova perspectiva.

E Rhys tinha sido o melhor companheiro de voo. Alguém que nunca me disse claramente que eu tinha que sair, mas que sempre esteve do lado de fora me esperando, caso um dia eu finalmente tivesse coragem de fazê-lo.

Numa daquelas tardes, com o céu tingido de vermelho como se uma romã bem suculenta tivesse explodido e salpicado tudo, olhei para ele com os olhos entreabertos.

— O que foi? — murmurou.

— Obrigada, Rhys. Sério.

— Por que isso?

— Estava pensando em como estou me sentindo bem e na sorte que eu tenho por estar aqui agora, vendo esse pôr do sol com você. Vem, me dá um beijo.

Rhys se inclinou e beijou meus lábios com ternura. Quando nos separamos, apoiei a cabeça no ombro dele e voltei a olhar para as nuvens avermelhadas.

— Não quero que esse verão termine nunca.

Nem eu, pensei. Mas não falei em voz alta.

67. RHYS

Três dias, oito horas. Esse era o tempo exato que nos restava antes de Ginger embarcar num avião para Londres. Eu estava começando a odiar aquela cidade. "Londres." Também odiava aquela sensação que estava me apertando o peito. Porque tinha sido o melhor verão da minha vida, mas não conseguia deixar de sentir na boca aquele gosto agridoce toda vez que a beijava. A despedida era isso, uma pedra no sapato, uma merda de uma fisgada no estômago toda vez que olhava para ela, um pouco de raiva, de egoísmo...

— Para de fechar a cara assim. — Ginger estendeu a mão e alisou minha testa com o polegar enquanto sorria sob a luz do terraço onde estávamos jantando. — E, a propósito, você não me perguntou de novo sobre o que eu tenho feito nesses dias.

Nas últimas noites em que fui trabalhar, ela ficou no apartamento, sentada à mesa no terraço, escrevendo sem parar em um caderninho que ela carregava para todos os lados e consultando coisas no meu computador. Eu sabia o que ela estava fazendo. É claro que sabia. A curiosidade me fez olhar o histórico do navegador, mas eu não queria pressioná-la ou tocar no assunto até que ela resolvesse falar.

— Você quer me contar?

— Quero. — Sorriu empolgada, com os olhos brilhando. — Acho que vou tentar, Rhys. Eu acho que... quero começar uma editora. Algo pequeno. Algo independente. Exatamente como o projeto de fim de curso que eu fiz, lembra? Eu te pentelhei com esse assunto em vários e-mails...

— Você não me pentelhou.

— Tá bom. Bem, eu estava fazendo umas contas e acho que não é tão impossível. Bom, é arriscado e não sei se o banco vai me dar o empréstimo que preciso, mas...

— Eu tenho dinheiro. Bastante dinheiro.

— Você está brincando? Eu nunca aceitaria algo assim.

— Por que não? É um dinheiro que eu não quero.

— Não te entendo... — Ela me olhou confusa.

— É dos meus pais. Eles abriram uma conta para mim quando eu era pequeno e ela continua lá, crescendo a cada mês. Há quase quatro anos eu não toco nela.

— Desde que vocês brigaram...

— Não muda de assunto. Eu poderia te dar o que você precisa. Ou te emprestar. Pelo menos seria usado em algo que vale a pena.

— Depois a gente vê isso. A princípio, vou tentar conseguir um empréstimo. E depois, bem, tenho pensado em todas as coisas que teria que fazer: alugar um escritório, fazer um acordo com uma distribuidora, encontrar algo poderoso para o primeiro lançamento...

— Precisaria contratar alguém?

— Pelo menos uma pessoa, sim. É muito trabalho. Mas para as contas fecharem, também tem a possibilidade de contratar *freelancers*: capistas, revisores ou até tradutores, no futuro. Gostaria de começar com textos em inglês.

Ficamos em silêncio, olhando-nos, sorrindo.

— Então você vai fazer... Finalmente...

— Vou fazer? Rhys...

— Ginger, calma, respira.

— É que num minuto eu acho que é o sonho da minha vida e que é uma ideia maravilhosa, mas no minuto seguinte fico tão assustada que me dá vontade de ligar para o meu pai e perguntar se ele ainda consegue um lugar para mim na empresa, mesmo que seja só para varrer serragem.

Eu me inclinei na direção dela e levantei a mão para colocar uma mecha de cabelo atrás de sua orelha. Olhei para o rosto dela, as pequenas ruguinhas nos cantos dos olhos, o nariz arrebitado...

Acariciei sua bochecha com meus nós dos dedos.

— Confio em você. Você vai se sair bem.

Ginger sorriu. Toda a preocupação desapareceu de uma só vez quando ela se levantou da cadeira e se sentou no meu colo no meio do terraço, sem se importar com quem pudesse estar olhando ou com a careta em sinal de reprovação da senhora que morava ao lado. Passou os braços pelo meu pescoço e me deu um beijo lento, suave, profundo.

68. GINGER

Eu não conseguia pensar em outra coisa ou parar de falar naquele assunto; do futuro que estava imaginando em Londres no meu retorno, da empolgação, do desejo, de todas as ideias que passavam pela minha cabeça e que eu esquecia logo depois. Eu estava... eufórica. E Rhys ouvia e sorria, sorria e ouvia, apesar de que às vezes ele parecia estar distante de tudo, de mim inclusive e até dele mesmo, como se estivesse ficando desfocado.

— Rhys, você está vendo o mesmo que eu?

— Uma rua cheia de gente?

— Não! Uma cabine fotográfica!

— Ah, não, bolachinha...

— Vem, por favor.

Dei um puxão e ele praticamente não resistiu antes de me seguir e entrar naquele pequeno cubículo. Arrumei a cortina azul que fechava a cabine que nos escondia da vista das pessoas na rua, e coloquei o dinheiro. Estava sentada nas pernas dele, um braço em volta de seus ombros, nossos rostos colados. Ele meteu a mão debaixo do meu vestido, eu dei uma risada e depois um beijo, imortalizando aquele momento, registrando como era mágico sentir os lábios dele nos meus.

Rhys deu uma olhada nas tiras de fotos quando saímos de lá e o vento quente da noite nos abraçou. Vi uma pequena mudança em sua expressão.

Depois ele cortou duas, uma em que estávamos sorrindo e outra em que estávamos dando um beijo, ele com a mão no meu cabelo. Dobrou-as e colocou-as no bolso de trás da calça jeans.

— Eu achava que você não gostava de fotos...
— Dessas eu gosto — respondeu baixinho.

69. GINGER

Um dia, encontrei na mesa de cabeceira dele o livro *O Pequeno Príncipe* que eu tinha te dado de presente de aniversário. Estava mais gasto do que eu me lembrava, com as bordas amareladas, os cantos um pouco dobrados. Vi que tinha novas frases sublinhadas, algumas anotações nas margens com a letra dele. Na orelha traseira ele também tinha anotado as datas de todas as releituras, imitando o que eu tinha feito na orelha da frente. E abaixo, em um cantinho, tinha escrito uma parte do livro: "No começo, antes de crescer, os baobás são pequenos".

70. RHYS

Eu não queria estragar tudo, porque não suportava a ideia de deixá-la com uma lembrança amarga da nossa última noite. Mas eu continuava com aquela sensação no peito que me acompanhava há dias. Me esmagando. Me sufocando. Respirei fundo. Tínhamos ido a um restaurante mexicano perto do apartamento, a apenas cinco minutos caminhando sem pressa. Jantamos *fajitas* e *nachos* antes da hora de apagar as velinhas que vieram em cima de uma bola de sorvete de chocolate enquanto Ginger cantava "Parabéns para você" em espanhol, me fazendo rir. Vivi o início dos vinte e nove ao lado dela. E enquanto ela gritava como uma louca: "Faz um pedido, faz um pedido", percebi que a única coisa que eu queria era algo impossível, um desvio não sinalizado e cheio de buracos.

Estávamos no segundo *coco loco* e no terceiro *shot* de tequila. Ginger usava um vestido branco que valorizava o bronzeado que ela finalmente conseguira conquistar, e do qual estava bastante orgulhosa. Estava com o cabelo solto, o olhar brilhante, as mãos esticadas sobre a mesa em cima das minhas, desenhando círculos com o polegar. Fiquei olhando para ela calado e pensativo enquanto ela fazia isso, enquanto a pele dela tocava a minha, às vezes acariciando a borda da lua crescente que ela também tinha no pulso.

— Rhys, você está bem? — sussurrou.

— Sim, por quê? — Levantei a vista.

— Você parece estar ausente. Mais do que o normal — brincou, antes de ficar séria de novo e franzir a a testa. — Isso que a gente viveu... esse verão...

— A gente não precisa falar disso.

— Só queria que você soubesse que foi o melhor da minha vida. De verdade. Eu não mudaria nada, nem um único dia. Cada hora foi... perfeita. Com você. Nesse lugar. E você tinha razão sobre o que disse umas semanas atrás: a gente não deveria esquecer isso. É que eu achei que doeria demais.

Respirei fundo; incomodado, bravo, mal.

— E já não dói? — respondi.

— O que você quer dizer?

— Não sei, você parece... — Sacudi a cabeça. — Deixa para lá.

Levantei. Já tínhamos pagado a conta, então dei um gole para acabar de uma vez com o que ainda restava de bebida e comecei a andar. Ginger me seguiu rua abaixo. Eu queria desaparecer. Sentia a escuridão se aproximando e não queria que ela visse aquela parte de mim que eu não gostava. O egoísmo. A insegurança. O medo.

— Rhys, onde você vai? — ela perguntou agitada, enquanto tentava não ficar para trás. Quando ela me alcançou, entrou na minha frente, fechando meu caminho. Suas pequenas mãos contra o meu peito. Seus olhos cheios de reprovação. — O que você pensa que está fazendo?

— Não sei... — Esfreguei o rosto.

— Tudo bem. Tudo bem. A gente bebeu.

— Merda. Eu sabia que você iria complicar tudo.

— Como você pode falar isso? — perguntou, sussurrando.

Eu queria deixar sair tudo aquilo que estava entalado na minha garganta, mas não consegui. Pelo contrário. Senti que fechava mais, mais e mais...
Engoli em seco, com força.

Ginger estava parada no meio da rua, os olhos lacrimejantes, o lábio inferior tremendo, os braços cruzados como se estivesse se protegendo de mim. Odiei aquilo. Vê-la daquele jeito. A culpa. Senti que no fim eu sempre machucava as pessoas que mais amava, e que eu estava fazendo isso com ela também. Respirei fundo.

— É que eu não quero que você vá embora.

— Rhys... — Ela deu um passo em minha direção.

— Merda, Ginger. Não tinha que ser assim.

— E como tinha que ser? — ela perguntou.

Nós nos olhamos intensamente na escuridão daquela noite de verão. Apenas alguns centímetros de distância nos separavam; eu poderia eliminá-los se me inclinasse...

— Fácil. Simples. Divertido e ponto final.

— Vá se foder, Rhys — disse ela com raiva.

Segurei-a pelo pulso antes que ela se virasse.

— Espera. Eu não quis dizer isso. Não quis...

— Mas foi o que você disse. E você é um imbecil.

Mordi os lábios, me aproximando dela.

— Eu sei. É que isso está me matando... ver que não temos mais tempo, não saber quando a gente vai se ver de novo. E você está agindo como se não se importasse.

— Não estou acreditando nisso...

Soltei-a. Esfreguei o queixo.

Ansioso. Nervoso. Irritado.

— Eu estava tentando não estragar essas últimas semanas juntos! O que você queria que eu fizesse? Você também não pareceu muito abalado aquele dia na banheira! "Faz o que você quiser." Isso foi tudo que você disse! E então decidi que faria igual a você, que seguiria a sua própria filosofia e tentaria pensar no presente, me divertir e pronto.

— E conseguiu — resmunguei.

— Sim. Estou quase feliz por ver que você esperava que fosse apenas um caso, daqueles que você esquece antes mesmo de terminar. Eu sei, Rhys. Eu sei como você é.

— Se é isso que você pensa... então você não me conhece...

Fuzilei-a com os olhos. Ela soluçou alto.

— Você tem razão. — Enxugou as lágrimas. — Mas eu queria te machucar. Queria te machucar, porque não suporto que você seja tão cego, que pareça sempre tão distante de tudo, tão inalcançável...

— Pareço inalcançável agora?

— Não. — Deu um passo em minha direção.

Eu sentia o nó crescer. No estômago. Na garganta. O coração batendo com tanta força que coloquei uma mão no peito. Olhei para ela. Tão corajosa, tão inteira. Ao contrário de mim, que estava ficando menor e mais covarde...

— Você continua sem entender, né? — sussurrou.

Me abraçou. E então senti seu hálito quente no meu pescoço e sua voz me envolvendo, entrando por meus poros, infiltrando-se em minhas fendas, preenchendo o vazio.

— Estou apaixonada por você, Rhys. Há tanto tempo... que às vezes acho que comecei a me sentir assim naquela noite em Paris. — Tremi e segurei-a com mais força contra meu peito. — E alguns dias eu quase te odeio, porque você brilha tanto que chega a ofuscar, e faz com que eu não consiga enxergar nenhum outro cara...

Beijei-a com força, prendendo-a contra a parede, gemendo em sua boca. Ginger se agarrou à minha camiseta antes de passar as mãos por baixo. Eu teria que ter falado o mesmo para ela naquele instante. Deveria tê-la puxado pela nuca para olhá-la nos olhos e dizer que também estava apaixonado por ela. Mas eu não fiz isso. Outra vez. Eu não a beijei naquele aeroporto de Paris antes de vê-la partir. Não me atrevi a dar um passo a mais em Londres. E lá, naquela noite, eu não estive à altura dela, não consegui fazer com que as palavras saíssem...

Eu estava confuso. Embaralhado. Desfocado.

Estava tão perdido em meus sentimentos que não conseguia distinguir onde ela começava e onde eu começava. Nem me lembro de como chegamos ao meu apartamento. Só sei que paramos em cada rua para nos beijar, em cada faixa de pedestre, em cada semáforo. Estava ansioso. Impaciente. E era incapaz de soltá-la. Não a soltei enquanto abria a porta nem enquanto a despia pelo corredor, deixando um rastro de roupa pelo caminho.

Caímos na cama. Suas pernas entrelaçaram meus quadris; segurei as mãos dela sobre a cabeça e olhei-a no fundo dos olhos. Tão linda. Com seu corpo encaixado debaixo do meu, pele com pele.

— Isso que você tinha falado antes...

— Rhys, vem, continua... — ela gemeu e se curvou.

— Aquilo sobre ofuscar todos os outros.

— Por favor — sussurrou.

— Eu quero que você seja feliz e isso não deveria fazer eu me sentir melhor. Mas faz, porque eu sou um filho da puta egoísta e gosto de pensar que sou especial para você, embora quando me olho no espelho eu não entenda porque sou assim. — Afastei as pernas dela com meus joelhos e entrei nela com força. — Eu te sinto demais. Eu te sinto em todos os lugares, Ginger.

Quase como se estivesse na raiz, se eu a tivesse.

E então entendi que, pela primeira vez na vida, eu não estava trepando com alguém, eu estava fazendo amor. Com ela. Com Ginger. Eu a amava com as mãos, com a pele, com os olhares nublados de desejo, com nossos corpos unidos e movendo-se juntos.

Compreendi tantas coisas naquele momento...

E me lembrei de suas palavras. Aquelas que li uns meses atrás e que me fizeram fechar o computador com força, com raiva.

O que é estar apaixonado?

"É sentir um frio na barriga quando você encontra com ela. É não conseguir parar de olhar para ela. É sentir saudade, mesmo quando a pessoa está bem na sua frente. É desejar tocá-la o tempo todo, falar de qualquer coisa, de tudo e de nada. Sentir que você perde a noção do tempo quando está ao lado dela. Prestar atenção nos detalhes. Querer saber qualquer coisa sobre ela, mesmo que seja uma bobagem. Na verdade, acho que é como estar permanentemente pendurado na lua. De cabeça para baixo. Com um sorriso enorme. Sem medo."

71. GINGER

Estávamos cansados, saciados, perdidos na lua.

Tínhamos feito amor a noite inteira, quase sem falar. Pelo menos, não com palavras. Apenas com olhares, com toques e sussurros. Com a cabeça apoiada no peito dele, segui o contorno de seu umbigo com a ponta do dedo, passando pela tatuagem daquela abelhinha que para ele simbolizava "a vida". Vi sua pele se arrepiar.

— Você poderia ficar...

Apenas um murmúrio.

Sentei para olhar para ele.

— Está falando sério?

— Por que não? Ginger...

— E o que eu vou fazer aqui?

Eu vi como ele se debatia, cheio de dúvidas.

— Não sei. A gente vê depois.

— Você percebe o que está me pedindo?

Comecei a vestir minha roupa íntima, ele fez o mesmo.

— Cacete, é só algo assim... provisório.

— E por que não faz você, então?

— Porque estamos aqui. E eu tenho trabalho.

— É mesmo? Você está há anos de um lado para o outro, ficando no primeiro lugar que aparece, sem ao menos cogitar passar uma temporada em Londres. E agora você me pede para ficar aqui. Longe da minha família. Longe de tudo, quando você sabe que eu vou tentar o lance da editora, que é algo que eu quero fazer. Você não pode fazer isso comigo.

Estava chorando de novo. Estava o dia inteiro como em uma montanha-russa descendo e subindo, e descendo de novo. Enjoada. Com tristeza cada vez que olhava para ele. Também com raiva, com amor, com decepção, com carinho, com dúvidas, com desejo...

— Você tem razão. — Rhys balançou a cabeça.

— Claro que tenho... — sussurrei, insegura.

— E a gente nem sabe se daria certo...

— Pois é...

— É melhor a gente ir para a cama. Está tarde.

Estava tarde para "o meu voo", que sairia no meio da manhã seguinte, mas não para todas aquelas noites sem dormir que passamos juntos, conversando sobre tudo, rindo, ficando bêbados, consumindo as horas naquela cama em que o sol batia ao entardecer.

Rhys apagou a luz e me deitei ao seu lado. Senti o corpo dele colado ao meu quando ele me abraçou com força. Eu não conseguia tirar aquelas palavras da cabeça: *Você poderia ficar*. Prendi a respiração. Por que ele tinha que ter falado aquilo? Por quê, por quê, por quê? Aquilo não era para ser uma opção. E eu não deveria estar pensando no assunto.

— Ginger...

— Hummm.

Notei que ele ficou um pouco tenso.

— Estou sem falar com o meu pai porque... ele não é meu pai. E ela também não é minha mãe. Nenhum dos dois. Descobri por acaso que eles me adotaram, eles nunca me contaram. E depois aconteceram coisas... coisas que não podem ser desfeitas. Palavras que não podem ser apagadas. E que continuam doendo.

— Ai, Rhys, eu sinto muito...

— Eu só queria que você soubesse, porque você é a minha melhor amiga. E sempre será. Não importa o que aconteça. Não importa. Nós dois na lua.

Virei. Procurei o rosto dele na escuridão. Acariciei com os dedos até encontrar seus lábios, desenhando-os devagar, traçando aquela curva perfeita.

— Sempre. Prometo.

Eu o beijei devagar, com carinho.

Um beijo que tinha sabor de despedida.

72. RHYS

A luz da manhã tentava entrar pela cortina. Me virei na cama e me assustei ao ver as horas no relógio da mesinha de cabeceira. A primeira coisa que pensei foi que Ginger ia perder o voo. A segunda coisa que pensei foi que Ginger não estava ali. Levantei agitado, com o coração acelerado. Nem sinal da mala.

Havia apenas um bilhete no balcão da cozinha.

Sinto muito, Rhys, sinto muito ter saído assim, mas não pude fazer de outra forma, porque eu sabia que se você me pedisse de novo para ficar, eu ficaria. E não é justo, entende? Não é justo para mim. Na verdade, para nenhum de nós dois. Mas vamos superar isso, tá bom? Você vai ver, tudo voltará a ser perfeito.

Estou bem, não se preocupe com isso, chamei um táxi para vir me buscar. Te escrevo em breve. E cuide-se. Estou falando sério. Não se perca.

Obrigada por este verão...

Obrigada por me dar tanto.

73. GINGER

Eu sempre soube que Rhys partiria o meu coração.

Não sei como nem por quê, mas às vezes a gente sabe das coisas por instinto. No fundo da minha alma, eu sabia disso no dia em que o conheci, anos atrás, eu sabia a cada noite quando lia o seus e-mails, eu sabia na roda-gigante em Londres quando o beijei pela primeira vez e, principalmente, eu sabia no momento em que aceitei viver aquele verão sem medo, sem promessas, sem deixar o toque de nossas peles quebrar o que existia entre nós.

E fizemos isso. Não quebrou. Mas talvez tenha sido pior. Porque não conseguimos impedir que se abrissem algumas fendas. E o problema das fendas é que elas mantêm de pé algo que antes era sólido; elas não se abrem o bastante para fazer a coisa desmoronar. Mas estão lá. Estão latentes. E quando chove... quando chove a água sai por todos os lados.

QUINTA PARTE

SONHOS. BIFURCAÇÕES. INÍCIOS

*As flores são fracas. Ingênuas.
Defendem-se como podem. Elas se julgam poderosas
com os seus espinhos...*

O Pequeno Príncipe

74.

De: Ginger Davies
Para: Rhys Baker
Assunto: Tudo bem

Cheguei bem, Rhys.

Como você está? Nunca imaginei que seria estranho falar com você por aqui, por e-mail, mas depois desses meses... é difícil para mim. Engraçado, né? Como a gente se acostuma rápido com o que é bom, né? A propósito, Dona disse que estou tão bronzeada que ela levou um susto quando me viu. Quase não me reconheceu! Acredita? Enfim, agora acabou a moleza de ter o apartamento só para ela e Amanda. Acho que não te contei, mas Michael, aquele que eu peguei se masturbando, foi embora há algumas semanas. Ainda temos que conversar a respeito, mas estamos considerando a possibilidade de não procurar um novo inquilino. Veremos. Na verdade, seria ótimo ficarmos só nós duas.

Não sei mais o que te contar, ainda estou meio perdida...

Tenho a sensação de que vou abrir as cortinas e ver o mar turquesa ao longe, mas não, aí volto para a realidade quando vejo a rua à minha frente. Foi muito bom, Rhys, você sabe. Acho que nada pode superar o que vivemos aí...

De: Ginger Davies
Para: Rhys Baker
Assunto: Ei...

Você está bravo? Rhys, para.

Estou com saudades...

De: Ginger Davies
Para: Rhys Baker
Assunto: Sem assunto

Já se passaram duas semanas, quanto tempo você ainda pretende ficar sem falar comigo? E o que aconteceu com aquela história de "sempre amigos"? Rhys, é sério, entendo que você tenha ficado chateado por eu ter ido embora sem me despedir... mas foi o melhor para nós dois. Especialmente para mim, você não consegue entender isso?

De: Ginger Davies
Para: Rhys Baker
Assunto: Sem assunto

Você poderia pelo menos atender o telefone. Está fazendo deste mês um inferno. Mas tudo bem, dane-se. Não vou mais te incomodar. Quando você parar de se comportar como um moleque mimado, sabe onde me encontrar.

De: Rhys Baker
Para: Ginger Davies
Assunto: Ocupado

Ginger, Ginger... eu precisava de um respiro. Por isso estou me divertindo e aproveitando o que ainda resta do verão. Sabe aquilo que falamos de fazer um *ménage*? Bem, eu me enganei. Já tinha me esquecido de como era maravilhoso. Perfeito. Chegar com duas garotas em casa e aproveitar sem pensar em nada. Sem complicações. Tão fácil... Assim são as coisas que realmente valem a pena na vida. Assim. Fáceis. Talvez eu te mostre da próxima vez.

De: Rhys Baker
Para: Ginger Davies
Assunto: Me perdoe

Merda. Eu sinto muito. Eu sinto muito.
    Não sei o que estava pensando...
    Ginger, atende o telefone, por favor.

De: Rhys Baker
Para: Ginger Davies
Assunto: Me perdoe

Merda, Ginger, eu queria poder apagar aquela mensagem. Eu estava chapado, tinha bebido o fim de semana inteiro e mal consigo lembrar o que fiz. Sou um imbecil. E eu sinto muito. Lamento ter te magoado ao te contar tudo aquilo. Não significou absolutamente nada para mim. Só vazio.
    Sinto sua falta, Ginger.

De: Rhys Baker
Para: Ginger Davies

Assunto: Me perdoe
Sei que isto não é desculpa, mas eu estava puto pela maneira como você foi embora. Quando acordei e não te vi... eu te odiei. Por um momento te odiei por você ter decidido por nós dois. Mas venho pensando nisso todas essas semanas e por fim acabei te entendendo. Juro que te entendi. Porque sei que algumas coisas doem tanto que, às vezes, é melhor evitá-las. Ginger, por favor, me diz qualquer coisa. Se você precisa de tempo, me fala, mas... me dá algum sinal de vida.

De: Rhys Baker
Para: Ginger Davies
Assunto: Me perdoe
Sabe, eu comecei esse e-mail quatro vezes e, em todas elas, comecei dizendo que quando te enviei aquela mensagem, não era eu mesmo. Mas acabei apagando porque percebi que, naquele momento, era eu mesmo, sim, mais do que nunca. Era a minha pior versão, Ginger, aquela que às vezes eu gostaria que você nunca conhecesse. Aquela que sempre que sente dor, reage devolvendo a mesma coisa, como se assim pudesse aliviar a ferida... Eu também me odeio quando sinto que minhas emoções estão transbordando e que não sou capaz de controlá-las. Gostaria de organizá-las na minha cabeça como quando a gente coloca um monte de livros em uma estante em ordem alfabética. Nunca consegui fazer isso, e admito que você é uma das poucas razões que me fazem querer continuar tentando.

De: Rhys Baker
Para: Ginger Davies
Assunto: Me perdoe
Ginger, você está me matando.

De: Ginger Davies
Para: Rhys Baker
Assunto: Sinal de vida
Você é o maior babaca que eu conheço.

De: Rhys Baker
Para: Ginger Davies

Assunto: RE: Sinal de vida
Tá bom, isso já serve. Nunca fiquei tão feliz por ser chamado de "babaca". Ginger, Ginger, como é possível que eu tenha tido a sorte de cruzar com você naquela noite?

De: Rhys Baker
Para: Ginger Davies
Assunto: RE: Sinal de vida
Acho que falei merda de novo e por isso você não respondeu, mas eu juro que falei sério. Você faz eu me sentir um cara de sorte. O que eu posso fazer para as coisas voltarem a ser como eram antes? Não suporto mais essa situação, depois de tudo que vivemos.

De: Ginger Davies
Para: Rhys Baker
Assunto: RE: RE: Sinal de vida
Se você não tivesse sido totalmente sincero comigo, acho que eu continuaria te ignorando por várias semanas mais. Você faz exatamente isso, Rhys. Você devolve o golpe quando algo te machuca. E não é justo. Não quando se ataca de propósito. Não faça isso de novo.

    Sabe o que é o pior de tudo? É que eu sei tudo isso sobre você, eu conheço essa sua pior versão, como você falou, e, mesmo assim, eu continuo te amando e olhando a caixa de e-mail todas as noites.

De: Rhys Baker
Para: Ginger Davies
Assunto: Eu já sabia
Você tem razão em tudo.
    Me perdoa, por favor.

De: Ginger Davies
Para: Rhys Baker
Assunto: Sem assunto
Está perdoado, Rhys.

De: Rhys Baker
Para: Ginger Davies

Assunto: Obrigado
Eu não te mereço, Ginger.

75. RHYS

Eu tinha tanta saudade dela que em algumas noites parecia que eu estava me afogando dentro daquele apartamento que tínhamos compartilhado. E a sensação de nó na garganta continuava quando eu não aguentava mais e saía para a varanda com uma bebida na mão, porque eu ficava lembrando das horas que tínhamos passado lá fora enquanto ela brincava distraída com as folhas roxas da buganvília que subia pela fachada. A sombra dela me perseguia se eu descesse para dar um passeio na praia, e continuava até chegar ao farol. Ginger continuava em todos os cantos, até que eu me perdia em uma multidão de estranhos e música.

Alguns dias eram bons, quando eu pensava que estava deixando para trás a lembrança do toque do corpo dela no meu. Aquela sensação cada vez mais distante de acordar no meio da noite e sentir o peso dela ao meu lado antes de virar a cabeça e vê-la dormir com a boca aberta e os braços esticados, como se não tivesse nada a esconder do mundo.

Mas também havia espaço para os dias ruins, quando eu terminava deitado no sofá, depois de voltar de uma festa com uma cerveja na mão, relendo e-mails antigos, tentando encontrar sabe-se lá o quê. Talvez uma pista? Um sinal? Porque às vezes eu achava que a gente estava cometendo um erro. Em momentos assim, eu pensava que a única coisa sensata que eu poderia fazer na vida seria pegar o próximo avião para Londres e ir atrás dela. Até que eu me perguntava o que alguém como eu, tão instável, tão distante do que ela desejava, poderia lhe oferecer.

Então eu acabava levantando para pegar outra cerveja.

Ou qualquer coisa que tivesse na geladeira.

E bebia com os olhos fixos na janela.

Olhando para uma lua impossível.

76.

De: Ginger Davies
Para: Rhys Baker
Assunto: Notícias
Me deram o empréstimo! Sério, depois de tantas semanas de papelada e complicação, eu mal posso acreditar. Já te disse que odeio bancos? São lugares terríveis, com todo aquele piso de mármore impessoal, os olhares gananciosos de alguns gerentes, a forma como avaliam o que você vale de acordo com o dinheiro que você tem na conta-corrente...

Mas o importante é que está feito! Agora é real! Vou montar uma editora, Rhys. Ainda estou nas nuvens. E, no fim, tudo deu certo graças ao meu pai, que se ofereceu para ser meu fiador.

E você, o que anda fazendo? Como vão as coisas?

De: Rhys Baker
Para: Ginger Davies
Assunto: RE: Notícias
Parabéns, bolachinha!

Fico muito feliz por você. Eu sei que você vai se sair bem; não importa se é complicado no início. Tudo é sempre assim, não é? Aos poucos tudo vai se ajeitando. E se você precisar de mais dinheiro, sabe que pode me pedir. Quanto ao seu pai, então ele está lidando bem com isso? Fico feliz que ele tenha entendido, depois de tudo...

Eu continuo como sempre. Me ofereceram uma renovação do contrato para o próximo verão com alguns extras, então acho que vou aceitar.

De: Ginger Davies
Para: Rhys Baker
Assunto: RE: RE: Notícias
Ele não aceitou exatamente "bem" no início, mas foi se acostumando. No final, marcamos de almoçar um dia, só nós dois, eu mostrei o projeto para ele, tudo que eu tinha pensado, e acho que ele percebeu que era algo realmente importante para mim. Ficou um tempão analisando o projeto com aqueles óculos de meia-lua que ele só usa quando precisa

ler algo relevante. Depois colocou os papéis na mesa, suspirou fundo e me perguntou o que eu precisava para começar. Foi simpático, mas nada muito meloso. Sei que foi uma decepção para ele o fato de nenhuma das filhas se interessar pelo negócio que ele tanto adora, mas acho que é só uma questão de se acostumar com a ideia. Ah, e além disso ele também não ficou muito feliz por eu ter passado quase o verão inteiro com você.

E então, você vai renovar o contrato?

De: Rhys Baker
Para: Ginger Davies
Assunto: Por quê?
Que história é essa do seu pai? Não entendo, ele mal me conhece. Ele só me viu aquela vez, no Natal, e não trocamos mais do que quatro palavras.

Sim, eu já assinei. Vou ficar por aqui.

De: Ginger Davies
Para: Rhys Baker
Assunto: RE: Por quê?
Não é nada pessoal, Rhys. Ele é sempre meio desconfiado mesmo. Acho que ele gostava do Dean porque o conhecia desde que ele usava fraldas e já sabia de todos os defeitos dele. Ah, e a propósito, não te contei, a Stella está grávida. Vou ser tipo uma tia simbólica do bebê do meu ex--namorado. Que maravilha. Na verdade, estou ansiosa para o nascimento. Eu adoro cheirinho de bebê. Pareço uma maluca, né? Mas é verdade. Não existe nada que tenha o mesmo cheiro. Dá muita vontade de apertá-los.

De: Rhys Baker
Para: Ginger Davies
Assunto: Um pouco...
Meio maluca, sim...

Para dizer a verdade, não tenho nem ideia de como é o cheiro dos bebês. Não consigo me lembrar da última vez que estive com um, deve ter sido há anos, acho que nos evitamos mutuamente. Ou não fazem parte do meu ambiente, sei lá. Mas, bem, fico feliz por eles, parece que Dean está virando o típico cara de filme, que segue um plano estruturado A, mais B, mais C. Às vezes penso nisso. Em como teria sido mais fácil fazer assim também.

De: Ginger Davies
Para: Rhys Baker
Assunto: RE: Um pouco...

Como assim, Rhys?

Amanhã te conto sobre os últimos acontecimentos da editora. Quase não dormi a semana inteira, trabalhando sem parar, mas está valendo a pena! Agora vou jantar com a Dona e... com a minha nova colega de trabalho! (Adoro fazer mistério.) Minha irmã insistiu que deveríamos comemorar em grande estilo e vamos jantar na Pizza Pilgrims, em Kingly Court. Esse lugar faz as melhores pizzas de Londres, juro. Te levo lá se algum dia você aparecer por aqui. Aliás, saudações da Dona, que está me falando que se eu não desligar o computador agora mesmo, ela vai arrancá-lo de mim e jogá-lo pela janela.

Beijos, beijos, Rhys.

Prometo te dar muitos detalhes, se você fizer o mesmo.

De: Rhys Baker
Para: Ginger Davies
Assunto: Isso não vale

Sua nova colega de trabalho? Você solta isso assim e vai embora? Tá certo, vou me vingar em algum momento. Mas como eu quero detalhes, vou tentar me explicar não tão horrivelmente.

Eu estava falando de Dean e do estilo de vida dele. Faculdade, emprego, namorada, casamento, filhos. Imagino que ele tenha comprado uma casa, não é? É isso. Falamos sobre isso algumas vezes, tempos atrás. Acho que eu poderia ter feito o mesmo. Parece fácil na teoria, mas na prática... não tenho certeza se é. Pelo menos para mim, acho que não. O que acontece é que, quando vejo isso no resto do mundo, fico pensando coisas. Idiotices. Por exemplo, *se eu não estou errado. Ou, pior ainda, se vou continuar pensando assim daqui a alguns anos...*

Nisso eu também fico pensando: *O que vai acontecer? O que vou estar fazendo da vida no futuro?* Lembra que falamos sobre isso no começo, logo quando a gente se conheceu? Então, eu continuo vendo da mesma forma. Ou melhor, eu não vejo. Esse é o problema. É tudo um borrão.

Às vezes tenho inveja de você, Ginger. Você sabe o que quer. No fundo, você já sabia mesmo antes de terminar a faculdade, antes de deixar a empresa de armários... só que você não tinha coragem. Acho que isso também me assusta, mas de outra forma. Porque eu tenho aquela vertigem... e não sou bom em pular sem antes poder ver o que tem lá embaixo, embora às vezes pareça exatamente o contrário. Acho que a gente tinha que nascer com um manual de instruções debaixo do braço, né? Assim tudo seria mais fácil. A propósito, nunca entendi essa história de que "viver é fácil". Fácil em que sentido? Para mim, parece complexo. As decisões, as emoções. E aquelas perguntas que todo mundo se faz uma vez na vida: "Quem sou eu? De onde venho? O que estou fazendo aqui? Por que estou neste mundo?". Enfim, não me dê ouvidos.

    Me conta as novidades da editora.

    E tomara que um dia a gente coma uma pizza nesse lugar.

    Você se lembra daquela que comemos aqui em Ibiza naquele restaurante que encontramos na Playa d'en Bossa?

De: Ginger Davies
Para: Rhys Baker
Assunto: RE: Isso não vale

Confesso que não esperava algo assim quando te pedi para dar uma resposta detalhada. Meu Deus, Rhys, não sei nem por onde começar. Vou responder esse e-mail agora e hoje à noite te conto o resto com mais calma, tá bom? Vamos ver... Vamos ver... Odeio quando você me deixa sem palavras. É que acho que você não vai gostar do que eu vou falar. O problema é que eu duvido que todo mundo se faça essas perguntas. Você realmente consegue imaginar Dean tendo uma crise existencial e se perguntando quem ele é, de onde veio ou o que está fazendo aqui? Não. É muito mais simples, sim, mesmo que você não consiga ver dessa maneira. E é por isso que eu gosto de você. Porque você é diferente.

    Mas também entendo que isso te confunda.

    E eu entendo... que só depois de encontrar algumas respostas você vai conseguir seguir em frente ou ver o futuro menos confuso. E, de verdade, espero que você as encontre, Rhys.

    P.S.: É simplesmente IMPOSSÍVEL esquecer aquela pizza. Hummm... Você não está me vendo, mas estou aqui salivando só de me lembrar dela.

De: Rhys Baker
Para: Ginger Davies

Assunto: Que bobagem
Ontem eu me empolguei, hein?

    Esquece tudo. Foi bobagem. Não achei que você levaria tão a sério. Estou bem, Ginger. Sou feliz assim. Nem todos queremos as mesmas coisas, acho que é só isso.

    Você está me matando de curiosidade sobre a editora.

De: Ginger Davies
Para: Rhys Baker
Assunto: Progressos

Tá bom, lá vai. Está pronto? Sim? Não? Eu vou trabalhar com a Kate! Lembra dela? A menina com quem eu morei no último ano da faculdade, acho que vocês não chegaram a se conhecer quando você esteve lá para o meu aniversário. Mas, enfim, eu estava um pouco aterrorizada com a ideia de ter que passar tantas horas com alguém desconhecido, chegar a acordos, tomar decisões... E então eu pensei, ah, minha amiga Kate era ótima em negócios, sempre tinha um monte de ideias incríveis e estava trabalhando em uma hamburgueria! No fim, me animei e liguei para ela. Na verdade, já fazia algum tempo que a gente não se falava. A última coisa que eu tinha contado para ela era que Dean ia se casar (ainda morro de vergonha de me lembrar daquele dia) e depois perdemos um pouco o contato, entre tudo que aconteceu, o verão que passei com você e... você sabe.

    Conclusão? Ela topou! Achou uma ótima ideia. Ela se lembrava do meu projeto de fim de curso e está superanimada com a mudança para Londres, principalmente porque Dona e eu decidimos alugar para ela o quarto que era do Michael no apartamento, então tudo está fluindo perfeitamente. Estou tão feliz, Rhys! Estamos começando a procurar um lugar para o escritório e a Kate vai se encarregar de negociar com as distribuidoras e entrevistar vários *freelancers*. Ela é ótima em intimidar os outros e se mostrar muito séria quando precisa. Sejamos sinceros, eu não sirvo para isso. Provavelmente me daria vontade de fazer xixi assim que entrasse no escritório para uma reunião e começaria a chorar se recusassem uma proposta ou se as condições fossem ruins. Bem, talvez nem tanto, mas a verdade é que eu prefiro fazer muitas outras coisas relacionadas com a editora, como...

    Encontrar O PROJETO!

Até agora eu não tenho absolutamente nada em mente. Já dei uma olhada em alguns autores de que gosto, alguns independentes, outros com uma trajetória mais longa... mas não acho que seja o que estou procurando para o primeiro lançamento e sim para algo mais a longo prazo, sabe? O que eu quero agora é... algo diferente. Mais bombástico.

Mas chega de falar de mim. Me conta como vão as coisas por aí, imagino que agora em outubro tudo está mais calmo em Ibiza, né?

De: Rhys Baker
Para: Ginger Davies
Assunto: Adoro seus progressos
Ginger, que demais, mesmo! Muito melhor do que começar a trabalhar com alguém que você não conhece, assim vai ser mais fácil, inclusive quando vocês discordarem de algo. Vocês saberão lidar bem com isso. Estou feliz por tudo estar começando a se encaixar.

Quanto ao primeiro lançamento... tenho certeza de que você vai pensar em algo. Você tem razão. Tem que ser algo bombástico o bastante para chamar a atenção dos livreiros e da mídia. Não é fácil. Mas também não tem problema em começar aos poucos, né?

Sim, está tudo mais calmo por aqui desde o fim da temporada de verão. Mas agora me convidaram para um festival em novembro e também estou discutindo as condições para trabalhar na noite de Ano-Novo. Depois eu te conto.

77.

De: Ginger Davies
Para: Rhys Baker
Assunto: Madrugada
Sei que não deveria escrever essa mensagem, nem ligar o computador quando já são altas horas da madrugada e estou cansada e não paro de ouvir suas músicas enquanto fico lembrando coisas... Mas, às vezes, é

estranho, Rhys. Conversar como se não tivesse acontecido nada entre nós, como se tudo que vivemos no verão passado não tivesse existido. Sei que não faz muito sentido. E também sei que não deveria apertar o botão de enviar, porque fizemos um acordo. Mas eu precisava te dizer isso. E amanhã volto a fingir que está tudo bem, que nunca pensei nisso. E vou falar com você como sempre faço.

Queria que fosse muito mais fácil te esquecer, Rhys.

Esquecer essa outra parte, a parte que deixamos aí.

De: Rhys Baker
Para: Ginger Davies
Assunto: RE: Madrugada
Eu sei, Ginger. Acho que vai passar, não vai? E até que a gente não finge tão mal. Desde então, também tenho pensado muito nisso tudo. Lamento ter pedido para você ficar; você estava certa, não foi justo. E sinto muito pelo que fiz depois...

Agora vai dormir, bolachinha.

78.

De: Ginger Davies
Para: Rhys Baker
Assunto: Encontramos!
Temos um escritório, Rhys! Temos um escritório! Não é demais? Kate o encontrou. Fica em Clapham, o bairro é bem agradável e não muito longe do centro. Estou tão feliz! Você tem que ver, depois te mando umas fotos, mas por enquanto mando o endereço para você dar uma olhada no Google Maps: é o prédio de quatro andares de tijolinho vermelho. Estamos no último andar, o que é ótimo, assim a Kate pode subir para fumar na cobertura sempre que quiser. Ah, e meu pai se ofereceu para fazer todos os armários e todas as estantes. Ele parece entusiasmado com o projeto. Todos nós estamos. Espero que não dê ruim.

Acho que você estava no festival, né?
Correu tudo bem? Muita gente?

De: Rhys Baker
Para: Ginger Davies
Assunto: Sem assunto
Incrível, incrível, incrível...
Que demais... Grande, Ginger!

De: Ginger Davies
Para: Rhys Baker
Assunto: RE: Sem assunto
Uau, obrigada. Que empolgado.
Você está bêbado, Rhys?

De: Rhys Baker
Para: Ginger Davies
Assunto: RE: RE: Sem assunto
Desculpe. Sim, estava um pouco bêbado quando te escrevi ontem à noite. Cheguei no hotel de manhã depois de tocar e de me divertir por aí. Alec e alguns amigos decidiram ir comigo, e aí foi tudo... bem intenso. Correu tudo bem. Tinha muitíssima gente. E gritavam meu nome, acredita? Ainda não consigo assimilar isso às vezes. Não consigo me acostumar.
Estou muito feliz com o seu escritório. Procurei no Google Maps e o prédio parece muito legal, o bairro e a cafeteria lá embaixo também. Parabéns, Ginger, você está realizando todos os seus sonhos... E o que o seu pai fez foi bem bacana. Muito legal.
Vou ficar por aqui mais alguns dias.
Te escrevo quando eu voltar para a ilha.
Beijos. Beijos.

De: Ginger Davies
Para: Rhys Baker
Assunto: Modo mãe
Sei que você vai fazer uma careta quando ler isto, mas não tenho certeza se Alec e essas pessoas são boas companhias para você. Não se ofenda,

mas eles me pareceram meio perdidos e eu não gostaria que eles te arrastassem para baixo.

De: Rhys Baker
Para: Ginger Davies
Assunto: Mãe chata
Perdidos? Eles só querem se divertir.

De: Ginger Davies
Para: Rhys Baker
Assunto: Se divertir?
Desculpe, eu não sabia que para se divertir você tinha que consumir qualquer porcaria para deixar de ser você mesmo. Sou muito ingênua. Vou agora mesmo falar para a Dona descer e comprar alguns gramas para hoje à noite, afinal, vamos comemorar que já temos as mesas do escritório.

De: Rhys Baker
Para: Ginger Davies
Assunto: RE: Se divertir?
Você percebe que está parecendo uma velha?

De: Ginger Davies
Para: Rhys Baker
Assunto: RE: RE: Se divertir?
Eu não pareço velha, Rhys, eu pareço alguém preocupada com você. E estava evitando esse assunto de propósito, como tantos outros que evito com você, porque não quero discutir. Mas fico com medo de que alguma coisa te aconteça. Às vezes acho que você não tem consciência das coisas.

De: Rhys Baker
Para: Ginger Davies
Assunto: Relaxa
Ginger, eu estou bem. Melhor do que nunca.
    E não deixo ninguém me arrastar.

De: Ginger Davies
Para: Rhys Baker
Assunto: RE: Relaxa
Isso quer dizer que você não voltou a usar?

De: Rhys Baker
Para: Ginger Davies
Assunto: RE: RE: Relaxa
Ginger, Ginger... não vamos falar sobre isso. Confia em mim e pronto, combinado? Pode ser assim? E vamos falar de coisas mais alegres, como o seu bonito escritório. Falta muito para ficar tudo pronto? O que vocês combinaram com a distribuidora?

De: Ginger Davies
Para: Rhys Baker
Assunto: Rotina
E aquele seu amigo da faculdade? Aquele que morava em Los Angeles e era advogado. Acho que era Logan o nome dele, né? Você não fala mais com ele?

Sim, estamos a todo vapor com tantos planos, por isso tenho menos tempo para te escrever. Ah, e quando eu chego em casa, minha irmã e Kate roubam o tempo que antes eu tinha só para mim, porque sempre acabam me convencendo a cozinhar algo que não seja semipronto para o jantar ou a assistir a um filme. Ultimamente os dias têm passado voando. Especialmente agora, com o Natal já chegando. Ainda não comprei os presentes; todos os anos eu falo para mim mesma que vou comprar tudo com antecedência, mas acabo sempre correndo na última semana.

E eu confio em você, sim, Rhys. Mas isso não me deixa menos preocupada.

De: Rhys Baker
Para: Ginger Davies
Assunto: Parabéns, bolachinha!
Feliz aniversário! Como você se sente aos vinte e quatro? Como uma mulher de negócios? Porque é isso que você é agora. Muito diferente da de vinte e três? Espero que sim. No ano passado, nessa mesma época,

você estava péssima, lembra? Odiava levantar cedo para trabalhar todos os dias e queria matar Dean na metade do tempo.

Agora, sério, espero que cada ano seja melhor...

Que você continue realizando muitos sonhos...

De: Ginger Davies
Para: Rhys Baker
Assunto: Estou feliz ;)
Obrigada, Rhys. E você tem razão; como tudo mudou em apenas um ano, né? Eu me lembro. Dean anunciou que se casaria com Stella uns dias depois, no jantar de Natal, e eu... não parava de pensar em você, em como eu queria que você estivesse naquela mesa também. Acho que nunca te contei isso. Talvez porque você estivesse muito ocupado com a Alexa.

E sim, estou muito mais feliz agora.

De: Rhys Baker
Para: Ginger Davies
Assunto: RE: Estou feliz ;)
Isso que percebi é ciúme?

De: Ginger Davies
Para: Rhys Baker
Assunto: Admito
"Era", no passado. Admito. Tive um pouco de ciúme da Alexa, sim. É que ela não me convenceu. Eu escutei aquela entrevista na rádio que vocês deram juntos e ela não me pareceu uma má pessoa, mas achei ela empolgada demais, exagerada demais, tudo demais, caramba. Não combinava com você.

De: Rhys Baker
Para: Ginger Davies
Assunto: Interessante...
E o que combina comigo?

De: Ginger Davies
Para: Rhys Baker

Assunto: RE: Interessante...
Eu não sei, Rhys. Não faço a menor ideia.

Para ser sincera, eu também não te vejo em um relacionamento sério. Mas deve ser porque nunca te vi em um. É difícil imaginar algo que você nunca viu antes. É isso.

Ah, e claro, feliz Natal!

De: Ginger Davies
Para: Rhys Baker
Assunto: Boa sorte!
Só queria te desejar boa sorte (também se diz "muita merda" no seu meio, não é?) quando você for tocar na noite de Ano-Novo. Espero que tudo corra superbem, Rhys. Imagino que você tenha estado ocupado esses dias entre a viagem e a preparação para a festa. Que este próximo ano esteja cheio de coisas boas para você. Para nós dois. Obrigada por compartilhar os dias comigo. Mas, acima de tudo, obrigada pelo meu presente de aniversário, que chegou ontem e é perfeito! Um pijama com a estampa de espaguetes sorridentes! É sério, não vou querer tirar ele nunca! E é tããããão quentinho...

79. GINGER

Kate e Dona brindaram comigo. Minha irmã tinha acabado de terminar o turno e estava meio bêbada porque tinha terminado com a Amanda na semana anterior e passou a noite inteira tomando alguns drinques escondida atrás do balcão e ignorando os olhares da chefa dela, que, para dizer a verdade, era muito gente boa e supercompreensiva. Ela também continuava oferecendo uma das paredes do *pub* para Dona expor suas pinturas, mas ultimamente ela mal tocava nos pincéis.

— A nós! — Dona disse em voz alta.

Kate levantou as sobrancelhas e riu.

— A gente já não tinha brindado a isso?

— E daí? A nós novamente!

— E aos armários do escritório! — acrescentou Kate.

— E à planta da cozinha que morreu ontem!

— Ah... e aos ex-namorados que nos chamam para ser madrinha, não podemos nos esquecer disso! — acrescentou Dona, olhando para mim. Cobri o rosto com as mãos e comecei a rir. Na verdade, eu não tinha conseguido recusar quando Stella me convidou, porque ela era muito gente boa e praticamente não tinha família, e porque o bebê que eles tiveram era tão adoravelmente fofo que eu queria mordê-lo e enchê-lo de beijos cada vez que o via. — Mais uma rodada!

— Eu acho... que você já bebeu demais — eu me opus.

— Ah, vai, Ginger, deixa de ser chata.

As duas me ignoraram antes de pedir mais bebida. Então notei que o celular estava vibrando e o tirei do bolso. Eu estava bem à vontade, não tinha me preocupado em vestir nada especial para comemorar a noite de Ano Novo; tinha colocado um jeans *skinny* e um moletom. Prendi a respiração quando li o nome na tela. Rhys.

— Quem era? — perguntou Kate.

— Rhys, mas ele desligou...

Ela e Dona se olharam e riram.

— O que tem de tão engraçado?

— Tudo, porque estou bêbada — respondeu minha irmã.

— E eu acho engraçado que depois de tanto tempo você ainda esteja ligada no mesmo cara de quem gostava na época da faculdade. Lembra, você ficava nervosa como uma menininha todas as noites antes de ligar o computador. Era engraçadinho.

— Às vezes eu odeio vocês — resmunguei.

Levantei e saí do bar enquanto elas continuavam a rir. Tremi com o frio cortante da noite. Estava chovendo e as luzes amareladas dos carros se refletiam nas poças de água da pista. Eu me afastei uns passos da porta e desci pela Carnaby Street até me abrigar debaixo do parapeito largo do prédio vizinho. Liguei de volta para Rhys, mas ele não atendeu no primeiro toque, nem no segundo, nem no terceiro...

Eu já ia desligar quando ele respondeu.

— A bolachinha mais apetitosa do mundo!

— Eu vi a sua ligação... — comecei.

— Que ligação? — Ele parecia eufórico e estranho, bem diferente do cara reservado e meio melancólico que eu pensava conhecer tão bem, mesmo que, às vezes, ele parecesse empenhado em demonstrar o contrário e me mostrar, quase que com ousadia, suas partes mais sombrias.

— A sua. Um minuto atrás.
— Não... eu não lembro...
— Você vai se apresentar agora?
— Não. Lá pelas três. Às quatro. É isso.
— Rhys. — Segurei bem o telefone. — Você está drogado?

Um silêncio repentino. Escutei risos e vozes ao fundo.

— O que você quer que eu responda?
— Que não. Que você me diga que não.
— Então, não estou.
— Não minta para mim, Rhys.
— Ai, Ginger! Para de ser tão sufocante. Eu juro que me esforço para fazer as coisas direito, mas às vezes você é chata pra cacete...
— Vai se foder, Rhys. Vou desligar.

Escutei um sussurro feminino por perto. Imaginei lábios desconhecidos no pescoço dele enquanto ele segurava o telefone na orelha, com as pupilas dilatadas...

— É melhor mesmo, porque você me pegou ocupado.

Eu me segurei para não jogar o telefone longe. Apertei os dentes e engoli saliva com força. Respirando agitada, fiquei mais alguns segundos ali vendo a chuva, alheia à festa que se escutava dentro do bar onde eu já não queria estar. Alheia às pessoas ao meu redor, que riam, conversavam e se divertiam. Alheia, de repente, a tudo. Inclusive a Rhys. Pela primeira vez em muito tempo eu me senti completamente sozinha. Porque antes eu sempre tinha ele do outro lado da tela. A distância nunca me impediu de senti-lo perto. Mas naquela noite foi diferente. Naquela noite ele não estava, como em muitas outras ultimamente. E eu sentia falta dele. Eu queria de volta o cara de quem eu gostava; aquele das noites de verão e dos sorrisos lentos, aquele que dançou comigo nas ruas de Paris, aquele que conseguia criar músicas com as batidas de um coração e me fazia rir sem esforço ou que falava de qualquer coisa e fazia meu mundo girar e me fazia repensar coisas que eu achava que sabia...

80.

De: Rhys Baker
Para: Ginger Davies
Assunto: Trégua?
Quanto tempo mais vamos ficar sem conversar, Ginger? Deveríamos assinar uma trégua. Três semanas é demais. Estou com saudades. E sei que você está com saudade de mim também. Não me faça implorar. Além disso, tenho coisas para te contar.

De: Rhys Baker
Para: Ginger Davies
Assunto: Felicidades!
Feliz amigoversário, mesmo que você não queira ser minha amiga neste momento. Vai, Ginger, imagino que fui um idiota na noite de Ano-Novo, mas temos que resolver as coisas. Demorar mais só vai piorar tudo. Fala qualquer coisa.

De: Ginger Davies
Para: Rhys Baker
Assunto: Verdades
Você diz que "imagina" que foi um idiota porque nem se lembra direito, não é? E é claro que estou com saudades, Rhys. Você sabe disso. Assim como também sabia que eu amoleceria com a história do amigoversário, mas não posso fingir que não fico triste de ver para onde você está levando sua vida. Eu simplesmente não entendo. Você tem tudo para ser feliz.

De: Rhys Baker
Para: Ginger Davies
Assunto: RE: Verdades
Ginger, não me venha com essa. Isso não tem nada a ver com felicidade, são apenas momentos pontuais. Vamos esquecer isso, tá bem? Não sei se vai diminuir a sua raiva, mas estou há semanas sem sair e sem me meter em encrencas. Estou ocupado com algo mais importante. E até voltei a conversar com o Logan. Você tinha razão... quando você me

perguntou por ele no mês passado, lembrei que ele era um cara legal e fazia tempo que não nos falávamos, então, adivinha, ele vem me visitar por alguns dias daqui a algumas semanas, disse que vai ser bom para ele relaxar e para a gente papear e curtir esse tempo juntos.

Se estou feliz? Espero que sim...

Porque eu tenho a sensação de que não paro de foder com tudo. E eu me sinto um bosta, Ginger, mas quando eu faço essas merdas, sei lá, não percebo. Ou sim. Mas não na hora. Na hora eu não sinto nada. E depois vem tudo de uma vez. A culpa. E ela me mata.

O que está acontecendo? Por que a gente não para de discutir?

De: Ginger Davies
Para: Rhys Baker
Assunto: Tá bom
Tudo bem, Rhys. Também estou cansada de estar sempre brigando ultimamente, mas você sabe que me preocupo com você e não consigo ficar quieta quando tenho a sensação de que você está correndo na direção errada.

Fico feliz que Logan vá te visitar por alguns dias, é sempre bom encontrar velhos amigos. E não me deixe curiosa, quero saber o que você está fazendo agora. Além disso, também tenho muitas coisas para te contar. Muitas. Mas primeiro você.

De: Rhys Baker
Para: Ginger Davies
Assunto: Lá vai
Certo, sem rodeios.

Vou gravar um disco!

Sim, é isso. Me fizeram essa proposta e acho que pode ser uma boa ideia. Algo só meu. No início fiquei em dúvida, mas depois pensei: *Diabos, por que não?* Tenho muito material das noites em que toquei e, melhor ainda, o que mais gosto é criar, compor, mixar...

Estou animado, mas quero ir com calma. E não quero lançar qualquer coisa, então pedi para eles um prazo razoável. Mas gosto da ideia de voltar a me fechar no estúdio do apartamento por horas, até esquecer do horário das refeições e acabar preparando um miojo qualquer para comer. Gosto de como eu me sinto quando faço isso, não sei, é como se minha cabeça voltasse à vida depois de ter ficado adormecida por um tempo. Ou não tão ativa. Você me entende.

O que você acha? Eu estava nervoso por não ter te contado ainda, acredita? Ter que dizer "sim" sem te consultar antes. Que loucura, Ginger.

De: Ginger Davies
Para: Rhys Baker
Assunto: RE: Lá vai

O que eu acho? Meu Deus, Rhys! Estou pulando pela casa de alegria! Acho ótimo! Maravilhoso! Imagina? Vou poder entrar em uma loja e comprar seu disco, com seu nome ali impresso. Fico muito feliz. Ainda mais porque sei que trabalhar nisso, no fim das contas, é o que você mais gosta... poder plasmar, criar e transmitir.

Confesso que comigo acontece o mesmo. Somos dois idiotas.

Quando me aconteceu ISSO relacionado ao projeto de lançamento, a primeira coisa que pensei foi: *Merda, não posso contar para o Rhys, porque estou puta da vida com ele por ser um babaca e não devo falar com ele!* Portanto, sim, eu entendo o que você está dizendo.

De qualquer forma, chegou a hora de falarmos sobre ISSO. Não sei por que estou chamando assim, não me pergunte. Vou tentar resumir a história, tá bem? Para começar, você já ouviu falar no nome Anne Cabot? Imagino que não, mas ela é a esposa de um dos homens mais influentes da Inglaterra. Ou melhor, "era" a esposa, porque essa semana eles finalizaram o processo de divórcio. Mas vamos lá: Cameron Reed é um empresário conhecido no mundo das finanças e um defensor de inúmeras causas feministas e a favor da igualdade; além de ter muitos contatos políticos. Você deve estar se perguntando por que eu estou te contando tudo isso, pois bem, acontece que ele agredia a esposa. Sim, um escândalo que ele quer manter escondido. Se não bastasse isso, ele também saía com prostitutas de luxo. Uma pérola, como você pode ver.

Bem, Anne ficou calada por anos, aguentando tudo por medo de um escândalo público ou de que ninguém acreditasse na palavra dela, considerando o quanto ele é conhecido. Mas no final, depois da última agressão, ela decidiu voltar para a casa da mãe e se divorciar. É uma mulher inteligente e brilhante, mas está assustada há anos. Ela se formou com louvor no curso de Letras, mas deixou a carreira de professora quando começou a acompanhá-lo em todas as viagens. Enfim, o resto você já imagina. Ela se anulou.

Só que tinha um boato de que ela estava escrevendo suas memórias. No início pensei que era impossível, porque imaginei que ela já teria um contrato assinado com alguma das grandes editoras do país, mas, um dia, depois de pensar muito, de conversar com Dona e Kate e de não conseguir dormir... acabei fazendo uma loucura.

Tenho até vergonha de te contar, mas lá vai:

Apareci em frente à casa dela. Em Notting Hill. Não bati na porta, claro. Fiquei esperando no frio congelante desta cidade, até que ela saiu no meio da manhã. E aí me aproximei, tipo uma louca mesmo. Fui direta. Minha língua enrolou tanto, que nem sei como me expliquei. Consegui dizer que tinha acabado de criar uma pequena editora, que já estávamos em contato com vários autores, mas que estávamos à procura de algo bombástico para o primeiro lançamento. Lembro que ela me olhava fixamente, quase sem piscar. Consegui tirar um cartão da bolsa e entregar para ela, tremendo. Disse que imaginava que ela já teria algo assinado, mas, por via das dúvidas, eu não queria perder aquela oportunidade. Estava prestes a sair correndo antes que ela chamasse a polícia, quando ela me perguntou se eu queria tomar um café com ela.

Pois é, assim mesmo. E, claro, aceitei. Fomos a uma cafeteria próxima e conversamos um tempão. Contei um pouco da minha história: sobre passar a vida inteira me preparando para trabalhar na empresa de armários, para, no final, desistir de tudo e acabar fundando a editora. Ela se mostrou interessada, e, sei lá, a conversa fluiu como se a gente se conhecesse há muito tempo. Ela é uma mulher adorável, realmente. No final, quando já fazia algum tempo que tínhamos terminado o café, ela me confessou que estava terminando o primeiro rascunho, que tinha várias propostas de editoras importantes com as quais eu obviamente não tinha como competir, e que ainda não tinha decidido nada.

Eu me limitei a felicitá-la. Já estava claro para mim que eu não tinha chance. Mas então ela me perguntou que vantagens ela teria se decidisse trabalhar comigo. E fui sincera: financeiramente, poucas, pelo menos até o projeto começar a dar resultado, mas ela teria total liberdade para publicar o texto sem censura, uma relação próxima e, claro, nada de mil intermediários. Eu disse a verdade, que sempre desejei publicar algo que valesse a pena, fazer com que esse "algo" chegasse às pessoas, queria mimá-lo, poli-lo, deixar a minha marca entre as letras escritas por outros. Defendê-las.

E então... ela sorriu.

Despediu-se dizendo que pensaria e, dois dias depois, me ligou para dizer que SIM.

Você acredita nisso, Rhys? Eu ainda não! Continuo nas nuvens, incapaz de assimilar, apesar de já termos até assinado o contrato. Não sei explicar. É incrível. E bombástico. Exatamente o que eu estava procurando. Anne comentou que, depois do divórcio, ela ficou com dinheiro suficiente para várias vidas e que a questão financeira não a preocupava na hora de publicar suas memórias; ela só não queria ser tratada como apenas mais um produto, como algo vazio.

Que baita textão escrevi, mas precisava explicar um pouco a situação para você entender melhor. Tomara que tudo siga como esperamos. Tomara que daqui a alguns meses você esteja gravando um disco. Tomara que em breve a editora comece a dar frutos. Tomara que...

De: Rhys Baker
Para: Ginger Davies
Assunto: Estou orgulhoso de você

Caraca, Ginger. É simplesmente incrível! Quase posso te ver esperando na porta da casa dela, tremendo da cabeça aos pés; mas você conseguiu! Isso é o que eu mais gosto em você. Tem muitas coisas que te assustam e, às vezes, você leva um tempão para domar o medo, mas no fim sempre acaba fazendo, você se dá conta? Você é exatamente como eu te defini no dia em que a gente se conheceu. Enrolada. É como um emaranhado de fios que você vai puxando pouco a pouco, conforme vai crescendo e ficando mais forte e melhor em tudo. Um emaranhado bonito.

Não vejo a hora de ter esse livro nas mãos.

De: Ginger Davies
Para: Rhys Baker
Assunto: Surpresa!

Não te contei algo importante que eu acho que você vai gostar. Já registramos a editora. Ficamos dias pensando em possíveis nomes, mas no fim Kate disse que a decisão tinha que ser minha, porque, afinal, ela não é sócia por enquanto e, bem, porque era o sonho da minha vida. Ela quis me dar isso de presente.

E eu a chamei de Moon Books.

Porque, se você pensar bem, Rhys, ler um bom livro é quase como estar na lua. Durante esses instantes, enquanto você mergulha nas páginas, você deixa de ter os pés no chão, você viaja para longe, para outros lugares, para outros mundos, para outras vidas...

E além disso, me fez lembrar de você. De nós.

De: Rhys Baker
Para: Ginger Davies
Assunto: RE: Surpresa!
Cacete, Ginger... Não sei nem o que te dizer...

É perfeito. Obrigado por isso.

81. RHYS

O voo de Logan pousou à tarde, quando começava a escurecer. Foi difícil reconhecê-lo no início, apesar de ter passado só um ano e meio desde a última vez que estivemos juntos, quando fiquei um tempo em Los Angeles com a Alexa para o lançamento da música que tínhamos feito juntos. Agora ele estava com o cabelo um pouco grisalho e se vestia mais... formal, elegante. Parecia um advogado de longa data, não o cara mais desencanado que eu já tinha conhecido até então.

Nós nos cumprimentamos com um abraço breve.

— Você toma bastante sol por aqui, hein? — disse ele, sorridente.

— Nem tanto, no inverno menos. Vamos!

Depois de deixar a mala no apartamento, fomos tomar algo e colocar o papo em dia. Ele ia ficar só três dias, mas o suficiente para relaxar; aparentemente, ele estava meio sufocado com tanto trabalho. O escritório que antes era pequeno em Los Angeles acabou se tornando bem maior em Nova York, depois de se associar com outra empresa. Parecia cansado, um pouco disperso, mas mesmo assim... mesmo assim tinha algo diferente em seu olhar, algo que eu não lembrava de ter visto nele antes. Um brilho.

— E você, o que conta? Você continua igual.

Não sei se gostei desse "continua igual". O que significava aquilo? Estagnação, rotina, acomodação? Eu me mexi incômodo na cadeira e tomei mais um gole da segunda cerveja que tínhamos pedido. Logan deu uma olhada rápida no celular antes de colocá-lo de volta no bolso da calça cáqui e com cinto de marca que ele estava usando, e que eu nunca tinha associado a ele antes.

— Não exatamente. Vou gravar um álbum em breve, acho que comentei quando nos falamos pelo telefone. E tenho um contrato assinado para o próximo verão, então acho que as coisas estão indo bem, por enquanto.

— Ahhh! Sossegou então, hein?

— Sosseguei? — Estranhei.

— Sim, parou de andar por aí, quero dizer. Como antes. Você estava sempre de um lado para o outro. Deve ser cansativo. Não sei como mantinha o pique. Além disso, esse lugar aqui é incrível. Olha só, ainda nem começou a primavera e já está quente.

Arranquei com a unha o rótulo da cerveja.

— Só deixei as coisas rolarem conforme foram surgindo. Eu teria ido embora se tivessem me oferecido um trabalho legal em outro lugar.

— Mas também não é a mesma coisa. É normal.

— Em que sentido? — perguntei.

— A idade, Rhys. — Ele começou a rir, deu um gole e suspirou. — Não é igual aos vinte e aos trinta, concorda? Algumas coisas mudam, não tem jeito.

Dei de ombros e olhei para ele curioso.

— Por que você mudou?

— É sobre isso que eu queria falar com você...

Logan apoiou os braços na mesa.

— O que aconteceu? Alguma coisa ruim?

— Não, de jeito nenhum. Ao contrário. Eu vou me casar, Rhys.

Fiquei olhando para ele, pensando...

— Uau! Parabéns! Muito bem.

— Bem, a questão é que você conhece a noiva.

— Sério? Alguém do Tennessee?

— Não, não. Lembra da Sarah? Hummm... — Logan suspirou, incomodado, bebeu mais um pouco, respirou fundo. — Você ficava com ela quando se encontravam lá. E em Los Angeles... vocês dividiram um apartamento.

Anos atrás. Um dia ela ficou brava com você quando viu alguma coisa sobre uns e-mails que você trocava com outra garota e me perguntou se poderia ficar na minha casa e, enfim, a partir daí começamos a ter mais contato, especialmente quando me mudei para Nova York.

— Eu me lembro dela — cortei. — Sarah. Sim.
— Não quero que isso seja embaraçoso.
— E por que seria?
— Você sabe. Ela estava apaixonada por você.
— Bem, já se passaram anos, caralho.
— Eu sei, mas... — Ele me olhou inseguro e desviou o olhar. — Queria te explicar pessoalmente por que decidimos não te convidar para o nosso casamento. Eu sinto muito. É que eu acho que seria constrangedor, especialmente para mim. Não posso fazer nada...

Fiquei em silêncio por alguns segundos, até que reagi.
— Você não precisa me dar explicações.
— Certo, porque eu não queria te magoar.
— Eu também não teria ido — acrescentei.
— É sério? — Logan riu.
— Você sabe que eu odeio casamentos.

Logan assentiu antes de pedir outra rodada de cerveja. Tentei manter a concentração durante o resto da noite, mas mal consegui. Ele falava sobre a empresa, sobre o dia a dia, sobre o casamento no fim do verão, sobre como ele tinha se envolvido com a Sarah desde o início, e eu... tentava não pensar que tinha mentido para ele, porque, sim, eu teria feito o esforço de ir ao casamento de um dos poucos amigos de verdade que eu tinha tido em minha vida, mesmo não gostando de toda aquela parafernália, e mesmo sabendo que a festa seria em um daqueles salões chiques de Nova York.

Também tentava não pensar em outras coisas.

Como naquela sensação de estar ficando para trás. De me perder nas sombras, enquanto os outros conseguiam encontrar a luz em algum momento. Pensava em raízes que não existiam. Em âncoras desconhecidas. Em que eu tinha cada vez mais contatos no celular, mas eram quase proporcionais à solidão que me abraçava. Pensava em Ginger; em como ela estava subindo como uma trepadeira infinita que não parava de crescer, em como eu estava orgulhoso dela e em como ela estava decepcionada comigo. Eu notava isso. Eu sentia. Isso e o fato de muitas vezes eu ficar repensando sobre os caminhos que tinha deixado para trás.

Como o de Sarah, por exemplo. *Como teria sido a minha vida se, em vez de afastá-la do meu caminho, nossa história tivesse ido mais longe? Imaginei que já estaríamos casados e morando na cidade grande, talvez com um filho e um segundo a caminho. Quem sabe?* A questão é que toda a minha existência foi, no final, um monte de fios que eu tinha puxado em algum momento, mas que sempre acabavam se rompendo antes que pudessem se tornar longos o suficiente para serem resistentes.

Menos com Ginger. O fio dela continuava lá, constante, crescendo. Eu sabia que nunca conseguiria soltá-lo. E o da minha mãe também não; esse era fino, mas estável.

Não havia muitos mais. Curiosamente, percebi que fui eu quem cortou cada um deles, como se uma parte de mim estivesse fugindo da companhia, da amizade, do amor, de tudo que é bom. Talvez eu buscasse a tristeza, a solidão, a infelicidade. Talvez eu as perseguisse.

82.

De: Ginger Davies
Para: Rhys Baker
Assunto: Drama

Você não vai acreditar no que está acontecendo! Recebemos na editora uma carta de um importante escritório de advocacia e, adivinha, eles estão pedindo "de forma amigável" que a gente não siga adiante com a publicação do livro de Anne Cabot. Claro, sabíamos que o ex-marido dela faria o impossível para impedir esse projeto, mas imaginei que ele se limitaria a divulgar por aí que era tudo mentira e injúria, não que ele tentaria evitar inclusive a publicação do livro.

O pior é que não tenho nem ideia do que fazer, e aí acabei entrando em contato com o James. Lembra dele, o cara da cerveja que conheci numa festa, e que reencontrei bastante tempo depois e acabei dormindo na casa dele? Te liguei naquela noite porque fiquei paralisada e queria ir embora (que vergonha em lembrar disso agora). O caso é que me lembrei que ele é advogado; e eu não queria pedir para o meu pai o contato do advogado dele para não deixá-lo preocupado, então acabei marcando uma reunião com o James no final da semana.

Estou um pouco preocupada, Rhys.

Tomara que não seja nada importante...

De: Rhys Baker
Para: Ginger Davies
Assunto: RE: Drama
Fica calma, bolachinha.

Acho uma boa ideia colocar tudo nas mãos de um advogado. E, sim, eu me lembro do tal James, o que achava que era uma boa ideia juntar a Senhora Framboesa com o Senhor Chocolate, não é? Espera para ver o que ele diz sobre a situação, antes de entrar em pânico.

Vai me contando os acontecimentos, tá bom?

De: Ginger Davies
Para: Rhys Baker
Assunto: RE: RE: Drama
Bem, vamos lá, a situação é a seguinte: Cameron Reed tem dinheiro suficiente para contratar todos os advogados de Londres em tempo integral, e eu sou só uma otária que decidiu um dia montar uma editora e se meter nesse rolo todo. Mas a parte boa é que James acha que existe uma maneira de Cameron recuar antes de ir em frente ou de tomar medidas legais por injúria e sei lá o quê de privacidade e honra por aparecer na biografia. Ficamos a semana inteira pensando nisso e, talvez, se a gente anunciar a publicação imediatamente, investindo um pouco em publicidade (meu pai me emprestou algum dinheiro que espero poder devolver em breve), talvez a gente chegue aos ouvidos da imprensa.

A ideia é que, na hora que ficarem sabendo que Anne Cabot vai publicar algo tão polêmico como um livro de memórias em que ela conta sobre o inferno que passou durante anos, Cameron prefira se limitar a desmentir o que ela diz, ou talvez um pouco mais. Ele sabe que quanto mais barulho fizer, mais publicidade o livro vai ter quando souberem de sua existência. Digamos que ele está num beco sem saída, como James descreveu.

Na verdade eu continuo bastante preocupada, mas Anne, ao contrário, está muito tranquila. Acho que ela já previa o que ia acontecer. Além disso, mesmo que agora ele fique focado em se defender de tudo que ela diz, ele ainda pode fazer algo depois, acusá-la de injúrias, manchar a honra dela e blá-blá-blá. Anne diz que tem provas médicas das agressões, pouco antes de ela ter saído da casa em que eles moravam juntos.

James pediu a documentação e está analisando tudo para se preparar para o que pode acontecer.

Enfim, tivemos que acelerar o lançamento. Daqui a três semanas o livro vai para a gráfica. Assim, na doideira. Kate diz que eu vou matá-la de enfarte.

O que você acha, Rhys?

De: Rhys Baker
Para: Ginger Davies
Assunto: RE: RE: RE: Drama
Sinceramente? Acho que isso é publicidade grátis para vocês e, se antes eu já não tinha dúvidas de que seria um sucesso, agora eu colocaria a minha mão no fogo pelo projeto. Pensa nisso. A verdade é que as pessoas gostam de morbidez e de polêmica. Querendo ou não, Cameron vai ter que fazer um comunicado para negar todas as acusações, pois quem cala, consente. Ele vai ficar numa corda bamba, pois vai ter que fazer isso, mas sem falar muito para evitar aumentar ainda mais o escândalo. E como eu disse, algo assim atrai o público. As pessoas vão querer ler o livro para formar a própria opinião. A propósito, Anne denunciou ele?

De: Ginger Davies
Para: Rhys Baker
Assunto: Progressos
Sim, Anne está fazendo isso. Ou melhor, a advogada dela está. Mas decidimos separar esse processo de tudo que tenha a ver com a editora. No final, James vai se encarregar disso. Na verdade, ele está sendo ótimo. Não te contei, porque estava meio nervosa com tudo que estava acontecendo, mas quando fui encontrá-lo no escritório que agora ele tem em Londres e lhe expliquei que finalmente tinha montado a editora que eu tinha comentado com ele anos atrás como se fosse um sonho distante, ele ficou tão orgulhoso que eu desandei a chorar. Acho que porque eu estava com as emoções à flor da pele.

Mas é demais, né? Mesmo que agora eu mal consiga respirar e que quase more no escritório da editora. Há exatamente um ano, eu estava prestes a deixar a empresa do meu pai e ir passar o verão com você, e, agora, olhe só. Às vezes é assustador olhar para trás e ver como tudo muda tanto. Aliás, eu continuo monopolizando a conversa com as minhas confusões e já faz um tempo que você não me conta nada sobre como vai o disco. Pior ainda, esqueci de te perguntar como foi quando Logan te visitou no mês passado. Eu sou a pior amiga do mundo, é oficial.

De: Rhys Baker
Para: Ginger Davies
Assunto: RE: Progressos

Fique tranquila, você tem uma boa desculpa por conta de tudo que aconteceu. Ontem fui procurar a notícia e vi que saiu em várias mídias digitais. Isso é ótimo, Ginger. Faltam três dias para o lançamento, não é mesmo? Como eu te conheço bem, imagino que você esteja enlouquecendo, então vou te atualizar dos assuntos aqui para distrair um pouco a sua mente.

Sim, Logan esteve aqui e foi tudo bem. Mais ou menos. Foi tranquilo. Acho que ele se esqueceu de como é isso de "se divertir" assim que começou a usar calças com pregas, mas o que se pode fazer, né? Ninguém é perfeito. Não, mas agora falando sério. Percebi que, se antes tínhamos pouca coisa em comum, agora não nos resta absolutamente nada. Acho que as amizades são assim, nem sempre seguem o mesmo caminho, e um dia você olha para alguém que conhece há mais de uma década e percebe que não tem mais nada em comum com aquela pessoa. É assim. Ah, e ele vai se casar. Com a Sarah, aquela garota com quem eu ficava anos atrás. A vida dá voltas, não é mesmo? Melhor não pensar nisso.

Quanto ao disco, tudo está correndo bem. Na semana passada me encontrei com os caras da gravadora em Barcelona e eles têm grandes planos, mas ainda tenho muito trabalho pela frente. Tenho estado meio bloqueado essas últimas semanas, mas acho que vai passar logo.

Ah, e parece que meus "estou orgulhoso de você" já não te afetam tanto. Brincadeiras à parte, é bom olhar para trás e poder ter acompanhado todas as suas mudanças. Você merece esse sucesso. Vai me contando sobre o lançamento do livro.

De: Ginger Davies
Para: Rhys Baker
Assunto: Feliiiiiz, feliz

Você não tem ideia de como eu estou feliz! O lançamento foi sensacional! Veio todo mundo para o escritório: Dona, James, Anne, meus pais, até Dean escapou rapidinho do trabalho. Kate abriu uma garrafa de champanhe e deixamos o piso do corredor num estado deplorável, mas não importa! O livro foi muito bem aceito pelos livreiros. Nem nos meus melhores sonhos eu teria imaginado algo assim para começar.

Agora preciso ir porque à noite vamos continuar comemorando. Reservamos uma mesa para jantar em um restaurante novo que abriu aqui perto.

Falo com você amanhã. Beijos.

De: Rhys Baker
Para: Ginger Davies
Assunto: RE: Feliiiiiz, feliz

Estou muito feliz por você, Ginger. Aproveite muito este momento. Talvez em breve a gente possa comemorar junto. Quem sabe? Espero que você esteja orgulhosa. Às vezes ainda me lembro daquela menina perdida que conheci em Paris e que ria da palavra "sonhos".

Algumas voltas da vida não são tão ruins assim.

83. GINGER

Reli a mesma frase pela quinta vez para ter certeza de que era perfeita, que cada palavra expressasse exatamente o que deveria transmitir. Depois olhei para cima quando bateram na porta do meu escritório e vi Kate. Parecia nervosa.

— Você tem uma visita, Ginger.

— Pede para entrar — respondi.

— Tá bem... — Ela parecia um pouco em dúvida, olhou para trás outra vez e botou a cabeça de novo pela abertura da porta. — Vou fumar lá na cobertura.

— Claro. Beleza. — E levantei.

E então dei de cara com ele. Eu o vi entrar pela porta do meu escritório como um furacão, com um sorriso preguiçoso no rosto, o cabelo loiro bagunçado e uma calça jeans desgastada que caía pelo seu quadril enquanto ele dava um passo atrás do outro na minha direção. Estendeu os braços. Fiquei paralisada por alguns segundos, de pé, com os joelhos tremendo. Porque fazia quase um ano que eu não o via e... ainda não estava preparada para revê-lo. Naquela hora, menos ainda. Menos do que em qualquer outro momento.

— O que foi, bolachinha? Não está feliz em me ver?

— Eu... — Coloquei a mão no peito. — Rhys...

Consegui reagir. Corri até ele e o abracei. Senti a mão dele na minha cabeça, minha bochecha pressionada contra seu peito forte, o cheiro de menta nos envolvendo entre tantas lembranças, confidências, momentos congelados no tempo e noites em frente ao teclado.

Eu me afastei e olhei para ele. Estava um pouco mais magro e tinha olheiras, mas ainda era tão bonito quanto eu me lembrava, com aquele brilho nos olhos, com aquele jeito dele de inclinar a cabeça para diminuir a diferença de altura que sempre nos separava. Sei lá. Era ele. Sombrio e cheio de luz ao mesmo tempo. Deslumbrante, mesmo sendo a pessoa mais opaca que eu conhecia.

— Mudei tanto para você me olhar assim?

— Não. De jeito nenhum. Você está igual. Está... ótimo.

— Você, por outro lado... — Rhys deu um passo atrás para me olhar. — Você está diferente com essa roupa. E cortou o cabelo, não tinha me contado.

— Tenho tão pouco tempo ultimamente...

— Eu sei. Ficou ótimo. Está linda.

— Obrigada... — Engoli em seco, nervosa.

Rhys levantou uma mão para tocar nas pontas do meu cabelo, que agora estava curto. Depois acariciou meu queixo e subiu um pouco mais, enquanto nos olhávamos fixamente nos olhos. Os dele estavam ansiosos, cheios de lembranças, de desejo. Eu fechei os meus quando senti seus dedos tocarem meus lábios, desenhando-os, me fazendo tremer...

Depois ele sussurrou baixinho.

E me beijou. Um beijo intenso.

Nossas bocas se encontraram com intensidade. Com desejo. Algo se agitou no meu peito, algo bom e ruim. O que eu ainda sentia por ele, o que sempre tinha sentido, lutando contra o que deveria ser. Estremeci; de prazer e de tristeza ao mesmo tempo. Rhys me levantou e me colocou sentada na mesa. As mãos dele me procurando loucamente, agarrando-se às minhas pernas, tentando desabotoar a blusa que eu usava naquele dia...

Prendi a respiração. Não fazia nem dois minutos que ele tinha entrado no meu escritório depois de um ano de ausência e já tinha virado meu mundo de cabeça para baixo, já tinha feito minha pele queimar ao tocar na dele. Pior: mesmo antes de eu encostar nele.

Coloquei as mãos no peito dele, tremendo.

— Ginger, Ginger... — Me beijou de novo.

— Espera, Rhys. Eu não posso. Não mais.

Ele deu um passo para trás. Pude ler a incompreensão em seus olhos cinzentos enquanto eu tentava fechar o mais rápido possível os botões que ele tinha aberto de uma só vez. Desci da mesa, mas fiquei ali, com o quadril encostado na madeira escura, as mãos apoiadas na borda, me segurando no móvel para ele não ver que eu estava tremendo.

— O que foi, Ginger?

— Não é assim que funciona. — Engoli com força e olhei para ele com raiva. Estava muito brava, com ele e comigo mesma, com nós dois. — Você não pode aparecer assim a qualquer momento e fazer isso! Você não pode simplesmente supor que o que aconteceu no ano passado foi algo que você pode pausar e retomar quando bem quiser.

Rhys respirou fundo e fechou a cara.

— Sinto muito. Sei lá. Eu não pensei. Só que eu te vi... eu te vi e você é a minha perdição, você sabe disso, não sabe, Ginger? Eu não consigo manter as mãos longe de você...

Vi que ele se aproximava de novo. Tão sedutor sem se esforçar, tão seguro de cada movimento, tão fascinante que era impossível afastar os olhos dele.

— Você não está entendendo...

— O que eu não estou entendendo?

Respondi, sussurrando:

— Eu estou ficando com alguém.

Rhys pestanejou, confuso. Olhou para o chão e depois de novo para cima, para mim. Não sei o que vi nos olhos dele naquele instante. Havia... muitas coisas. Coisas misturadas, emaranhadas. Fui incapaz de entender o que significavam. Talvez nem ele mesmo soubesse.

Mexeu no cabelo e depois andou de um lado para o outro no escritório com as mãos nos quadris, antes de voltar a me olhar de frente. Respirou fundo.

— Quem é? Você não me disse nada...

— É que... a gente combinou de não falar sobre isso, quando estávamos juntos no ano passado. E eu não sabia como te contar, até saber que rumo essa história vai tomar. A gente não tem falado sobre isso ultimamente. Você também não fala. Só quando você quer me machucar, é claro. Meu Deus, Rhys, eu odeio isso. Eu odeio isso...

— Ginger... — resmungou, impaciente.

— É o James. Estamos tentando.

— James? Outra vez? Você está brincando?

— Você diz isso como se eu não estivesse há anos batendo contra a mesma parede — repliquei, sem perceber que pouco a pouco tinha começado a levantar a voz.

— Que parede, caralho? — gritou.

— Você, Rhys. Você é a minha parede.

Fiquei piscando para não explodir em lágrimas ao ver a expressão desconcertada dele. Meus olhos estavam ardendo. Eu estava tremendo. Não sei o que fazíamos ali olhando um para o outro fixamente, em silêncio, dizendo tantas coisas sem a necessidade de usar palavras. Foi quase um alívio quando Kate bateu na porta de novo, depois de ter acabado de fumar na cobertura.

— Só queria te lembrar que você tem um almoço marcado para hoje — ela me disse de propósito, depois deu um sorriso para Rhys. — E prazer em te conhecer.

Fechei os olhos e suspirei, tentando manter a calma quando Kate saiu. Rhys, por outro lado, ainda estava alheio a tudo, apoiado perto da janela com o olhar cravado naquele céu cinza que parecia estar desabando sobre nós.

— Cacete... — Eu me virei para procurar o celular na minha bolsa.

— O que foi agora? Você vai casar amanhã e esqueceu de encomendar as flores?

— Vá à merda, Rhys — resmunguei com raiva.

— Por quê? Não me surpreenderia se eu não soubesse.

Por um momento, esqueci que tinha combinado de almoçar com James. Esqueci que estava procurando o celular para tentar cancelar, mesmo sabendo que do jeito que ele era pontual já deveria estar quase chegando. Esqueci qualquer outra coisa que não tivesse a ver com aquele exato momento. E deixei sair a raiva. A fúria reprimida. A indignação.

— Como você pode ser tão egoísta? Como pode jogar na minha cara que eu não te contei sobre James, se você está há anos transando com qualquer uma por aí sem eu nunca ter te pedido nenhuma explicação? O que acontece com você, Rhys? Alguma vez já se preocupou em olhar além do seu próprio umbigo?

E só naquele momento percebi que estava chorando tanto que comecei a ver tudo embaçado. Ele se aproximou de mim, diminuindo aqueles centímetros de segurança que nos separavam. Tentou me abraçar, mas eu me afastei. Escutei-o respirar com força. E então cedi, deixei ele me abraçar, deixei os braços dele me envolverem enquanto eu soluçava contra o seu peito. Seu hálito quente no meu ouvido me fez tremer.

— Eu sei que eu sou um idiota, Ginger. Mas nunca senti nada por nenhuma daquelas garotas, porque sempre soube que você era a única, que você... Minha constante....

O interfone tocou.

Eu me afastei de Rhys, um pouco confusa por toda aquela situação inesperada. Fui até a mesa e tirei da bolsa uns lenços de papel para limpar o rosto e o nariz.

— É o James. Eu tinha combinado de almoçar com ele.

— Ah, não, tá de sacanagem. — Rhys fechou os olhos.

— Por favor, se você se importa comigo, pelo menos um pouco, tente se comportar como um amigo normal. Rhys, você está me ouvindo? Sei que isso é difícil para nós dois, mas não quero machucá-lo. Ele não merece. Eu nem contei para ele o que aconteceu no verão passado, ele só sabe que eu te conheci em Paris... e que a gente se fala desde então...

— Vai lá abrir — resmungou em voz baixa.

Abracei-o quando passei por ele, e agradeci. Durante aquele segundo eterno, com meus braços ao redor dele e ele de pé no meio da sala, me perguntei o que aconteceria se eu decidisse não abrir a porta, o que aconteceria se eu ficasse ali para sempre com Rhys, apenas tocando nele, sentindo-o, ouvindo-o respirar. Criando um "nós". Seria algo possível ou apenas algo platônico, tão utópico quanto tocar a lua?

E então acordei. Voltei à realidade.

Soltei-o de uma vez só e saí do escritório.

84. RHYS

Fiz o maior esforço da minha vida para suportar aquele almoço infernal em uma sala privativa de um restaurante chique onde serviam porções minúsculas de merda. Aquela situação estava me matando. Tudo. Como eu estava me sentindo naqueles últimos meses, mais sozinho do que nunca, mais perdido que em toda a minha vida. Como meu estômago apertava ao ver James tocando no braço dela, apoiando a mão no joelho dela, olhando para ela todo abobalhado. Acho que foi a primeira vez que senti inveja de verdade, daquelas que te retorcem por dentro. Inveja da estabilidade, de como tudo parecia claro diante dos meus olhos, de como eles sabiam fazer as coisas bem.

— Ginger me disse que você vai gravar um disco.

— Sim, esse é o plano. Se eu conseguir terminar.

— Não entendo muito desse tipo de música. Sei lá, para mim sempre foi só barulho. Mas imagino que tenha suas dificuldades, seus macetes, como tudo. É interessante.

Concordei distraído, enquanto tentava descobrir que merda era aquela mistureba de coisas que tinham colocado no meu prato. Eu tinha pedido algo com batatas, e ou elas eram invisíveis, ou agora existiam batatas verdes. Senti o olhar de Ginger me atravessando. Uma pequena súplica. Um grito silencioso. Quem dera eu a conhecesse menos, para não perceber...

Mas eu não conseguia fingir, não conseguia...

Estava querendo dar o fora dali...

Desaparecer.

Virar fumaça.

Nada.

— Volto em um minuto.

Levantei e fui até o banheiro do restaurante. Era tão arrogante quanto a comida. Fechei a porta principal e me olhei no espelho por alguns segundos antes de tirar do bolso da calça um pequeno saquinho plástico e a carteira. Peguei um cartão de crédito, abri o pacotinho e fiz uma carreira no mármore vermelho. Quando saí de lá, cinco minutos depois, estava mais animado, mais inteiro, mais disposto a suportar aquela tortura.

— A gente ia pedir a sobremesa sem você — brincou James.

— Nada disso! Eu não gosto de misturas estranhas com chocolate — murmurei baixinho. Notei que Ginger ficou tensa e me senti mal por isso.

Porra. Eu queria pensar que o cara à minha frente era um completo imbecil, mas o único que realmente se encaixava nessa definição naquela mesa era eu. — A torta de maçã parece boa.

Eu me propus a fazer um esforço.

Respirei fundo.

Esfreguei o nariz.

Evitei o olhar de Ginger.

Fazer um esforço. Fazer um esforço.

— Vamos dividir uma? — James perguntou para ela.

— Vamos. Pode ser a de queijo? — Ela olhou para ele.

— Pode ser. — Ele fechou o cardápio, satisfeito.

Terminamos a sobremesa enquanto James e Ginger falavam sem parar sobre o caso Anne Cabot, sobre o sucesso do lançamento, o próximo catálogo que ela já tinha preparado e no qual estava trabalhando...

Eu estava tentando ouvir. Estava tentando.

Não sei quanto tempo durou o almoço, mas me pareceu uma eternidade. James se despediu de nós na porta do restaurante, porque tinha que voltar logo para o trabalho. Apertou minha mão com firmeza, disse que estava contente em me conhecer depois de ouvir tanto sobre mim e caminhou rua abaixo em direção ao ponto de táxi.

Ficamos lá por mais algum tempo. Cinco, dez minutos? Talvez. Em pé, parados ao lado de uma daquelas cabines telefônicas vermelhas típicas de Londres, observando os carros que passavam à nossa frente. Eu tinha um maldito aperto no peito.

— Essas tatuagens são novas...

A voz dela saiu baixinha, quase um sussurro.

Olhei para a minha mão esquerda e mexi os dedos. Tinha uma nota musical no meu dedo anelar e uma pequena âncora no dorso, perto do osso. Olhei para ela. Acho que nunca tinha doído tanto olhar para ela, apenas isso... olhar para ela. Fiz força para respirar, mas era como se o ar que entrava não fosse suficiente para suportar aquilo.

— O que significa a âncora? — perguntou.

— Nada. Tenho que ir agora, Ginger.

— Rhys... Sinto muito por tudo isso...

Ela estava com os olhos cheios de lágrimas. Eu só queria fugir. Não conseguiria nem sequer consolá-la. Não conseguiria. Precisava ir embora. Eu tinha chegado lá sem saber o que estava procurando, de surpresa, movido apenas por um impulso. Um impulso chamado Ginger. E não houve nada. Na verdade, esse "nada" estava em todas as partes, em uma ilha, em qualquer continente, em cidades iluminadas.

— Eu te escrevo depois, bolachinha.

Eu me inclinei na direção dela, dei um beijo na sua bochecha, senti um sabor salgado e saí rua abaixo. Tentei respirar, respirar, respirar. Senti que ela estava atrás de mim antes de seus braços me rodearem. Parei de caminhar. Ela entrou na minha frente. Estava com os olhos vermelhos e o lábio inferior trêmulo. Vi que ela estava procurando as palavras...

— Me promete que vai se cuidar.

— Por que você diz isso, Ginger?

— Só me promete.

— Eu estou bem, estou ótimo.

— Não é verdade, Rhys. E não suporto a impotência de não poder fazer nada, de sentir que não importa o que eu fale, porque a única coisa que vou conseguir é que você fique bravo comigo.

— Não, pare de se preocupar. — Dei um beijo na testa dela, afastei o cabelo meio bagunçado que estava no rosto. — Tenta ser feliz, tá bom? Ele parece... parece ser um cara legal.

Ela fez que sim com a cabeça, ainda chorando.

Eu não quis prolongar mais aquele momento. E então, sim, eu a deixei para trás. Avancei pela rua, me perdi entre todos aqueles estranhos que pareciam seguir um rumo definido. Eu ia sem bússola. Sempre. Ia girando, tropeçando, colidindo, desmoronando...

85.

De: Ginger Davies
Para: Rhys Baker
Assunto: Me conta

Como está tudo por aí, Rhys? Você chegou bem? Você não deu mais notícias, então espero que sim. Você também não me falou muito sobre o disco quando esteve aqui, como está indo? Imagino que não seja fácil terminar um trabalho assim.

    Vai dando notícias, tá bom?

De: Rhys Baker
Para: Ginger Davies
Assunto: RE: Me conta
Estive ocupado nessas últimas semanas trabalhando nisso. Acho que as coisas estão começando a se encaixar. Estou com pouco tempo agora, Ginger. Começou a temporada de verão e estou trabalhando mais noites este ano. Tudo bem com você?

De: Ginger Davies
Para: Rhys Baker
Assunto: A todo vapor
Sim, tudo bem. Também vou trabalhar durante todo o verão, mas convenci a Kate a tirar umas semanas de descanso daqui a uns meses, para que ela possa visitar os pais dela. Estamos preparando todo o catálogo do último trimestre, mas acho que nos organizamos bem e estamos bem adiantadas.

    Imagino que vai ser um verão agitado por aí.

De: Ginger Davies
Para: Rhys Baker
Assunto: Fofoca
Você não vai acreditar, Rhys! Na verdade, ainda estou chocada. Outro dia fui para casa mais cedo porque não estava me sentindo muito bem, e sabe o que eu encontrei? Minha irmã e Kate se beijando no sofá. É SÉRIO! Quer dizer, nem em um milhão de anos eu teria imaginado uma coisa dessas. E isso porque, segundo Dona, era bastante óbvio, já que, pensando bem, Kate nunca tinha me falado de nenhum cara em quem ela estivesse interessada nem quando a gente estava na faculdade. Mas, sei lá... me pegou de surpresa. Foi meio incômodo no começo, principalmente porque senti que elas estavam me escondendo a história, mas depois entendi que elas não queriam me falar nada até ver se era sério ou não, por medo de que isso atrapalhasse alguma coisa no trabalho.

    Ainda estou tentando processar a ideia, mas estou feliz. Agora entendo porque Dona voltou a pintar com tanto entusiasmo no último mês e todos os fins de semana em que elas me perguntavam com muito interesse se eu estava planejando dormir no apartamento de James.

    Elas formam um casal perfeito.

De: Rhys Baker
Para: Ginger Davies
Assunto: RE: Fofoca
Às vezes, quando leio alguma história assim, resumida, como a do Logan com a Sarah ou a da sua irmã com a Kate... quase tenho a sensação de que o amor pode ser fácil. Acho que só parece. Que na verdade é uma pegadinha com uma surpresa no final ou algo do tipo.

De: Ginger Davies
Para: Rhys Baker
Assunto: Sempre
O amor deveria ser fácil, Rhys.

De: Rhys Baker
Para: Ginger Davies
Assunto: RE: Sempre
É assim com James?

De: Ginger Davies
Para: Rhys Baker
Assunto: RE: RE: Sempre
Acho que sim. Acho que é exatamente isso.

De: Rhys Baker
Para: Ginger Davies
Assunto: RE: RE: RE: Sempre
E como você acha que teria sido comigo?

De: Ginger Davies
Para: Rhys Baker
Assunto: Não consigo
Rhys, não faz isso. Por favor.
    Não vamos complicar mais as coisas.

De: Rhys Baker
Para: Ginger Davies
Assunto: RE: Não consigo
Eu não sabia que as coisas estavam complicadas.

De: Ginger Davies
Para: Rhys Baker
Assunto: RE: RE: Não consigo
Pois é, estão, porque eu contei tudo para o James. Contei toda a verdade. O que aconteceu no escritório no dia em que fomos almoçar e a nossa relação real nos últimos anos. E ele não assimilou muito bem, como você pode imaginar. Então eu preciso... preciso de um pouco de distância, pode ser? Preciso que tudo volte a ser como era antes.

De: Rhys Baker
Para: Ginger Davies
Assunto: Sem assunto
Certo.

De: Ginger Davies
Para: Rhys Baker
Assunto: Obrigada
Te agradeço, porque estou um pouco agoniada com tudo. Você sabe, muito trabalho, muito nervosismo, muitas emoções. E eu... espero que dê certo com o James. Sei que é egoísmo meu o que vou te pedir, mas gostaria que você pudesse ficar feliz por mim, só isso. Ele é um cara legal, Rhys. E queremos as mesmas coisas, temos um plano de vida similar, sonhos parecidos... Entende o que quero dizer?

 E você... espero que esteja se cuidando.
 Você tem falado com a sua mãe ultimamente?

De: Rhys Baker
Para: Ginger Davies
Assunto: Por quê?
Por que essa pergunta, Ginger? Sim, eu falo com ela a cada uma ou duas semanas. E me cuido. Eu parecia estar mal na última vez que nos vimos?
 Para de se preocupar por nada.

De: Ginger Davies
Para: Rhys Baker
Assunto: RE: Por quê?

Eu só estava perguntando, porque, às vezes... não sei, tenho a sensação de que talvez o problema venha daí, dos seus pais. E me sinto muito mal em te perguntar, porque não quero te forçar a falar sobre isso. E eu te agradeço muito por você ter me contado que eles te adotaram, porque sei como isso é difícil para você. Mas acho que seria bom refletir sobre esse assunto, você nunca fez isso?

De: Rhys Baker
Para: Ginger Davies
Assunto: RE: RE: Por quê?

Sério, Ginger? Eu não tenho problemas. Não sou o cara que precisa ser salvo. Posso não ser tão perfeitinho quanto o James nem ter a minha vida planejada de hoje até meu aniversário de setenta e três anos, mas estou bem. Já assumi há muito tempo que tenho defeitos, que não posso corresponder às suas expectativas ou ser bom o bastante para você. Mas isso não tem nada a ver com as minhas raízes, com os meus pais. E como você bem disse, não gosto de falar sobre esse assunto, então, é melhor deixar tudo como está. Podemos continuar fingindo que está tudo bem.

86. GINGER

Era uma noite agradável. Fomos ao cinema ver um filme que tinha acabado de estrear e que estava anunciado nos pontos de ônibus. James e eu tínhamos dividido um balde de pipoca de tamanho médio, rido juntos nas cenas engraçadas e depois, nas mais tensas, ele não tinha reclamado quando apertei a mão dele. E então continuamos assim, com nossos dedos entrelaçados enquanto passeávamos pela cidade e atravessávamos o Hyde Park.

— Já te falei o quanto eu gosto de estar com você? — perguntou ele, antes de me soltar para passar um braço pelos meus ombros e me aproximar dele.

Sorri e respirei fundo, sentindo o cheiro de amaciante na jaqueta fina que ele estava usando. O verão tinha chegado e as árvores que nos rodeavam já estavam cheias de folhas e raminhas pequenas. Olhei para o céu enquanto caminhávamos em direção à saída mais próxima do parque e vi a lua brilhante, que parecia estar me olhando de lá de cima. É engraçado como algo tão cotidiano, que está sempre lá, presente, pode te fazer lembrar tanto de outra pessoa. Para mim, a lua seria sempre o Rhys. Não importa se estivesse minguante, cheia ou no meio de um emaranhado de nuvens. Intacta. Fixa lá no alto.

— Em que você está pensando? — O hálito de James fez cócegas na minha bochecha.

— Em nada demais. Em como essa noite está tranquila.

Eu não queria falar de Rhys, nem de luas, nem de nada que me lembrasse dele. Porque James tinha digerido mais mal do que bem o fato de eu não ter lhe contado desde o início que Rhys não era só mais um amigo, um entre tantos, mas que nosso relacionamento estava cheio de bifurcações e becos sem saída. E ultimamente Rhys estava mais estranho do que o normal; me ligava às vezes no meio da noite quando estava bêbado e vivíamos discutindo nos e-mails, que eram mais amargos do que qualquer outra coisa. Tudo estava ficando amargo. Por mais que nós dois estivéssemos tentando fingir o contrário, as coisas nunca mais foram as mesmas depois do verão que passamos juntos. Foram meses maravilhosos, os mais mágicos da minha vida, mas também trouxeram essas novas versões de nós mesmos que já não se encaixavam tão bem como antes.

— Está com fome? Quer comer alguma coisa?

— Pode ser. Conheço uma pizzaria aqui perto.

— Então vamos lá. — James sorriu, animado.

Entramos, nos sentamos em um espaço privativo do restaurante e pedimos uma pizza de salmão defumado e *cream cheese* para dividir, além de algumas entradas. James sempre colocava a mão dele em cima da minha. Eu gostava disso. Que ele fosse cuidadoso. Que ele não tentasse esconder que não conseguia parar de me olhar. Que com James as coisas fossem simples; sem vidraças opacas para olhar através, sem medo, sem riscos.

— Há quanto tempo estamos namorando, Ginger?

— Por que essa pergunta? — eu quis saber, sorrindo, porque James de repente ficou sério, me olhando fixamente como se não tivesse mais ninguém naquele restaurante italiano.

— Por nada. Estava só me perguntando...

— Hummm, anda, fala! — pedi, ainda sorrindo.

— É que agora que sua irmã e Kate estão namorando de verdade, eu pensei que talvez, não sei, talvez não fosse uma ideia tão louca você levar algumas coisas suas para a minha casa. Afinal, você fica lá quase todos os fins de semana e já tem até uma gaveta na cômoda...

Meu coração estava batendo rápido, forte. Eu me inclinei por cima da mesa.

— Você está me pedindo para ir morar com você, James?

— É loucura, né? Faz só alguns meses que estamos juntos...

—Não! Não! Não é loucura — esclareci, ainda nervosa. Na verdade, talvez fosse um pouco precipitado mesmo, mas caramba! Eu gostava do James. Gostava de como me sentia quando estava com ele; sem tensões, sem uma enxurrada de emoções transbordando e me chacoalhando constantemente. E ele era doce. E carinhoso. E atencioso. Durante todo esse tempo em que estávamos saindo, não tínhamos discutido nenhuma vez. Além disso, ele tinha razão: eu estava passando cada vez mais tempo na casa dele, que ficava a uns dez minutos de metrô do escritório. — De qualquer forma, não é como se a gente tivesse se conhecido ontem, né?

— É isso que tenho pensado ultimamente.

— Claro. Já faz anos desde que a gente se conheceu naquela festa, lembra? Você me pediu para contar uma piada em troca de uma cerveja.

— Como eu poderia esquecer algo assim? — Ele sorriu mais animado — E depois eu te beijei naquele sofá suspenso da varanda da casa dos meus pais. Estava morrendo de vontade de te beijar. Assim como agora eu morro de vontade de começar a construir um futuro com você, Ginger. Você não percebe? É quase coisa do destino, não que eu acredite nisso... mas a gente busca as mesmas coisas, tem objetivos parecidos... Todas as noites, quando a gente se despede, eu queria não precisar fazer isso.

Pestanejei, emocionada. Pelas palavras dele. E porque pensei – por um segundo, mas pensei – *que gostaria que Rhys tivesse visto as coisas assim tão claras no passado. Que nossos caminhos não tivessem se cruzado sempre com um choque em lugar de uma carícia suave.* Com James tudo parecia tão fácil, tão natural falar de sonhos, de objetivos, de planos, de futuro...

E eu queria isso. Queria seguir adiante. Queria mais.

Olhei para nossas mãos entrelaçadas.

— Sim, vamos fazer isso — sussurrei baixinho.

James sorriu antes de me beijar.

87.

De: Rhys Baker
Para: Ginger Davies
Assunto: Para pensar
Sei que você me disse que nesse ano pretende trabalhar durante todo o verão, mas por que você não tira pelo menos uns dias de folga? Você é sua própria chefe. E então poderia vir aqui descansar. Seria divertido, Ginger. Como no ano passado. Mas sem aquela parte de passar o dia inteiro na cama, né, afinal, agora existe alguém na sua vida ou algo do tipo.
    Enfim... Me fala o que você acha. Quero te ver.

De: Ginger Davies
Para: Rhys Baker
Assunto: RE: Para pensar
Eu também quero te ver, mas não vai dar. Vou tirar só dois dias de descanso, porque James me pediu para ir ao aniversário da avó dele. É nos arredores da cidade e todos os anos a família inteira se reúne para comemorar. Acho que vamos passar o fim de semana inteiro lá.

De: Rhys Baker
Para: Ginger Davies
Assunto: RE: RE: Para pensar
Puta merda. Almoço em família? Fim de semana no campo? Pelo visto a coisa está séria. Me conta mais... Vão servir o chá das cinco? Vão te ensinar a fazer crochê?

De: Ginger Davies
Para: Rhys Baker
Assunto: RE: RE: RE: Para pensar
Se você está tentando ser engraçado, não está conseguindo.
    E sim, estamos namorando sério. Tão sério que umas semanas atrás James me pediu para ir morar com ele e eu aceitei. Além disso, eu adoraria aprender a fazer crochê, tenho certeza de que seria ótimo. Deve ser relaxante.

De: Rhys Baker
Para: Ginger Davies
Assunto: Eu não entendo
Você vai morar com ele? Uau...

Então acho que preciso te dar os parabéns. Fico feliz, Ginger, parece que você está realizando tudo que se propôs anos atrás, apesar de eu não entender por que você tem tanta pressa. Ou por que vocês têm. Não importa. Bem, bem... Está tudo bem.

Aproveite o fim de semana no campo.

Saudações à vovó da minha parte.

De: Rhys Baker
Para: Ginger Davies
Assunto: Eu não entendo
Já voltou da sua pequena aventura? Como foi a reunião de família? Você não dá notícias há mais de uma semana. Por aqui tudo continua igual, não tenho muito o que contar.

De: Ginger Davies
Para: Rhys Baker
Assunto: O campo me faz bem
Foi ótimo. A família de James é encantadora. A família inteira; a irmã, os primos, os pais, a avó... Eles fizeram com que eu me sentisse em casa. Além disso, eu nem lembrava mais como era maravilhoso passar uns dias relaxantes longe da cidade. Acho que no futuro quero algo assim: uma casa em algum lugar tranquilo para poder ir durante as férias. E não fazer nada, só ficar vendo as horas passarem, dormir depois de cada refeição, ler à sombra de uma macieira...

De: Rhys Baker
Para: Ginger Davies
Assunto: Reflexões
Você não é muito jovem para querer isso?

De: Ginger Davies
Para: Rhys Baker

Assunto: RE: Reflexões
E você já não está meio velho para esse tipo de vida que leva?

De: Rhys Baker
Para: Ginger Davies
Assunto: RE: RE: Reflexões
O que você quis dizer com isso?

De: Ginger Davies
Para: Rhys Baker
Assunto: RE: RE: RE: Reflexões
Você sabe, Rhys. Acho que você deveria puxar o freio em algum momento, e não exatamente porque isso tenha a ver com a idade. Mesmo que você fique bravo, tenho a sensação de que você não está bem de verdade ultimamente, parece que não está sendo você mesmo. E às vezes me dói te ver assim. Tão cínico. Tão pouco você.

De: Rhys Baker
Para: Ginger Davies
Assunto: RE: RE: RE: RE: Reflexões
Estou surpreso de te ver falando isso, considerando o seu livro preferido: "Todas as pessoas grandes foram um dia crianças (mas poucas se lembram disso)". Às vezes tenho a sensação de que você não é mais aquela menina que amassaria o nariz na vitrine de uma loja de doces. E sabe de uma coisa? Talvez você não me conheça tão bem quanto pensa, Ginger.

De: Ginger Davies
Para: Rhys Baker
Assunto: RE: RE: RE: RE: RE: Reflexões
Você está enganado, Rhys. Sinto muito, mas eu te conheço, sim. E vou responder a essa frase com outra do mesmo livro: "É bem mais difícil julgar a si mesmo que julgar os outros. Se consegues julgar-te bem, eis um verdadeiro sábio".

De: Ginger Davies
Para: Rhys Baker

Assunto: Parabéns!
Feliz aniversário, Rhys. Trinta. Meu Deus. Como o tempo voa. Acho que você ainda está bravo comigo (não sei por que dessa vez), mas mesmo assim espero que você esteja passando um dia incrível e que faça um pedido bem legal na hora de apagar as velinhas.

Beijos (sinceros). E abraços.

88. GINGER

O telefone vibrou na mesa de cabeceira e estendi a mão para tentar desligar antes de James acordar, mas não deu tempo. Ele acendeu o abajur e sentou-se na cama, esfregando os olhos. Olhou para mim cansado.

— Quem é a essa hora? São duas da manhã.
— Desculpe. É o Rhys.
— O que esse cara quer agora?
— Talvez tenha acontecido alguma coisa.

James revirou os olhos quando o celular se iluminou e vibrou de novo. Respirei fundo, amarrei o roupão e atendi a ligação enquanto saía do quarto e entrava na cozinha daquele apartamento no centro da cidade para onde eu já tinha começado a levar as caixas com a maioria das minhas coisas.

— Rhys, você está bem? — Sentei no peitoril da janela. Lá fora, a lua aparecia entre a copa das árvores. — Você está me ouvindo? — A música estava alta.
— Ei, bolachinha! — exclamou, com a voz fanhosa.
— Rhys, são duas da manhã, espero que você tenha uma boa desculpa.
— Eu te amo. Isso deveria bastar, não? — Ele riu alterado e a risada ficava entrecortada cada vez que ele movia o telefone. — Ginger, Ginger...

Foi a primeira vez que ele me disse essas três palavras. "Eu te amo." Direto. Sem floreios. Deveria ter sido bonito, mas foi quase triste. Senti meus olhos ardendo. Pensei no que sussurrei no ouvido dele naquela noite em que confessei que estava apaixonada por ele, quando disse que ele brilhava tanto que ofuscava todos os outros caras. Era como se essa ideia tivesse sido diluída com o passar dos meses. O cara que falava com a voz rouca do outro lado do telefone não era mais o Rhys que eu tanto admirava.

— Você não pode fazer isso. — Eu estava tremendo.

— É que você é o meu presente de aniversário. Estava me lembrando de como foi esse dia no ano passado, você também se lembra?

— Rhys, eu vou desligar...

Eu estava com os olhos cheios de lágrimas.

E nervosa apertando o celular.

E com o coração apertado por ter ouvido aquilo.

— Jantamos naquele restaurante e depois você me abraçou no meio de uma rua por onde eu passo às vezes quando me sinto sozinho, e você disse que estava apaixonada por mim.

— Rhys, para, por favor...

— E depois trepamos quando chegamos no apartamento.

— Você deveria ir para casa.

— Mas a festa acabou de começar...

— Não para você, isso está claro.

— Ginger, você tinha que estar aqui... — Afastou o telefone por um segundo e gritou para o garçom trazer outra bebida. — A gente se divertiria muito. Sem preocupações. Sem planos. Como as coisas deveriam ser. Você e eu contra o mundo.

— Rhys, você está perdendo o controle.

— Sinto saudades de você, Ginger...

— Você tem que parar. — Fiz um esforço para me manter serena. Apertei a ponte do nariz e suspirei. — Como é que você não se dá conta disso? Eu preciso desligar.

Ele ia dizer mais alguma coisa, mas encerrei a ligação e desliguei o celular antes de sufocar um soluço contra a minha mão. Quem dera eu pudesse fingir que aquilo não me afetava. Ou que eu não sentia mais nada por ele. Quem dera eu pudesse seguir em frente. Mas não era verdade. Era devastador. Era como tentar caminhar em uma determinada direção, enquanto ele me puxava para outra que eu tinha decidido deixar para trás. Eu não conseguia avançar tão rápido. Não conseguia olhar para a frente como deveria. Não conseguia ver como estava caindo. E agora tudo estava prestes a mudar.

Agora... eu não podia me permitir ficar em dúvida.

Voltei para a cama logo depois. Abracei James, porque sabia que ele estaria acordado. Ele passou a mão pelos meus ombros. Era reconfortante; aquela calma, aquela estabilidade.

— Isso não pode continuar assim, Ginger.
— Eu sei. Eu vou resolver.
— Tá bom. Agora descansa.

89.

De: Ginger Davies
Para: Rhys Baker
Assunto: Eu sinto muito

Não sei como começar essa mensagem. Não sei se existem as palavras certas para o que eu tenho que te dizer. E talvez eu esteja cometendo o maior erro da minha vida. Talvez daqui a alguns anos eu olhe para trás e me arrependa... mas não posso continuar assim, Rhys. Simplesmente não posso. Eu sempre vou te amar, mas neste momento preciso de um pouco de espaço. Mais do que isso. Na verdade, preciso que a gente fique um tempo sem se falar.

Você não pode continuar sendo a minha prioridade, mesmo que no passado eu tenha deixado que você fosse. Às vezes tenho a sensação de que, lá no fundo, te perdi há muito tempo, assim que fui embora daí no verão passado. Desde então, tenho me esforçado para que tudo volte a ser como era antes, evitando os assuntos incômodos que eu sei que sempre nos fazem discutir, fingindo que está tudo bem entre nós... Mas não é verdade. Não estamos bem.

E agora tudo mudou...

Estou grávida, Rhys.

James e eu estamos esperando um bebê.

Estou escrevendo este e-mail há dias, apagando e voltando a escrever. Porque eu sei que quando eu o enviar, vou perder uma parte de mim, uma parte importante. Meu melhor amigo. Mas eu acho que, mesmo que você não consiga entender agora, eu estou fazendo um favor para nós dois. Porque é impossível seguir em frente olhando o tempo todo para trás, porque eu não posso me permitir ter dúvidas neste momento, porque esse bebê... saber que ele existe, que está crescendo dentro de mim, é a coisa mais incrível que já me aconteceu na vida...

Espero que um dia você possa me perdoar.

E que você se cuide. E que você se encontre.

Eu te amo demais, Rhys.

SEXTA PARTE

DESTRUIÇÃO. RUÍNA. SOLIDÃO

*Um carneiro, se come arbusto,
come também as flores?*

O Pequeno Príncipe

90.

De: Rhys Baker
Para: Ginger Davies
Assunto: Mesmo que você não leia isso
Eu sei que você não lê essa merda há meses, mas eu queria escrever mesmo assim. Ou talvez você leia ou talvez as mensagens vão direto para a lixeira. Ginger, admito que fiz merda e tudo mais, mas sinto sua falta. Sei que fiz merda muitas vezes, na verdade. Me assusta pensar quantas vezes você me perdoou por algo ao longo dos anos.
Você era a melhor coisa que eu tinha na minha vida.

De: Rhys Baker
Para: Ginger Davies
Assunto: Mesmo que você não leia isso
E aí, Ginger? Continua brava? Poxa, já passou tempo suficiente, não? Foi o que você disse, que precisava de um tempo. Então tá. Tudo pode voltar a ser como era antes. E eu fico feliz... fico feliz de verdade com a notícia do bebê. Por você. Porque eu sei que você queria isso. De quantos meses você está? Cinco, seis...?
O disco saiu essa semana e eu... não sei como estou. Na merda. Eufórico, às vezes. Para ser honesto, eufórico quando fico chapado. Mas dá na mesma, eu acho. Ginger... Ginger, com quem eu vou falar sobre as coisas que realmente importam, se você não está por perto?

De: Rhys Baker
Para: Ginger Davies
Assunto: Mesmo que você não leia isso
Feliz aniversário, bolachinha. Espero que você esteja bem.

De: Rhys Baker
Para: Ginger Davies
Assunto: Mesmo que você não leia isso
Para ser honesto, ainda é difícil assimilar que você vai ser mãe. É estranho imaginar isso, mas ao mesmo tempo eu te vejo perfeitamente segurando um bebê nos braços e encostando sua bochecha na dele, quase como se fosse real.

De: Rhys Baker
Para: Ginger Davies
Assunto: Mesmo que você não leia isso

Como começou o seu novo ano? Imagino que bem. Imagino que você deve estar com uma barriga imensa, toda sorridente, e não consigo parar de pensar nisso, Ginger. Não consigo. Não é porque estou bêbado agora, é porque eu acho que há alguns meses eu me choquei contra uma parede e ainda não me recuperei totalmente. Que loucura isso tudo. Porque por um momento eu desejei que esse bebê fosse meu. E eu não paro de ver mulheres grávidas na rua, elas estiveram sempre por aí? Já existiam tantas barrigas enormes antes? Eu não me lembro disso. E crianças. Muitas crianças gritando. Sei lá, Ginger. Acho que preciso de outra bebida. E se eu estive errado toda a minha vida? Talvez eu ainda não tenha a menor ideia de quem eu sou, o que estou procurando ou o que eu quero. E estou cansado de me sentir assim, muito cansado.

De: Rhys Baker
Para: Ginger Davies
Assunto: Mesmo que você não leia isso

Você está ciente de que deixamos passar o nosso último amigoversário? Eu me lembro da primeira vez que li essa palavra. Achei graça. Você sempre foi a garota mais engraçada que conheci, mesmo sabendo que você não faz de propósito. Espero que você esteja bem.

De: Rhys Baker
Para: Ginger Davies
Assunto: Mesmo que você não leia isso

Você já ouviu o disco? Quero acreditar que sim, porque está tocando em todos os lugares. Ginger, todas as pessoas que conheci em meus trinta anos não param de me ligar, menos você. Acho que até meus amigos da creche entraram em contato comigo. O que está acontecendo? Por que você não dá um sinal de vida, caralho? Já passou quase um ano. Um maldito ano, Ginger. É uma tortura. Às vezes me dá vontade de aparecer aí na editora. Reli suas mensagens mil vezes. Você disse que precisava que a gente ficasse um tempo sem se falar. Pensei que seriam alguns meses. Não entendo o que você quer, Ginger, mas se você me der outra chance, prometo que não vou estragar tudo de novo, eu fico amigo do James, se isso te deixar feliz...

Quero conhecer o seu bebê. Fico destruído quando penso que ele já deve ter nascido e eu nem sei o nome dele, e você é a pessoa mais importante da minha vida. Como a gente deixou isso acontecer? Em que momento tudo que a gente compartilhou se tornou insuficiente?

De: Rhys Baker
Para: Ginger Davies
Assunto: Mesmo que você não leia isso
Às vezes não sei se te odeio ou se te amo. Não sei mais. Mas eu tento te esquecer, e os meses vão passando, e justo quando eu acho que consegui, você aparece de novo. Do nada, sem razão. Em um dia qualquer volta alguma lembrança. E é como começar do zero.

De: Rhys Baker
Para: Ginger Davies
Assunto: Mesmo que você não leia isso
Caso você esteja se perguntando, este aniversário foi uma loucura. Eu me mudei para uma casa com piscina em uma das melhores áreas de Ibiza; você tinha que ver, tem umas paredes de vidro e dá para ver o pôr do sol sentado no sofá, tomando uma cerveja. Então decidimos fazer uma festa aqui e sei lá quantas pessoas vieram; dezenas, talvez cem pessoas ou mais. Já te contei que agora tenho muitos amigos? Pois é. Acho que eu tinha que encontrar uma maneira de te substituir. Já que o último aniversário tinha sido uma merda, então eu não queria que esse fosse também. Aliás, você se lembra do primeiro presente que você me deu, atrasado, no meu aniversário de vinte e sete? Eu lembro. Quase joguei ele no lixo outro dia. Seu livro preferido, *O Pequeno Príncipe*. Com essa dedicatória:

"Para Rhys, o cara com quem compartilho um apartamento na lua, porque ele 'era uma raposa igual a cem mil outras. Mas eu a tornei minha amiga. Agora ela é única no mundo'."

Imagino que em algum momento eu passei a ser uma raposa igual a outras mil raposas. E você também. É assim que as coisas funcionam, né? Pessoas que em um certo momento foram importantes, quase indispensáveis, mas que um dia simplesmente desaparecem, caem no esquecimento. Amizades voláteis.

91. GINGER

Tirei os olhos da luz vermelha do semáforo e olhei para a janela do carro. Chovia torrencialmente; o limpador de para-brisa se movia sem parar, arrastando a água de lá para cá. Tique-taque, tique-taque. Um ritmo monótono, simples. Como o caminhar de todas aquelas pessoas que atravessavam pela faixa de pedestres naquela rua aleatória ao norte de Harrow. Uma dança de guarda-chuvas abertos entre pneus cantando e bueiros borbulhando. De repente me perguntei como seriam suas vidas. Será que se sentiam felizes? Teriam conseguido realizar todos os seus sonhos ou será que eram do tipo que decidiam que renunciar ao tempo poderia ser libertador? Será que já se apaixonaram loucamente? Soltei o volante ao sentir as bochechas úmidas e peguei um lenço.

Respirei fundo, tentando dissipar o manto da decepção.

Tinha a sensação de que meus dias passavam enquanto eu remava sempre contra a maré. Estava cansada. Meus músculos estavam dilatados pelo esforço. Meu coração estava frio de tanto eu lhe pedir para que "fosse razoável" e, por uma vez, pelo menos uma, eu precisava que ele seguisse o eco da minha cabeça. Não poderia ser tão difícil.

Estremeci quando o locutor da rádio anunciou a próxima música e as primeiras notas começaram a tocar. Rhys. Ele por completo refletido naquele som. E a música tocava o tempo todo. Por mais que eu tentasse evitá-la, tocava em todos os lugares. Desliguei o rádio quando os carros atrás de mim começaram a buzinar, porque o semáforo já tinha ficado verde. Inspirei pelo nariz e acelerei com força.

92. RHYS

Não me lembrava de seus nomes, mas eram bonitas e simpáticas e estavam dispostas a me fazer companhia naquela noite. Duas garotas, cada uma sentada de um lado do camarote, rindo sabe-se lá do quê, enquanto uma acariciava a minha perna, aproximando-se perigosamente do zíper da minha calça. E a outra me dizendo que queria uma bebida.

Respirei fundo, um pouco confuso. Não sei exatamente o que eu tinha tomado naquela noite. Não tinha certeza. Mas eu via tudo... dobrado, desfocado. Tirei a carteira do bolso e deixei algumas notas em cima da mesa. Não contei quanto era. Eu já ia fechá-la quando percebi a borda de uma foto saltando um pouco para fora. Peguei-a. Tentei focar. Tentei... me concentrar naquele momento. No rosto de Ginger ao lado do meu naquela cabine fotográfica. No sorriso deslumbrante dela. Tão lindo. O sorriso mais lindo do mundo. Em nossos lábios juntos na foto de baixo. Caralho. Eu não lembrava mais como era beijá-la, como era estar dentro dela. Quando foi aquilo? Há quase três anos? Algo assim. E as lembranças estavam cada vez mais difusas, como se estivessem perdendo a cor.

Guardei a fotografia de novo na carteira ao sentir aqueles lábios desconhecidos no meu pescoço, subindo devagar pela mandíbula, chocando-se com a minha boca em um beijo sedutor que tinha gosto de gin. E então me deixei levar, como costumava fazer o tempo todo.

Sobretudo desde o último mês.

Desde aquela notícia...

93.

De: Rhys Baker
Para: Ginger Davies
Assunto: **Mesmo que você não leia isso**

Meu pai está doente. Câncer. Ele começou a quimioterapia, pelo menos foi o que a minha mãe disse na última vez que nos falamos. Acredita? Ele. Justo ele. Talvez você não entenda, mas se o tivesse conhecido, você saberia o que quero dizer. Ele é o tipo de homem que parece que não é afetado por nada. Orgulhoso. Sério. Inteligente. Se formou com honras em Harvard, assim como meu avô, meu tataravô e não sei mais quantos antepassados; tenho certeza de que os Bakers estiveram lá desde o momento em que aquele lugar abriu e até eu terminar com o legado familiar, é claro. E ele é imponente. Lembra quando você me disse que estava feliz por Kate estar te ajudando com a editora, porque você faria xixi nas reuniões? Bem, meu pai é esse tipo de homem com quem dá medo negociar se você não o conhece. Tem um metro e noventa, eu me lembro dele em boa forma, e quando ele aperta a mão de outro homem para cumprimentá-lo, ele segura com tanta pressão e confiança, que já adverte o outro que ele é osso duro de roer. Ele tem presença, entende?

E parecia isso: invencível. Que palavra, hein? Invencível.

Não sei se faz sentido existir uma palavra como essa no dicionário. Por acaso alguma outra faz sentido? Acho que não. Tudo morre, tudo vira pó, tudo é esquecido com o tempo. Nada prevalece.

De: Rhys Baker
Para: Ginger Davies
Assunto: Mesmo que você não leia isso

Não tenho a menor ideia de como estou me sentindo, Ginger. E você não está aqui, não está aqui para poder gritar as verdades que nenhuma outra pessoa vai ter coragem de me dizer. O problema é que, não sei, não consigo tirar esta maldita sensação do peito, esta pressão... e algumas noites parece que vou sufocar. Eu não sou eu neste momento. Ou talvez seja eu mesmo, mais do que nunca. Já não sei mais. Esse é o problema. Que, se em algum momento eu achei que tinha chegado a me conhecer, que eu tinha as respostas às perguntas que me fazia há tanto tempo... eu estava errado. E quanto mais penso nisso, pior me sinto...

É como estar perdido e sozinho em um asteroide do qual ninguém jamais ouviu falar, em alguma parte inexplorada da galáxia, longe de qualquer outro ser humano.

De: Rhys Baker
Para: Ginger Davies

Assunto: Mesmo que você não leia isso
Não é possível que você esteja lendo isso, né, Ginger? Não é possível que você esteja lendo e fechando cada mensagem depois que termina de ler. Você não é assim. Nunca foi. Às vezes eu queria pensar que sim, principalmente no começo, quando você disse que só precisava de um tempo... Mas entendi que o que você precisava mesmo era se afastar de mim totalmente. E faz sentido. Faz. Acho que, se eu parasse de destruir tudo, você ainda estaria aí, do outro lado da tela. Às vezes eu imagino você, sabe? Passo por alguma garota com um carrinho de bebê e te vejo caminhando ao lado de James, na editora, ou chegando em casa à noite; te vejo preparando o jantar, rindo, tomando um copo de vinho branco, deitando no sofá no final do dia e lendo alguma coisa antes de ir para a cama com ele.

E quando vejo tudo isso, percebo que eu estava errado. Mas não tem como voltar no tempo, levando junto tudo que a gente sabe no presente, né? Assim seria muito fácil... Mudaria muitas coisas. Coisas sobre você. Coisas sobre o dia em que discuti com meu pai. É engraçado. Como é possível que algumas palavras ou uma decisão aparentemente insignificante possam virar uma vida inteira de cabeça para baixo? Não sei como a gente não morre de medo de caminhar assim pelo mundo, suspensos por um fio tão fino... tão fino, que se você perder o equilíbrio por um segundo, apenas um, você cai de cara no chão. Estou divagando. Mas acho que isso também não importa muito, porque duvido que algum dia alguém leia essa merda de mensagem.

De: Rhys Baker
Para: Ginger Davies
Assunto: Mesmo que você não leia isso
Querem que eu grave outro disco em breve e eu disse que sim. Não senti nada. Nem alegria, nem empolgação. Não tenho certeza se o problema sou eu; acho que sim, como sempre.

Acho que isso é outra coisa que eu mudaria, se pudesse voltar atrás...

Gostaria de criar, de compor músicas, mas talvez mais para os outros do que para mim mesmo. Você sempre soube disso, né? Que isso era o que realmente me completava, os momentos em que eu ficava feliz, quando me fechava no estúdio e esquecia até da hora de comer.

Mas agora é tudo diferente.

Faz tempo que não me sinto assim.

De: Rhys Baker
Para: Ginger Davies
Assunto: Mesmo que você não leia isso
Feliz aniversário, bolachinha.
    E feliz Natal.

De: Rhys Baker
Para: Ginger Davies
Assunto: Mesmo que você não leia isso
O que será que você está fazendo agora, Ginger?
    Isto dos amigoversários sem você não é tão legal.
    Até a palavra perde um pouco a graça...

De: Rhys Baker
Para: Ginger Davies
Assunto: Mesmo que você não leia isso
Vou te contar um segredo. Você tinha razão. Eu machuco o outro toda vez que eu me sinto atacado, quando algo me fere. Eu só sei reagir assim. É como se algo me espetasse e saltasse de volta, cego, sem ver nada mais. E sou egoísta. E orgulhoso. Muito orgulhoso. Com você nem tanto, com você aprendi a pedir perdão, porque eu morria de medo de te perder...
    Mas no final, não adiantou muito. Imagino que repetir mil vezes "sinto muito" não faça as coisas mudarem, nem faz com que um erro deixe de ser um erro.

De: Rhys Baker
Para: Ginger Davies
Assunto: Mesmo que você não leia isso
Meu pai está morrendo.

94. RHYS

Eu tinha movido o céu e a terra para conseguir aquele telefone. Liguei e fiquei andando pela sala da casa à beira-mar onde eu morava em Ibiza. O sol da manhã iluminava as janelas e a água da piscina no jardim. Era um lugar idílico, perfeito, mas nunca em toda a minha vida eu tinha me sentido tão sozinho, mesmo estando cercado por tanta gente todas as noites; novos amigos que me idolatravam, garotas que eu nem precisava me esforçar para paquerar, pessoas que se aproximavam de mim sem me conhecer...

Tirei os olhos da paisagem quando atenderam.

— Alô? — atendeu uma voz rouca.

— Axel Nguyen? — perguntei.

— Sim. Quem é?

— Rhys Baker. Não sei se você se lembra de mim, eu morei em Byron Bay por um tempo há uns anos e você ilustrou a capa de um *single* que...

— Eu sei quem é. Quanto tempo!

— Queria falar com você sobre duas coisas.

— Claro. Me pegou numa boa hora.

— A primeira é uma proposta, a segunda é um favor. — Mordi o polegar, inseguro, consciente de que aquilo era uma loucura. Escutei ele rindo baixinho.

— Gosto mais de propostas do que de favores, então vamos começar por aí.

— Vou gravar outro disco em breve. Acho que você não sabe, mas as coisas deram bastante certo depois daquele *single*. Falei com a gravadora e quero que você faça o design. Tenho algo bem concreto em mente. E vou te pagar bem. O que você quiser, se estiver disposto a fazer.

— Parece promissor. E agora o favor.

Passei a mão pelo cabelo, respirei fundo.

— Você se lembra de onde eu morava? No número 14 do caminho que também vai para a sua casa, logo na saída da cidade. Eu morava lá de aluguel e... deixei algo para trás. Ou melhor, quando fui embora chegou uma encomenda e nunca pude ir pegá-la.

— Tá brincando? Você quer que eu a procure?

— A ideia é que você vá até aquela casa, toque a campainha e, se tiver alguém morando lá agora, pergunte sobre esse pacote, no caso do novo inquilino tê-lo recebido...

Um silêncio. Uma pausa. Imaginei-o pensando.

— E o que tem dentro?

— Não sei.

— Como assim não sabe?

— Foi um presente de aniversário.

— E por que é tão importante depois de tantos anos?

— Porra, Axel — murmurei, perdendo a paciência. — Porque foi um presente de aniversário dela, entende? De uma garota. Alguém especial. Quando eu fui falar com você sobre aquele trabalho, você me disse algo. Você disse... que todos temos uma âncora, seja ela um lugar, uma pessoa, um sonho ou qualquer outra coisa. Bem... ela é a minha âncora.

Axel suspirou e depois botou o dedo na ferida.

— E você não pode perguntar para ela o que ela te deu...?

— Demorei demais para entender.

— Certo, eu vou lá. Te ligo daqui a alguns dias.

E sem dizer mais nada, desligou. Fiquei ainda alguns segundos com o telefone no ouvido, com o sol inundando aquela sala vazia, o medo me paralisando novamente ao perceber que minha mãe tinha me ligado enquanto eu falava com ele e que eu não tinha certeza de que seria capaz de retornar aquela ligação. Respirei fundo. Tentei me acalmar. Tentei...

Liguei o aparelho de som e começou a tocar "Without You". Deitei no chão da varanda, sentindo meu peito subir e descer a cada respiração. Depois tocou "Levels" e "Something Just Like This". Cada música me afastando mais do barulho, de mim mesmo.

95. GINGER

Deixei o manuscrito que estava lendo na mesinha de cabeceira e tirei os óculos de leitura que eu tinha começado a usar havia alguns meses, principalmente no final do dia. O silêncio do quarto me envolveu por uns segundos. E então, sem razão, como muitas outras vezes, olhei para o laptop que permanecia dentro da capa na parte de baixo da mesa de cabeceira.

Pensei em como seria fácil estender uma mão, ligá-lo, colocá-lo no meu colo como eu fiz durante anos, abrir aquela pasta para onde eu tinha decidido um dia encaminhar automaticamente todas as mensagens dele... Recuei e me deitei. Suspirei. Afastei a tentação. Porque eu não podia voltar atrás. Não agora, quando tudo estava por um fio, quando eu não sabia bem em que situação estava a minha vida. Não quando eu sabia que ele continuava caminhando em linha reta na direção contrária, aquela que nos afastava. Eu o tinha visto. Não tinha como evitar. Bastava colocar o nome dele em algum buscador na internet e dar uma olhada em todas as entradas que apareciam, as fotos nos festivais, as músicas...

E mesmo assim, às vezes eu fantasiava que ainda existia algo daquele cara chamado Rhys que eu conheci numa noite de inverno em Paris, com quem dancei uma música às margens do rio Sena, antes de terminar a noite comendo miojo no sótão onde ele morava.

Mas era só isso. Uma fantasia.

96. RHYS

Os novos proprietários receberam o pacote enquanto faziam a mudança. Não conheciam nenhuma Ginger Davies, mas mesmo assim desfizeram os laços, rasgaram o papel, tiraram a fita adesiva e o abriram. Deram uma olhada no conteúdo, deram de ombros e o entregaram à filha mais nova, que, ao que parecia, não sentiria falta dele, agora que já tinha crescido.

Quando chegou a encomenda de Axel, demorei um bom tempo para abri-la. Estava com dor de cabeça. Tinha terminado a noite anterior vomitando entre dois carros no meio da rua enquanto Alec ria ao meu lado, chapado da mesma merda. Algumas horas depois, quase sem dormir e com o gosto amargo da cocaína ainda na língua, meu maldito corpo doía por inteiro.

Odiei abrir o pacote naquele estado, mas o abri.

Era outro livro. Dessa vez, *Peter Pan*. Uma edição ilustrada, com as bordas das páginas douradas, capa dura e letras em relevo. Deslizei os dedos por elas antes de abri-lo. Engoli em seco ao reconhecer a letra dela.

"Para o cara que pode voar até a lua, mesmo sem ter asas."

Fechei de uma vez e fui pegar uma bebida.

97.

De: Rhys Baker
Para: Ginger Davies
Assunto: Mesmo que você não leia isso
Ele vai morrer, não tem mais volta. E estou paralisado. Eu não deveria amá-lo tanto ainda, não é? Não deveria. Não, depois de tudo que ele me falou. Porque aquelas palavras ainda me machucam. Foi um dos momentos mais difíceis da minha vida: quando voltei depois de ter ido embora e deixado minha mãe sozinha quando descobri que eu era adotado, justo quando ela mais precisava de mim. Eu voltei e ele... ele me disse que estava claro que algumas coisas estão no sangue. Eu o odiei. Não sei explicar o quanto aquilo me machucou, porque naquela época eu me sentia mais perdido do que nunca, sem saber quem eu era, de onde eu vinha. E teve mais. Mais coisas. Ele me confessou que nunca quis adotar, que só concordou porque minha mãe não podia ter filhos e ele não suportava vê-la tão infeliz. E chegamos às vias de fato. É que ele era... a pessoa que eu mais amava no mundo, mais do que a ela, inclusive, e tudo desmoronou em um segundo. Foi tudo à merda. Os dias em que eu esperava por ele sentado na porta de casa só para vê-lo voltar do trabalho. Como eu tentava imitá-lo o tempo todo. Os domingos me esforçando tanto para impressioná-lo. As horas que passamos juntos montando todas aquelas malditas maquetes...

E aí, naquele momento, entendi que toda a minha vida, toda a minha infância, era uma mentira. Depois pensei muito nisso, muito mesmo, conforme os anos foram passando... E não consigo acreditar que ele tenha fingido tão bem, não consigo. Porque ele foi... foi um bom pai. O mais orgulhoso que eu conheço, isso é verdade. Temos isso em comum. Mas, mesmo assim... é que durante muito tempo me doía até falar dele. E depois minha mãe insinuou uma vez que ele queria me ver, que só precisávamos esclarecer as coisas, mas eu não conseguia, Ginger. Tenho a sensação de que quando se trata dele, eu volto a ser um menino incapaz de me proteger.

Não sei... não sei... não consigo pensar.

Gostaria de poder me explicar melhor...

Mas você não vai nem ler isso...

E eu sempre soube que cometeria os mesmos erros dele, se eu fosse pai. O orgulho. Magoar os outros diante da dor. Não conseguir lidar com as emoções. Por isso eu não sei se vou ser capaz de vê-lo de novo, porque ele me pediu. Falou para a minha mãe que quer que eu vá para casa, Ginger. Para me despedir dele. E não estou preparado. Nem para vê-lo nem para aceitar que ele vai morrer. Não consigo, depois de tanto tempo... de tudo aquilo que ainda continua doendo...

Caralho. Preciso de outra bebida. Só mais uma.

De: Rhys Baker
Para: Ginger Davies
Assunto: Mesmo que você não leia isso

Hoje eu entendi, Ginger. Percebi tudo de uma vez só, como uma dessas revelações que chegam no momento mais inesperado. Estava jogado no sofá. Não deitado. Jogado. Essa é a palavra certa. Estava olhando para o teto enquanto amanhecia do outro lado da janela e tudo dava voltas e mais voltas. Não sabia se continuva bebendo ou se ia vomitar. E então entendi: eu sou a rosa.

Nunca fui o Pequeno Príncipe, nem o narrador, muito menos a raposa. Não. Eu era a maldita rosa. Mimada, egoísta, orgulhosa e cheia de espinhos. E você passou anos me regando e cuidando de mim, mesmo que às vezes você se espetasse ao se aproximar demais. E você não sabe o quanto eu lamento, Ginger. Sinto muito por ter te machucado tanto e por ter feito o mesmo comigo. Sinto por não ter sabido fazer as coisas de outra forma e ser um completo desastre. Se algum dia você ler isso, saiba que eu entendo porque você se afastou de mim assim que percebeu que o mundo está repleto de roseiras cheias de flores e que, na verdade, eu nunca fui diferente.

98. RHYS

A gente se acostuma a estar perdido. É um pouco como vagar pelo espaço e flutuar no meio do nada. No início é assombroso, você quer desesperadamente tocar a terra firme, se encontrar, mas acho que em algum momento você deixa de sentir vertigem e pensa que, na verdade, não é tão ruim viver em um imenso e escuro vazio, porque você pode fechar os olhos, pode esquecer como era a sensação de estar ancorado a algo, a alguém ou ao mundo.

Você pode, simplesmente, deixar de ser.

99. GINGER

Consegui tirar o celular da imensa bolsa enquanto fazia malabarismos. Atendi distraída, enquanto abria as cortinas daquela cozinha meio *vintage* e antiga, mas encantadora. Olhei para a baía de St. Ives quando aquela voz desconhecida dizia algo em espanhol, palavras soltas, algumas que eu entendia de forma mais nítida...

— A senhora é parente de Rhys Baker?
— Desculpa? O que você disse...?
— Um momento...
— Alô. — Olhei para o telefone.

Um segundo depois, ouvi outra voz.

— Falo com Ginger Davies?
— Sim. O que houve? — perguntei.

Tive um mau pressentimento ao ouvir como respirava fundo a mulher que falava inglês com um forte sotaque espanhol em um tom neutro, mas com delicadeza...

— O paciente tinha o seu número de telefone como contato de emergência. Está internado no hospital Can Misses depois de sofrer um coma alcoólico.

Eu me segurei na bancada de madeira quando senti minhas pernas tremendo. E o coração... o coração respondeu. Rápido. Forte. Batendo agitado.

O coração... sempre tomando decisões.
Sempre traindo o esquecimento.
— Ele está bem?
— Sim, está estável.
— Vou o mais rápido que eu puder.

SÉTIMA PARTE

ESPERANÇA. VIDA. PROMESSAS

Foi o tempo que perdeste com tua rosa que fez tua rosa tão importante.

O Pequeno Príncipe

100. GINGER

Não sei como consegui entrar naquele quarto, porque estava tremendo e meu coração batia com tanta força que eu não conseguia ouvir nada. Dei alguns passos, nervosa. Estava com um nó na garganta.

E então eu o vi. Estava deitado na cama. Acordado. Seu olhar abandonou a janela e se fixou em mim. Ele não esperava me ver ali. Olhei para sua boca, notei como se contraía. Seus ombros se enrijeceram de repente. E seu peito subia a cada respiração. E depois... depois... foi como se dois anos tivessem ficado para trás de uma vez só, de repente, porque a próxima coisa de que eu me lembro foi que deixei a bolsa cair no chão, corri até ele e o abracei entre lágrimas. Não dissemos nada. Só isso. Nos abraçamos em silêncio. Me deixei envolver pelo cheiro dele, que ainda me era familiar, pela pele quente de seu pescoço contra a minha bochecha.

— Não acredito que você esteja aqui...
— Como eu não viria?
— Não sei... não sei...
— Eles me ligaram — expliquei.

Eu me afastei de Rhys para poder olhá-lo. Ele parecia meio confuso, com a testa franzida, os lábios secos, o rosto mais magro do que da última vez que a gente tinha se visto. Passei a mão pela testa dele, afastando algumas mechas de cabelo que caíam desordenadas. Ele me olhava fixamente, confuso, como se estivesse tentando entender que eu realmente estava lá, que era real, que eu tinha tomado o primeiro voo disponível por causa dele.

— Ginger... — Ele segurou meu pulso.
— Calma. Eu não vou embora.
— Tá bom. — Respirou fundo.
— Apesar de que não posso ficar aqui muito mais tempo, porque deixei Leon com as meninas da recepção. Mas a enfermeira me disse que o médico vai passar daqui a pouco para te dar alta, tá? Vou te esperar lá embaixo...
— Leon? — sussurrou baixinho.
— É o meu filho, Rhys — respondi.
— Leon... — Saboreou o nome lentamente.

Afastei o cabelo que caía na testa dele mais uma vez, tentando não o deixar perceber que a minha mão estava tremendo. Olhando para ele, só consegui pensar que existem emoções mais perigosas do que armas carregadas.

— Rhys, você entendeu tudo?

Fez que sim com a cabeça, apesar de ainda estar um pouco abalado, quase desnorteado. Eu me inclinei, dei um beijo em sua bochecha e saí do quarto. Só então fechei os olhos e sentei por uns segundos em uma cadeira na sala de espera que ficava ao fundo, quase ao lado dos elevadores. Estava exausta. Vê-lo tinha sido isso, exaustivo. Foi como jogar pelos ares todas aquelas emoções adormecidas, guardadas no fundo da gaveta, cobertas de poeira. Quase pude sentir como cada uma delas me golpeou quando os olhos dele me atravessaram. Eu ainda não tinha certeza do que tinha visto neles; alegria, raiva, insegurança? Naquela cama de hospital, Rhys parecia o mesmo de sempre, com seu rosto sereno, sua aparência física habitual; mas sob aquelas camadas superficiais, eu não tinha mais certeza se ele ainda era o mesmo cara com quem eu me correspondi durante anos, que foi meu melhor amigo, por quem eu me apaixonei e desapaixonei, aquele que fazia tudo brilhar mais, até que ele decidisse destruir tudo. Aquele que, apesar de tudo, continuava sendo tão importante para mim, que me fez pegar um avião para Ibiza sem hesitar, com um bebê de um ano no colo e toda a logística que isso implica. Mas eu não tive dúvidas. Nem por um segundo. Nada.

E isso às vezes dava mais medo que o contrário.

101. RHYS

Se eu aguentei esperar até o médico vir para me dar alta, foi porque ainda estava atordoado por vê-la. Tinha passado pouco mais de uma hora e, durante esse tempo, cheguei a duvidar se aquilo era real ou se eu continuava chapado e estava sonhando. Mas parecia que era mesmo verdade. Porque ela estava com o cabelo diferente, com umas mechas um pouco mais claras nas pontas, e havia algo na maneira como ela me tocava, em como ela afastava o cabelo que caía na minha testa... aquilo não podia ser fantasia.

E depois, aquele nome. Leon.

Acho que isso fez com que eu me vestisse com pressa, pegasse minhas coisas e assinasse a alta o mais rápido possível. Porque, apesar de ainda estar me sentindo como se tivesse sido atropelado por um caminhão, eu queria tanto vê-la de novo, ou melhor, vê-los, que desci correndo pelas escadas para não ter que esperar o elevador. Quando pisei na rua, o sol de começo de verão brilhava forte no alto de um céu azul sem nuvens. Apertei os olhos.

Lá estavam eles ao longe. Ginger estava sentada em um banco debaixo da sombra de uma árvore a poucos metros de distância. Fiquei travado no mesmo lugar alguns segundos, observando o bebê que estava em seus braços tentando puxar o cabelo dela, antes de ela pegar suas mãozinhas, sorrindo. Respirei fundo. E fui. Dei um passo atrás do outro quase por inércia, incapaz de tirar os olhos daquela cabeça arredondada e de cabelo escuro.

Ginger se levantou quando me viu chegar.

— Já chegou! — ela disse, nervosa.

— Sim. — Olhei para o menino. E ele olhou para mim. Tinha os olhos castanhos, os cílios longos e a pele tão branca que fiquei com medo de que aquele sol forte fizesse mal para ele. Seus lábios esboçaram um sorriso simpático quando agitou a mãozinha tentando me pegar. — Oi, Leon.

Ele riu mais. Fiquei pensando em como deveria ser bonita a vida assim, vista dos braços de sua mãe, sem preocupações, sem medos, sem fardos. Ele parecia tão feliz...

— A gente precisa ir, Rhys, já passou do horário do lanchinho dele. Você mora longe daqui? Aluguei um carro no aeroporto, eu precisava de um por causa do carrinho.

— Claro. Vamos. Estamos perto.

O trajeto para casa foi estranho. Precisamente porque eu continuava me sentindo calmo ao lado de Ginger, como se a gente nunca tivesse se afastado, como naquela primeira noite em Paris quando tive a estranha sensação de "conhecê-la desde sempre", quando na verdade a gente tinha acabado de se conhecer. Tinha algo profundo nisso. Algo que continuava intacto entre nós apesar de tudo o que tínhamos construído e também destruído durante aqueles anos cheios de idas e vindas, de amor e desamor, de tantas coisas, que às vezes eu olhava para ela e não conseguia desvendar tudo o que sentia ao contemplar o seu rosto, suas mãos segurando o volante, sua voz reclamando por dirigir do lado contrário.

Mas dentro daquela estranha normalidade também tinha algo diferente. O balbuciar suave que vinha da parte de trás do carro, até que Leon dormiu, um pouco antes de cruzar a porta de entrada da minha casa. Eu não conseguia parar de olhar para ele pelo espelho retrovisor, me virando no banco de vez em quando; inquieto, curioso, distraído. Também não consegui parar de olhar quando entramos na sala e expliquei para Ginger a distribuição da casa. Ela deixou o carrinho no meio do caminho, ao lado do enorme sofá bege, olhou em volta e sorriu.

— Uau, dá para ver que as coisas vão bem para você.

— Você não sabia...? — Sondei.

— Sabia. Alguma coisa. Bastante. Na verdade, eu tentava evitar. Mas, você sabe, você tocava na rádio o tempo todo, principalmente há alguns meses, e eu... Sei lá, Rhys.

Esfreguei o rosto. Respirei fundo. Dei um passo até ela.

Nos olhamos intensamente, os dois em silêncio.

— Por que você evitava?

— Você sabe. Não era fácil.

E então me atrevi a fazer a pergunta que estava me rondando desde que a tinha visto, a pergunta que ao mesmo tempo eu queria evitar e cuja resposta eu precisava averiguar.

— James sabe que você está aqui?

Ginger suspirou e olhou para o lado.

— Sim. Avisei assim que cheguei...

— Não avisou quando saiu?

— Estávamos de férias em St. Ives. Só Leon e eu — ela respondeu, esfregando o braço e olhando para o carrinho onde o bebê dormia, antes de me encarar de novo. — Não deu certo. A gente tentou, mas... — Sua voz se cortou.

Diminuí a distância que ainda nos separava e a abracei. Ela ainda parecia tão pequena em meus braços... e mesmo assim era mil vezes mais forte que eu. Tínhamos seguido caminhos diferentes. Ela, para a frente. Eu, para trás. Ela, crescendo. Eu, me perdendo.

— Fica tranquila — sussurrei.

— Não era para você estar me consolando nessa situação. — Ginger se afastou um pouco e eu me segurei para não abraçá-la de novo. Porque agora que ela tinha voltado, agora que ela estava ali... eu não suportava a ideia de vê-la partir outra vez. — Era para eu estar brava com você, Rhys. Eu estava, no caminho para o aeroporto. Queria te chacoalhar com minhas próprias mãos. Gritar tantas coisas... Mas depois li suas mensagens. E eu sinto muito.

— Ginger... — comecei. E então respirei fundo, incomodado.

— Sinto muito pelo seu pai. Por tudo.

— Não é culpa sua.

— Sinto muito por ter sido a pior amiga do mundo. E isso sim é culpa minha. Mas eu estava em uma fase ruim, não me via capaz de te procurar de novo e, conforme os meses foram passando... ia ficando cada vez mais difícil.

Apertei o canto dos meus olhos com os dedos.

— Acho que a gente devia descansar um pouco antes de colocar a conversa em dia. Vou tomar um banho enquanto você prepara o lanche dele, e depois podemos preparar algo para jantar. — Ela concordou um pouco em dúvida, mordendo o lábio inferior. Desviei os olhos de sua boca. Ela virou para o carrinho do bebê, mas antes que ela pudesse acordá-lo, peguei em sua mão e a puxei suavemente até quase nos tocarmos de novo, perto, muito perto, como sempre tínhamos estado, na verdade, apesar de todos os quilômetros, todos os obstáculos. — Me destruiu. Me destruiu você ter parado de falar comigo daquele jeito, mas... eu entendo os seus motivos. Teria entendido inclusive se você não tivesse tomado um avião hoje. Eu não mereço que você esteja aqui.

— Não fala assim.

— Você estava certa.

— Rhys...

— Eu perdi o controle.

Ginger balançou a cabeça e colocou a mão no meu peito. E foi calmaria. Foi paz.

— Tudo que "se perde" pode ser encontrado.

— Mas eu sou muito ruim em "procurar"...

Ela sorriu. O sorriso mais bonito, que continuava plasmado em minha memória mesmo depois de tanto tempo. Segurei a vontade de prender aquela curva e subi as escadas de mármore branco até o andar de cima. No chuveiro, com a água quente na cabeça e o vapor me cobrindo, me senti menos sujo, menos contaminado. Os ecos daquela noite cheia de sombras e música em que eu tinha chegado quase ao limite se distanciaram ao pensar que Ginger estava a apenas alguns metros de distância. Tão perto... Tão longe, ao mesmo tempo...

102. GINGER

Levei um tempo para encontrar uma colher pequena naquela cozinha nova e moderna, tão minimalista que não tinha nem puxadores nas gavetas. E parecia que nunca tinha sido usada antes. Enquanto eu dava a Leon aquele lanchinho meio atrasado, fiquei olhando em volta, observando o pé-direito alto, os móveis impessoais. Eu nunca diria que uma casa como aquela poderia ser do Rhys. Ele tinha morado em diferentes partes do mundo; em uma casa de madeira à beira-mar na Austrália que eu quase podia visualizar e que sabia que ele tinha adorado, em um sótão em Paris de onde se podia ver a lua, em um apartamento naquela mesma ilha, simples, mas charmoso e confortável. Mas a casa onde ele morava agora... aquela casa... era de outra pessoa.

E fiquei morrendo de medo de imaginar que ele tivesse mudado demais. Que a sensação que eu tinha sentido antes, quando a pele dele tocou a minha, não era mais suficiente. Que não pudéssemos contornar aquele vazio de dois anos. Que ainda o amava de uma forma incompreensível, quase irracional, um pouco louca, talvez...

Mas então olhei para a estante ao lado da televisão, cheia de livros. E eu conhecia bem todas aquelas lombadas com a mesma marca: eram os livros que eu tinha editado durante os últimos dois anos. Estavam organizados por data de publicação. Sem um cisco de pó em volta. Tão cuidados, tão bonitos, organizados e expostos ali com orgulho, que me segurei para não chorar, imaginando ele comprando cada exemplar mês a mês.

E me lembrei dos e-mails que eu tinha lido enquanto esperava para embarcar, com Leon dormindo em meus braços. Naquelas mensagens... era ele. Em todos os sentidos. Era ele ansioso, perdido, irritado às vezes, inseguro outras, destruído, sensível, aberto, consumido.

Rhys. Só ele. Sem filtros. Sem armadura.

103. RHYS

Desci com o cabelo ainda molhado e vestindo uma calça de moletom cinza e uma camiseta de manga curta. Ginger me olhou e sorriu, ainda nervosa.

— Tudo bem se eu tomar um banho também?
— Claro, vai lá. Eu fico de olho nele.
— Agora ele está quietinho.

Ela deu um beijo na testa do bebê, que estava sentado no carrinho. Depois pegou a bolsa de mão que tinha levado e subiu. Fiquei ali, sentado no sofá daquela sala onde eu tinha passado o último ano e meio e que de repente parecia diferente. Mais cheia. Mais quente. Leon olhou para mim. Eu olhei para ele. Respirei fundo. Eu não tinha muita certeza do que fazer com um bebê. Era, provavelmente, o mais próximo que eu já tinha ficado de um desde que eu me lembrava. Mexi em um brinquedo pendurado no carrinho e ele riu, agitou os braços e tentou tirá-lo de mim. Afastei. Leon insistiu. Talvez não fosse tão difícil, pensei. Talvez... eu tivesse a capacidade de me entender com ele, mesmo que eu não soubesse.

Foi isso que eu pensei até a hora que ele começou a chorar.

Primeiro, foi um chorinho. Seus lábios se enrugaram, ele deu uma resmungadinha, mas depois fechou os olhos, apertou os punhos e gritou tão alto que me assustou.

— Ei, Leon. Olha. — Mexi no chocalho.

Não me deu bola. Nem para isso nem para os meus carinhos.

— Merda. Não, caralho, não quis dizer isso. — Mordi a língua. — Espero que essa história de que o seu cérebro é uma esponja seja só um mito. Espere um segundo.

Subi os degraus de dois em dois e bati na porta do banheiro. Ouvi Ginger desligando o chuveiro e estremeci imaginando-a ali, nua, a apenas alguns metros de distância. Ela continuava provocando aquilo em mim. O desejo. A vontade.

— O que foi? Rhys? — perguntou.
— Leon não para de chorar. Vai rápido.
— Pega ele. Ele adora ficar no colo.
— Mas... Não consigo fazer isso...
— Rhys, estou com o cabelo cheio de espuma. Você consegue. É só se

inclinar, tirar ele do carrinho e se sentar no sofá. Ele vai parar de chorar, você vai ver. É fácil.

Eu me afastei da porta, resmungando. Quando desci, o menino ainda estava chorando, olhando para mim com os olhos úmidos, esperançosos, como se quisesse que eu ficasse com pena dele. E estava conseguindo, claro. Suspirei antes de pegá-lo e segurá-lo com força contra o meu peito. Eu tinha medo de tudo; de deixá-lo cair, de apertá-lo demais e sei lá do quê. Fomos para perto da janela e ele ficou alguns segundos olhando concentrado para a água da piscina se mexendo sob os últimos raios daquele pôr do sol lento. Depois, quando ele pareceu enjoar daquilo, me sentei no sofá com ele no colo, deitado e mais calmo.

Com uma mão, ele pegou a chupeta pendurada na camiseta e colocou-a na boca. Sorri. Depois ficamos nos olhando fixamente, um ao outro. E... não sei. Naquele instante de silêncio, sozinhos ali, nos observando, ele chupando com força aquela chupeta, eu o embalando... lembrei daquela mensagem que eu tinha escrito a Ginger mais de um ano antes e que ela provavelmente tinha lido havia só algumas horas. Aquela em que confessei que, às vezes, eu desejava que o bebê que ela estava esperando fosse meu. Que eu desejava que tudo tivesse sido diferente, como em uma realidade paralela. Tempos depois, pensei que talvez eu tivesse enlouquecido momentaneamente, mas... eu estava errado outra vez.

Levantei minha mão livre e toquei em uma das bochechas de Leon. Ele não se alterou, continuou a me olhar atentamente com aqueles enormes olhos escuros. Fiquei me perguntando como seria viver assim, confiando cegamente em qualquer estranho que de repente te pegasse nos braços, relaxando ao ponto de adormecer sem medos ou temores, sem a cabeça cheia de dúvidas por conta da quantidade de fios que vão se enrolando conforme envelhecemos e complicamos tudo.

— Você está bem? — perguntou Ginger.

Parei de fazer carinho na bochecha dele e engoli em seco antes de desviar os olhos do bebê. Ela parecia um pouco insegura enquanto se aproximava, mas sorriu quando viu que Leon tinha dormido e se sentou ao meu lado no sofá. Nós dois ali, como se fosse a coisa mais natural do mundo, algo quase rotineiro. Soltei o ar que estava segurando sem perceber.

— Sim, ele se acalmou logo.

— Eu te falei. Ele só queria colo. Acho que o mimei demais. — Ela estendeu as mãos para mim. — Quer me dar ele? Ele nem vai perceber.

— Não, pode deixar.

Relaxei, me apoiando melhor no encosto do sofá. Ginger também, subindo os pés descalços e dobrando os joelhos antes de descansar a cabeça no meu ombro. Não sei quanto tempo ficamos ali os três. Apenas respirando. Em silêncio. Sem dizer nada. Mas foi perfeito. Foi o que eu precisava para começar a assimilar tudo aquilo, para digerir o que eu tinha feito na noite anterior, o que eu poderia ter perdido, o quanto Ginger e sua vida tinham mudado, porque já não éramos dois e, mesmo assim, não importava. Não era pior, apenas diferente. Apenas um pouco novo, dentro da intimidade que me envolvia enquanto a mantinha perto de mim.

104. GINGER

Preparamos o jantar logo depois de eu colocar Leon na cama que encostamos em uma das paredes do quarto de hóspedes. Fizemos algo bem simples, um talharim com molho pronto. Quando insisti, Rhys confessou, rindo, que era verdade, que ele mal tinha usado aquela cozinha.

— É que tudo isso... — Olhei ao redor.

— O que foi? — Sentou-se à mesa.

— Não combina nada com você. Eu não gosto.

— Pois é. — Suspirou e enrolou o macarrão.

Não falamos nada importante durante o jantar, só contei algumas coisas de Leon; que ele começaria na creche em breve, que já tinha dado os primeiros passos com um pouco de ajuda, mas que ainda preferia engatinhar e se rastejar pelo chão como uma cobra, que, acima de tudo, ele adorava minha irmã, Dona, e o elefante de pelúcia com o qual ele sempre dormia... E Rhys escutava e perguntava, e sorria com os olhos brilhantes.

Não sei qual dos dois sugeriu ir um pouco até o jardim depois do jantar. Nos deitamos na grama úmida perto da piscina, debaixo de uma árvore alta com galhos retorcidos que parecia uma acácia. Respirei fundo. Rhys fez o mesmo, com as mãos na nuca, os olhos cravados no céu escuro, nossos pés descalços se tocando.

Ouviam-se grilos a distância. Puxei o ar quando percebi que, pela primeira vez desde que nos vimos no hospital, o silêncio já não era mais suficiente.

— O que aconteceu com você, Rhys?

— Eu... não sei... sinto muito.

Engoli em seco. Criei coragem.

— Você queria mesmo fazer aquilo? Queria?

— Não. Porra, Ginger, não...

Ele se virou para mim. Seu olhar claro e nervoso cruzou com o meu. Parecia surpreso com a minha pergunta, mas eu não pude evitar de pensar aquilo depois de ter lido todos aqueles e-mails de uma vez só, de vê-lo tão perdido, tão menino...

Era isso. Acho que, de certa forma, Rhys continuava tendo a alma de criança. Apesar de sua escuridão. Apesar do brilho incontrolável. Apesar do quanto ele parecia inteiro na frente de quem não o conhecia. Um Peter Pan perdido na Terra do Nunca. Um Pequeno Príncipe em seu asteroide. Eu conseguia ver as carências, as inseguranças e as fraquezas, o medo de encarar seu pai...

— Saiu do meu controle. Naquela noite eu não pensei. Já fazia muitas noites que eu não estava pensando, que estava à beira de um penhasco.

— Por que você entrou nessa, Rhys?

— Não sei... — Respirou fundo.

— Eu deveria ter te ajudado.

— Você tentou.

— Não o suficiente.

— Eu nunca me deixei ajudar.

— Eu odiava essa parte sua.

— Eu sei. É que... esses vazios... — Ele colocou a mão no peito, voltou a olhar para o céu. — Eu os sinto aqui. Sempre. E é uma sensação desconcertante. Mas quando você entra nessa espiral... você não sente nada. Nem as coisas boas nem as ruins. Nada.

Eu me virei para ele. Afundei os dedos em seu cabelo bagunçado só pelo simples prazer de fazer isso, de sentir que estávamos fisicamente conectados de novo, de senti-lo perto, real.

— E você nunca parou para pensar que talvez esses vazios não precisem ser preenchidos?

— Como assim? — Me olhou.

— Talvez o vazio simplesmente "seja". Como um queijo suíço. Você não pensa em preencher os buracos do queijo quando vê um. Não precisa mudar isso para ele ficar melhor.

— Talvez eu seja um desses queijos.

— Claro. Ou como a lua, Rhys.

— O que tem a lua?

— Ela está cheia de crateras, mas elas são bonitas, não são? E ela é mais bonita assim, com as crateras, do que se fosse uma superfície completamente lisa. Você é como a lua. Todos somos imperfeitos. Todos temos alguns buracos. Mas e daí? A gente pode viver com isso. A gente deve viver com isso.

— Vem cá. — Ele me abraçou com força.

Ficamos assim por alguns segundos, agarrados, como se o mundo fosse rachar ao meio se a gente se separasse, como se o corpo dele junto ao meu fosse a única coisa capaz de manter a ordem, o caos sob controle, a calma daquele momento.

— Promete que não vai mais fazer isso — sussurrei, tentando não chorar. — E dessa vez, sem mentir para mim, como naquele dia saindo do restaurante. Não faz mais isso.

— Eu juro, Ginger. De verdade.

Me afastei para olhar para ele e sorri nervosa, porque, de repente, as mãos dele ao redor da minha cintura pareciam estar queimando e a sua respiração tão próxima da minha era algo tentador...

— Eu vi que você tem todos os livros...

— E inclusive li cada um deles — brincou.

— Sério? Você leu todos?

— Claro, o que você está achando? Claro que eu li. E também... ficava tentando imaginar por que você teria escolhido cada um deles, por que você teria decidido que era importante que cada uma daquelas histórias fosse contada.

— Ai, não me faça chorar — choraminguei.

Rhys curvou os lábios em um sorriso malicioso e depois me olhou um pouco mais sério, com a cabeça apoiada debaixo do braço e o corpo virado em direção ao meu.

— E o que aconteceu com James?

— Você estava louco para perguntar...

— A curiosidade está me matando — admitiu, me fazendo sorrir, apesar de tudo. — Está me matando aos poucos, é sério. Mas se você não quiser me contar...

— Não, não é isso. É que foi meio doloroso, não tanto por nós, mas, sabe, porque eu não conseguia parar de pensar em Leon e de me sentir um pouco culpada. Acho que a razão por não ter dado certo é simples: não estávamos apaixonados. A gente se amava, sim. De uma forma bonita no começo, mas tranquila demais depois. Não era como teria que ser. É isso. Não era "tudo que deveria ser".

— E como deveria ser?

Ele me olhou no fundo dos olhos. Seus dedos longos, quentes, brincando com os meus sobre a grama coberta de orvalho. Meu coração batendo mais rápido...

— Rhys, você sabe...

— Não. Me fala você.

— Eu também não sei.

— Claro que sabe. Você sabe. Você me disse uma vez. — O polegar dele roçou suavemente o dorso da minha mão enquanto ele continuava me olhando. — "É sentir um frio na barriga quando você encontra com ela. É não conseguir parar de olhar para ela. É sentir saudade, mesmo quando a pessoa está bem na sua frente. É desejar tocá-la o tempo todo, falar de qualquer coisa, de tudo e de nada. Sentir que você perde a noção do tempo quando está ao lado dela. Prestar atenção nos detalhes. Querer saber qualquer coisa sobre ela, mesmo que seja uma bobagem. Na verdade, acho que é como estar permanentemente pendurado na lua. De cabeça para baixo. Com um sorriso enorme. Sem medo."

Não queria que ele percebesse que eu estava tremendo.

— Como você se lembra disso?

— Confesso que já li várias vezes.

— Tá, mas mesmo assim...

— E eu estava pendurado na lua.

— Rhys...

— Mas eu já estraguei tudo, Ginger. Estou há anos tropeçando em uma pedra que eu nunca deveria ter deixado que estivesse aqui, e agora...

— Tudo mudou — consegui dizer.

— Não o que é o mais importante. Nós.

— Já se passaram dois anos, Rhys.

— Mas para mim parece que faz só alguns meses que nos despedimos no final daquele verão que passamos juntos, porque durante todo esse tempo... eu não senti nada. É como se não tivesse existido. Ginger...

— Me encolhi com a carícia da mão dele na minha bochecha. Vi como ele engoliu em seco, nervoso, inseguro. Os dedos dele tocando suavemente meus lábios, desenhando-os. — Você não sente mais nada? Você não me sente?

O que eu ia dizer? Que sim? Que, em partes, esse foi um dos motivos pelos quais não deu certo minha relação com James? Que era impossível para qualquer outro homem sair ganhando, enquanto eu me lembrasse de tudo que ele me fez sentir? Enquanto eu me lembrasse de como nos conhecíamos bem, tanto nas coisas boas como nas ruins, e de como eu o amava de forma tão incondicional, tão viciante, tão carinhosa? Que era verdade o que eu tinha falado naquela noite distante sobre como ele brilhava tanto que até ofuscava e não me deixava ver ninguém mais?

Acho que ele não entendeu meu silêncio.

Acho que, no fundo, eu queria que ele tivesse entendido.

Seus lábios acariciaram os meus. E foi exatamente isso. Uma carícia pequena, mas que para mim foi maior do que qualquer outra. Tão contida... Tão hesitante... Foi um beijo bonito vindo de Rhys, porque eu me lembrava dele selvagem, intenso, ansioso, mas não assim, doce.

— Vamos tentar, Ginger — sussurrou contra minha boca antes de tocá-la de novo, lento, devagar. — Te dou tudo que você quiser. Para você e para Leon. Eu deveria ter feito isso desde o primeiro dia. Pensei sobre isso. Juro que pensei. No aeroporto de Paris, quando você ia dar meia-volta para entrar na fila. Você era tão menina... E eu quis tanto te beijar... Eu tinha que ter te beijado. E, merda, eu nunca deveria ter falado para você não me esperar depois do que aconteceu na roda-gigante. Deveria ter falado que era um merda, que eu tinha acabado de assinar um contrato para trabalhar na Austrália, mas que voltaria em alguns meses...

— Rhys, não faz isso...

— E depois veio o pior, aquele verão.

— A gente não pode mudar o que já aconteceu.

— Eu estava louco por você. Tão apaixonado que ia ficando bravo com você e comigo, com os dois, conforme chegava a hora de você ir embora. E não tive coragem de me jogar. Me deu vertigem. Mas eu deveria ter ido com você, porque aqui, no fundo, não tinha nada que eu quisesse de verdade. Só um monte de fumaça...

— Rhys, para de se torturar assim.

Passei o braço em volta da cintura dele.

— Eu só quero estar com vocês e compor. Em qualquer lugar. Em Londres. E vou comprar uma casa na Austrália, algo pequeno e antigo que a gente possa reformar juntos para passar as férias. E vamos ter um gato...

Parecia perfeito. Parecia mágico. Parecia muito distante.

— Rhys, olha para mim. Respira. Respira fundo.

Inspirou algumas vezes, mas manteve os olhos fixos nos meus, dizendo muitas coisas naquele silêncio quebrado pelo som de dois corações acelerados.

— Não quero perder outro momento.

— Eu sei. — Estávamos tão perto...

— E você é a minha âncora. Demorei para entender. Mas lembra que você me perguntou sobre a tatuagem quando nos vimos a última vez em Londres? — Fiz que sim com a cabeça. — Então, essa eu fiz por você.

Vi a tatuagem, apesar da escuridão da noite. Aquela pequena âncora no dorso da mão, perto da meia-lua e da nota musical. Fiz uma carícia nela com os dedos. Fiquei com vontade de chorar. Porque eu percebi que naquela noite, sob as estrelas, tudo era diferente. Éramos nós, mas diferentes. Éramos nós além do desejo, além da vontade. Éramos apenas o que restava depois, debaixo daquelas camadas que às vezes unem, somam, mas às vezes confundem, mascaram. Éramos a confiança, o carinho, a amizade, o amor, o conhecer-nos.

Mas não era um bom momento...

— Você não respondeu a minha pergunta.

— Qual delas? — perguntei.

— Se você ainda me sente...

— Você sabe que sim, Rhys. Você sabe que sempre.

— Então... — Não podíamos parar de nos tocar, mesmo que de forma sutil; meus dedos no cabelo dele, uma de suas mãos no meu rosto, a outra me abraçando...

— Mas agora você precisa se recompor. — Vi que ele ficou de cara feia, por isso me aproximei mais e entrelacei meus dedos nos dele. Ele quase não conseguia me olhar. — Eu te amo, Rhys. Mas eu quero que você fique bem. E você precisa ver o seu pai, né? Você tem que fazer isso... porque eu te conheço e sei que se você não for, vai se arrepender pelo resto da sua vida.

Rhys se afastou um pouco. Deitou de costas e esfregou o rosto com as mãos, cansado. Suspirou fundo, vi o peito dele subindo e descendo e posei uma mão ali.

— Eu vou estar do outro lado da tela.

— Cacete, eu vou precisar de você...

— Eu sei.

— Merda.

— Do que você tem medo?

— Não sei. De que ele me fale alguma coisa que me machuque de novo. Ou de não saber perdoar nem pedir perdão. De falar sobre isso com a minha mãe... — Ele balançou a cabeça. — Até pouco tempo atrás, ela achava que eu não sabia. Foi a única coisa que meu pai me pediu antes que eu saísse por aquela porta. Para não contar nada para ela. E eu cumpri, não sei por quê. Acho que porque ela tinha ficado mal depois da doença e eu não queria meter o dedo naquela ferida. Não sei, Ginger. É como uma bola de neve que vai ficando cada vez maior e maior. Quando eu era mais novo, não entendia como era possível que pessoas da mesma família, que tinham passado tantos anos juntos, parassem de se falar. Mas aí você cresce e tudo fica complicado. E tem o orgulho. O meu e o dele. E conforme os anos vão passando, acho que acontece isso que a gente está vendo agora. Algo assim meio quebrado.

— Mas vocês ainda podem consertar.

— Ele está morrendo, Ginger.

— Por isso mesmo. Exatamente por isso.

— E se não der certo? — Suspirou.

— Pelo menos você vai ter tentado, Rhys.

Ele me olhou nos olhos, afastando o cabelo do meu rosto.

— Senti tantas saudades de você...

— Eu também. — Apoiei a cabeça no peito dele. Ele me beijou na testa e depois olhou para o céu, assim como eu, procurando a lua, que era apenas um arco. — O terceiro livro que publiquei na editora era sobre o laço de união entre duas pessoas. Lembro em particular de uma frase que dizia algo assim: "Que não importava quanto tempo passasse, quais mudanças acontecessem em suas vidas ou neles próprios, porque o laço cotinuaria sempre intacto. Era como um fio que balançava, tremia, levava uns puxões... mas nunca se rompia". Talvez a gente viva pendurado em um fio assim, Rhys.

—Tomara, Ginger. Tomara. — Ele me abraçou mais forte e depois sussurrou no meu ouvido uma das minhas frases preferidas de *O Pequeno Príncipe*: "As estrelas são todas iluminadas... Não será para que cada um possa um dia encontrar a sua?".

105. GINGER

Passamos os dois dias seguintes dentro de uma bolha. Saíamos só no fim da tarde para dar uma volta, descíamos à praia quando o sol se escondia e tomávamos um sorvete em alguma *terraza*. No restante do tempo, aproveitávamos como se aquilo fossem férias de verdade; como se os dois anos anteriores tivessem sido uma miragem distante.

De manhã, Rhys entrava na piscina com Leon, que fazia a maior farra porque adorava água. Deitada em uma toalha no gramado, eu fingia que estava lendo, mas na verdade estava olhando para eles... Impossível parar de olhá-los...

Na última noite, Rhys resolveu ler *Peter Pan* para ele depois do jantar e colocá-lo na cama. Leon estava relaxado e respirava tranquilamente enquanto nos olhava com atenção, sentados ao seu lado.

— Você sabe que ele não entende nada, né?

— Alguma coisa ele deve pegar — respondeu.

— Rhys, ele tem um ano. — Dei risada.

Ele me ignorou e abriu o livro. Ficou um tempão lendo em voz alta; não sei se estava lendo para ele mesmo ou para Leon, porque quando o bebê dormiu, ele continuou um pouco mais, seguindo as linhas com o dedo como fazem as crianças, tão concentrado na leitura que não me atrevi a interrompê-lo. Por isso e porque reconheci aquela edição, as bordas douradas, a capa dura... Não falei nada até que saímos do quarto e chegamos na sala.

— Pensei que você não tivesse recebido o livro.

— E não recebi. Consegui recuperá-lo bem depois.

— Depois? Quando?

— É uma longa história. Esquece. Vem cá. — Ele me puxou, mas tropecei e acabei sentada no colo dele no sofá. Não levantei. Nos olhamos em silêncio. Então Rhys encostou a testa dele na minha e respirou fundo, com os olhos fechados. — Quantas vezes já nos despedimos, Ginger? — sussurrou, e sua respiração quente me fez tremer.

"Despedida", uma palavra que viveríamos de novo no dia seguinte, no momento em que ele nos deixasse no aeroporto ao meio-dia. Balancei a cabeça. Dessa vez estava sendo estranho, diferente. Não tão intenso como a última vez, mas talvez mais doloroso, de alguma forma eu não conseguia explicar. Mais triste.

— Acho que vai ser a quinta...
— E talvez a última.
— Talvez...

Estávamos tão próximos que eu só me movi alguns centímetros para encontrar sua boca, para tocá-la, para saboreá-la de novo. Rhys gemeu rouco antes de se jogar para trás no sofá e fazer suas mãos entrarem por baixo da minha camiseta. E dessa vez fui eu quem perdeu o controle, quem precisou dele mais rapidamente, quem procurou a fivela do cinto enquanto ele mordia meu pescoço, deixando marcas na minha pele. Arranquei a camiseta dele, montada sobre suas pernas. Não sei como terminamos de tirar as roupas. Eu só lembro... do que sentia. As carícias. As pontas dos seus dedos se afundando em meus quadris. Meu sexo procurando por ele antes de recebê-lo. Minhas mãos se enrolando em seu cabelo, sem parar de me mexer com força em cima dele; forte, intenso. E gemendo em sua boca, incapaz de abandonar seus lábios um pouco antes de alcançar o céu com a ponta dos dedos.

E depois abraçá-lo entre o nosso suor.

E beijá-lo a noite inteira...

106.

De: Ginger Davies
Para: Rhys Baker
Assunto: Chegamos

Chegamos a Londres há algumas horas. Estamos bem. Leon, um pouco nervoso e choroso por causa da viagem longa, mas depois de uma boa noite de sono ele vai ficar bem.

Nem sei como estou me sentindo, escrevendo um e-mail para você outra vez, Rhys. Parece tão estranho e tão natural ao mesmo tempo... Agora, sentada na cama com Leon descansando no berço ao meu lado, fiquei me lembrando de quando eu te escrevia no começo, ainda no dormitório da faculdade. Parece que foi há tanto tempo... e, na verdade, nem faz tanto tempo assim, né? Quanto, uns sete anos? Mais ou menos.

Acho que somos nós que estamos em constante mudança, e às vezes não dá tempo de assimilar tudo. Mas às vezes eu tenho umas lembranças assim. E me sinto nostálgica. Que pena que não dá para a gente escrever um e-mail para o nosso eu do passado, né? Seria tudo tão simples, que acho que a vida seria até chata.

Sim, aqui estou eu divagando de novo, Rhys.

Me conta como você está.

De: Rhys Baker
Para: Ginger Davies
Assunto: RE: Chegamos

Você não sabe a vontade que eu tenho de estar aí, imaginando essa cena: *você deitada na cama, imagino que com algum livro ou manuscrito na mesa de cabeceira, certo? E Leon do seu lado, por perto.* Não sei se prefiro não saber o que você está fazendo enquanto está longe.

Passei o dia fazendo as malas, falando com a imobiliária que vai vender a casa e resolvendo algumas coisas pendentes do disco que vai sair nos próximos meses. Vou pegar um avião até Nova York e, de lá, vou para casa. Ginger, eu já deveria ter assimilado a ideia, mas estou uma pilha de nervos... É muito difícil, depois de tantos anos...

E se isso existisse, se pudéssemos mandar um e-mail para o nosso eu do passado, acho que o meu seria tão grande que eu me cansaria de lê-lo, porque a gente sabe que naquela época eu era um idiota. Às vezes ainda sou, é verdade. Brincadeiras à parte, eu teria muitas coisas para me dizer...

Ah, e quando recebi o seu e-mail, fiquei um tempão olhando para ele na caixa de entrada antes de abri-lo, curtindo a sensação de receber uma mensagem sua de novo depois de tanto tempo. Para mim, você ainda é a mesma menina que me escrevia todas as noites daquele quarto do dormitório estudantil.

De: Ginger Davies
Para: Rhys Baker
Assunto: RE: RE: Chegamos

Não me faça ficar sentimental.

E é normal que você ainda esteja nervoso, Rhys. E vai continuar assim até se encontrar com ele, até conversar e tirar esse peso das costas. Eu sei que vai dar tudo certo. Se ele quer te ver, se você é importante para ele neste momento... isso com certeza significa algo. A gente poderia ter acabado assim, já pensou nisso? Poderíamos ter sido um daqueles casos em que duas pessoas deixam de se falar por causa de um acúmulo de coisas, de circunstâncias, mas que no final nunca mais retomam o contato. E eu entendi o que você quis dizer sobre tudo ficar mais difícil conforme o tempo passava, porque foi assim comigo também. Pensava em você muitas vezes, no que você estaria fazendo, pensava em te escrever, mas acabava deixando para o dia seguinte. E no dia seguinte, para o próximo. E assim por diante, até que a distância se tornou um obstáculo intransponível.

Me avisa quando chegar, tá bom?

Beijos (sinceros).

De: Rhys Baker
Para: Ginger Davies
Assunto: Agora mesmo
Acabei de aterrissar em Nova York.

Te escrevo assim que puder, bolachinha.

107. RHYS

Nada tinha mudado, embora tudo tivesse mudado. Pelo menos quando a gente olhava mais além e enxergava os pequenos detalhes; como a roseira em frente à janela que não estava mais lá, o jardim menos cuidado, a tinta desbotada nas colunas da entrada, as folhas que balançavam com o vento nos degraus da escada que ninguém tinha se preocupado em recolher naquela manhã de uma quarta-feira qualquer em que voltei para casa.

Eu ainda tinha as chaves que minha mãe tinha me dado na última visita, mas não me atrevi a usá-las. Acho que porque eu não me considerava digno disso. Toquei a campainha e esperei até que ela abriu a porta e me recebeu com um sorriso frágil e um abraço quente. Tinha o mesmo cheiro. Isso sempre me reconfortava. Continuar reconhecendo aquele cheiro.

— Meu menino... — Ela me pegou pelo braço.

— Onde ele está? — perguntei, nervoso.

— Dormindo. Ele costuma deitar um pouquinho depois do almoço. Vamos para a cozinha. Você deve estar com o estômago vazio, vou preparar alguma coisa para você...

Concordei, mas antes de eu dar o primeiro passo, ela me abraçou de novo e ficamos ali por alguns segundos, em silêncio. Depois, enquanto ela abria a geladeira com as mãos ainda trêmulas, notei algumas novas rugas em seu rosto, os olhos mais apagados, cansados, o corpo encolhido e magro, embora ela continuasse parecendo cheia de força, de energia; não daquele tipo que já nasce com a pessoa, mas que se adquire por necessidade.

— Quer frango assado? Creme de legumes...?

— Mãe, acho que a gente devia...

— Prefere algo doce?

Respirei fundo e fechei a geladeira. Nós nos olhamos.

— Não estou com fome. E a gente precisa conversar.

— Não sei se consigo...

Peguei as suas mãos quando vi que ela as retorcia de nervosismo. Notei como ela tremia. E ali, com quase dois palmos de altura a mais que ela, com seus olhos nebulosos fixos nos meus, comecei a ver as coisas de uma maneira diferente; a partir da perspectiva dela, da pessoa que tinha estado ao meu lado todos os dias antes mesmo de eu começar a andar, que tinha cuidado de mim sempre que eu ficava doente, que tinha comemorado comigo um aniversário após o outro.

Ela tentou se afastar, mas eu não deixei.

— Eu sinto muito, mãe.

— Rhys, está tudo bem.

— Eu não deveria ter ido embora. Me perdoa. — Engoli em seco, sentindo as palavras ficando entaladas como sempre, saindo quase à força. — Mas é que quando descobri... naquele momento... eu estava tão perdido que não consegui aceitar bem. E que bom que o papai não te contou na época o motivo de eu ter ido embora, você não merecia saber.

— Eu deveria ter te contado antes.

— Não importa. Teria sido a mesma coisa.

— Você tinha o direito de saber. — Limpou as bochechas. — Mas eu nunca encontrava o momento certo. Quando você era pequeno, eu achava que você não conseguiria entender. E depois, conforme foi crescendo e ficando mais velho, você parecia tão confuso que eu ficava com medo de te dar outro motivo para se afastar de nós.

— Está tudo bem, mãe.

Seus olhos estavam brilhando, cheios de todas as lágrimas que ela parecia estar contendo há anos. Respirou fundo e colocou uma mão trêmula nos lábios.

— Às vezes eu te olhava e pensava que você era como uma granada prestes a explodir. Temia que qualquer movimento fosse catastrófico. E eu não sabia como te ajudar.

— Eu também me senti assim por muito tempo.

— Mesmo assim, eu sei que não fiz as coisas do jeito certo...

— Nenhum de nós fez.

Ela estendeu o braço e acariciou minha bochecha.

— Você é meu filho, Rhys. É sim.

— Eu sei que sou — sussurrei.

Vi que ela estava escolhendo as palavras que ia dizer.

— Seu pai, antes de me pedir que você viesse vê-lo, me contou o que ele te disse. Não sei como ele conseguiu guardar isso por tanto tempo, viver com esse peso, mas você sabe como ele é orgulhoso. Você também é. Nisso vocês se parecem. Guardam tudo... Quantas vezes eu te disse, quando você era pequeno, que é preciso expressar as emoções, que chorar é libertador...? — Respirou fundo, me olhando. — Você sabe que ele não sentia aquilo que te disse, não sabe?

Estava começando a me sentir sufocado.

— Vou falar com ele... — Eu queria sair dali.

— Ele ficou de coração partido quando soube que você tinha ido embora assim que descobriu que era adotado. Eu estava no hospital, ele só tinha você como apoio, e quando você voltou ele estava tão bravo, tão desapontado... Ele nunca lidou bem com a dor, ficando de braços cruzados. Mas seu pai te amou mais do que amou qualquer outra pessoa, Rhys...

Atacar antes que a ponta da faca atinja algum órgão vital. Eu conhecia bem essa tática de defesa. E só tinha me trazido problemas, erros, desilusões.

Tentei deixar aquilo de lado, a dor, a sensação desconfortável que eu sentia no peito quando me lembrava das palavras dele me dizendo que *algumas coisas estão no sangue*. A raiva que me atravessou naquele dia que parecia tão distante. A sensação de ser uma planta que cresce por anos, às vezes reta, às vezes se curvando, mas que de repente alguém a arranca do chão, pelas raízes, jogando-a ao lado. Toda aquela dor instalada em algum canto para onde eu evitei olhar desde então, porque eu sentia que ela me tornava fraco, pequeno. Que eu não era ninguém. Que nenhum pedaço de mundo me pertencia.

Olhei para a minha mãe. Tão paciente. Tão sólida.

— Teve outra coisa que ele disse... — puxei o ar. — Que ele nunca quis adotar uma criança, que só fez isso por você, porque ele não queria te ver tão infeliz...

— É verdade. Ele era um pouco resistente no início, tinha dúvidas. Mas todas elas desapareceram no momento em que ele te pegou nos braços. Rhys, ele só te falou aquilo tudo para te machucar. É horrível, mas é assim... Você o machucou e ele te machucou de volta. E ele errou. Ele deveria ter levado em consideração que você era jovem e instável, que vocês não estavam em pé de igualdade.

Esfreguei o queixo e tentei me acalmar.

— E como ele está? — perguntei.

— Ele tem dias bons e outros ruins.

— Ele melhorou um pouco?

— Rhys, ele não vai melhorar.

— Mas, sei lá, com a medicação...

— São analgésicos — ela me cortou. — Come alguma coisa e vai tomar um banho, você parece cansado. Enquanto isso, vou arrumar seu pai quando ele acordar, você sabe como ele é vaidoso.

Ela falou com um sorriso, como se tivesse aceitado aquela situação, como se não fosse terrível saber que a pessoa com quem ela tinha passado a vida inteira iria morrer em breve. E eu não pude evitar a pergunta, deixar a dúvida no ar...

— Como você consegue, mãe?

Ela balançou a cabeça e suspirou.

— Demorei meses, mas a gente acaba vendo tudo de maneira diferente quando aceita a realidade. Tenho duas opções: me enfiar na cama e ficar chorando ou me levantar e tentar aproveitar o tempo que nos resta juntos, mesmo que não seja nas melhores condições.

Minha mãe saiu da cozinha com a cabeça erguida. Passei as horas seguintes digerindo aquelas palavras: enquanto tomava um banho quente, enquanto desfazia as malas, enquanto me reconciliava de alguma forma com meu quarto antigo e com todas as lembranças que aquelas quatro paredes guardavam.

Coloquei o computador em cima da cama e pensei em escrever para Ginger para avisar que eu já estava em casa, mas estava me sentindo muito alterado...

Esfreguei o rosto. Deitei em cima da colcha.

Parecia mentira que em algum momento da vida eu tinha me sentido pequeno naquela cama onde agora eu era um gigante, com os pés quase encostando na madeira da borda. Pensei que o curioso é que isso podia ser interpretado em todos os aspectos: os lugares não mudavam, as memórias também não, nem mesmo os acontecimentos, mas éramos nós os que íamos mudando, nos moldando, ressurgindo, caindo, nos tornando outros por dentro e por fora.

Fiquei ali deitado até que minha mãe bateu na porta para me avisar que eu poderia ir vê-lo. Demorei um pouco para me levantar. Não sei quanto tempo, talvez três minutos, talvez um pouco mais. Não pensei em nada enquanto circulava por aquela casa que conhecia tão bem, até chegar no escritório dele, o cômodo onde ele estava me esperando. Imaginei que ele tinha escolhido aquele lugar porque era onde ele se sentia mais poderoso, mais seguro, mais ele em sua melhor versão. Quando eu era pequeno, ele sempre repetia que não era para eu entrar ali, e eu sempre quebrava essa regra; escapava pela porta, sentava no chão debaixo da mesa de madeira escura e ficava esperando em silêncio até que ele subisse e me descobrisse ali escondido. Ele estalava a língua, balançava a cabeça dando aquela batalha por perdida e depois me deixava ficar brincando no tapete marrom enquanto tentava terminar o trabalho que tinha levado para casa.

Agora, no entanto, eu não queria entrar.

Mas entrei. Empurrei a porta, que estava entreaberta, e dei um passo adiante. A princípio achei que o escritório estava vazio, que não tinha ninguém lá, até que vi sua figura magra e encolhida na poltrona ao lado da estante.

Foi como uma bofetada, um golpe, vê-lo daquele jeito.

Ver quase... outra pessoa, embora com o mesmo olhar, com um rosto parecido porém envelhecido, um corpo muito menos corpulento e forte, com as mãos trêmulas que se apoiaram decididas nos braços da poltrona de couro escuro para tentar se levantar.

Minha voz não saiu. E fiquei paralisado.

Pelo menos até quando percebi que ele não ia conseguir. Então fui até ele com o coração apertado e os olhos ardendo para segurá-lo pela cintura e ajudá-lo a se levantar. Ele não estava pesando quase nada. Soltei-o quando percebi que ele estava estável. Nos olhamos. De perto, a poucos centímetros um do outro, pela primeira vez em quase sete longos anos. Uma eternidade. Ou apenas um piscar de olhos. Depende de qual perspectiva você olha.

Eu tinha imaginado aquele momento mil vezes na minha cabeça. E era sempre parecido; nos encontrávamos, falávamos, eu jogava na cara dele o que ele tinha me falado e o mal que ele me fez, que ele nunca me amou, e acabávamos os dois levantando a voz...

Mas não aconteceu nada disso.

Foi isso, ficamos nos olhando.

E então as palavras saíram sem esforço, como se de alguma forma elas estivessem há anos mastigadas, esquecidas na garganta, tão ancoradas dentro de mim que nem sequer me surpreendi quando elas saíram de uma vez só, sinceras.

— Sinto muito, pai.

Seus olhos estavam brilhando.

— Eu também sinto muito.

108.

De: Ginger Davies
Para: Rhys Baker
Assunto: Espero que esteja bem

Imagino que você tenha chegado em casa ontem. E também imagino que tenha sido um dia complicado e cansativo por causa da viagem e por tantas emoções... Espero que tenha corrido tudo bem, Rhys. Fico o dia inteiro pensando em você, de dedos cruzados. Me conta alguma coisa assim que puder. E se precisar conversar, qualquer coisa, você sabe onde estou.

Estou com muito trabalho acumulado na editora depois desses dias de férias, mas valeu a pena. Acho que Leon sente falta daquela piscina, porque ontem à noite ele chorou quando eu o tirei da banheira depois de ter ficado lá mais de meia hora. Ele adora água. E agora um pouco mais por culpa sua. Preciso colocá-lo na aula de natação.

Beijos, Rhys. Se cuida.

De: Rhys Baker
Para: Ginger Davies
Assunto: Estou bem
Precisava encontrar um momento tranquilo para te escrever. Aqui são duas da manhã e... está tudo bem, Ginger. De verdade. Ainda estou um pouco confuso, é muita coisa para assimilar, mas foi mais simples do que eu imaginava. Sabe quando você fica remoendo uma história na cabeça por muitos anos e acaba transformando aquilo em algo gigante... e depois vê que não era para tanto? Ou que é mais fácil do que você achava que seria. Sei lá.

O que importa é que quando eu o vi...

Quando o vi, esqueci todas as coisas ruins.

Que estranho, né, Ginger?

Eu me alimentei dessa raiva por tanto tempo, e em apenas um segundo deixei ela de lado... Às vezes me pergunto se algum dia eu vou conseguir me entender. O que acontece comigo? É como com Leon. Eu não deveria sentir como me sinto se eu seguisse algum tipo de lógica.

Quando você parou de falar comigo, se eu não conseguia dormir, às vezes eu relia nossas mensagens. E estou lembrando agora algo que você me disse uma vez, bem no início. Você escreveu assim: "Acho que você é a pessoa mais contraditória, inesperada e imprevisível que eu conheço. E não sei se eu deveria ficar com medo". E eu me limitei a te perguntar por que eu poderia te causar medo. Não pensei que eu deveria ser o primeiro a sentir isso. Por que se você não pode projetar algo, se você se contradiz tanto que não pode sequer confiar em suas próprias ideias e valores, como é possível confiar nessa pessoa? Como você faz isso?

De: Ginger Davies
Para: Rhys Baker
Assunto: Confiança
Porque a confiança às vezes é assim, cega, por instinto. E às vezes ela vem, mesmo que você não saiba como a pessoa vai reagir, simplesmente

porque você tem certeza de que não importa o que faça, essa vai ser a coisa certa, apesar dos erros, dos tombos. Eu colocaria a mão no fogo por você. Seria ótimo se você também fizesse o mesmo por si mesmo.

Você não imagina como eu fico feliz por você ter conseguido esquecer as coisas ruins e deixar espaço para as boas. Tenho certeza de que seu pai está feliz por ter você aí com ele. E a sua mãe também. Outra coisa, Rhys, como eu te conheço... não fique se culpando agora, remoendo a ideia de que você deveria ter ido muito antes. Em um mundo perfeito seria assim. Nesse mundo nosso, não. E é bonito da mesma forma. Como a lua, lembra? Com todas as crateras.

De: Rhys Baker
Para: Ginger Davies
Assunto: RE: Confiança
Não sei o que seria da minha vida sem as suas palavras dando um outro sentido a tudo. Você tem razão, Ginger. Estou aprendendo a caminhar na lua sem tropeçar; seria muito mais fácil e confortável se fosse uma superfície perfeitamente lisa, mas... acho que é só questão de prática. E não é tão mau assim. Nada ruim, na verdade.

Voltei à vida de adolescente ou algo assim.

De: Ginger Davies
Para: Rhys Baker
Assunto: RE: RE: Confiança
Ah, mas será que em algum momento você deixou de ser adolescente? Sim, estou rindo muito de você agora, Rhys. E deveria parar, porque estou no meio de uma reunião na editora fingindo que estou escrevendo algo importante no computador enquanto Kate cuida de tudo. Aliás, ela e a minha irmã vão se casar daqui a alguns meses. Você está convidado para o casamento do ano (e espero que aceite, porque sinto um desejo incontrolável de te ver usando terno e de ter você como meu acompanhante).

De: Rhys Baker
Para: Ginger Davies
Assunto: RE: RE: RE: Confiança
Muito engraçada, bolachinha. Essa foi boa.

Dê os parabéns a elas por mim. E é claro que eu vou. Não perderia por nada no mundo a chance de te ver babando na hora que eu aparecer...

De: Ginger Davies
Para: Rhys Baker
Assunto: RE: RE: RE: RE: Confiança
Você é ridículo, Rhys.

De: Rhys Baker
Para: Ginger Davies
Assunto: RE: RE: RE: RE: RE: Confiança
Estava com saudades disso...

De: Ginger Davies
Para: Rhys Baker
Assunto: RE: RE: RE: RE: RE: RE: Confiança
Eu também. :)

109. RHYS

Fazia duas semanas que eu estava em casa quando percebi que durante esse tempo eu só tinha tomado uma cerveja. Pensei nisso naquela tarde, quando abri uma antes de sentar com meu pai na varanda dos fundos. Estávamos cada um em uma cadeira, em silêncio, observando o passar do tempo enquanto o vento fresco começava a soprar.

Não me lembrava quando tinha sido a última vez que me senti tão bem. Não me lembrava desde quando tinha ficado limpo por tanto tempo. Não me lembrava como era simplesmente "estar comigo mesmo", sem nada que me distraísse, sem nada que me animasse ou me fizesse dormir. Parecia fácil estando longe do barulho. No silêncio, eu conseguia me ouvir.

Tínhamos criado uma espécie de rotina desde que cheguei. Depois daquele primeiro dia cheio de emoções, não falamos mais sobre o passado.

Não remexemos mais. Não demos mais importância ao que eu tinha feito nem ao que ele tinha me falado, e nos concentramos nas coisas boas de todos os anos que tínhamos passado juntos. Foi como retomar algo que agora era diferente, mas não pior. Eu estava dormindo bem; pelo menos quando não ficava acordado até tarde conversando com Ginger. Levantava num horário razoável e tomava café na cozinha com meu pai, como fazíamos quando eu era pequeno. Ficava olhando ele ler o jornal e reclamar cada vez que insistíamos para ele comer um pouco mais, e se queixar de como o mundo estava indo mal. (Na verdade, segundo ele, o mundo ia mal desde que ele se conhecia por gente. Eu disse isso para ele um dia enquanto misturava meu cereal com leite, e ele se limitou a sorrir e concordar com a cabeça antes de continuar com suas coisas.)

Depois eu ia às compras com a minha mãe ou fazia algumas tarefas da casa. Eu dava uma mãozinha com a comida enquanto ela ajudava meu pai a tomar banho, mas eu sempre fazia alguma besteira, como errar no tempo de preparo ou deixar a carne malcozida ou as batatas um pouco duras. Ainda assim, eles comiam em silêncio, olhando-se entre eles e segurando um sorriso. E isso me bastava. Depois eu tirava os pratos, ficava conversando um pouco com a minha mãe sobre qualquer coisa enquanto ele dormia e, no fim da tarde, quando meu pai descia depois de tomar sua medicação e o sol já tinha baixado, saíamos para a varanda. Ficávamos ali sentados fazendo isso, nada, vendo a noite chegar até que os pernilongos começavam a zumbir e minha mãe nos chamava nos avisando que o jantar estava pronto.

Naquela tarde, eu lembrei de uma melodia que logo estaria tocando na rádio quando lançássemos o *single* novo. Bati os dedos ao ritmo da música, tocando de leve no braço de madeira daquela poltrona antiga para a qual minha mãe tinha costurado umas almofadas estampadas.

Meu pai desviou o olhar para minha mão.

— Todos esses rabiscos... — resmungou.

— Tatuagens. É esse o nome. — Olhei pra ele, divertido. — Você gosta?

— Não — contundente, como sempre. — O que significam?

— Coisas. — Dei de ombros. Dei um gole na cerveja.

— Vai, não me faça implorar. A nota musical é fácil deduzir. E essa outra, o que é? Uma banana? Um sorriso? — brincou.

— É uma lua. É dela. Essa aqui também.

Virei minha mão para mostrar a pequena âncora.

— Quem é ela?

— Ginger.
— Especial, imagino.
— Sim — suspirei.
— E é sério?
— É complicado.
Levantou as sobrancelhas, olhando para mim.
— Mais complicado do que estar morrendo?
— Porra, pai... não.
— Então não é complicado.
— É. Acho que não.
Assentiu satisfeito antes de voltar a olhar para a frente. Fiquei mais alguns segundos olhando para ele, pensando no quanto tudo tinha mudado. Não sei a que se devia aquela percepção diferente, se era porque a vida tinha feito com que ele murchasse ou porque eu me sentia mais forte, mais alto, mais adulto desde a última vez que estivemos juntos antes de eu ir embora. O que ficou claro era que estava tudo diferente. Bonito e triste, de alguma forma distorcida. Lembrei o que Ginger comentou uma vez sobre essa visão que temos de nossos pais quando somos crianças, quando eles parecem ser super-heróis. E então a vida dá a volta e fica tudo ao contrário. Conforme a gente vai se fortalecendo, começa a testemunhar como eles vão ficando mais frágeis, delicados, imperfeitos.
— Para de me olhar assim — resmungou.
— Não estou te olhando "assim".
— Eu sei quando você está mentindo, Rhys. Me fale sobre ela. Ou sobre música, se for mais fácil. Me conte qualquer coisa sobre isso, quais são seus planos, o que você vai fazer a partir de agora...
Pensei um pouco enquanto tomava um gole da cerveja.
— Ainda não sei bem o que vou fazer no futuro, mas preciso de uma pausa. E gostaria de fazer as coisas de outro jeito. Me dedicar mais a tudo o que não se vê: à produção, à composição... — Quando eu disse isso em voz alta, pareceu bom, pareceu perfeito. — O próximo disco já está gravado. O primeiro *single* sai em breve. Quer ver a capa?
— Claro — concordou, interessado.
Procurei no celular a imagem em que Axel tinha trabalhado e mostrei para ele. Ficou olhando alguns segundos, concentrado. Depois sorriu.
— Uma bela declaração de intenções.
Concordei, guardando o telefone de novo.

— E quanto a ela... acho que você ia gostar dela.

Ele deve ter ficado surpreso por eu não ter evitado o assunto.

— Como ela é? — perguntou, com cuidado.

— Muito falante. Inteligente. E bonita. É doce e também a garota mais engraçada que eu já conheci, mas acho que ela não faz isso de propósito ou talvez só eu ache isso. É paciente, mas bastante geniosa quando fica brava. E agora ela sabe dizer "não".

— Ótimo. Com você não dá para ser muito delicado.

— Vá à merda. — Eu ri. Ele também.

— Você sabe que é verdade — respondeu.

— E ela tem um filho. Leon. Ele tem um ano.

Meu pai virou a cabeça para mim, nervoso.

— É...? Esse menino é seu...?

— Não, não. Quem me dera...

— Uau, "quem me dera"? Quem diria...

— Pois é. Como as coisas mudam, né?

— Seria muito chato de outra forma.

— Acho que sim — suspirei fundo.

110.

De: Ginger Davies
Para: Rhys Baker
Assunto: Tenho uma dúvida

Tenho pensado em um assunto há algumas semanas e não consigo tirá--lo da cabeça, e, por mais que eu tenha relido, não sei como deveria interpretar. Em um dos últimos e-mails que você mandou, naquele em que você falava sobre si mesmo, de como era contraditório e imprevisível, você comentou algo sobre Leon. Que se você seguisse algum tipo de lógica, não deveria se sentir como estava se sentindo.

Do que você estava falando? Porque acho que eu preciso saber.

De: Rhys Baker
Para: Ginger Davies
Assunto: RE: Tenho uma dúvida
Calma, Ginger, o que você imaginou? Algo ruim? Eu só quis dizer que, se eu não fosse um completo desastre, se eu não tivesse ficado a vida inteira brigando com meu próprio reflexo e tivesse as ideias mais claras, eu teria que ter ficado imune a Leon. Mas não foi assim. Eu penso nele quase tanto quanto penso em você (não fique com ciúmes, bolachinha). E é... perfeito. E você tinha razão, os bebês têm um cheiro muito gostoso. A propósito, isso me faz lembrar que você não me contou quase nada sobre ele, como tudo aconteceu. Você apareceu com um bebê nos braços e eu perdi esses dois anos que parecem ter ficado pelo caminho. Você deveria ser boazinha e me contar tudo.

De: Ginger Davies
Para: Rhys Baker
Assunto: Sou muito boazinha
Não tenho muito o que contar, Rhys. Você também não me deu muitos detalhes sobre a sua vida durante esse tempo, embora eu possa ter uma ideia...

Na verdade, James e eu tentamos logo ter um bebê. Às vezes penso que, mais do que a ideia romântica de estarmos juntos, o que nos fez retomar nossa relação foi o desejo que nós dois tínhamos de ser pais. Parece um pouco loucura, né? Mas, se eu for sincera comigo mesma, foi um pouco assim. A gravidez foi muito tranquila, quase não tive enjoos ou desconfortos, então fiquei bem focada no trabalho e nas aulas de ioga (preciso retomar isso). Fiquei tão ocupada fazendo minhas coisas que nem vi o tempo passar. James também trabalhava muito. Nós dois trabalhávamos muito. E então chegou Leon.

Ele nasceu com um pouco mais de três quilos, e juro que durante o parto eu poderia ter matado um dinossauro com minhas próprias mãos, se eles já não estivessem extintos. Você não tem ideia de como doeu. Mas valeu a pena. Esqueci tudo assim que o peguei nos braços e olhei para o rostinho dele. Foi o melhor momento da minha vida.

Agora preciso ir, Rhys. Ele acordou e não para de chorar. Espero que você esteja bem, apesar de tudo que tem que enfrentar aí. Muitos beijos.

De: Rhys Baker
Para: Ginger Davies
Assunto: RE: Sou muito boazinha

Fico com raiva por ter perdido esse momento, Ginger. Eu teria ficado ao seu lado, com risco de morrer, claro. Agora falando sério: eu deveria ter estado lá, na sala de espera. Como também teria que ter estado aqui, em casa, em todos os natais, em alguns aniversários ou dias livres em que eu poderia ter escapado. Eu sei que você me disse para não me sentir culpado, mas estou com essa sensação ali... entalada... A sensação de ter perdido coisas importantes que não vão se repetir. E para quê? Para nada. Eu paro para pensar no que a gente falou, no que fiz durante esses dois anos, e a única coisa que me vem à cabeça é que gravei dois discos. O que mais eu poderia contar? O resto é vazio. Conheci muitas garotas, saí noite após noite também, terminei com a agenda do celular cheia de contatos de pessoas que não me conheciam e que eu não queria conhecer. Ah, e comprei uma casa de que eu não gostava muito.

Enfim... As coisas por aqui estão indo bem. Temos uma espécie de rotina, a não ser quando ele tem um dia ruim e recai um pouco. No mais, me sinto como se tivesse viajado no tempo. Durmo a noite inteira. E, acima de tudo, estou comendo melhor agora que minha mãe me atormenta a cabeça com esse assunto. Estou tranquilo, e olha que na semana que vem vamos lançar o primeiro *single* promocional, apesar de que dessa vez eu não vou participar da "promoção". Decidi que vou me concentrar em fazer coisas que eu realmente gosto.

De: Ginger Davies
Para: Rhys Baker
Assunto: Erros

É, Rhys, não tem jeito, você vai pensar nisso às vezes, mas o que importa é que agora você está aí, onde tem que estar. E que esses dois anos não mudaram nada entre nós, pelo menos as coisas importantes. Talvez a gente precisasse desse tempo. Você nunca parou para pensar nisso? Talvez você precisasse cair completamente para perceber o que realmente queria. Talvez eu precisasse me afastar de você para errar por conta própria. Porque eu também fiz isso, você sabe, né? Eu cometi erros. Todo mundo, às vezes, quer poder entrar numa máquina do tempo para modificar as próprias decisões.

Mas vamos aos seus novos interesses...
Do que você realmente gosta?

De: Rhys Baker
Para: Ginger Davies
Assunto: Coisas
De você, especialmente.

De: Ginger Davies
Para: Rhys Baker
Assunto: RE: Coisas
Para de ser idiota.

De: Rhys Baker
Para: Ginger Davies
Assunto: RE: RE: Coisas
É complicado...

Mas sério, estava falando de trabalho, de música. Não quero continuar fazendo o que não gosto. Acho que agora posso escolher. Aliás, fica de olho, que a música nova sai amanhã...

Espero a sua opinião. Beijos.

111. RHYS

Tive uma ideia fantástica. Ocorreu-me enquanto eu acompanhava minha mãe às compras e colocava as sacolas no porta-malas do carro. Vi meu reflexo no vidro e notei algo na vitrine da loja. Duas horas depois, estávamos meu pai e eu, lado a lado, em frente à janela, na mesa da sala, lendo as instruções de uma maquete da Ponte de Londres. Era complicada o suficiente para nos instigar a retomar aquilo que não fazíamos há anos. Ele se surpreendeu no início, ficou olhando a caixa, mas logo depois perguntou para minha mãe onde estavam seus óculos de leitura.

E então continuamos: ordenando as peças. Eu ainda lembrava da primeira regra que ele sempre me dizia quando eu era pequeno: *Primeiro a ordem, depois todo o resto, Rhys*. Estava tirando de uma bolsa à parte a cola, as tintas e algumas ferramentas, quando tocou meu celular. Ignorei-o, como vinha fazendo há semanas.

— Você não deveria atender? — perguntou meu pai.

— Não é importante — menti com indiferença.

— Rhys, não fique evitando as coisas. Não faz isso.

Olhei para ele. É um saco quando alguém te conhece assim tão bem, mesmo que praticamente não tenha te visto durante os últimos dez anos. Respirei fundo, levantei um pouco contrariado, atendi e saí para o terraço. Era Daniel, o chefe de publicidade da gravadora.

— Estou há dias tentando falar com você — protestou. — Onde você se enfiou, Rhys? Que loucura! O *single* sai amanhã e você sumiu do mapa.

— O que aconteceu? — Encostei na parede. Dali eu podia ver meu pai franzindo a testa enquanto continuava lendo as instruções, com os óculos de meia-lua na ponta do nariz.

Não sei por quê, mas naquele momento, na hora menos apropriada, com alguém gritando comigo do outro lado do telefone, pensei que ele não era velho o suficiente para morrer. Que ele ainda deveria ter muito mais tempo.

— Você está me ouvindo? Rhys! Rhys, caralho!

— Eu não vou fazer nenhuma turnê.

— Eu já fechei contratos.

— Então cancela.

— Não posso fazer isso.

— Eu já tinha falado isso para o Paul. Expliquei que não queria mil compromissos, mil entrevistas na rádio e mil festivais. Se ele não te disse nada, o problema não é meu.

— É claro que disse, mas achei que ele estava brincando.

— Tenho que desligar agora, estou ocupado.

— Você por acaso quer enterrar sua carreira?

— Não, mas quero redirecioná-la.

— Rhys, caralho. Escuta...

Mas desliguei. Desliguei e fiquei ali um pouco mais, olhando meu pai através da janela da sala de jantar, tão concentrado naquela maquete, tão decidido a começar e, talvez, se tivéssemos sorte, a terminá-la também.

Sorri, pela primeira vez em dias. Depois entrei, me sentei e tentei retomar o que estava fazendo antes de levantar.

— E aí, resolveu? — perguntou.

— Mais ou menos. — Dei de ombros.

— Era aquela sua garota? Ginger?

— Não, não. A gente quase não fala pelo telefone.

— Você deixou ela brava de novo?

— Não, pai. — Dei risada. — A gente se fala por e-mail todas as noites. Não me olha assim. É mais confortável, tenho mais tempo para pensar no que realmente quero dizer...

— Os Bakers às vezes falam demais mesmo, isso é verdade.

Minha mãe chegou naquele momento para ver como estávamos indo.

— Por que você não fica com a gente? Pega uma cadeira. — Ela concordou, diante do olhar suplicante do meu pai. — Vamos precisar de ajuda se quisermos terminar isso um dia. Rhys comprou uma das fáceis — ironizou entre dentes, me fazendo rir.

— Não gosto de facilitar as coisas para você.

— Isso vai ter troco...

112. GINGER

Tinha sido um dia intenso no trabalho, eu tinha acabado de dar banho em Leon e estava fazendo o jantar quando de repente lembrei que a música nova do Rhys ia sair naquele dia. Coloquei a batedeira de lado e limpei as mãos em um pano enquanto corri para pegar o celular. Me censurei mentalmente por não ter lembrado antes, sendo que ele tinha me falado no dia anterior. Fui procurar no aplicativo de música, mas praticamente não foi preciso. Já estava entre as 100 músicas mais escutadas no momento. Quase perdi o fôlego quando vi o título. Porque eu o conhecia. Muitos anos atrás, no meu aniversário, ele tinha me dado de presente uma música com o mesmo nome: "Ginger". Senti minhas mãos tremerem quando cliquei no play. E então identifiquei aquela melodia familiar, que eu tinha ouvido mil vezes antes de dormir, aninhada na cama, pensando nele, imaginando o que ele estaria fazendo...

Só que agora tinha algo a mais, diferente. Sua voz meio quebrada e rouca cantando suave, em um tom baixo que não subia nem no refrão. Uma voz que falava de âncoras, de rosas em asteroides solitários, de quilômetros, de Peter Pan, de luas compartilhadas, de uma garota enrolada e de um cara que acabou debaixo de um monte de escombros enquanto ela rompia aqueles fios que a enrolavam, se libertava e se transformava em uma borboleta.

Olhei a capa do disco. Tinha o mesmo nome que a música *Ginger*, apenas isso. E o nome estava coberto por uma trepadeira com flores que também envolvia o desenho mais abaixo, um coração, um coração de verdade, humano, cheio de cicatrizes, algumas fechadas e outras ainda abertas, com espinhos entre as partes mais brilhantes, mais bonitas...

Escutei-a de novo, chorando. Era perfeita.

Leon bateu na mesinha do cadeirão.

— Você gostou? É o Rhys...

Balbuciou algo incompreensível, mas continuou a sorrir animado enquanto a música continuava tocando na cozinha daquela casa que eu tinha alugado algum tempo atrás. Me inclinei e dei um beijo na testa dele antes de ir pegar meu laptop.

113.

De: Ginger Davies
Para: Rhys Baker
Assunto: Você está louco

Eu não acredito, Rhys. Sério. Foi... não sei. Meu coração quase parou quando vi o nome da música, mas ouvir você cantar... foi a coisa mais incrível do mundo que eu já ouvi. Bem, talvez eu não esteja sendo muito objetiva, mas eu não me importo. Ficou tão linda... Nem sei o que te dizer. Você me deixou sem palavras.

Leon adorou.

Obrigada, obrigada, obrigada.

De: Rhys Baker
Para: Ginger Davies
Assunto: RE: Você está louco
Se te deixei sem palavras, valeu a pena.

Estou exausto. Desde ontem estou construindo com meu pai uma daquelas maquetes que fazíamos quando eu era pequeno. Você não sabe como ele é resistente, é capaz de tomar mais analgésicos só para continuar e me ver desistir quando eu começo a não distinguir mais as peças. É a segunda noite que ele me tortura assim. Minha mãe nos ajuda, mas se cansa depois de meia hora. Temos muito trabalho pela frente.

Fiquei feliz por você ter gostado da música.

De: Ginger Davies
Para: Rhys Baker
Assunto: RE: RE: Você está louco
Que lindo, Rhys. Você tinha razão, seu pai parece ser tão orgulhoso e teimoso quanto você. Me manda uma foto da maquete, quando vocês terminarem. Hoje não tenho muito tempo para falar porque James vem jantar aqui, mas te escrevo amanhã quando estiver no escritório.

Ah, e vou imprimir a capa do disco em tamanho pôster e pendurar em casa como se fosse um quadro. E dane-se, pouco me importa se estou parecendo uma fã alucinada.

De: Rhys Baker
Para: Ginger Davies
Assunto: RE: RE: RE: Você está louco
James vai jantar aí com frequência? Você não chegou a me contar com detalhes o que aconteceu. Naqueles três dias em Ibiza a gente não teve tempo para nada.

De: Ginger Davies
Para: Rhys Baker
Assunto: Organização
Combinamos um horário flexível. Eu fiquei com a guarda de Leon,

porque James tem mais complicações e às vezes, se tem algum julgamento no tribunal, trabalha até mais tarde. Normalmente ele fica com Leon dois fins de semana por mês, mas também o pega com frequência na casa dos meus pais à tarde, quando ele sai mais cedo. E às vezes ele vem para jantar ou para vê-lo um pouquinho. Ele é um bom pai. A gente se entende, se dá bem, mas acho que isso não foi suficiente para dar certo. Já te falei, acho que o que tínhamos em comum era que queríamos ter uma certa estabilidade, ter filhos. E foi um erro. Não tem como dizer que me arrependo tendo o Leon aqui comigo; se eu olho para cima, posso vê-lo no seu berço, abraçado naquele elefante de pelúcia que ele não larga nunca. O problema é que, quando chegava a noite, terminávamos o jantar e nos sentávamos no sofá um pouquinho, e não tínhamos muito o que conversar. Falávamos sobre como tinha sido o dia no trabalho, que planos tínhamos para o bebê e pouco mais. Sabe de uma coisa? Talvez se eu não tivesse passado aqueles meses com você, se eu não soubesse exatamente como era viver pendurada na lua, apaixonada, eu teria achado tudo "normal", como acontece com a maioria dos casais. Mas, no fundo, eu estava dolorosamente consciente de que existia algo mais. E eu te odiei um pouquinho. Só um pouco. De forma egoísta. Porque às vezes eu pensava: *Se Rhys nunca tivesse cruzado o meu caminho, se eu nunca o tivesse conhecido... então eu seria feliz com James.* Agora eu sei que isso também não era verdade, mas acho que estava tentando enganar a mim mesma. Nós dois fazíamos isso, na verdade. Estamos mais felizes agora, separados.

De: Rhys Baker
Para: Ginger Davies
Assunto: RE: Organização
Pode não parecer muito heroico agora dizer que estou feliz por ter cruzado o seu caminho. E por você ter cruzado o meu.
    Continuamos trabalhando na maquete...
    Não falta muito para terminar.

De: Ginger Davies
Para: Rhys Baker
Assunto: Rotina
Que dia eu tive! Discuti com um autor insuportável, perdi o tíquete

do estacionamento, Leon vomitou em cima dele mesmo enquanto voltávamos para casa e esqueci as compras na casa de Dona e Kate. Às vezes eu não consigo me lembrar de como era a minha vida quando eu tinha poucas coisas para fazer... Como eu podia ficar tão agoniada com umas provinhas de nada na faculdade?

Enfim, espero que o seu dia tenha sido melhor.

E que a maquete continue avançando...

De: Rhys Baker
Para: Ginger Davies
Assunto: Más notícias
Estou escrevendo rápido do celular, Ginger.

Estamos no hospital. Meu pai teve uma recaída.

De: Ginger Davies
Para: Rhys Baker
Assunto: RE: Más notícias
Sinto muito, Rhys.

Me avisa quando vocês tiverem notícias.

De: Rhys Baker
Para: Ginger Davies
Assunto: RE: RE: Más notícias
Vão deixar ele internado. Colocaram ele num quarto e, bem, ele não parava de reclamar e de dizer que queria ir para casa, mas, pelo que o médico me disse, acho que ele não vai ter alta tão cedo...

Acho que ele está morrendo, Ginger.

Duvido que ele saia do hospital.

Não sei dizer como estou me sentindo.

114. GINGER

Ele atendeu ao terceiro toque. Escutei-o respirar.
— Rhys, lamento muito — sussurrei.
— Eu tinha que ter vindo antes...
— Não fala assim. Já conversamos sobre isso. O que importa é o agora, que você está aí com ele. Poderia ter sido pior. Você poderia ter continuado em Ibiza, ainda perdido...
— Estou aqui para vê-lo morrer.
— Eu sei que é difícil, Rhys...
— Me dá vontade de fugir a cada cinco minutos e me seguro para não sair do quarto cada vez que o vejo sofrer e temos que chamar a enfermeira para dar outra dose de analgésicos. Mas a vontade está ali. E eu não posso me permitir isso. Ele... ele me disse. Que eu tinha que me manter em pé quando isso acontecesse, tomar conta da minha mãe. Sei lá.
— E você está se saindo bem.
— Queria que não fosse tão difícil.
— Falaram mais alguma coisa?
— Que ele tem pouco tempo.
— Ai, Rhys, eu sinto muito mesmo... Pode me ligar quando precisar, combinado? A qualquer hora, não importa. Se em algum momento você tiver vontade de fugir, me liga.
— Obrigado, Ginger — sussurrou.

115.

De: Rhys Baker
Para: Ginger Davies
Assunto: Sem assunto
Meu pai morreu esta madrugada.

Fomos para casa para que minha mãe pudesse deitar um pouco; vai fazer bem para ela descansar. Estou cuidando de toda a papelada...

Só queria te contar. Falo com você depois.

De: Ginger Davies
Para: Rhys Baker
Assunto: RE: Sem assunto

Rhys, sinto muito. Gostaria de poder estar aí com você agora. Eu te daria um abraço imenso e cuidaria de tudo. Sinto muito que você tenha que passar por isso sozinho. Não consigo parar de pensar em você. Como está sua mãe? E você? Me liga quando quiser.

Beijos.

116. RHYS

O enterro foi rápido e emotivo. Minha mãe ficou do meu lado e vieram todos os colegas de trabalho do meu pai, amigos de infância e alguns vizinhos. Eu não me lembro de muita coisa. Estava há dois dias sem dormir e só conseguia manter os olhos no caixão que logo estaria embaixo da terra. Chorei pela primeira vez em anos. E entendi que o sangue não sabe nada sobre sentimentos e experiências. Continuei pensando nisso quando chegamos em casa e preparei um chá para minha mãe antes de ela adormecer no sofá.

Eu tinha passado metade da vida me fazendo as mesmas perguntas, procurando "algo", tentando preencher os buracos, aqueles vazios...

E talvez tudo fosse mais simples.

Fiquei com aquele pensamento quando me sentei à mesa da sala onde estava a maquete que não tínhamos conseguido terminar juntos. O sol do final da tarde entrava pela janela. Não pensei em nada enquanto colocava uma peça após a outra...

117.

De: Ginger Davies
Para: Rhys Baker
Assunto: Preocupada
Estou preocupada, Rhys. Você não dá notícias desde o dia do enterro. Pensei em te ligar, mas não quero incomodar em um momento tão íntimo. Me manda alguma mensagem, por favor. Basta saber que você está bem, que continua se mantendo em pé.

De: Rhys Baker
Para: Ginger Davies
Assunto: RE: Preocupada
Sinto muito, Ginger. Foram uns dias complicados. Estou bem, estamos bem. Dentro do possível, claro. Depois do enterro, dormi mais de quinze horas seguidas e depois comecei a cuidar dos papéis para facilitar a vida da minha mãe; você sabe, mudar a titularidade das faturas, as contas bancárias...

E não paro de pensar em coisas. Em tudo.

Por que as pessoas se sentem tão perdidas, Ginger? Por que temos a sensação de que temos que encontrar um propósito, um objetivo, sempre algo "a mais"? Eu acho... acho que percebi uma coisa. Acho que estou começando a enxergar que há muito tempo tenho andado em círculos, correndo atrás de algo. E talvez eu já saiba o que é esse "algo". Sou eu mesmo, Ginger. Estou há anos dentro de um *loop*, dando voltas, pensando demais, vivendo pela metade, achando que estava fazendo exatamente o contrário.

De: Ginger Davies
Para: Rhys Baker
Assunto: E tem mais
Entendo o que você quer dizer e talvez você esteja certo, mas também aconteceram muitas coisas boas, Rhys. Você não é só sombras, é luz também. E não importa quando a gente percebe alguma coisa, o importante é perceber em algum momento. Isso acontece com todo mundo. E vai continuar acontecendo. Como está sua mãe? O que você vai fazer agora?

De: Rhys Baker
Para: Ginger Davies
Assunto: RE: E tem mais

Ela está triste, não tem como estar de outro jeito, né? Acho que é normal. E eu não sei o que eu vou fazer. Me sinto um pouco no meio do nada. Não posso deixá-la sozinha agora, apesar de ela estar insistindo para eu ir embora. Passo o dia meio perdido, dando voltas pela casa, terminando aquela maldita maquete, pensando em tantas coisas...

De: Ginger Davies
Para: Rhys Baker
Assunto: RE: RE: E tem mais

Tudo passa, Rhys. Às vezes é questão de tempo. Talvez seja bom você dar essa pausa na vida para decidir o que quer fazer. Agora você tem na sua frente uma folha de papel em branco, não é? Uma vez, há muito tempo, você me disse exatamente isso. E funcionou.

De: Rhys Baker
Para: Ginger Davies
Assunto: RE: RE: RE: E tem mais

A diferença é que você é uma garota esperta.

De: Ginger Davies
Para: Rhys Baker
Assunto: Procure outro pretexto

Vai ter que arrumar algo melhor.

De: Rhys Baker
Para: Ginger Davies
Assunto: Estou falando sério

Você deveria aprender a aceitar elogios.

Mas você tem razão, Ginger, o futuro agora é uma folha em branco. A propósito, terminei a maquete ontem à noite; não sei se fiquei feliz ou triste. Por um lado, foi legal terminar o que tínhamos começado juntos, mas, por outro... sinto que isso me afasta um pouco mais daqui. Além da minha mãe parecer querer me expulsar de casa. Eu sei que ela está agindo assim para o meu bem, mas não consigo deixar de me sentir culpado quando penso em ir embora, mesmo que eu volte com mais frequência, sei lá, não quero cometer com ela os mesmos erros que cometi com meu pai.

De: Ginger Davies
Para: Rhys Baker
Assunto: Não vai ser assim
Você não vai cometer. Tenho certeza.
    O disco está sendo um sucesso.

De: Rhys Baker
Para: Ginger Davies
Assunto: Minha mãe
Parece que sim. Ah, nas últimas semanas tenho ajudado minha mãe no jardim, mas essa manhã ela me deixou plantado para ir a um curso de confeitaria na associação do condomínio. Estou começando a me sentir um pouco deslocado, quase como se estivesse sobrando. Não sei se ela está fazendo isso de propósito, porque quer que eu siga em frente ou se na verdade ela também precisa de espaço para começar a se acostumar de verdade a estar sozinha, a seguir com a vida dela. O que você acha? Mal falamos sobre ele. Sobre a morte. Não sei, Ginger, fico preocupado achando que no fundo ela esteja muito mal e não me fale nada.

De: Ginger Davies
Para: Rhys Baker
Assunto: RE: Minha mãe
Você quer que eu seja totalmente sincera?

De: Rhys Baker
Para: Ginger Davies
Assunto: RE: RE: Minha mãe
Acho que isso significa que vai doer.
    Mas sim, Ginger, quero que você seja sincera.

De: Ginger Davies
Para: Rhys Baker

Assunto: RE: RE: RE: Minha mãe
Acho que sua mãe aceitou a situação há muito tempo. É claro que é doloroso o fato de o seu pai não estar mais aí, é claro que ela vai sentir falta dele, e é claro que vai ser difícil superar a perda. Mas, Rhys, ela está se preparando para isso há muito tempo. Ela parece ser uma mulher forte, não o contrário. Se ela conseguiu lidar com tudo isso sozinha na época, não acho que ela precise de você agora. Mas eu acho... acho que você, sim, precisa dela. Acho que no fundo quem realmente não consegue virar a página é você, que ainda se sente mal por tudo, que ainda não aprendeu a digerir a dor. E tudo bem, Rhys. Você vai aprender, não precisa marcar uma data. Vão ter dias melhores e dias piores. Algumas pessoas levam anos para conseguir falar de suas perdas sem chorar e outras conseguem em poucas semanas. Eu acho que a sua mãe está procurando uma maneira de continuar com a vida dela, de seguir em frente. E talvez você precise fazer o mesmo.

De: Rhys Baker
Para: Ginger Davies
Assunto: Talvez...
Talvez você tenha razão. Talvez seja uma mistura de tudo. Do medo que tenho de dar um passo à frente e da sensação de que tudo está girando e girando de novo, e eu continuo parado no meio do nada, procurando o meu lugar. Ontem à noite, estava olhando um globo terrestre antigo que tenho no meu quarto desde que eu era pequeno. E, sabe, não senti vontade de ir a lugar nenhum. Bem, a um, sim. Mas não era exatamente um "lugar". Ou, se fosse, seria o mais bonito que já vi em toda a minha vida. E justamente por isso me dá medo. Medo de pisar nele, de fazer algo que o estrague, de não ser bom o suficiente para estar lá.

De: Ginger Davies
Para: Rhys Baker
Assunto: RE: Talvez...
Eu te entendo. Alguns "lugares" são mais complicados do que outros. Por causa do terreno, eu acho. Especialmente se você subiu muito alto, se você está há tempos escalando uma encosta íngreme, porque a queda pode ser mais dolorosa...

De: Rhys Baker
Para: Ginger Davies
Assunto: RE: RE: Talvez...
Às vezes vale a pena se arriscar.

De: Ginger Davies
Para: Rhys Baker
Assunto: RE: RE: RE: Talvez...
E se, quando chegar lá no topo, esse "lugar" não se encaixar com você como você imaginava? E se não for tudo o que esperava? E se não te fizer feliz?

De: Rhys Baker
Para: Ginger Davies
Assunto: Praticando
Estou aprendendo a não me fazer perguntas que não posso responder. Mas isso não piora as coisas, Ginger. É apenas mais ousado, como saltar às cegas apesar da vertigem. Talvez não seja tão ruim assim. Talvez neste momento a gente esteja precisando exatamente disso. Talvez deixemos passar mil anos mais se continuarmos procurando a situação perfeita, que se alinhem todos os planetas ou sei lá o quê. Estou começando a ficar muito a favor de viver cada dia como se fosse o último. E cansei de procurar coisas que nunca chegam e de deixar passar as que estão bem na minha frente.

De: Rhys Baker
Para: Ginger Davies
Assunto: De loucuras e amor
Não consigo dormir. Também não consigo parar de pensar em você. Em nós. Acho que por isso acabei de fazer uma loucura. Mas acho que é o tipo de loucura que vale a pena. Porque uma vez, há muitos anos, conheci uma menina perdida em Paris que roubou meu coração e, desde então, nunca mais consegui esquecê-la. Ela estava um pouco maluquinha, falava sem parar e, às vezes, era um pouco estraga-prazeres, mas mesmo assim era perfeita para mim. Aquele tipo de perfeição que faz com que você possa falar com essa pessoa sem nunca se cansar ou que a risada dela se torne o som mais bonito do mundo ou que tudo que

tenha a ver com ela seja importante para você. E ela me deu um velho livro seu onde encontrei a frase mais bela e sábia do mundo: "Só se vê bem com o coração. O essencial é invisível aos olhos".

Acho que devo dizer a essa menina que na sexta-feira da semana que vem eu vou estar esperando por ela naquele lugar onde dançamos pela primeira vez, às onze da noite.

E espero que ela também se lembre daquele cara que a ensinou a usar a máquina de bilhetes do metrô e sussurrou em seu ouvido que, se ela quisesse, poderia tocar a lua com os dedos.

118. RHYS

Quem sou eu? De onde venho? O que estou fazendo aqui? Por que estou neste mundo? Essas são as perguntas que todos deveríamos nos fazer pelo menos uma vez na vida. E depois a crucial, a que tem mais peso: "É tão importante assim encontrar essas respostas? Precisamos mesmo conhecê-las para sermos felizes?".

Um dia eu decidi que não.

Um dia eu parei de procurar.

"Quem sou eu?", não tenho a menor ideia. Às vezes um cara charmoso, às vezes um babaca de merda, às vezes um egocêntrico, às vezes carinhoso, às vezes covarde, às vezes valente, às vezes tudo na mesma medida que nada. "De onde eu vim?", acho que de um esperma de um homem desconhecido que um dia fecundou um óvulo de uma mulher também desconhecida. Mas, em essência, eu vinha de casa. Da luz do Tennessee. Dos meus pais, os verdadeiros, os que estiveram todos os dias ao meu lado, com as coisas boas e as ruins; com o orgulho e os segredos, mas também com o amor e o perdão. "O que eu estou fazendo aqui?", vivendo. Sendo uma abelha. Para viver, viver, viver. "Por que eu estou nesse mundo?" Não faço a menor ideia. Mas também não estou procurando descobrir agora. Só quero "estar". Deitar em um gramado verde, respirar fundo o ar frio do inverno, visitar algum dia o mar e ler qualquer um desses livros que a Ginger escolhia, ouvir música a todo volume com os fones no ouvido e com os olhos fechados ou comer um prato gigante de espaguete com queijo extra.

E estar comigo.

E estar com ela.

119. GINGER

Não somos apenas o que fazemos, mas também o que não fazemos. Somos o que dizemos, quase tanto quanto o que calamos. Somos as perguntas que nunca tivemos coragem de fazer, tanto quanto aquelas respostas que nunca chegarão e que permanecerão para sempre flutuando em meio a redemoinhos de medo e de incerteza. Somos a sutileza de um olhar, a intimidade de uma carícia leve, a curva de um sorriso sincero. Somos momentos bonitos, instantes agridoces, noites tristes. Somos detalhes. Somos reais.

Mas, acima de tudo, somos as decisões que tomamos. Em todas as suas dimensões. Para cada escolha, damos um passo à frente e abandonamos algo pelo caminho. Ou damos um passo atrás e abandonamos algo que estava por chegar. Avançamos entre alternativas, selecionando algumas, rejeitando outras, marcando nosso destino. Sempre haverá algo que se perde mesmo quando se ganha, mas isso não é o mais importante. O que é realmente valioso é poder tomar essa decisão, fazê-la livremente; apostar em um sonho, por si mesmo ou por outra pessoa, sem dúvidas ou medos, somente com desejo, com paixão.

EPÍLOGO

(EM ALGUM LUGAR ENTRE PARIS E A LUA)

Ele apoia os braços no muro que delimita o rio Sena e olha em frente, para a Torre Eiffel iluminada elevando-se do outro lado. Não faz frio. Anos atrás, ele esteve lá em uma noite de inverno, mas agora o vento é morno, os turistas passeiam e se distanciam pela calçada e, no ar, sente o cheiro da comida servida em um pequeno restaurante próximo.

Ele chegou meia hora antes, mas não se importa. Está nervoso. Toca os dedos no muro de pedra ao ritmo de uma música que ele conhece bem e que escutou há muito tempo naquela mesma cidade, que começou como as batidas de um coração e que agora toca no rádio o tempo todo. Suspira impaciente. Tenta não pensar na possibilidade de ela não aparecer, principalmente quando se lembra de todos os obstáculos que tiveram de saltar, das vezes em que ele tropeçou até mesmo em seus próprios pés, das palavras que não deveria ter guardado...

Ela caminha em linha reta. Já faz algum tempo que decidiu que só pegaria as curvas da vida que valessem a pena, aquelas em que ela viraria mesmo sem saber o que a espera do outro lado. Mas nesse momento ela avança assim: em linha reta. Talvez porque aquela bifurcação, aquela decisão, ela já tinha tomado há muito tempo, apesar de não imaginar que embarcaria numa montanha-russa no dia em que anotou o seu e-mail na mão daquele cara que a acompanhou até o aeroporto.

Mas então ela o vê.

E treme. E sorri.

Ele está contemplando a lua refletida na água do rio. Ela se aproxima devagar, feliz pelo que vê, por notar que ele ganhou um pouco de peso, que está em sua melhor versão, que ele não para de mexer os dedos seguindo algum ritmo que só ele pode ouvir.

O coração dispara quando o tem à sua frente.

Ela não o chama. Não o avisa. Passa os braços pela cintura dele, por trás, e sente como ele se sobressalta antes de relaxar os músculos de novo. Ela apoia a bochecha nas costas dele, abraçando-o. Ela respira fundo, ela o respira. Não quer soltá-lo, mas acaba cedendo quando ele vira e procura os seus lábios. Um beijo suave, profundo e doce. Como só alguém que está há muito tempo pendurado na lua, de cabeça para baixo e sem medo de vertigem, é capaz de beijar.

Ela prende a respiração quando se separam.

Se olham em silêncio. Se sentem.

— Estava te esperando para dançar.

— Já não somos mais tão jovens...

Ele a ignora. Faz exatamente o mesmo que fez há tantos anos. Deixa o telefone no muro assim que começa a tocar "Je t'aime... moi non plus". Ele pega a mão dela e a coloca em seu peito. Quer tê-la o mais perto possível. Ela fica vermelha quando percebe que algumas pessoas estão olhando para eles e cochichando, divertidas. Ele não se importa. Apenas sorri olhando para ela, absorvido nela enquanto a melodia os envolve.

— *Je t'aime, je t'aime. Tu es la vague, moi l'île nue. Tu vas, tu vas et tu viens.* — Ele se inclina para sussurrar no ouvido dela. Ela estremece com todas as lembranças que a invadem de repente. — Eu te amo, eu te amo. Você é a onda, eu sou a ilha nua. Vai, você vai e vem...

Ele a abraça. Para de dançar. Afunda o rosto no cabelo dela e faz um carinho em sua bochecha, as mãos trêmulas. Não consegue soltá-la. Ele receia fazê-lo, apesar de saber que dessa vez não será igual e que, quando a noite terminar, eles não tomarão direções diferentes...

Ela fica na ponta dos pés. Seus lábios o procuram, o encontram.

— Ginger, me fale onde nós dois estamos agora...

— Nós dois na lua... Sempre na lua.

FIM

AGRADECIMENTOS

Este livro não existiria se não fosse por todos os leitores que têm me acompanhado nos últimos anos e que me fizeram crescer, sonhar acordada, que me deram asas. Obrigada por continuarem me lendo, por procurarem um refúgio nos livros e por acreditarem no amor.

Obrigada à Editora Planeta, por se tornar uma casa confortável e cheia de pessoas incríveis; como minha brilhante e paciente editora, Lola ou Laia (que torna tudo sempre mais fácil), Silvia, Isa, Raquel, David e todos os outros. Vocês fazem um trabalho incomparável.

A Pablo, por pegar na minha mão e caminhar comigo na mesma direção.

Às minhas companheiras de letras, essas que continuam aí todos os dias; elas sabem quem são. Tenho a imensa sorte de tê-las e de poder compartilhar com vocês a beleza que é escrever. Que possamos sempre manter o entusiasmo, mesmo com as inquietudes e as dúvidas, isso deve ser um bom sinal!

Para Dani, eu te amo mais do que chocolate.

À minha família, por me apoiar em tudo.

A J., por ter se pendurado comigo na lua há muitos anos, de cabeça para baixo, com um enorme sorriso, sem medo. Que sorte eu tive de cruzar com você numa noite qualquer.

A Leo, meu pequeno príncipe.

**Acreditamos
nos livros**

Este livro foi composto em Freight Text Pro
e impresso pela Geográfica para a Editora
Planeta do Brasil em setembro de 2022.